ela foi
ATÉ O FIM

OBRAS DA AUTORA PUBLICADAS PELA RECORD

Avalon High
Avalon High – A coroação: A profecia de Merlin
Como ser popular
A garota americana
Quase pronta
O garoto da casa ao lado
Garoto encontra garota
Ídolo teen
Pegando fogo!
A rainha da fofoca
Sorte ou azar?
Tamanho 42 não é gorda
Tamanho 44 também não é gorda
Todo garoto tem

Série O Diário da Princesa

O diário da princesa
Princesa sob os refletores
Princesa apaixonada
Princesa à espera
Princesa de rosa-shocking
Princesa em treinamento
Princesa na balada
Princesa no limite
Princesa Mia
Princesa para sempre

Lições de princesa
O presente da princesa

Série A Mediadora

A terra das sombras
O arcano nove
Reunião
A hora mais sombria
Assombrado
Crepúsculo

Série As leis de Allie Finkle para meninas

Dia da mudança

ela foi
ATÉ O FIM

Tradução de
CAMILA MELLO

RIO DE JANEIRO • SÃO PAULO

2010

CIP-BRASIL. CATALOGAÇÃO-NA-FONTE
SINDICATO NACIONAL DOS EDITORES DE LIVROS, RJ

C116e
Cabot, Meg, 1967-
    Ela foi até o fim / Meg Cabot; tradução de Camila Mello
– Rio de Janeiro: Galera Record, 2010.

    Tradução de: She went all the way
    ISBN 978-85-01-08267-1

    1. Novela americana. I. Mello, Camila. II.Título.

10-0617
    CDD: 813
    CDU: 821.111(73)-3

Título original norte-americano:
She went all the way

Copyright © 2002 by Meggin Cabot

Publicado mediante acordo com Harper Collins Publishers.

Todos os direitos reservados. Proibida a reprodução, no todo ou em parte, através de quaisquer meios.

Design de capa: Izabel Barreto/Mabuya

Texto revisado segundo o novo Acordo Ortográfico da Língua Portuguesa.

Direitos exclusivos de publicação em língua portuguesa somente para o Brasil adquiridos pela
EDITORA RECORD LTDA.
Rua Argentina 171 – Rio de Janeiro, RJ – 20921-380 – Tel.: 2585-2000
que se reserva a propriedade literária desta tradução

Impresso no Brasil

ISBN 978-85-01-08267-1

Seja um leitor preferencial Record.
Cadastre-se e receba informações sobre nossos lançamentos e nossas promoções.

EDITORA AFILIADA

Atendimento e venda direta ao leitor
mdireto@record.com.br ou (21) 2585-2002

Para Benjamin

A autora deseja agradecer às seguintes pessoas por sua ajuda e apoio: Beth Ader, Jennifer Brown, Matt Cabot, oficial da Swat, Bill Contardi, Carrie Feron, Michele Jaffe, Laura Langlie e David Walton.

1

CASAMENTO SURPRESA DO ANO

Opiniões divergentes em torno do romance explosivo entre astros de *Hindenburg*: casamento dos atores Bruno di Blase e Greta Woolston provoca a mídia...

Tudo começou no set de *Hindenburg*, megalançamento do ano passado que bateu recordes e conquistou sete estatuetas do Oscar, incluindo a de melhor filme. Apesar do romance entre os personagens heroicos na telona, o público não achou que a relação fosse influenciar a vida real. Agora, as duas estrelas de Hollywood deixam os fãs admirados ao transformar ficção em realidade.

— Opa.

O policial Nick Calabrese estava hipnotizado olhando para a primeira página do *New York Post*. O *Post*, cara. A coisa toda tinha chegado ao *Post*. E pior, à *primeira página* do jornal.

— Opa, uma ajudinha aqui, por favor?

Nick observou os outros jornais em destaque na banca. O *Daily News* também tinha a manchete. O *Newsday*. Até o *USA Today*. O único jornal que não tinha nada na primeira página era o *New York Times*, mas Nick tinha certeza de que estava em alguma outra parte. Na seção de fofocas, provavelmente.

Meu Deus!

— Ei, Calabrese — repetiu o policial Gerard "G" West, enquanto tentava colocar algemas em um drogado que não parava quieto —, você vai ficar lendo as fofocas ou vai me ajudar com esse maluco aqui?

Nick pegou um exemplar do *Post*. Caminhou até o parceiro e mostrou a foto da primeira página, esticando o jornal para que o prisioneiro nervoso também pudesse ver.

— Dá uma olhada — disse ele. — Está vendo este cara? O de terno? É o namorado da minha irmã. Ou pelo menos era.

Sem que o maluco percebesse, G aproveitou sua distração com a foto e fechou as algemas.

— Ah, fala sério — respondeu o homem.

— É verdade — disse Nick.

Até mesmo G, segurando aquele maluco pelo braço, parecia não acreditar.

— Certo — disse ele, com sarcasmo —, e a minha irmã namora o Denzel Washington. Vamos, Nick. Quero pegar uma batata rostie lá no D. Você sabe que eles param de servir às 10h30.

— Estou falando sério — disse Nick, mostrando a foto para o dono da banca, que vinha escutando com interesse —, é o namorado da minha irmã. Estavam morando juntos até alguns meses atrás, e o desgraçado casou com outra pessoa sem que ela soubesse. Dá para acreditar nisso?

— Não, senhor, não acredito — respondeu o jornaleiro. Ele tinha um sotaque indiano tão forte que mal dava para compreendê-lo.

— Ela escreveu aquele filme — disse Nick ao homem —, aquele que tornou esses dois tão famosos. Ela escreveu o roteiro.

— Está me sacaneando, senhor — retrucou o jornaleiro com educação.

— Não estou, não — disse Nick —, juro. A Lou escreveu isso para... como posso dizer... para dar um empurrãozinho. No Barry.

— Quem é Barry? — indagou o jornaleiro.

— Este cara. — Nick apontou para a foto. — Bruno di Blase. Esse não é o verdadeiro nome dele. É o nome de trabalho, entende? O nome dele mesmo é Barry. Barry Kimmel. Ele cresceu perto de nós na ilha. E eu o obrigava a comer insetos. — Nick notou o olhar suspeito do parceiro e completou, com um ar inocente: — Cara, nós éramos crianças.

Ainda segurando o maluco, G resmungou:

— Ah, sim. Barry. Tinha esquecido. Que pena para a Lou. Se você continuar com isso, eu juro que...

O delinquente, porém, não conseguia esconder o interesse, ao contrário de G.

— Cara, é verdade mesmo? — perguntou o rapaz algemado a Nick. — A sua irmã realmente pegou o cara de *Hindenburg*?

— Cuidado com o que fala — ameaçou Nick. — **A minha irmã nunca pegou ninguém, entendido?**

— De qualquer forma — retrucou G —, não tem mais pegação nenhuma, né? Quer dizer, pelo menos não agora, que o cara se casou com...

— Cuidado você também. — Nick deu uma olhada séria para o parceiro enquanto catava uns trocados no bolso para pagar o jornal, agora enrolado embaixo de seu braço.

— Ah, não precisa, senhor — disse o jornaleiro com calma —, isso fica por nossa conta. O senhor está trabalhando para proteger nossas ruas.

Satisfeito, Nick colocou os trocados de volta no bolso.

— Ei, obrigado.

— E, por favor, diga à sua irmã — continuou o dono da banca — que adorei o filme. Assim como minha esposa. É realmente um magnífico triunfo do espírito humano.

— Vou dizer — respondeu Nick ao caminhar para a viatura. — Meu Deus, não dá para acreditar. Barry trocou a minha irmã por outra! Coitada.

NOITE DE NÚPCIAS ESTRELADA

O ninho de amor foi um quarto chamado *Hindenburg* — decorado com móveis usados no filme homônimo — em Las Vegas, no Cassino Trump. As estrelas de *Hindenburg*, Bruno di Blase e Greta Woolston, uniram-se após o fim do longo namoro entre a Srta. Woolston e o ator Jack Townsend.

Townsend tornou-se conhecido durante os quatro anos em que atuou como o rabugento Dr. Paul Rourke na série *STAT* e mais tarde como o detetive Pete Logan nos filmes da série *Copkiller*, de grande audiência. Parece que Townsend não recebeu a notícia do casamento muito bem.

— Nossa Senhora. — Eleanor Townsend olhou para o jornal dobrado com cuidado em cima da mesa. — O que é isso, Richards?

O mordomo tossiu levemente.

— Madame, tomei a liberdade de comprar um exemplar do *Post* esta manhã enquanto passava pela banca. Como a senhora está vendo, há uma manchete que pode interessá-la.

Richards já estava com Eleanor há trinta anos. Ela lançou-lhe um olhar ao mesmo tempo carinhoso e reprovador. Esticando o braço por cima do pequeno yorkshire terrier que estava em seu colo, pegou o jornal, colocou os óculos e analisou a primeira página.

— Ah, sim — disse ela após passar os olhos pelo artigo abaixo da foto —, estou entendendo. Que desagradável. "De acordo com fontes do Hotel Anchorage Four Seasons, onde Townsend está hospedado para as filmagens de *Copkiller IV*, foi possível ouvir o som de vidro se quebrando assim que a notícia do casamento foi anunciada no telejornal noturno. Quando os seguranças chegaram, havia uma porta estraçalhada, várias marcas de socos na parede, e um sofá estava queimado." Meu Deus.

— Não há informação — disse Richards — se o senhor Jack foi preso ou não.

— Não. — Eleanor consultou o artigo. — Não, parece que não. Marcas de soco na parede, minha nossa! E um sofá queimado? Jack nunca teria feito algo tão infantil. Além disso, não é possível que ele tenha gostado tanto da tal Woolston. Ela era tão... comum. Na verdade, é muito difícil saber algo sobre alguém com um sotaque britânico daqueles.

— Talvez — arriscou Richards enquanto colocava mais café na xícara chinesa de Eleanor — o problema não seja exatamente o fato de ela ter casado tão cedo, mas sim com quem ela se casou.

— Sim — disse Eleanor, examinando a foto com mais cuidado —, entendo. Bruno di Blase. Não foi ele que protagonizou aquele filme muito comentado ano passado? Aquele sobre... como se diz? Ah, sim. O zepelim?

— Exatamente, madame — disse Richards, após pigarrear novamente —, *Hindenburg*. Ouvi dizer que é um magnífico triunfo do espírito humano.

Eleanor levantou uma das sobrancelhas cuidadosamente.

— Nossa. Di Blase. Será que ele não é parente dos Tuscan di Blase? Você sabe, aquela família que conheci em Florença na primavera passada, está lembrado?

— Tenho a impressão, madame — disse Richards, após tossir mais uma vez —, de que esse é um nome artístico.

Eleanor abandonou o jornal e balançou a cabeça.

— Ai, Richards — resmungou —, que coisa terrível. Uma mulher abandonar Jack por alguém que tem um nome *artístico*...

— Sempre suspeitei — retrucou Richards — que o nome da Srta. Woolston poderia ter sido... bem, levemente, modificado de alguma maneira.

Eleanor tirou os óculos, com uma expressão perplexa no rosto.

— Não! Mas até que você pode estar certo. O nome dela deve ser algo terrível. Doris Mudge, Vivian Sloth ou algo do gênero.

— Algo como Allegra — disse Richards, espontaneamente. — Allegra Mooch.

Eleanor estremeceu.

— Pare. Pelo amor de Deus, não Allegra Mooch. Pelo menos não agora e quando ainda nem tomei o café da manhã.

— Minhas desculpas, madame. Será que não deveríamos tentar falar com o senhor Jack, caso ele precise de ajuda?
Eleanor examinou seu elegante relógio de ouro.
— Não, não há necessidade. É impossível falar com ele na maioria das vezes, especialmente quando está gravando. E depois de um episódio como esse, ele vai ficar longe dos telefones. Ai, Richards. — Ela suspirou. — Estou começando a achar que vai demorar bastante até que algum neto apareça na minha vida...

CELEBRIDADES DESPREZADAS

Mesmo que Jack Townsend ainda não tenha comentado publicamente sobre o casamento repentino da ex-namorada Greta Woolston com Bruno di Blase, seu parceiro de cenas em *Hindenburg*, o casamento parece ter chocado profundamente fãs, famílias e amigos. Lou Calabrese, roteirista vencedora do Oscar por *Hindenburg* e namorada de longa data do noivo, também ainda não se manifestou na mídia...

— E não temos nada a declarar mesmo. — Beverly Tennant amassou o jornal e jogou-o com força na direção da lixeira do escritório. — Chloe — chamou ela. — Chloe!
Uma mulher jovem com uma expressão não muito boa entrou repentinamente no escritório. Ela claramente havia acabado de chegar: estava com o protetor de orelhas contra o frio, o casaco ainda estava fechado, e trazia dois copos com café nas mãos.
— São para mim? — disse Beverly ao notar os copos fumegantes.

Chloe fez que sim com a cabeça e tentou recuperar o fôlego.

— Eu... vi... — disse, ofegando — as... manchetes... no caminho. Achei que você fosse querer... um duplo. É desnatado.

— Você salvou minha vida — disse Beverly. Ela batucou na mesa com as pontas das unhas muito bem pintadas. — Coloque-os aqui. E bloqueie minhas ligações. Vou tentar encontrá-la.

Chloe colocou rapidamente os copos no local indicado pela chefe.

— Você pode mandar um oi para Lou por mim? E diga que eu sinto muito. E caso sirva de consolo, diga que ninguém aqui na agência acha Bruno di Blase tão maravilhoso quanto falam. Quer dizer... nós não fazemos a assessoria dele, não é?

Com os dedos já em cima dos botões de discagem do telefone, Beverly lançou-lhe um olhar assassino.

— Não, não fazemos — disse ela. — Eu vou dar o seu recado. Com certeza vai ajudar muito.

Sentindo-se envergonhada, Chloe saiu da sala rapidamente e fechou a porta com cuidado.

Assim que ela saiu, Beverly tirou o par de sapatos Manolo Blahnik e colocou os pés sobre a mesa. Removeu a tampa do copo do seu cappuccino e ligou para sua cliente em Los Angeles.

— Atenda — murmurou ao ouvir o som de chamada —, atenda, atenda, atenda...

A secretária eletrônica de Lou atendeu: "Oi. Não estamos

aqui no momento, mas deixe sua mensagem após o sinal, e ligaremos assim que possível..."

Beverly lamentou o uso da palavra "nós", mas fez questão de manter um tom bem simpático ao deixar a mensagem:

— Lou, querida, é a Bev. Se você estiver em casa, atenda. Eu sei que são — ela olhou para o relógio decorado com diamantes — 6 horas da manhã aí. Meu Deus, como você aguenta esse fuso horário? Escute, querida, acredite em mim: isso foi a melhor coisa que poderia ter acontecido. Eu sei o que estou dizendo, entende? O cara é um bosta. Pior que isso. É um bosta cercado de... bosta.

Satisfeita com tal descrição, prosseguiu:

— E ela é uma inglesinha ridícula. Os dois se merecem. Onde você está, hein? Não me diga que aderiu à moda da Costa Oeste e está fazendo meditações, caminhadas, ioga, essas coisas horrorosas...

Beverly tirou os calcanhares de cima da mesa e sentou-se ereta na cadeira, como se atingida por uma ideia brilhante.

— Ai, meu Deus, *lembrei*. Você foi até o estúdio de filmagem hoje para convencer Tim Lord a não fazer a cena da explosão nas montanhas porque os ambientalistas vão reclamar. Nossa, como sou distraída. Eu aqui conversando com a sua secretária eletrônica enquanto você está no... caramba, no meio do Alasca. Que pena. Logo no *Alasca*, com tanto lugar no mundo. Me dá calafrios só de...

Beverly balançou a cabeça.

— Não. Muito pelo contrário, isso é *bom*. É bom que você esteja no Alasca, Lou. O Alasca pode afastar seus pensamentos do... quer dizer, talvez não, na verdade; afinal Jack Townsend vai estar lá, não vai? Eu sei o que você sente por ele. Bem, enfim, querida, me ligue. E assim que você voltar nós vamos *almoçar*.

Beverly desligou e olhou para o cappuccino com um ar melancólico.

— Nossa — disse para si mesma —, coitada da Lou. Neste momento, aposto que ela queria nunca ter escrito aquilo.

2

— Ai, meu Deus. — Lou Calabrese apoiou a cabeça na mesa suja do saguão do aeroporto. — Por que eu fui escrever aquele roteiro idiota?

Sentada do outro lado da mesa, Vicky Lord observou a amiga com preocupação evidente no rosto cuidadosamente maquiado.

— Lou, querida. Você vai ficar com ketchup no cabelo.

— E daí? — Com ou sem ketchup, Lou sentia a mesa gelada contra sua testa. — Se eu queria dar um empurrãozinho, por que não fui mais clara?

— Querida, levante a cabeça. Você não sabe o que as pessoas podem ter feito nesta mesa.

— Mesmo assim, era capaz de ele já ter se jogado para ela sozinho de qualquer forma — continuou Lou em um tom triste, ainda com a cabeça abaixada. — Pelo menos, se ele tivesse mantido a discrição, talvez a população do mundo ocidental inteira não tivesse ficado sabendo. A CNN não estaria falando sobre isso agora.

— Calma, Lou — disse Vicky. Ela abriu a bolsa Prada que estava cuidadosamente alojada em seu colo a fim de evitar o contato com sujeiras. — Nem toda a população do mundo ocidental sabe sobre Barry e Greta. Com certeza, aquele pessoal que mora no meio das serras em Montana não deve nem ter ouvido falar sobre isso.

— Droga — resmungou Lou —, por que não escrevi uma comédia romântica qualquer? Eles nunca teriam sido escalados para estrelar uma comédia romântica. Teria sido estranho, sabe. *Previsível*. Os agentes deles nunca permitiriam isso.

— Calma, Lou — repetiu Vicky, procurando alguma coisa dentro de sua bolsa —, não dá para colocar a culpa toda no *Hindenburg*. Você e Barry estavam tendo problemas bem antes do filme, se me lembro corretamente.

Sem tirar a cabeça da mesa, Lou olhou para a amiga. A claridade matinal penetrava pelo saguão do aeroporto e um raio rosado atingia Vicky, conferindo-lhe um ar angelical.

Na verdade, Vicky sempre teve um ar angelical. Ela não havia sido a garota-propaganda de uma marca de cremes para o rosto por cinco anos consecutivos só por causa da pele perfeita. Não mesmo. Vicky tinha um *brilho*, e ele vinha de *dentro*. Ela brilhava de uma forma que Lou, sempre estatelada na frente do computador por horas a fio, sabia que nunca ia brilhar — nem por dentro, nem por fora.

— Claro — disse Lou. — É claro que estávamos tendo problemas. Ficamos juntos por quanto tempo? Dez anos? Dez anos, e ele não queria um compromisso. Eu diria que isso é realmente um *problema*.

Lou não sabia por que se sentia na obrigação de se justificar para a figura angelical sentada ali. Vicky nunca entenderia. Modelo, atriz e eleita a mulher mais linda de Hollywood, Vicky sempre tivera tudo o que quisera.

Quer dizer, até que isso não era totalmente verdade. Houvera uma coisa que Vicky quisera e não tivera: ela havia se apaixonado por um cara que a abandonara assim que ela, como Lou, dera indícios de querer algo mais sério. Tudo bem, isso já havia acontecido há muitos anos. Agora, Vicky estava casada com um homem que a amava tanto, que todos em Hollywood os viam como um dos casais mais bem-sucedidos do mundo. Mas talvez, quem sabe, ela pudesse entender o sentimento de Lou.

— Barry havia me falado que um dos motivos que o impediam de querer assumir compromisso comigo era que ele não queria que eu acabasse com um ator falido — disse Lou —, então escrevi alguma coisa que pudesse ajudá-lo.

Vicky encontrou o que queria na bolsa — seu pó facial da Christian Dior — e utilizou o espelho do estojo para analisar os lábios que haviam recebido um implante de colágeno recentemente.

— Querida — começou Vicky enquanto olhava para seu reflexo —, você não apenas escreveu alguma coisa que pudesse ajudá-lo. Você escreveu uma obra que o transformou de um zé-ninguém em um astro de cinema em cinco minutos. E como foi que ele lhe retribuiu? — Vicky desviou o olhar do espelho e encarou a amiga com seus olhos azuis. — Fugindo com aquela vagabunda loira. Só não entendo por que isso é um choque tão grande para você. Ele já tinha pulado fora há algum tempo, não é verdade? Há quanto tempo?

— Algumas semanas. — Havia tristeza na voz de Lou. — Mas ele não falou nada sobre ter se apaixonado por outra pessoa. Ele apenas disse que achava que não ia conseguir mesmo assumir um compromisso mais sério.

— Quando, na verdade, está muito claro que o que ele quis dizer é que não podia assumir compromisso com *você*. Querida, eu sei o que é isso. Jack fez a mesma coisa comigo, lembra? Só que no caso dele não havia uma opção melhor do que eu. Talvez porque tal opção não exista para ele mesmo. — Vicky balançou a cabeça e percebeu o reflexo de uma máquina de café em seu espelho. — Dá para *acreditar* que eles não têm expresso aqui? Quer dizer, tudo bem que Anchorage não é como Los Angeles, mas ainda estamos nos Estados Unidos, não estamos?

— Ai, meu Deus! — exclamou Lou. Ela levantou a cabeça, mas manteve a testa apoiada nas mãos. — Quando penso em tudo o que fiz por ele! Juro que ter escrito aquele roteiro idiota foi o meu maior erro.

Aparentemente, Vicky estava satisfeita com seus novos lábios. Ela fechou o estojo de pó compacto e o recolocou na bolsa.

— Ter perdido tanto tempo com Barry foi o seu maior erro — argumentou. — Ter escrito *Hindenburg* foi uma cartada de gênio. Pelo amor de Deus, Lou, o filme virou um clássico do cinema norte-americano.

— Bosta de clássico — respondeu Lou, amargurada.

— Faltou profundidade — disse Vicky —, nisso posso concordar. Mas as cenas de ação foram demais. E as cenas de amor entre Barry e Greta... — Lou percebeu que Vicky balançou a cabeça para afastar o comentário indevido que ia fazer. Vicky mordeu o lábio inferior e falou com uma expressão de culpa: — Ai, Lou, querida. Perdoe-me.

— Tudo bem. — Lou se recostou na cadeira. — Não se preocupe. Eu consigo suportar. Isso tudo não é novidade para mim. Eu tinha as minhas suspeitas. Ao contrário de *certas* pessoas.

Vicky levantou uma sobrancelha.

— Se você está falando sobre Jack, ele sabia de tudo.

Lou deu uma gargalhada.

— Ah, pare com isso, Vick. Ele não sabia. Nem desconfiava.

— Sobre Barry e Greta? — Vicky balançou a cabeça com força. — Estou lhe dizendo, ele sabia. Ele não é tão idiota quanto você gosta de imaginar, Lou.

— Ele te deu um fora, não deu? — pressionou Lou. — Se isso não é a coisa mais estúpida que alguém pode fazer, então não sei qual pode ser.

— Você é uma fofa, querida — disse Vicky com um grande sorriso —, mas posso jurar que ele não destruiu o quarto do hotel por causa de Greta. Para ficar tão chateado, precisava ter pelo menos *gostado* dela.

— E isso é biologicamente impossível — murmurou Lou — para alguém que nem tem um coração.

Vicky tinha que concordar com tal comentário, pois havia sido uma das inúmeras estrelas que Jack havia deixado. O único homem em Hollywood que havia tido mais amantes que ele era Tim Lord, diretor de *Hindenburg* e do mais recente *Copkiller*...

Mas pelo menos Jack não pedia a mão de todas em casamento para depois se desgastar em divórcios, o que Tim Lord fazia regularmente. Vicky era a terceira esposa de Tim. O homem tinha uma tendência — bem comum em Hollywood — de namorar suas estrelas. O papel de Vicky como a esposa do piloto em *Hindenburg* fora pequeno, mas havia sido o suficiente para conquistar o público e o coração do diretor.

De qualquer forma, não se podia dizer que Vicky não havia sido esperta ao trocar Jack por Tim. Ela adorava o novo marido, que estava visivelmente apaixonado por ela, ao passo que Jack...

Bem, o dia em que Jack Townsend gostasse de alguém mais do que gostava de si mesmo, Lou apareceria na piscina do Hotel Beverly Hills só de fio dental.

— Olhe — disse Vicky entusiasmada. — Tem alguém que precisa de um bom banho vindo para cá. Talvez ele saiba o motivo de tanta demora para a saída do voo.

O cavalheiro era realmente um integrante da equipe. Na verdade, era o piloto.

— Estamos apenas esperando o Sr. Townsend — informou-lhes o homem forte e uniformizado — e poderemos partir.

Lou não sabia se havia escutado direito.

— Jack Townsend? — repetiu ela, arregalando os olhos. — Estamos esperando por *Jack Townsend*?

O piloto teve muita dificuldade em desviar o olhar de Vicky, mas conseguiu.

— Exatamente, senhora — disse ele, voltando a olhar para Vicky. Todos os homens ficavam atraídos pela beleza dela como se fossem um ímã.

— Meu Deus — disse Lou, agarrando o pano da mesa com os dedos nervosos. Ela olhou para Vicky, que estava ocupada pegando o telefone celular na bolsa. — Você... você ouviu o que ele falou, Vick?

— O que ele *falou*? — Vicky parecia sentir nojo. — E o que ele estava *vestindo*? Você já viu alguém com tanto xadrez ao mesmo tempo? Só os figurantes de *Coração valente* mesmo.

Lou olhou para a amiga sem acreditar. Era incrível que ela estivesse realmente se importando com a roupa dos nativos quando o homem que a magoara tanto ia aparecer em breve.

Mas ela era assim. Esse era um dos motivos pelos quais Lou era sua amiga há tanto tempo... Vicky podia ser completamente superficial às vezes e era constantemente possuída por uma força sobrenatural que a levava a entrar em lojas caríssimas e comprar tudo. Porém, também tinha uma compaixão imensa por aqueles que precisavam de ajuda, e era capaz de parar na rua para distribuir notas de 100 dólares aos pobres.

— Jack vai conosco no avião, Vicky — explicou Lou, sem certeza de que a amiga havia entendido. — *Jack Townsend*.

— Claro — respondeu Vicky distraidamente —, por que motivo eu teria um dia perfeito? Ele deve ter perdido o primeiro voo, graças à zona que fez no quarto do hotel ontem à noite. Por *que* este telefone não funciona? Qual o problema deste lugar? Já não bastava o café-expresso, e agora mais essa.

— Vicky — sussurrou Lou. Ela teve que sussurrar porque alguma coisa parecia apertar sua garganta. Alguma coisa... ou alguém. Lou recordou as cenas do filme *O homem sem sombra*, estrelado por Kevin Bacon, que havia assistido no dia anterior. O roteiro era sobre um cientista que se tornava invisível e saía por aí aterrorizando os colegas...

Com o telefone no ouvido, Vicky reclamou.

— Não dá para entender isso. Por que não tem sinal aqui? Afinal de contas, onde estamos, na Sibéria?

— Vicky. — A voz de Lou voltou com força total, cheia de surpresa e admiração. — Como você pode estar tão calma? O cara acabou com você, e você vai entrar em um avião com ele como se... como se fosse normal. Enquanto eu ainda seria capaz de apertar o pescoço dele pelo que fez. Qual o seu segredo? Sério. Estou morrendo de curiosidade.

Vicky fechou o celular irritada e o tacou de volta na bolsa.

— É o que chamamos de *atuação* — disse ela. — Eu realmente acho que deveria ganhar um Oscar de melhor atriz no papel de ex de Jack Townsend. — Ela olhou para seu relógio de ouro e fez uma cara feia. Claro que, ainda assim, seu rosto era incrivelmente lindo. — Se eu ainda quiser marcar uma drenagem linfática para hoje, tenho que ligar agora. — Vicky levantou-se. — Vou tentar achar um telefone.

— Vicky. — Ainda bem que Lou não tinha comido nada no café da manhã, porque do contrário teria colocado tudo para fora agora. — Eu acho que vou passar mal.

— Ah, não vai, não — respondeu Vicky. — Vá ao banheiro e tire essa porcaria do cabelo. Você não vai querer discutir com Tim sobre aquela questão dos ambientalistas com ketchup no cabelo.

Vicky virou-se sobre os saltos finos e saiu, deixando Lou sem fôlego e pálida, ainda segurando a borda da mesa.

— Está bem — disse Lou para si mesma. Felizmente, ela era a única pessoa ali, com exceção da atendente atrás do balcão. Não havia perigo de ser ouvida. — Eu consigo. Eu consigo entrar em um avião com Jack Townsend. Vai ser fácil. É só não falar com ele. Só isso. As coisas não precisam mudar entre nós só porque o meu ex fugiu com a ex dele. Eu sempre fiz de tudo para não falar com ele antes. Por que falaria agora?

Encorajada por suas conclusões, Lou ficou em pé, colocou a bolsa nos ombros — e mais outra, bem mais pesada, com seu laptop — e entrou no banheiro, que nem era tão ruim quanto ela achara que seria. A iluminação acima do espelho era boa — na verdade, um pouco clara demais. Os círculos negros sob seus olhos estavam evidentes.

Toalhas de papel umedecidas resolveriam o problema do cabelo sujo. Já a sombra embaixo dos olhos daria mais trabalho. Lou pegou o corretivo na bolsa e, após utilizá-lo, teve bons resultados, miraculosamente. Seu ex-namorado está lhe deixando com olheiras? É só aplicar um pouco de corretivo e *voilà*! Elas desaparecem, como se nunca tivessem existido.

Lou sorriu para seu reflexo. "Corretivo para cicatrizes emocionais." Era uma frase boa. Talvez entrasse em seu romance.

Ela parou de sorrir. Batom. Sem dúvida, ela precisava de batom.

Encontrou um no fundo da bolsa e o aplicou. Bem melhor. Ela já estava ficando com cara de gente. Se saísse agora do banheiro e desse de cara com Barry, ele não perceberia o quanto ela estava mal. De fato, ela estava super em forma — resultado dos dias em que decidira correr nas montanhas para expulsar Barry de seu corpo através do suor. Além disso, todo o peso que perdera após a separação devido à dieta baseada em doces de amendoim — que era a única coisa que ela conseguia engolir naquela época — a deixara parecida com uma fada, quase como a terceira esposa de Tim Lord.

Quase, mas não exatamente igual. Porque havia certa preocupação naqueles olhos castanhos que antes eram tão firmes, mas que agora estavam sempre direcionados para o chão e não para o horizonte.

Seus irmãos sempre disseram que seus olhos pareciam com os de um cão de guarda. Agora, porém, eram como os de um cão de guarda que sobrevivera à ingestão de um veneno.

"Barry", pensou ela. "É tudo culpa sua, Barry."

Não era. Lou sabia que se alguém tivesse que receber a culpa, esse alguém era ela. Antes de mais nada, ela nunca devia ter se apaixonado por Barry Kimmel.

Primeiro, claro, porque ele era um ator. E uma coisa que Lou havia aprendido em seus anos de Hollywood era que não se deve confiar em atores. Nunca confie neles e nunca, nunca se apaixone por um.

Mas como ela ia saber disso na época da escola em Long Island? Embora tivessem morado na mesma rua, Barry só foi notar Lou Calabrese no último ano, quando ela finalmente conseguiu perder um pouco de peso. Ela também havia pintado os cabelos de castanho-escuro para que parassem de chamá-la de Cenourinha. De repente, do nada, Barry Kimmel a chamou para sair. Barry Kimmel, o cara mais gato do clube de teatro da escola Bay Haven Central.

Muito gato. E por um tempo — bastante tempo — isso foi o suficiente. Mas mesmo estando muito apaixonada, Lou começou a ficar um pouco nervosa já no começo do namoro. Ele era muito bonito, não tinha como negar.

Mas ele era engraçado? Ele tinha pelo menos um pouco de senso de humor? Não, nenhum. Nem todo mundo gostava das piadas preconceituosas da família Calabrese, mas Barry parecia se incomodar demais, como se achasse aquilo ofensivo. Pudera: com tantas piadas que o irmão dela fazia sobre ele, não tinha como culpar o namorado por não rir junto com todos.

Temperamental? Bem, se Barry não recebesse a atenção que achava que merecia — do diretor de teatro, dos amigos de palco, de Lou —, ele simplesmente fechava a cara. E ficava muito sério.

Tudo bem, ele era um artista. Ninguém, nem mesmo Lou — como ele insistia em dizer —, podia entender a angústia que sentia a cada papel que aceitava. Ele tentava entender o personagem a fundo, tentava achar o tom de voz certo para cada fala. Barry não entendia de forma alguma como Lou podia comparar a arte da escrita com a arte da atuação. Escrever, como todos sabiam, era simplesmente uma habilidade. Atuar, porém, era um dom.

O mais triste de tudo é que Lou realmente acreditara nisso por muito tempo.

Mas, puxa vida, como ele era bonito... era o sonho de qualquer adolescente, era o namorado perfeito. Barry era como Nevarre, interpretado por Rutger Hauer em *O feitiço de Áquila*; ou Lloyd Dobbler, interpretado por John Cusak em *Digam o que quiserem*; ou o Hawkeye de Daniel Day Lewis em *O último dos moicanos*.

Ele era tudo para ela.

E o fato de *ela* ter sido a escolhida... ela, Cenourinha Calabrese, a gorducha... era um sonho que havia se tornado realidade para uma garota que estava muito mais interessada em filmes do que em moda ou maquiagem. *Ela* havia sido a escolhida de Barry Kimmel, e não a líder de torcida linda que estrelava todos os musicais da escola, ou Amber Castiglione, a rainha do colégio, que tinha um portfólio maravilhoso de fotos como modelo. A conquista de Lou foi como um golpe de Estado, e todas as gordinhas do país vibraram com sua vitória.

Mas isso havia chegado ao fim. Agora, dez anos depois, aparentemente as líderes de torcida e as Amber Castigliones haviam vencido. Afinal de contas, Greta Woolston era como elas, só que em versão britânica. Preso a Lou por todos aqueles anos, de repente Barry percebera que não precisava daquilo, que podia ter todas as bonitonas do mundo... principalmente agora que tinha o bolso cheio de dinheiro, graças a ela. Fora Lou quem fornecera os meios para que ele tivesse a conta bancária que atrairia uma mulher como Greta Woolston.

— Você não era tão cínica — era Barry no dia da separação —, não levava tudo tão a sério. — Lou sabia por que ele estava falando aquilo: ela estava segurando a porta para que Barry, com sua caixa de CDs nas mãos, saísse, ao passo que poucos minutos antes ela estava aos pés dele, implorando que ficasse. — É como se aquela garota com a qual me mudei para a Califórnia, aquela menina cheia de sonhos e esperanças — dissera Barry — tivesse morrido.

— Ela cresceu, Barry — respondera Lou —, graças a você.

Ela recordou as palavras do ex com tristeza. Será que era verdade? Será que era por isso mesmo que ele havia se apaixonado por Greta? Por causa de sua vulnerabilidade, por parecer totalmente incapaz de cuidar de si, por sua necessidade de ter alguém para ampará-la... será que era por isso? Lou tinha certeza de que nunca despertaria isso em um homem. Ela desviou o olhar do espelho.

— Pare com isso — sussurrou para si própria —, pare. Controle-se. Você não é mais a Cenourinha Calabrese. Não é. Você é Lou Calabrese. — Ela levantou os ombros e encarou os olhos cansados no espelho. — Você é uma roteirista que ganhou um Oscar e em breve vai receber prêmios como escritora...

Caso terminasse de escrever seu romance. O primeiro capítulo havia sido iniciado dias antes. Era sobre uma mulher que reencontrava o sentido da vida vivenciando um novo amor, após ter sido traída pelo namorado de longa data — uma história completamente ficcional, considerando que agora Lou não acreditava mais que homens bons existiam, a não ser seu pai e os irmãos.

— Quando o silicone de Greta Woolston estiver caindo e ela não puder mais atuar — disse Lou para seu reflexo —, você ainda vai estar escrevendo. Seu maior atrativo não é feito de silicone. Até lá, lembre-se: *chega de atores*. Vamos, anime-se.

A conversa não funcionou. Lou observou o sorriso que seus lábios pintados lançaram e resolveu desistir. Ela não conseguia sorrir. E nem chorar. Talvez Barry tivesse razão. Talvez ela *realmente* fosse cínica.

É, e talvez Jack Townsend não tivesse partido o coração de sua melhor amiga intencionalmente.

Com muita raiva, Lou virou-se para sair, caminhou até a porta...

E deu de cara com Jack Townsend, em pé ao lado do balcão da cafeteria. Ele estava bastante calmo — e lindo —, vestindo jeans e um casaco de couro marrom.

— Ah, aí está ela. — Vicky, que tinha acabado de fazer sua ligação, parecia um pouco preocupada. Claro que apesar da expressão preocupada, continuava maravilhosa. — Olhe quem apareceu, Lou. Bem, acho que você já viu com seus próprios olhos.

Jack Townsend quase não conseguiu segurar a xícara de café direito por causa do encontrão desajeitado com Lou.

Assim que os olhos azuis dele encontraram os dela, Lou sentiu que seu rosto estava ficando vermelho. Ela havia parado de pintar os cabelos com um tom mais escuro do que o seu ruivo natural, pois todos haviam esquecido o apelido Cenourinha quando ela entrara para a faculdade.

Porém, ainda havia ocasiões nas quais ela preferia não ter o cabelo tão vermelho. Agora, por exemplo. Ela ficava enrubescida com facilidade... era só pensar na palavra "vergonha" que seu rosto já corava. O pedido de desculpas que ela pensou em emitir pelo encontrão ficou engasgado. Toda a sua capacidade de expressar pelo menos uma sílaba foi anulada, e um calor tomou seu rosto. Lou Calabrese estava pegando fogo.

No entanto, qualquer mulher ficaria assim ao encontrar Jack Townsend — não apenas essa ruivinha cujo ex-namorado havia fugido com a ex-namorada dele. Sem querer dar muita importância ao físico, mas ele media 1,85m e concentrava 90 quilos de pura massa muscular, tudo isso agregado ao seu porte elegante. Com seus cabelos negros levemente grisalhos, e aquele nariz que havia perdido seu formato pontudo (dizem que devido a uma briga na escola), Jack estava muito longe de ser aquele menininho fofo do colégio, tipo Barry. E ele ainda tinha uma boa fortuna assegurada pelo negócio da família, a Seguradora Townsend, de Manhattan. Barry — também conhecido como Bruno di Blase — era um menino bonitinho, não tinha como negar. Jack Townsend nunca seria considerado apenas bonitinho... e muito menos um menino.

Ele tinha uma beleza única. Mais do que isso. Na opinião de muitos, Jack Townsend, com seu olhar azulado e a barba sempre malfeita, era um deleite para as mulheres heterossexuais ao redor do mundo. E o que mais espantava era que ele parecia não saber disso. Jack nunca usava os ternos Armani que Barry usava, assim como nunca ia às festas de Hollywood esperando que os paparazzi tirassem fotos, como Barry fazia (mesmo que não assumisse). Quando não estava trabalhando, Jack Townsend ficava quieto na sua fazenda em Salinas, e só aparecia para promover seus filmes... Lou achava que essa característica podia ter sido o motivo da separação da estrelinha Greta Woolston.

Mas Greta deveria saber que, ao começar um namoro com Jack Townsend, ela não estava caminhando para o típico relacionamento de fachada de Hollywood. Lou já havia escutado várias vezes, por exemplo, que Jack Townsend não aceitava dublês para suas cenas de nudez. E maquiagem? Não no rosto de Jack Townsend. Ninguém chegava perto daqueles cabelos, nem mesmo os maquiadores. Daí o grisalho imanente.

E aqueles círculos negros que ele carregava embaixo dos olhos, como Lou? Tim Lord gastaria uma fortuna imensa tirando digitalmente aquelas olheiras após a filmagem, quadro a quadro, considerando que Jack preferiria comer vidro do que passar corretivo.

Mas, mesmo com toda a beleza, Jack Townsend não era o tipo de pessoa de que Lou gostava.

E ficou claro, estampado em suas expressões, que seu desgosto voltou à tona assim que ela trombou com Jack na saída do banheiro. Ele olhou para Lou como se conseguisse ver sua alma com aqueles olhos azuis. Depois olhou para outra direção e murmurou em um tom cínico:

— Ah. É você.

"Será que era possível?", pensou Lou. "Aquele dia que já havia começado ruim poderia ficar ainda pior?"

3

Lou. Tinha que ser Lou, não tinha?

Tudo bem. Do jeito que as coisas iam, ele devia ter antecipado aquilo tudo: a confusão no quarto do hotel na noite anterior — graças à Melanie Drupre — e, naquela manhã, a correria para fugir dos jornalistas. Sem mencionar os ambientalistas furiosos porque haviam permitido que Tim Lord explodisse parte do monte McKinley. A vida de Jack Townsend havia se transformado em um pesadelo longo e contínuo.

Não, pesadelo não. Isso não era um pesadelo. Pesadelos são aterrorizantes. Isso tudo era muito...

Ridículo.

Falando sério. Ele estava irritado consigo mesmo por ter entrado naquela situação. Agora teria que lidar com milhões de perguntas, especulações, suspeitas... e com os curiosos.

E não tinha como dizer que tudo havia sido culpa de Melanie. Não tinha como ele dizer: "Eu resolvi que não aguento mais as atrizes, então falei para Melanie que ela podia ir embora, e ela quebrou o quarto todo." Não, ele não podia dizer isso porque não seria educado.

O pai de Jack havia sido uma pessoa fria e autocrática que não lhe ensinara muito sobre educação. Contudo, ele havia falado muito sobre os benefícios da discrição. Se não seguisse esse conselho, nunca mais conseguiria fazer reserva em um hotel sem levantar suspeitas sobre um possível encontro amoroso.

E ainda havia mais essa agora. Lou Calabrese. Perfeito. É claro que ela havia escolhido aquele dia, entre tantos outros, para aparecer no set de filmagem.

Não que Jack se importasse com a presença de mulheres bonitas em qualquer lugar. Mas quando essa mulher era Lou Calabrese, ele se importava.

Porque, com toda a sinceridade, essa garota era um saco.

Os escritores eram terríveis. Ele sabia muito bem disso, pois já havia tido experiências com escritores no passado. Mas os roteiristas eram piores. Eram temperamentais, egocêntricos, com mania de grandeza e tinham um ego gigantesco.

E Lou Calabrese era a pior de todas. Se um ator tentasse mudar uma palavra em seus diálogos, nem terminaria o filme — e Jack sabia disso muito bem. Ele não conseguia entender por que Tim Lord havia aceitado trabalhar com ela novamente.

Talvez o coitado do Tim não soubesse o quão chata Lou Calabrese podia ser. Talvez Bruno e Greta não tivessem tentado alterar nada no roteiro de *Hindenburg*. Nenhum dos dois era tão genial assim.

Claro que o texto de Lou era incrível. Bem, ela havia ganhado o Oscar, certo? Mas mesmo assim. "É sempre divertido, até que alguém se machuca." Quem ela achava que estava enganando? Arnold tinha seu famoso *Hasta la vista, baby*. Clint Eastwood tinha o "Vá em frente, complete o meu dia" em *Impacto fulminante*. Bruce Willis pediu para excluírem de *Duro de matar* a fala "Yippee-ki-yay, desgraçados."

E Jack Townsend tinha que se contentar com "É sempre divertido, até que alguém se machuca?"

— Nossa. — Vicky olhou para Lou, para Jack e para Lou novamente. — Claro. Vocês se conhecem há anos. Desde o primeiro *Copkiller*. Caramba. Quanto tempo faz, cinco anos?

— Seis — respondeu Lou.

Jack percebeu o tom ácido. Ah, então ela também não gostava dele? Como se isso não fosse óbvio. Era só prestar atenção nas cenas que ele tivera de aturar como o detetive Pete Logan em *Copkiller II e III*.

Tudo bem. Ela também não era uma favorita entre quem ele conhecia.

— Seis anos. Nem acredito que faz tanto tempo...

A voz de Vicky falhou. Ela percebeu que era melhor ficar calada. Essa era a boa característica de Vicky, segundo Jack: ela não era burra. Meio maluquinha, com aquela coisa toda de Tai Chi, massagens e levar animais desabrigados para casa, mas era esperta no momento certo. Com exceção daquele papo todo sobre... como é que era mesmo? Ah, sim: aquele papinho sobre intimidade. Não tinha como entender por que motivo ela inventara *aquilo*.

Vicky deu uma olhada em seu relógio.

— Opa, tenho que ir.

Os olhos de Lou, que já eram naturalmente enormes, pareciam maiores ainda com aqueles círculos negros embaixo deles. Ela devia ter dormido tão mal quanto Jack. Agora, porém, seus olhos ficaram ainda maiores. Jack sempre se perguntara qual era a graça de um par de olhos daqueles em uma *roteirista*. Aqueles eram olhos perfeitos para uma estrela de cinema... Estavam completamente desperdiçados em uma mulher que passava oito horas por dia na frente do computador.

E ele também pensava a mesma coisa sobre aquele corpo. Se Lou achava que podia esconder suas curvas naquele casaco e naquelas calças largas, estava enganada. Até o olhar mais ingênuo podia perceber que ela tinha cintura fina, seios firmes e pernas bem torneadas. Ela era alta também, tinha pelo menos 1,70m de altura, mesmo sem os saltos de 5cm. Lou Calabrese tinha pernas longas que homem nenhum recusaria ter ao seu redor em uma noite fria de inverno...

Mas por que ele estava com *essa* imagem na cabeça?

Talvez pelo mesmo motivo que o levava a achar que aqueles cachos vermelhos desordenados precisavam de dedos fortes acariciando-os. Cachos como os dela, com aparência natural, eram uma coisa muito ultrapassada em Hollywood, entre tantas cabeças loiras e fios escorridos, como os de Greta e Vicky...

Ou Lou não sabia disso... ou não ligava. A parca cor de bronze que ela estava usando por cima do casaco indicava que a última opção era a mais correta. Jack imaginou como seria interessante estar com uma mulher que não era escrava dos ditames estéticos da moda. Principalmente uma mulher que ficava bem vestindo qualquer coisa.

Mas logo Lou Calabrese? Ele tinha pena do próximo parceiro dela. Ela enchia a paciência do personagem de Jack, o detetive Logan. Será que aquela beleza toda vinha acompanhada por uma personalidade difícil de aguentar? Que combinação terrível.

Era só reparar na forma como ela encenava o tipo "frágil". Estava fazendo a cena ali mesmo, na frente dele, com aqueles lábios pintados semiabertos e os olhos arregalados olhando para Vicky.

— Ir aonde?

Jack poderia sentir vontade de protegê-la agora, pois ela parecia estar muito assustada — poderia, se acreditasse que ela possuía sentimentos.

Na atual situação, Jack sabia que Lou receberia a ajuda dele como se fosse um ataque de abelhas assassinas. Era só analisar a forma como ela havia recebido o "Preciso de uma arma maior". Ela reagira exatamente conforme ele havia previsto.

— Mas você não pode ir, Vicky — disse Lou. — Achei que você fosse voar conosco até o set.

— Eu ia, docinho — disse Vicky. Jack lembrou que Vicky costumava usar as palavras mais inusitadas para tratar as pessoas. Ninguém mais no mundo chamaria Lou Calabrese de docinho. Mesmo com aquela carinha, ela não era nada *doce*. — Mas quando cheguei minhas mensagens, havia uma de Tim. Ele ligou do set. Alguma coisa aconteceu com Elijah. Acho que ele está com febre. Ligaram para Tim do hotel em Myra, então agora tenho que ir fazer meu papel de madrasta. Eu encontro você mais tarde hoje, juro. Quer dizer, se a criança não estiver morrendo.

Lou ficou perceptivelmente perturbada com tal notícia e se afastou, puxando Vicky pelo braço.

Jack a ouviu murmurar o nome da amiga. Murmurar não. Ela rosnou, como um tigre. Da mesma forma que havia rosnado com ele no dia em que ele substituíra o "É sempre divertido, até que alguém se machuca" por "Preciso de uma arma maior". Só que agora ela estava sendo mais direta.

— Eu juro por Deus, se você me deixar aqui com...

Jack havia se distraído porque a mulher atrás do balcão da lanchonete perguntou:

— Ei, você é Jack Townsend?

Jack piscou para a mulher de meia-idade atrás do balcão. Ela tinha acabado de servir uma xícara de café que foi muito bem-vinda.

— Sim — disse ele ao perceber que não tinha como escapar daquela situação —, sou eu.

— Ai, Jesus — exclamou a mulher com os olhos abertos. — Eu não tinha certeza, mas agora que ouvi você falar, percebi que *é* você mesmo!

Mesmo cansado, Jack teve que dar um sorriso. Os fãs eram quase tão chatos quanto os roteiristas. Mas sem eles, e sem os roteiristas, Jack não estaria tão bem.

Não que ele estivesse se sentindo tão bem assim em um dia como aquele.

— Sim — repetiu, pois não havia como negar —, sou eu.

O rosto da mulher se iluminou com um sorriso.

— Meu nome é Marie — disse a mulher. — Sr. Townsend, que prazer enorme. Eu ouvi dizer que o senhor estava aqui no Alasca filmando, mas nunca imaginei que o veria pessoalmente. Sabia que o senhor é meu ator preferido de todos os tempos? *Mesmo*. *STAT* era meu programa favorito... até o senhor sair dele. O programa caiu muito depois disso, não há como negar. E *Copkiller* é meu filme predileto.

A pequena pausa no fluxo de cumprimentos o permitiu dizer:

— Muito obrigado, Marie. Eu...

Mas ele não conseguiu completar a frase porque, quando ameaçou jogar fora o copo de café que já tinha terminado, a mulher berrou:

— Não!

Quando olhou para ela, surpreso, a mulher explicou, com a face corada:

— Será que posso guardar isto? O copo no qual Jack Townsend bebeu o meu café.

Jack olhou para o copo meio amassado. Ele odiava isso mais do que tudo: mais do que as horas de espera, os meses longe de casa, as mudanças repentinas nos roteiros que tinha que decorar, a perseguição da mídia. Nada era pior do que as pessoas — os fãs — que guardavam seus copos e guardanapos e em uma ocasião até um lenço usado. Não havia uma pessoa no universo cujo lenço Jack quisesse guardar, e ele não entendia essa compulsão por parte das outras pessoas... especialmente quando era o lenço *dele* que estava em questão.

— Que tal eu autografar alguma coisa para você? — ofereceu enquanto jogava o copo no lixo. — Isso deve ser mais interessante para mostrar aos outros do que um copo usado, não é?

— Ah! — Marie entregou-lhe um bloco de notas e uma caneta. — Se não for incomodar. Você pode dedicar a Marie?

— Claro que sim — respondeu, pegando a caneta.

— E você pode escrever *aquilo*? — Marie lançou-lhe um sorriso acanhado. — Sabe? A frase famosa do Pete Logan.

Ciente de que Lou estava assistindo, ele não conseguiu segurar um sorriso. Deveria ser irritante para ela ver como a frase havia ficado famosa.

— Claro — falou mais uma vez, depois escreveu "Preciso de uma arma maior" em cima da assinatura. — Aqui está — disse ao terminar, entregando o bloco de volta. — É todo seu.

Marie estava reluzente. E ele notou que ela havia pescado cuidadosamente o copo usado de dentro do lixo.

Ele se perguntou — e não foi a primeira vez naquele dia, ou naquela hora — por que não havia se tornado um advogado, como seu pai desejara.

Mas Marie ainda não havia terminado.

— Ei — disse ela, olhando para Vicky —, você fez a mulher do piloto! Em *Hindenburg*!

Vicky abriu um sorriso que iluminou seu rosto.

— Sim — respondeu ela —, é isso mesmo.

— Você pode me dar um autógrafo? — perguntou Marie estendendo o bloco e a caneta.

— Claro — disse Vicky com um sorriso. Jack sabia que ela sempre colocava um rostinho sorrindo e um coração ao lado da assinatura. Ele não conhecia nenhuma mulher em Hollywood que não fizesse isso. Greta já colocava uma estrela ao lado do nome mesmo antes de se tornar famosa. Era como se fosse uma profecia.

Marie olhou para Lou com uma expressão de esperança.

— E você? — perguntou. — Você também é famosa?

Jack então se preparou para conter o bocejo quando Lou começasse a listar seus sucessos. Todos os roteiristas que ele conhecia não resistiam à possibilidade de se gabar. Além disso, a lista de elogios que poderiam ser feitos a Lou era grande mesmo, considerando — como havia sido citado milhões de vezes na revista *Variety* — que ela tinha vendido o roteiro de *Copkiller* quando tinha apenas 22 anos de idade.

Para sua surpresa, porém, Jack não precisou bocejar. Lou apenas confessou, em meio a um sorriso bem desanimado:

— Não. Sou apenas uma escritora.

Apenas uma escritora? *Apenas uma escritora?* Era como dizer... que Tim Lord era apenas um diretor. Apenas uma escritora? Há muito tempo Jack não escutava uma frase tão humilde vinda de um membro da elite de Hollywood. Ele a observou com cuidado e se perguntou que diabos estava acontecendo de errado.

Marie estava visivelmente desapontada.

— Ah — suspirou. E logo depois se recompôs. — Bem, você se importa em assinar também? Nunca se sabe, não é? De repente você também fica famosa como estes dois aí.

E foi então que Lou fez algo extraordinário. Ela sorriu.

E, para a surpresa de Jack, quando Lou Calabrese sorriu, seu rosto deixou de ser bonitinho e ficou lindo. Ele nunca havia notado isso antes, pois Lou estava sempre com uma cara de desgosto assistindo-o interpretar o detetive Logan.

— Obrigada — disse Lou a Marie com uma voz que ele nunca havia escutado. A doçura do sorriso dela se refletiu em seus olhos castanhos, o que foi muito estranho para Jack, pois, em Los Angeles, os sorrisos eram apenas um mostrar de dentes. Ela assinou o nome no papel. Sem carinhas sorrindo, notou Jack. Sem coração. E certamente sem estrelas.

— Pronto — disse Lou Calabrese.

Foi então que o homem alto de camisa quadriculada apareceu, com um ar nervoso.

— Sr. Townsend? — perguntou ele.

Vicky intrometeu-se mais uma vez, antes que Jack pudesse responder.

— Sim, ele é o Sr. Townsend. Mas houve uma mudança de planos. Eu vou voltar ao hotel.

O homem fez que sim com a cabeça.

— Pois não, senhora. — E dirigiu-se a Jack. — Meu nome é Sam. Sou seu piloto hoje. Assim que o senhor estiver pronto, podemos partir.

— Estamos prontos — disse Lou, rapidamente. Tão rápido que Jack deduziu que talvez ela estivesse louca para sair de Anchorage também, ou que talvez ela quisesse passar o menor tempo possível ao lado dele.

O piloto se surpreendeu.

— A senhorita... vai conosco? — murmurou.

— Claro que vou — disse Lou. Sua voz ainda estava um pouco rouca, como se ela tivesse saído da cama há pouco. Era o que chamavam de voz de sono. Esse tipo de voz era boa para atores. Para uma roteirista, porém, era desnecessário. Ainda mais com aquele par de olhos sonolentos.

— Tem certeza? Achei que a senhorita fosse acompanhar a Sra. Lord — disse o piloto, hesitante.

Lou balançou a cabeça. Ela também estava confusa.

— Não, não. Eu ainda vou para Myra, conforme o combinado.

O piloto consultou os dados do voo.

— É que aqui diz um passageiro.

— Bem, está errado. Seriam três. Agora são dois.

— Ah. Certo. Eu acho. — O piloto coçou a cabeça, o que para Jack não era um bom sinal. — Se a senhorita tem certeza...

De repente, o sistema de som do aeroporto começou a funcionar. O rádio local avisou sobre a previsão de neve e anunciou que, em homenagem ao casamento dos astros Greta Woolston e Bruno di Blase, de *Hindenburg*, eles tocariam a música principal da trilha sonora do filme, ganhadora do Oscar. Segundos depois, os primeiros acordes de "Meu Amor Arde por Você" começaram a tocar.

Que ótimo. Perfeito.

Jack não era o único que parecia estar chateado com aquilo. Sem olhar novamente para ele ou para Vicky, Lou deixou um berro oprimido sair da garganta. Com seu casaco em um dos ombros e a bolsa do computador no outro, ela saiu correndo atrás do piloto para fora do terminal, seus cachos avermelhados quicando atrás da cabeça.

"Meu Amor Arde por Você" era uma das músicas mais idiotas que Jack já havia escutado, mesmo que tivesse ganhado o Oscar. Mas também era daquelas músicas que você não esquece.

Agora ele ia ficar com aquilo na cabeça o dia inteiro. E Lou também, pelo que o berro havia indicado.

Será que dava para a situação ficar pior?

Aparentemente, sim.

Porque quando Vicky ficou na ponta dos pés para beijá-lo — ela beijava todo mundo ao se despedir, e teria feito o mesmo com Lou caso ela não tivesse fugido —, Jack percebeu que as coisas poderiam *mesmo* ficar piores. Vicky, em um volume tão alto que todo o terminal pôde escutar, sussurrou:

— Se você tivesse ficado comigo, nada disso estaria acontecendo.

Não se poderia esperar uma atitude diferente vinda de Vicky. Ela não era o tipo de mulher que ficava calada. Quando tinha algo a dizer, com certeza dizia. Problemas com intimidade. Esse fora o diagnóstico que Vick fizera sobre Jack. Era por isso, segundo ela, que ele não retribuía seus sentimentos. Problemas com intimidade. Jack — ela havia dito — protegia muito seu coração para que ninguém nunca se aproximasse e o machucasse.

Sim. Era isso mesmo. Só porque ele não abria seu coração a cada autógrafo dado, como ela costumava fazer...

Contudo, a sinceridade de Vicky era uma de suas melhores virtudes. Era o que fazia com que todo o resto do pacote — a coisa toda com a cabala, a dieta macrobiótica — quase valesse a pena.

Quase. Mas no final das contas, nem tanto. Porque, claro, ele estava protegendo o coração.

Um minuto depois, ao sair do terminal e pisar no solo congelante, Jack sentiu as pontadas gélidas do vento. Ali, não era o coração o que ele estava protegendo ao fechar o casaco com força. Jack caminhou rapidamente até o avião que esperava na pista... e ficou perplexo. Não era aquele avião de oito lugares que levava o diretor e a equipe para Myra, como ele havia esperado. Era um helicóptero.

E não era um helicóptero grande.

Lou já estava no banco de trás, com fones tapando as orelhas e uma expressão que mostrava que também não estava muito feliz por sair dali daquela forma. Ou então era o fato de que ela ia voar com *ele* que a fazia parecer tão esnobe.

— O que aconteceu com o Cessna? — perguntou Jack ao piloto. Ele precisou berrar para se fazer ouvir por causa de todo o vento e do barulho do helicóptero.

— O Cessna Caravan não está disponível, senhor — berrou o piloto. — Só temos este helicóptero.

Jack franziu o cenho. Ele não tinha medo de voar, mas sem dúvida preferia aeronaves com mais de quatro lugares.

— Não tem nada maior? — perguntou.

— Não — disse o piloto, que parecia estar mais nervoso do que um piloto poderia estar, na opinião de Jack. — Mas é um R-44 novinho. O Sr. Lord vem utilizando este helicóptero para as sequências aéreas. É completamente seguro. Completamente, Sr. Townsend.

Lou, sentada no banco de trás, olhou para ele e disse, com aquela voz rasgada:

— Ou dá ou desce, garotão. Está muito frio aí fora.

Jack não gostou da atitude dela. Qual era o problema daquela mulher, afinal de contas? Ele até podia entender que tivesse ficado chateada com o "Preciso de uma arma maior". — Era só observar as cenas indignas que tinha escrito para o detetive Logan depois disso que sua ira ficava evidente.

No entanto, o comportamento dela era inacreditável! Tantos anos já haviam se passado! Tudo bem que as ruivas geralmente têm um gênio difícil, mas aquilo estava ficando ridículo. Por quanto tempo Lou ia ficar naquele mau humor com ele?

Foi só então que Jack lembrou que ela era amiga de Vicky. Será que as duas haviam combinado, no caminho do hotel ao aeroporto, tratá-lo mal? Certamente. O que era ótimo. Agora ele teria que lidar não só com a fúria de uma artista ofendida, mas também com a raiva da melhor amiga da mulher que ele teoricamente avacalhara.

Todavia, considerando o que havia acontecido na noite anterior, os dois estavam no mesmo barco naquele momento. Quem sabe Lou daria uma trégua para ele? E, pensando bem, a coisa toda havia sido culpa dela, na verdade. Se ela não tivesse escrito o roteiro sobre a droga do zepelim, Greta e o idiota do Di Blase nunca teriam se conhecido.

Além disso, a situação dele era bem pior que a dela. Bem pior. Ele estava sozinho com Melanie Dupre na noite anterior, tentando impedir que ela descontasse a raiva que sentia dele em um sofá inocente.

Certo. Lou havia perdido o namorado. Mas ela não tivera de lidar com atrizes enlouquecidas tacando fogo em móveis.

— Tudo bem — disse Jack, engolindo em seco o helicóptero, o piloto inseguro e, acima de tudo, a companheira de voo mal-humorada. — Vamos embora.

Ele fingiu que não escutou quando Lou sussurrou:

— Aleluia.

Uma vantagem que o R-44 tinha em comparação com o avião era que as conversas entre os passageiros era impossível. Primeiro, porque Lou estava sozinha no banco de trás. Sam insistira para que Jack se sentasse na frente para "balancear o peso". Depois, o girar das hélices em cima do helicóptero não deixava que ninguém escutasse nada lá dentro, a não ser pelos microfones embutidos nos fones de ouvido que Sam os obrigara a utilizar. Jack, sentindo-se exausto, adorou a ideia de não ter que ficar de papo com ninguém durante a viagem. Quando o helicóptero alçou voo e saiu do aeroporto, ele admirou a paisagem à sua frente, observando as terras vastas de Anchorage ficando pequenas e dando lugar a um enorme cobertor branco enfeitado com pinheiros esparsos.

O Alasca. Jack ficou surpreso quando leu o roteiro pela primeira vez e viu que uma grande parte das cenas acontecia em uma mina aos pés do monte McKinley. Até que Pete Logan, um detetive comum de Nova York, lidava bem com isso. Só nos últimos três filmes, ele havia estado no Tibete, no Uzbequistão, na Bolívia e em Belize. E agora no Alasca, para completar a turnê mundial.

Curiosamente, Pete sempre era chamado aos lugares mais perigosos do mundo, um fato que Jack atribuía ao desejo da roteirista de tornar a vida do ator o mais desagradável possível. Ele nunca confessou a Lou que, na verdade, adorava as locações de filmagem e que não se importava nem com o calor do deserto, nem com o frio intenso de vários locais que ela escolhia para gravar.

Por outro lado, o fato de o detetive Logan ser forçado a tirar a roupa em todos os lugares em que filmava o incomodava bastante. Uma coisa era perseguir contrabandistas de diamantes no Nepal. Outra coisa era ficar refém desses contrabandistas e acabar pelado em um templo, sendo torturado com pedaços de bambu.

Ao contrário do público americano, que amou *Copkiller II* mais que tudo, fazendo com que o filme lucrasse mais de 300 milhões de dólares, Jack tinha um certo problema com esse tipo de cena.

Felizmente, o único momento no atual *Copkiller* que exigia que Jack estivesse um pouco menos do que completamente vestido era a cena na banheira, antes de a voluptuosa secretária Rebecca Wells morrer eletrocutada. Lou devia ter perdido um pouco a mão quando escrevera esse filme. Aparentemente, a única punição para Jack era ficar um mês isolado no quadragésimo nono estado americano.

O que nem era uma punição. O Alasca era lindo... pelo pouco que Jack havia visto. Era difícil julgar apropriadamente, pois o máximo que dera para ver fora o Hotel Anchorage Four Seasons e a pequena cidade ao pé da montanha, cerca de 320 quilômetros ao norte de Myra. Entre esses dois lugares, ele só conseguira ver florestas. Quer dizer, florestas com montanhas e vastas imensidões brancas. E Jack sabia que isso não era tudo o que o estado do Alasca tinha a oferecer.

Mesmo assim, se ele tivesse de escolher entre receber a notícia sobre Greta no Alasca ou em Los Angeles, preferia que fosse no Alasca. Longe dos domínios dos programas "Access Hollywood" e "Entertainment Tonight", Jack sentia-se quase... quase em casa. E quando a filmagem acabasse, ele ia tirar umas férias para pescar no gelo. Um dos membros da equipe já havia até oferecido sua casa...

— Sr. Townsend.

Foi apenas quando a voz do piloto soou forte através dos fones de ouvido que Jack percebeu que havia cochilado. O que não era de espantar. O acesso de raiva de Melanie na noite anterior e suas consequências funestas — primeiro no setor de segurança do hotel, depois com os bombeiros, e finalmente com a polícia em seu quarto — o mantiveram acordado até às 4h da manhã. Algum dia ele teria de aprender a parar de se envolver com atrizes. Sua mãe estava certa: tudo virava um dramalhão com elas. Jack não sabia por quanto tempo ele ainda conseguiria lidar com a constante falsidade.

Mas, por outro lado, quando ele teria oportunidade de conhecer uma mulher atraente que *não* fosse atriz? Involuntariamente, ele desviou o olhar para a cabeça ruiva no banco de trás. Ela não era atriz, isso era um fato. Mas com certeza também era problemática...

Foi aí que Jack percebeu que o rosto de Lou não expressava tédio, como era de se esperar em uma viagem não muito confortável de helicóptero. E também não parecia estar enjoada, o que seria normal em um espaço aéreo tão turbulento quanto aquele.

Não. Lou tinha uma expressão de horror completo. E, naquele momento, não era porque Jack havia feito ou dito algo errado — como aparentemente ele sempre fazia desde que se conheceram, havia seis anos. Ele seguiu a direção do olhar de Lou. Ela estava hipnotizada pelo revólver que o piloto apontava para a cabeça de Jack.

— Sr. Townsend — disse o piloto —, eu acho que o senhor vai precisar de uma arma maior. De uma arma qualquer, na verdade.

4

Tim Lord olhou para o adesivo na porta do trailer. "Rebecca", estava escrito. E era óbvio que Melanie Drupre, a atriz que interpretava a amante de Pete Logan, estava lá dentro, como indicava o som de vidro se quebrando e os berros longos e animalescos que vinham de trás da porta.

— Ela esteve assim durante toda a manhã — informou a assistente pessoal de Melanie Dupre, cujo nome Tim nunca conseguia lembrar.

Tim escutou alguma coisa cair, algo como uma estante com CDs. Ele apertou os olhos e se perguntou se o seguro do estúdio pagaria pelos danos ou se os custos seriam descontados do pagamento da Srta. Dupre para que ela aprendesse uma lição valiosa.

— Por acaso — perguntou ele à assistente — isso tem a ver com o negócio do casamento? Entre Greta e Bruno?

— Acho que não — respondeu a assistente.

Como toda assistente pessoal, ela era um membro distante da família de Melanie e se parecia um pouco com ela. No entanto, no caso da assistente, um problema sério de acne interferia na beleza de seu rosto. Tim se perguntava por que Melanie não marcava logo um bom dermatologista para a menina. Afinal de contas, ela tinha um dos melhores de Los Angeles. Tim sabia disso porque Melanie havia exigido em seu contrato que o estúdio pagasse por várias sessões com a dermatologista durante a filmagem.

— Eu acho que — disse a assistente com cuidado, como se pudesse ser ouvida, apesar do enorme barulho de coisas sendo quebradas — o Sr. Townsend... sabe? Acho que ele terminou com ela ontem à noite.

Tim concordou. Claro. Por que ele não havia logo pensado nisso? Era muito raro que um casal de atores levasse o romance ficcional para fora das câmeras — como Jack Townsend e Melanie haviam feito recentemente — e isso funcionasse. Havia sempre a possibilidade de que o relacionamento desse errado durante as filmagens, e isso podia deixar tudo meio... estranho no set. Tim tinha bastante experiência com esse tipo de coisa.

O mesmo não podia ser dito sobre Jack Townsend e Melanie Dupre, pelo visto.

Por que ele? Sério. Por que hoje? Por que diabos Greta Woolston e Bruno di Blase haviam escolhido a noite anterior, entre tantas outras noites, para se casarem? Isso com certeza havia influenciado Jack a resolver, no meio do nada, que tinha que reorganizar suas prioridades.

E por que ele havia escolhido esse filme, entre tantos outros, para filmar após *Hindenburg*? Por que não havia fechado contrato com algum filmezinho de adolescentes? Funcionava para Jack, não funcionava?

— Mel? — Tim dirigiu-se à porta, na qual bateu com os nós dos dedos. — Mel, sou eu. Tim. Tim Lord. Posso entrar?

Antes que Melanie pudesse responder, Paul Tompkins, um dos assistentes de direção, veio correndo com suas orelhas avermelhadas aparecendo pelas laterais do boné de *Copkiller II*. A temperatura era de 20 graus, com previsão de queda de dez graus na próxima hora.

Mas isso não era nada demais. Na noite anterior, a temperatura fora de cinco graus negativos. Um cameraman quase perdera os dedos congelados.

Por que Lou havia escolhido o Ártico para o último filme da série *Copkiller*? Por que não o Havaí? Será que não havia criminosos perigosos se escondendo no Havaí? Lou estava levando seu desgosto por Jack Townsend e sua vontade de puni-lo muito a sério. Afinal de contas, "Preciso de uma arma maior" era realmente uma fala melhor do que "É sempre divertido, até que alguém se machuca". Era só perguntar para qualquer espectador.

— Tim — sussurrou Paul, curvando-se. Apesar das botas com salto que Tim Lord sempre usava, ele media apenas 1,60m de altura. Isso o incomodava muito mais do que algumas críticas engraçadinhas, como a do *New York Times*, que dizia que *Hindenburg* era uma "chatice masturbatória de um diretor que se achava grande".

— Acabei de receber notícias de Anchorage — sussurrou Paul. — O helicóptero acabou de sair com Jack.

— Ótimo — disse Tim —, ótimo. — Ele respirou fundo, ergueu-se o máximo que pôde e bateu com mais força na porta. — Melanie? Querida, é o Tim. Escute, deixe-me entrar, por favor? Precisamos conversar.

— E — Paul continuava sussurrando, a fim de evitar que a assistente escutasse — disseram que outra frente fria vai chegar. E vai ser pesada. Acho que vai baixar a temperatura em dez graus.

— Excelente — disse Tim, sentindo seu coração afundar no peito. Porém, não dava para perceber que havia alguma coisa errada pelo seu tom de voz. Não dava mesmo. Era o papel do diretor manter uma aura de calma e controle em todos os momentos. Não importa o quanto o mundo esteja rodando desenfreadamente, nunca demonstre descontrole. Nunca os deixe ver o suor escorrendo. — Simplesmente excelente.

Virando-se para a porta, ele chamou por Melanie:

— Querida, logo Jack vai estar aqui. Vamos ter que filmar aquela cena da mina, lembra? Temos uma previsão de tempestade, e eu...

A porta do trailer de Melanie Dupre foi aberta tão bruscamente que até a assistente levou um susto. Ainda com as roupas da gravação, Melanie encarou Tim com o rosto completamente borrado de maquiagem. Até Melanie Dupre, aquela bonequinha delicada, era mais alta que Tim Lord, o grande vencedor do Oscar.

— Você faz alguma ideia — exclamou Melanie com a voz embargada pelas lágrimas — do que aquele safado falou para mim ontem? *Faz*?

Tim achou que seria impossível sentir-se mais triste do que já se sentia e, no entanto, foi exatamente isso que aconteceu. Só mais dois dias. Era só disso que precisava para terminar a filmagem. Só mais dois dias, e ele teria tudo de que precisava para voltar para Los Angeles e começar a edição.

Pensando bem, tudo aquilo era demais. Ele não precisava de uma confusão conjugal somada às reclamações dos ambientalistas e amantes da natureza furiosos, além do mau tempo.

Ninguém havia dito que o *Hamlet* de Jack Townsend era uma chatice masturbatória, se sua memória não estava falhando. Claro que o filme não havia feito nem metade do sucesso de *Hindenburg*, mas havia recebido críticas muito boas, até do *New York Times*.

Por algum motivo, Tim achava que *Copkiller IV* não ia receber tantas críticas positivas.

— Olhe, Mel — disse Tim, com um tom de voz doce —, você conhece o Jack. Ele costuma ficar mal-humorado na véspera de cenas importantes...

— Não tem nada a ver com o filme! — protestou Melanie com uma voz fina. Com tanta neve ao redor, sua frase não foi muito longe. Tim duvidava que a equipe, que estava sentada na boca da mina abandonada, pudesse ter escutado. Graças a Deus. — O problema de vocês é esse — exclamou Melanie. — Vocês acham que tudo gira em torno da droga do filme! Mas isso não tem nada a ver com *Copkiller*, Tim. Tem a ver com o fato de que Jack Townsend é egoísta, manipu...

Uma sirene soou perto da mina. A equipe de efeitos especiais havia arrumado os detonadores e ia começar a testar a explosão. Era necessário que todos ficassem a uma certa distância para evitar acidentes.

— E eu não vou mais ser usada — continuou Melanie, ignorando o barulho da sirene. — É isso, Tim. Não vou trabalhar com ele. Nem mais um segundo. Entendeu?

— Mel — disse Tim com todo o cuidado —, eu entendo que você esteja passando por um momento péssimo agora. Estamos todos estressados. Você sabe que isso sempre acontece nos últimos dias de filmagem. Mas peço que compreenda que Jack está passando por um momento muito pior que todos nós por causa da Greta...

Naquele exato momento, Tim lembrou que não deveria mencionar La Woolston. O papel de Mimi, a heroína de *Hindenburg*, havia sido o mais cobiçado de Hollywood e, junto com outras várias atrizes, estrelas de rock e uma apresentadora de televisão, Melanie ficara muito decepcionada quando perdera o papel para Greta.

— Ah, não! — gritou Melanie com uma expressão de desespero. — Como assim, Tim? *Como assim?*

A porta do trailer foi batida novamente. Tim, a assistente e Paul trocaram olhares.

— Talvez — aventurou-se a assistente após um instante — eu devesse ligar para o terapeuta dela.

— Talvez — respondeu Tim, sem delongas — você devesse ter pensado nisso há meia hora.

Enquanto a assistente, muito sem graça, ia embora, Paul tossiu discretamente. Tim olhou para ele angustiado.

— O que foi agora? — indagou.

— É que — disse o assistente de direção, levando uma das mãos ao seu fone de ouvido — acabei de receber uma confirmação de que Lou está com ele. Com Townsend.

Tim encarou o homem em estado de horror.

— O que... o que você disse?

— Ela — gaguejou Paul, nervoso — pegou o mesmo helicóptero. Lou. E Jack. No mesmo lugar fechado.

Tim levou as mãos à cabeça. Não. Não, isso não podia estar acontecendo.

— Meu Deus — desabafou Paul —, eles vão se matar.

Vicky Lord bateu a porta do hotel e largou todo o seu peso nela. Quer dizer, todo o peso que existia em uma mulher que cuidava muito bem de seus 45 quilos e 15 por cento de gordura corporal em uma estrutura óssea bem pequenina.

— Nossa — disse ela a Lupe, que desviou o olhar da revista em suas mãos para receber a chefe com surpresa —, esses repórteres não se cansam. Nem acredito que consegui chegar aqui inteira. "Sra. Lord! Sra. Lord! A senhora tem algum comentário sobre o caso Di Blase/Woolston? A senhora sabe qual o estado de Jack Townsend? Ele está deprimido?" E aqueles ambientalistas! Pelo fervor deles, parece que Tim está planejando implodir um abrigo de animais em vez de uma mina abandonada. — Assim que avistou a garrafa de uísque na bancada do bar da sala, Vicky foi rapidamente até ela e serviu uma dose. — Só um pouquinho — disse a Lupe, que já havia escondido a revista. — Estou precisando, depois disso tudo.

Como de costume, Lupe não disse nada. Apenas apanhou o casaco de pele que sua patroa havia deixado no chão. Desenhado para imitar o pelo de um vison, o casaco era, na verdade, feito de chinchila, mas teria enganado até o ativista ambiental mais atento.

— Por que a senhora voltou tão cedo, dona Vicky? — perguntou Lupe enquanto pendurava o casaco em seu devido lugar. — Foi a tempestade? Eu ouvi a previsão no rádio.

— Tempestade? — O uísque bateu no fundo do estômago de Vicky junto com o omelete de claras, água quente e limão que haviam sido seu café da manhã. Ela foi até a longa parede de janelas panorâmicas no outro lado da sala da suíte e viu uma cortina grossa de nuvens emanando das montanhas. — Meu Deus. *Isso* é que é tempestade. Que situação perfeita. Agora vou ficar presa a tarde toda aqui com *O pequeno Lord*, sem nenhuma chance de ir às compras. Como se — acrescentou com um suspiro — tivesse alguma coisa para comprar neste maldito lugar. — Ela deu as costas às janelas e disse: — OK, pode ser sincera. Ele está enjoado? Você sabe muito bem como me sinto em relação a vômito.

Lupe olhou para a patroa com surpresa. Havia muitos detalhes que ela não entendia sobre a vida dos Lord, mas a nova Sra. Lord era a mais impressionante de todas. Se bem que Lupe tinha de admitir que essa era bem melhor do que a anterior, que tinha fascínio por armas. Quando ficou claro que seria trocada por uma esposa mais jovem, Lupe sentira medo.

— Não estou entendendo, dona Vicky — disse Lupe. — Quem está enjoado?

Os lindos traços do rosto de Vicky se contorceram impacientemente.

— Elijah — respondeu. — Eu recebi uma mensagem dizendo que ele está doente.

Lupe balançou a cabeça.

— Elijah não está doente. Ele está na piscina com as outras crianças e a babá. Na última vez que fui checar, eles estavam brincando de "tubarão".

Vicky afundou o corpo no sofá desocupado por Lupe há pouco e pegou a mesma revista que a empregada estava lendo.

— Tudo bem, Lupe — disse Vicky —, não precisa tentar me poupar. Não tem problema algum. Eu sabia no que estava me metendo quando resolvi assumir a vida de madrasta. Pode ser sincera. É muito grave? Ele não está vomitando descontroladamente, está?

— Dona Vicky. — Lupe deu de ombros e estendeu as mãos, sem saber o que fazer. — Eu não sei do que a senhora está falando. Ele não está doente. Está lá embaixo, nadando na piscina interna. Pediram que eu levasse o almoço dentro de uma hora. Só sei disso. Na última vez que vi Elijah, ele estava bem. — Mais do que bem. O menino até jogara um barco feito de Lego em cima de Lupe. Mas ela sabia que não devia perder seu tempo reclamando com a madrasta sobre o mau comportamento das crianças. Ela não iria — nem poderia — fazer nada.

Vicky tirou os olhos da revista — a nova edição da *Vogue* — e disse:

— Espere aí. Se ele não está passando mal, por que Tim recebeu uma mensagem dizendo que estava?

— Não faço ideia, dona Vicky. Eu não liguei para ele. Elijah está bem. Pelo menos comeu todo o cereal hoje de manhã.

Vicky ficou olhando para a empregada.

— Então você está me dizendo que me fizeram sair do aeroporto e voltar para o hotel por nada?

— Deve ter havido um engano — disse Lupe, encolhendo os ombros. — Talvez algum funcionário do hotel tenha se confundido. Mas acabou que nem foi tão ruim assim. Não ia ser bom ir para o set agora. — Ela apontou para a janela. A neve havia começado a cair lá fora. — A senhora poderia ficar presa naquela montanha a noite inteira.

Vicky olhou para a janela, surpresa.

— Você tem razão. Nossa, que tempo horrível. Ainda bem que estou aqui.

Com uma expressão de pena, Vicky acrescentou:

— Coitados da Lou e do Jack. Voando no meio daquelas nuvens. Tomara que dê tudo certo.

Frank Calabrese examinou com cuidado os números de emergência que havia anotado na lista de contatos ao lado do telefone da cozinha. Depois de quarenta anos de experiência, ele havia aprendido algumas lições. Por exemplo: nunca use camisas brancas por baixo do uniforme, pois o pano claro fica aparecendo no meio da gola em V da farda e acaba servindo de alvo para qualquer bandido que queira atirar acima do colete à prova de balas.

Não que ele tivesse levado algum tiro em todos os anos de polícia. Mesmo assim, era melhor prevenir do que remediar. E as camisas pretas também tinham a vantagem de não expor as manchas de molho dos sanduíches que ele gostava de comer no almoço.

Porém, mais edificante do que os anos que passara no Departamento de Polícia de Nova York, haviam sido os quarenta anos dedicados à criação de seus cinco filhos — claro que com a ajuda de Helen, sua falecida esposa. Contudo, dez anos atrás, desde a morte de Helen, que fora vítima do câncer de mama, ele fazia o papel de educador sozinho e, sem querer se gabar, estava indo muito bem, obrigado.

E mesmo que as crianças já estivessem crescidas e não precisassem mais de supervisão constante, uma das obrigações de um pai era ter os números de todos os filhos em um lugar de fácil acesso — junto com outros números importantes, como o da pizzaria mais próxima e o do melhor contato para conseguir ingressos para os jogos de beisebol.

Ele se curvou para enxergar os números da lista — ele se recusava a usar os óculos prescritos pelo médico, exceto quando lia os romances policiais dos quais havia começado a gostar após a aposentadoria. Finalmente, ele encontrou o número que procurava e, após uma última consulta ao papel, começou a discar.

Ela não atendeu, é claro. Quase nunca atendia. Frank nem sabia por que ela tinha um telefone celular, considerando que nunca o atendia. A secretária eletrônica foi acionada, encorajando-o a deixar um recado. Ele ficou na dúvida. Helen não teria titubeado tanto: deixar uma mensagem para a filha abandonada pelo ex não teria sido um problema para a esposa.

Após alguns instantes de ponderação, ele decidiu que pouco se importava com o decoro. Ao ouvir o som do bipe, disse:

— Lou. É papai. Escute. Eu vi. No jornal. Sobre o Barry. Que mais? "Eu não gostava dele mesmo." Não. Ele havia tentado isso com Nick, assim que ele e Angie se separaram, e o que acontecera? Os dois reataram o namoro pouco tempo depois, e Nick, aquele idiota, contara a Angie o comentário do pai. Frank passara a receber os piores olhares da namorada de seu caçula durante todo o resto do namoro, que felizmente só durara mais alguns meses. Mesmo assim, a situação havia sido muito desconfortável.

Portanto, Frank não podia falar a verdade. Não podia dizer que sempre havia detestado Barry Kimmel, que o achava uma perda de tempo desde a primeira vez que Lou o trouxera para casa, aquele dia em que o imbecil se apresentara vestindo calças brancas e uma camiseta rosa — rosa! — e ficara falando com Helen como se fosse a porcaria do John Kennedy, o que fizera com que Frank sentisse vontade de agredir o rapaz.

Ele tentou dizer mais ou menos a mesma coisa, só que de uma forma mais suave. Todavia, a tentativa de ser sutil não deu certo.

— O que eu posso falar, filha? O cara não merece você. Estou certo ou errado? Quer dizer, um cara que troca a minha menina por uma qualquer... não merece atenção. Portanto, não se preocupe. Você sabe o que sua mãe diria se estivesse aqui. Têm muitos peixes no mar e... seu barco ainda vai pescar muitos e... ele nunca foi bom o suficiente para você mesmo.

Por algum motivo, Frank achou que aquilo não soava muito bem. No entanto, Helen já havia usado uma frase parecida quando Adam terminara o primeiro namoro firme. Tendo isso em mente, Frank continuou.

— É — disse —, é isso mesmo. Enfim, espero que você esteja bem aí em Los Angeles. Você sabe que, se quiser voltar para casa, seu quarto está sempre pronto para recebê-la. Com certeza todo mundo adoraria ver você. E não precisa se preocupar em ser tratada como celebridade aqui. Nós não vamos deixar que você esqueça as suas raízes, entendeu? Com ou sem o Oscar. Ah! Falando nisso, você sabe o que deve fazer com ele, não sabe? Com Barry. Acho que nem preciso dizer, não é?

Ele fez uma pausa e passou a mão pelo rosto. "Helen sempre sabia o que dizer para Lou", pensou. Não era tão difícil com os meninos. Podia-se dizer qualquer coisa para eles — mesmo para Adam, o sensível — e estava tudo sempre OK.

Mas Lou. Ela sempre havia sido diferente. "Minha filha prodígio", dizia Helen, com razão. Lou nunca havia sido como os meninos, e não só porque ela era menina. Ela... bem, ela analisava muito as coisas. Uma qualidade boa para os escritores, ele achava, mas não tanto para os policiais. Os policiais que analisavam muito as coisas em vez de agir pelo instinto geralmente acabavam mal.

Felizmente, os instintos de Lou também sempre haviam sido muito bons. Menos no que dizia respeito aos namorados.

— Então, preste atenção — disse Frank ao telefone —, ligue para mim quando receber esta mensagem, OK? Estamos preocupados. Queremos ter certeza de que você está... bem. Não vá se jogar nos braços de qualquer um daqueles astros loucos ou coisa do tipo, OK? OK. Ligue.

Frank desligou. Será que havia falado demais? Ele olhou para a foto de Barry com a tal Woolston, aquela do *Hindenburg*, no jornal. Estavam abraçados e sorrindo ao lado do bolo de casamento em formato de zepelim — de propósito, diria Adam.

"Não", pensou. "Eu não falei demais." Se ele conhecia bem a filha, ela iria se esconder nas montanhas e dar a volta por cima sozinha.

Ele torceu para que ela tivesse levado o celular. Ao contrário dos meninos, Lou nunca havia sido muito boa para lidar com os momentos de crise.

5

Lou não conseguia acreditar. Sério. Não era possível que aquilo estivesse acontecendo. Como se as últimas 24 horas não tivessem sido o bastante, agora ela estava presa em um helicóptero em pleno ar com Jack Townsend e um piloto lunático.

Não era justo. Simplesmente não havia justiça no mundo.

Mas a culpa era dela. O estúdio não teria ficado tão entusiasmado com uma continuação para *Copkiller* se *Hindenburg* não tivesse tido um sucesso tão estrondoso, o que mais uma vez mostrava que ela devia ter escrito um romancezinho qualquer em vez de uma droga de um magnífico triunfo do espírito humano. Isso teria facilitado sua vida.

— Opa — disse Jack ao finalmente registrar que havia uma pistola .38 apontada para ele. — Ei, fique calmo.

— Mil desculpas, Sr. Townsend — disse Sam, o piloto, com aquela voz novamente pesando no fone de Lou —, mas tenho de fazer o que me mandam.

— Você está falando sério? — Felizmente, Jack não demonstrava nem um pouco de pânico. Nem medo, pelo que Lou podia ver. Ele até se lembrou de falar usando o microfone que ficava acoplado ao fone de ouvido para que Sam o escutasse. — Pare com isso. Você vai atirar em mim? Dentro do helicóptero?

Infelizmente, Sam concordou.

— E empurrá-lo para fora — disse. — Foi por isso que não pegamos o Cessna.

— Mas... — Lou não sabia dizer se Jack estava ganhando tempo ou se perguntava porque realmente queria saber. Qualquer que fosse o motivo, seu usual ar de sarcasmo havia desaparecido para dar lugar a uma expressão de surpresa. — Por que você está fazendo isso?

Sam encolheu os ombros largos.

— Já disse que recebi ordens. Se não fizer isto, não recebo. E eu realmente preciso da grana, Sr. Townsend. Tenho dívidas. Agora, se o senhor não se importa...

Com o coração disparado e a boca muito seca, Lou abriu o cinto de segurança e inclinou-se para a frente. Lembrando-se de todas as histórias que seu pai já havia contado durante as refeições sobre como lidar com pessoas portando armas, ela tentou manter a voz calma e disse:

— Isso é ridículo, Sam. Você não pode atirar em Jack Townsend. O que vão dizer quando chegarmos ao set sem ele?

Sam olhou para trás com um ar de compaixão.

— Nós não vamos para o set, senhora. É que eu tenho que me livrar do Sr. Townsend e depois ir para... a senhora não precisa saber para onde vou. Mas meu pagamento está me esperando lá. Eu vou me aposentar depois disso, entende?

Lou engoliu a saliva. Parecia que tinha areia em sua boca. *O retorno da múmia*, 2001. Eis um filme que realmente usou muita areia.

— E eu? — perguntou Lou, sufocada.

Mesmo que já pudesse prever a resposta, as palavras de Sam congelaram seu corpo. Nem o aquecedor do helicóptero poderia ajudar.

— Não era para a senhora estar neste voo. Não era para ter nenhuma testemunha.

Não, claro que não. Tinha sido por isso que haviam dado um jeito de impedir o embarque de Vicky, certo? Mas eles evidentemente haviam se esquecido de Lou — seja lá quem fosse que tivesse arquitetado o assassinato de Jack.

Bem, e quem se importaria? Afinal de contas, ela era apenas uma roteirista, e qualquer pessoa sabia o quanto os roteiristas eram dispensáveis. Não havia um funcionário da Starbucks nos Estados Unidos que não tivesse um roteiro escondido em algum lugar.

— Escute aqui — disse Jack, e Lou reconheceu o mesmo tom amigável que o detetive Pete Logan usava —, seu nome é Sam, certo? Escute aqui, Sam. Tenho certeza de que quem está lhe pagando ofereceu bastante dinheiro pelos seus serviços. Mas eu também tenho bastante dinheiro. Que tal se eu dobrasse o seu pagamento e você me deixasse viver?

Lou quase se levantou. Essa estratégia estava em *Copkiller II*; ela tinha escrito isso. E Jack teve a presença de espírito de lembrar da cena e colocar o plano em ação em uma situação daquelas, coisa que ela nunca conseguiria fazer — aplicar experiências de seus personagens à vida real. Tudo bem com outros personagens, mas não com os seus.

O piloto balançou a cabeça até que seus lábios se movessem.

— O senhor deve achar que eu sou bem burro — falou. Mais uma vez, ele não parecia estar zangado. Parecia apenas... triste. — Eu sei que vocês me entregariam assim que pudessem — continuou. — Só tem uma maneira disto terminar. E acho que vocês sabem qual é.

Lou ficou estática de tanto medo, olhando para o homem de fone nas orelhas à sua frente e que apontava uma arma para o coração de Jack Townsend. Quando ela voltou o olhar para Jack novamente, notou que ele não estava prestando atenção no assassino em potencial. Não. Jack estava olhando para *ela*.

E pela primeira vez desde que conhecera Jack Townsend, há seis anos, Lou sentiu que o olhar penetrante dele estava realmente a vendo... percebendo-a como mais do que uma simples roteirista maluca que não queria que ele mudasse as falas do texto... enxergando-a *de verdade* e, de alguma forma ininteligível, implorando para que ela...

Para que ela fizesse alguma coisa. Mas o quê? O que *ela* poderia fazer? Imobilizar o inimigo? Ah sim, isso era bem fácil.

— Ai, meu Deus — choramingou Jack, desviando o olhar e, para espanto de Lou, apoiando a cabeça no encosto —, eu não acredito que isto está acontecendo.

Assustada, Lou passou um ou dois segundos tentando entender o que ele estava fazendo. Jack podia ser um imbecil, com certeza, mas não era um covarde. Ele nem havia cogitado pedir a ajuda de dublês na cena mais perigosa de *Copkiller III*, a cena com a enguia e a betoneira...

De repente, ela entendeu. Ela entendeu exatamente o que Jack estava fazendo. Segundo ato de *Copkiller III*, cena cinco. Será que Sam não havia assistido ao filme? Se não, ele era o único homem do perfil — entre 45 e 60 anos de idade, habitante do nordeste dos Estados Unidos — que havia perdido o lançamento.

Mas aparentemente ele não assistira ao filme, por que, confuso, Sam gaguejou:

— Calma, Sr. Townsend. Não fique assim...

— Pelo amor de Deus, cara — implorou Jack e tentou colocar a mão no ombro do piloto —, não faça isso. Não jogue a sua vida fora, vivendo como um homem perseguido, sempre fugindo.

— Opa, espere aí — protestou Sam —, espere um minuto...

Enquanto isso, Lou já havia se jogado no chão, assim como o desafortunado Dan Gardner fazia quando o parceiro Pete Logan começava suas encenações. Lou não tinha a mínima ideia do que devia procurar no chão, mas o R-44 era pequeno e, portanto, o espaço para armazenar coisas era bem limitado. Se alguém tivesse que guardar alguma coisa ali — algo que fosse servir como arma —, seria embaixo dos assentos.

Lou viu uma caixa com a inscrição "Somente para Emergências" sob seu assento. Bem, com certeza esta era uma situação emergencial, talvez a única de sua vida. Ela puxou a caixa para a frente e rezou para que Jack mantivesse o piloto distraído enquanto examinava o conteúdo.

— Que tipo de vida é essa? — questionou Jack. — Sempre preocupado e nervoso, sempre fugindo da lei...

— A lei não vai me alcançar no México — disse Sam —, e não acho que vou ficar nervoso quando estiver naquelas praias maravilhosas...

— Pense bem, Sam — retrucou Jack. — Você não acha que eles vão extraditar você de volta quando o encontrarem? Eu sou uma celebridade internacional. O mundo inteiro vai chorar minha perda e implorar por justiça.

De quatro no chão, Lou revirou os olhos ao escutar aquilo. Ele não era *mesmo* um ator?

— Mas eles nao poderão me pegar — respondeu Sam com força — quando eu estiver a salvo no México.

A tampa da caixa se abriu, e Lou agradeceu em silêncio. Ela encontrou exatamente o que queria. Após engatilhar a pistola — que era surpreendentemente pesada —, Lou a apontou para a nuca de Sam e, assim como Rebecca fazia em *Copkiller III*, berrou:

— Não se mexa, seu patife!

Só que Sam continuou se movendo, e sua voz ainda soava no fone de Lou:

— Olhe, não gosto disso, mas tenho que fazer o que estava planejado.

Lou percebeu que não havia sido ouvida.

— Sam — disse ela ao microfone, direcionando a arma para a têmpora do piloto —, abaixe a arma. Agora.

Ela reparou que Jack ficou totalmente pálido quando olhou para ela. Mas o que mais ela podia fazer? Não havia muitas alternativas. Ou ela usava a pistola sinalizadora ou ela não usava nada. Ela o ignorou.

— O que... que é isso? — Sam parecia estar confuso. Era claro que não estava acostumado a ter sinalizadores apontados para seu rosto. — O que você está fazendo?

— Eu vou enfiar este sinalizador na sua cabeça — respondeu Lou com uma voz bem segura, como a de Dirty Harry em *Sem medo da morte* — se você não abaixar a arma.

Sam virou-se para encará-la com uma expressão indignada.

— Você não vai atirar em mim — falou, como se ambos concordassem com a frase.

— Vou, sim — assegurou Lou —, com certeza. Pode apostar.

"Ai, droga", pensou Lou com o corpo trêmulo. Três vezes. Ela falou três vezes. Seu pai havia ensinado que as pessoas que falam a mesma coisa três vezes estão sempre mentindo. Mas talvez Sam, que estava do lado oposto da lei em relação a Frank Calabrese, não soubesse disso...

Ou talvez soubesse. Ele ainda estava olhando para ela. Seus olhos eram azuis, como os de Jack Townsend. Contudo, era um azul diferente, mais pálido e inferior. Não era aquele azul com um círculo negro separando a íris da parte branca do olho — aquele círculo que havia feito tantas pessoas se sentarem para assistir ao Dr. Rourke de *STAT*...

— Você não vai atirar em mim — disse Sam, novamente, como se falasse com uma criança. — Não vai atirar em ninguém. Não é da sua índole.

Lou piscou. Claro que ele estava certo. Ela não ia atirar nele nem em ninguém. O pai dela havia sido policial da cidade de Nova York e nunca havia atirado em ninguém. Todos os seus quatro irmãos trabalhavam em grandes empresas de segurança, e eles também nunca haviam atirado em ninguém. Já haviam apontado suas armas para outras pessoas, claro. Mas quando o assunto era apertar o gatilho, nenhum deles havia estado em uma situação que precisasse de um disparo.

Exceto por Nick, que uma vez tivera de atirar em uma rottweiller. Ela não estava deixando ninguém chegar perto de seu dono, que estava ferido. No entanto, ele usara uma bala de borracha e a cadela se recuperara bem — mesmo assim, ela não havia gostado muito das visitas de Nick ao seu leito hospitalar.

Lou perdeu um pouco do controle da arma.

— Tudo bem — falou com uma voz que agora não soava mais como a de Clint Eastwood, mas sim com a de Sally Field. — Tudo bem, talvez eu não atire na sua cabeça, mas posso atirar na sua perna, e isso deve machucar bastante...

Sam balançou a cabeça.

— Meu bem — disse ele —, se você atirar em mim, isto aqui vai despencar, entende? Como um meteoro.

Lou ficou tensa. Ai, meu Deus, ela não tinha pensado nisso. Ela perdeu mais ainda o controle da arma...

— Eu acho que não, hein — disse Jack Townsend com sua voz profunda e calma. Lou não foi a única a olhar para ele com espanto. Sam também estava boquiaberto. Os dois pareciam ter esquecido que havia um terceiro membro na cabine, de tão intensa que a conversa entre eles havia sido.

— Eu já pilotei o R-44 sozinho, sabe? — prosseguiu Jack, distraidamente.

Apesar da tensão do momento, Lou perguntou, surpresa:

— Já?

— Claro — respondeu Jack, encolhendo os ombros largos e fortes. — Em *Spy Time*, do Berger. Você deve se lembrar desse filme. Ele arrecadou 65 milhões só nos Estados Unidos na semana de lançamento.

Lou quase largou a arma. Em primeiro lugar, Jeffrey Berger — que teve a ousadia de recusar *Hindenburg* quando o agente de Lou mandou uma cópia do roteiro para ele — nunca permitiria que um de seus atores fizesse cenas perigosas, como pilotar um R-44. Depois, *Spy Time* não chegara nem perto de arrecadar tal quantia, muito menos na primeira semana.

Mas o olhar que Lou recebeu de Jack fez com que ela se lembrasse da importância daquele momento e, tendo isso em mente, ela apertou a arma contra a têmpora do piloto mais uma vez.

— OK — falou. — Está vendo? Vamos ficar muito bem sem você aqui. Agora, abaixe a arma.

Evidentemente, Sam não sabia sobre o estilo conservador de direção de Jeffrey Berger, nem sobre o péssimo arrecadamento de *Spy Time*. Para grande surpresa de Lou, ele suspirou e entregou a pistola a Jack.

Tendo aprendido muito nos sets de *Copkiller*, Jack segurou a arma com as duas mãos, de uma forma que seus dedos não pudessem apertar o gatilho acidentalmente.

— Muito bem — disse Jack em um tom diferente do que havia usado quando pedira que Sam, pelo amor de Deus, pensasse sobre o que estava fazendo. Agora, ele soava calmo. Muito calmo. Lou sentiu um calafrio, pois Jack Townsend estava calmo demais.

Ou talvez o calafrio se devesse ao fato de que eles ainda estava voando pelo ar ártico em uma velocidade incrível, rodeados por armas letais.

— Agora — prosseguiu Jack, friamente —, dê a volta.

Lou agradeceu por aquela arma estar longe dela. E pelo olhar de Jack também estar virado para outra pessoa — aqueles olhos azuis que pareciam tão grandes e frios quanto o chão do helicóptero. Se Jack Townsend olhava para Greta daquela forma, então era fácil entender por que ela o havia deixado por Barry, cujo olhar mais severo não espantaria nem uma criança.

Sam parecia concordar com ela quando disse, em meio a gemidos:

— Deus. O que eu fiz? O que eu fiz?

— Não se preocupe com isso — disse Jack —, apenas pilote.

— Eles vão me matar — respondeu Sam com uma voz fina. — Se eu voltar para Myra, eles vão me matar, você não entende?

— Apenas pilote o helicóptero — disse Jack, novamente.

Foi quando Lou olhou pelo painel da frente e viu algo que a fez berrar. No entanto, por causa do desespero do momento, ela não falou ao microfone, e ninguém a escutou.

— Continue voando — disse Jack com uma voz consoladora — com calma, e eu dou um jeito para você...

— Gansos! — berrou Lou, desta vez ao microfone, apontando para a frente.

Mas era tarde demais. Eles estavam voando tão baixo devido ao ataque de nervos do piloto que já estavam cara a cara com um grupo de gansos antes que pudessem fazer qualquer coisa.

E quando um dos pássaros bateu na hélice, em uma explosão de sangue e penas, a força do impacto foi grande o suficiente para jogar Lou, que ainda estava ajoelhada, para a frente, até que sua testa batesse com força contra o metal gelado das costas do banco do piloto. A pancada, que a fez ver estrelas, também a fez perder o controle do sinalizador.

Ele caiu no chão do helicóptero e disparou sozinho — e aí Lou viu outro tipo de estrelas.

No meio do show de luzes e fumaça, Lou pensou na palavra *bando*. Não foi um grupo, foi um *bando* enorme que veio ao encontro deles. Um bando de gansos. Ou um grupo...

Havia um grupo chamado "Bando de gaivotas" — "*Flock of seagulls.*"

— Cuidado! — ela escutou Jack Townsend berrar. Ele não precisava falar no microfone. Ele gritava alto o suficiente para ser escutado acima do vrum-vrum-vrum das hélices e do chiado do sinalizador, que quicava de um lado para o outro até parar em cima do painel de controle, soltando muita fumaça.

— Jesus — exclamou Sam, o piloto, enquanto tapava o rosto para se proteger das fagulhas —, Jesus!

"*Flock of seagulls*", pensou Lou, que havia sido atirada de volta ao seu assento. Barry adorava aquela banda, tinha todos os CDs. Era isso que havia naquela caixa, a caixa que ele estava segurando quando a acusara de ter se tornado uma cínica. Os CDs do "*Flock of seagulls*". E música com flautas de bambu. Barry sempre havia se interessado por flautas de bambu.

A sombra do rosto de Jack estava bem na frente de Lou, em contraste com a fumaça.

— Coloque o cinto — berrou ele. Olhando para Jack, Lou obedeceu. Porém, era inevitável pensar que Jack Townsend era muito metido mesmo. Quem ele achava que era? Uma estrela de cinema?

Esse pensamento não aliviou a tensão de Lou, porque, mesmo com toda a fumaça que estava tomando a cabine, ela viu alguma coisa se aproximando rapidamente do painel, e sentiu sua garganta se fechar.

Essa coisa era o chão.

6

E depois, lá estava Lou rodeada de gaivotas. Gaivotas branquinhas e fofas, com suas penas por toda parte como se fossem asas de anjos.

Só que não exatamente como anjos, porque anjos são, segundo dizem, criaturas meigas e celestiais.

Estes anjos, por outro lado, estavam em cima dela. Sufocando-a. Machucando-a. Queimando-a.

Lou abriu os olhos.

Ela estava deitada na neve. A neve, e não as penas, a estava queimando. Não exatamente queimando, porém não era muito confortável ficar ali, deitada na neve. Sua cabeça doía. E doía mesmo, de uma maneira que não doía desde a manhã após a saída de Barry com sua caixa de CDs. Mesmo sem ter prática com bebidas, ela consumira uma garrafa inteira de Bailey's junto com uma caixa de pé de moleque que o filho de um vizinho havia vendido para angariar dinheiro para a escola.

Tremendo de dor, jogada contra o brilho áspero da neve, deitada sob o vasto espaço do céu do Alasca, branco como o chão, ela se apoiou sobre os cotovelos...

No entanto, logo desejou que não o tivesse feito. Não por causa da dor penetrante em sua cabeça — que estava extremamente forte —, mas porque a poucos metros dali estava, imerso na neve, o que havia restado do helicóptero.

Com dificuldade, ela se levantou sem nem saber o que fazer depois. Tudo o que sabia sobre primeiros socorros ela havia aprendido nos episódios de *STAT*. Lou nunca havia sido escoteira e muito menos salva-vidas nos parques aquáticos durante o verão. Mesmo assim, ela havia visto o Dr. Paul Rourke fazendo respiração boca a boca em milhões de vítimas de acidentes — principalmente na quinta temporada, quando o ônibus escolar virou na pista —, e achava que podia fazer igual, se não melhor.

No entanto, sua intenção de ajudar os outros passageiros foi esquecida, não por causa da dor de cabeça intensa ou por causa de sua visão, que estava nebulosa sempre que ela fazia movimentos bruscos. Não. A mão que segurou seu pulso com uma força incrível também afetou seus planos.

Desviando o olhar, antes direcionado à carcaça do helicóptero, Lou viu o par de olhos do dono daquela mão. Os olhos azuis, frios e decididos de Jack Townsend. Os olhos que valiam 15 milhões de dólares em Hollywood.

Mas ele não estava deitado no meio do metal queimado na neve. Ela achou que ia precisar resgatá-lo da cena do acidente enquanto ainda estivesse inconsciente. Porém, na verdade, aquilo estava parecendo o contrário, como se ele estivesse salvando-a.

Por um lado, ela não gostou de tal ideia. Será que ela ia ficar devendo a própria vida ao homem que, além de ter rejeitado uma de suas melhores amigas, a fizera engolir a frase "Preciso de uma arma maior" goela abaixo?

— Aonde você pensa que vai? — perguntou ele. Aquela voz, profunda e constante, sempre com uma ponta de sarcasmo que fazia parte do pacote de 15 milhões de dólares, soou doce, para espanto de Lou. Foi aí que ela percebeu que estava nevando. Pouco, mas nevava. Flocos se depositavam nos cabelos de Jack Townsend, que, para desespero dos estilistas de Hollywood, já era um pouco grisalho. "Tudo soa mais doce quando neva", concluiu Lou. Até mesmo a voz de atores profissionais que haviam se formado na Escola de Drama de Yale.

Lou apontou para a carcaça do extinto helicóptero.

— Ele... ele...?

— Ainda não — disse Jack. — Está ali. — Jack apontou para um pedaço da lataria a alguns metros dali, aos pés de um pinheiro alto. — Vivo. Infelizmente. — Ele soltou o pulso dela.

Livre do toque seguro de Jack, Lou caiu na neve como uma pedra. Opa. Ela não devia ter se levantado tão rápido. Ela parecia o boneco Pinóquio antes de virar um ser humano, se mexendo daquela maneira desajeita.

Jack olhou para ela.

— Ei. — O tom usual de ironia deu lugar ao que parecia ser preocupação — Você está bem?

Limpando as lágrimas que apareceram no meio do nada, ela respondeu:

— Claro, claro. Estou ótima. — Ela não conseguia decidir o que era pior: estar ali com Jack Townsend ou estar chorando na frente de Jack Townsend. — Eu sou uma manteiga derretida. Mas estou superacostumada a ter armas apontadas para mim por sequestradores e a cair de helicóptero no meio da tundra congelada. Isso acontece o tempo todo.

O tom preocupado de Jack ficou carregado de ironia novamente.

— Isto não é tundra — informou ele. — Nós estamos na montanha. A tundra é uma vegetação para solos planos.

— Tanto faz — disse Lou. Ela não conseguia acreditar naquela cena. Não mesmo. — É que... — Ela olhou para Sam, que estava inconsciente. — Ele está muito machucado?

Jack levantou os largos ombros.

— Só consegui ver um galo na cabeça. Não tão grande quanto o seu, mas bem feio.

Lou levantou a mão e tocou a testa. Ah, sim. Lá estava. Um ovo gigante, bem embaixo da linha do cabelo. Que lindo. Não que ela se importasse com a aparência na frente de Jack Townsend, claro.

— Só isso? — perguntou ela, sentindo o ovo na testa, mas olhando para o corpo do piloto. — Você não vai tentar nada? Não vai tentar... reanimá-lo?

Jack abriu os braços. Lou notou que ele havia colocado um par de luvas de couro.

— Olhe, eu não sou um médico de verdade. Apenas fiz um papel na televisão.

Lou fez uma cara feia.

— Você entendeu o que eu quis dizer. A gente devia... sabe? Fazer alguma coisa por ele.

— Por quê? — perguntou Jack. Sua voz de 15 milhões ficou séria de repente. — Ele ia nos matar, está lembrada?

— É claro que você se importa — respondeu ela, com seriedade também. — Do contrário você não o teria arrastado para um lugar seguro, teria?

Jack encolheu os ombros novamente, mostrando desconforto.

— Eu não podia deixá-lo morrer, podia? Ele tem filhos.

— Filhos? — Lou não estava acreditando naquela cena surreal. Será que estava mesmo sentada na neve tendo aquela conversa com Jack Townsend? Eles realmente haviam sobrevivido a um acidente de helicóptero no meio do Alasca? Ou será que aquilo era uma pegadinha? *Parecia* ser uma pegadinha.

— Que filhos? Como você sabe que ele tem filhos?

Com certeza, era uma pegadinha. No mundo real, Jack Townsend não estaria sentado ao lado dela abrindo uma carteira velha de couro. Jack mostrou um plástico com várias fotos tiradas em uma escola.

— Quatro filhos — informou ele. — Eu sei, também fiquei surpreso. Ele não aparenta já ser pai.

Todas as crianças precisavam de um bom dentista, notou Lou. O cara realmente precisava de dinheiro...

Ela desviou o olhar da carteira e olhou para o rosto de Jack Townsend com uma certa raiva.

— Você pegou a carteira de um homem inconsciente? — perguntou ela.

Jack encolheu os ombros pela terceira vez e colocou as fotos de volta na carteira.

— Alguém pagou para que ele me matasse. Achei que talvez houvesse alguma informação sobre isso na carteira.

Lou olhou para a carteira e depois novamente para o rosto dele.

— Tinha? — Ela teve que perguntar, quando percebeu que ele não ia continuar a frase.

— Não. — Jack colocou a carteira no bolso do casaco novamente.

Lou estudou o perfil dele por um instante.

— Você não sabia que ele tinha filhos até tirá-lo do meio dos destroços — disse ela com um tom seco.

— Bem — admitiu Jack, mostrando certa relutância. — Acho que não.

Incrível. Jack tinha um coração. Se ela sobrevivesse, teria que pedir desculpas a Vicky por ter duvidado dela nesse quesito.

Se ela sobrevivesse. Quanto mais Lou observava os arredores, mais duvidava da possibilidade de aguentar até de noite. Ao redor, só havia fumaça, neve, árvores e a montanha imponente contra a qual haviam batido.

"Meu Deus", pensou ela. Aquilo ali parecia *Só eu sobrevivi*, um filme de 1978 sobre uma mulher cujo avião bateu em um lugar... na Sierra Madre, talvez? A personagem teve que descer a montanha toda e ficar à deriva durante dias, procurando por um telefone para ligar para seus entes queridos e avisar que estava bem...

Chocada, Lou colocou a mão no bolso de sua parca e pegou o celular.

— Nem tente — disse a voz seca de Jack Townsend. — Eu já tentei. Não há torres de transmissão por aqui.

Lou balançou a cabeça, olhando com raiva para a tela do telefone.

— Eu pago 70 dólares por mês por este pedaço de bosta — reclamou. — Setenta dólares. E isto funciona? Nunca. Se eu dirigir pelo cânion, não funciona. Se eu me acidentar no Alasca, não funciona. Não consigo nem acessar minhas mensagens — acrescentou, apertando o botão de discagem várias vezes e levando o aparelho à orelha quase congelada.

— Quer apostar — disse Jack no mesmo tom árido de antes — que uma das mensagens é de alguém que tentou falar com você antes de partimos, dando algum motivo urgente para mantê-la em Myra?

Ela olhou para ele. A neve estava se assentando gentilmente no couro que cobria seus ombros largos. Ela se perguntou se ele sentia frio. Ela sentia, embora estivesse vestindo uma parca de esqui. Ele estava vestindo apenas uma jaqueta velha de couro que, aparentemente, não tinha forro.

Porém, para que ele precisaria de algo mais quente? Ele ia ter que andar do avião para a limusine, da limusine para o trailer, do trailer para o set. *Ela,* por outro lado, havia se preparado para ficar no frio por muito tempo tentando convencer Tim Lord a não criar um desastre ambiental a fim de adicionar realismo a uma cena.

Lou demorou um pouco para entender o que ele havia dito.

— Da mesma forma que fizeram com Vicky — disse —, ao inventarem que Elijah estava doente.

— Exatamente. — Ele a olhava com calma, com uma expressão de satisfação em seu rosto insuportavelmente bonito.

— Então, era só eu ter escutado as mensagens antes de entrar naquele helicóptero idiota e...

A voz dela sumiu.

— Você estaria em Anchorage sã e salva — completou Jack.

Lou olhou para o helicóptero enfumaçado e para a cicatriz que ele havia feito no solo. Olhou para Sam, o piloto, estirado na neve com uma expressão de espanto, a boca bem aberta enquanto respirava ofegante. Ele não estava exatamente roncando, mas com certeza sua respiração estava difícil. Ela olhou para Jack Townsend, tão calmo e seguro em seu jeans e sua jaqueta de couro. Não parecia que o traseiro *dele* estava congelando, como o de Lou estava. Não parecia que a cabeça *dele* estava latejando, como a de Lou estava. Não parecia que *ele* se importava com o fato de estar perdido no Alasca sem celular, sem comida e sem um lugar seco para ficar.

Se ela tivesse ao menos checado as mensagens, agora estaria no hotel com Vicky, lendo revistas, pedindo hambúrguer e sorvete pelo serviço de quarto e assistindo alguma coisa na televisão. Quem sabe até assistindo *Só eu sobrevivi* e fazendo piadas.

— Droga — explodiu Lou com raiva. Seus olhos doíam. Talvez fosse o frio, talvez fosse a injustiça daquela situação.

— Mas claro que — disse Jack sem nenhum traço de ironia ou de secura em sua voz — se você tivesse checado as suas mensagens, eu teria morrido.

Ela piscou.

— O quê?

— Eu estaria morto — repetiu Jack com simplicidade, como se estivesse pedindo o almoço ao seu assistente. — Você salvou a minha vida.

Lou ficou tão perplexa com tal declaração que só conseguiu fazer a primeira coisa que veio em sua mente: negar que aquilo tivesse acontecido.

— Não salvei, não.

— Desculpe, eu não queria ser a pessoa a ter que lhe contar isso — disse Jack —, mas você me salvou sim.

Ela apertou as pálpebras ao olhar para ele. Não tinha como saber se ele estava falando sério ou não. Era exatamente esse o problema com Jack Townsend. Quer dizer, um dos problemas. Seu senso de humor era tão seco que a maioria das pessoas não sabia quando ele estava falando sério.

Era exatamente o que estava acontecendo. Jack estava falando sério? Ele honestamente achava que ela o havia salvado? Ela havia *mesmo* feito isso? Não, de forma alguma. Talvez tivesse salvado sua própria vida. Claro, fora isso que ela fizera. Afinal de contas, por qual motivo Lou se importaria com a vida de um egoísta alérgico a compromissos como Jack Townsend?

— Como você conseguiu pensar naquilo? — perguntou Jack repentinamente. Pelo menos para Lou, a pergunta pareceu ser muito repentina.

— Pensar em quê? — perguntou ela.

— Naquilo — explicou Jack pacientemente, como se falasse com uma retardada — que você fez com o sinalizador.

— Ah. A pistola. Claro. *Clube dos cinco* — disse.

Jack pareceu estar confuso.

— O quê?

— *Clube dos cinco* — disse ela novamente, repetindo o nome com mais cuidado. — John Hughes, 1985. O personagem de Anthony Michael Hall é preso por ter levado um sinalizador para a escola. Ele ia utilizá-lo para se suicidar, mas dispara a arma acidentalmente ao colocá-la no armário. Lembra? — Lou examinou o rosto dele para ver se ele havia se lembrado. — Do mesmo diretor de *Gatinhas e gatões*?

— Desculpe-me — respondeu Jack como se estivesse recusando um convite irrecusável. — Eu não assisto a muitos filmes.

Por um instante, Lou esqueceu que havia acabado de escapar de uma tentativa de assassinato e de um acidente de helicóptero e olhou para Jack com espanto, como se tivesse feito alguma coisa contra sua própria imagem de homem — como, por exemplo, pedir um coquetel de champanhe ou cantar "YMCA" fazendo a coreografia completa.

— Você é um *ator* — insistiu ela — e vem me dizer que não assiste a muitos filmes?

— Nem tudo são flores — disse Jack, encolhendo os ombros. — A mágica de Hollywood não tem muita graça quando você conhece os segredos por trás das câmeras.

Lou sacudiu a cabeça. Com certeza, isso realmente era uma pegadinha. Sem dúvida.

— Mas é o *Clube dos cinco* — argumentou ela. — Quer dizer, qual é. Esse filme é um clássico dos adolescentes americanos. Ele definiu uma geração. — Que diabos ele fazia nas tardes de domingo? Ele não ficava deitado assistindo aos filmes da sessão da tarde, como Lou?

— Acho que — respondeu Jack, mudando de assunto — seria uma boa ideia acender uma fogueira.

— Uma fogueira?

Ela ficou perplexa. Talvez Jack tivesse batido a cabeça, como ela e Sam, e estivesse começando a ter alucinações. A menina em *Só eu sobrevivi* também passara por isso por causa da fome e da sede. Todavia, ela se limitara a ver o espírito de índios americanos nativos. Teria sido muito melhor se ela tivesse tido alucinações com outras coisas mais engraçadas, ou pelo menos com coisas mais interessantes — como, por exemplo... bem, como Jack Townsend sem roupa. Lou sinceramente esperava que, caso fosse começar a ter visões, que fossem visões desse tipo... contanto que Jack nunca soubesse disso.

— E o que você acha que é *aquilo*? — Lou apontou para a lataria queimando a alguns metros dali. — Você por acaso está achando que eles não vão nos encontrar quando começarem a procurar? Eu acho que não vai ser difícil, Townsend.

— Na verdade — disse ele, com o mesmo tom educado que havia usado antes —, eu tinha pensado em uma fogueira para ficar mais perto da gente. Você está tremendo.

Claro que ela estava tremendo. No entanto, ela gostaria que ele não tivesse notado. Já havia sido péssimo ficar *inconsciente* ao lado dele. A última coisa que Lou queria era mostrar fraqueza perante Jack Townsend.

Afinal, ele não estava mesmo tendo alucinações? Ela suspirou. Estava querendo demais: queria que Jack Townsend tivesse sofrido uma contusão na cabeça e que não se lembrasse de nada depois — principalmente da parte em que ele a salvara, tirando seu corpo inconsciente do meio da carcaça do helicóptero.

Lou agora tinha uma dívida com Jack. E como ela ia conseguir manter a antipatia que sentia — que, em respeito a Vicky, precisava manter — se agora tinha uma dívida com ele?

Pensando bem, no entanto, se ela realmente considerasse que havia sido salva por ele, então os dois estavam quites. Neste caso, ela poderia continuar odiando Jack impunemente, se eles sobrevivessem...

Foi enquanto ela pensava sobre isso que Jack se levantou e começou a caminhar, pegando gravetos das árvores que o helicóptero havia atingido. Ele se agachou para pegar um tronco mais pesado. A barra das costas da jaqueta levantou um pouco mais quando ele se inclinou, e Lou foi premiada com uma visão privilegiada das famosas nádegas de Jack Townsend, aquelas pelas quais várias mulheres pagavam alguns dólares só para vê-las na telona.

E lá estava Lou: no meio do Alasca, com aquele traseiro só para si.

Não que ela o quisesse. Muito obrigada, mas não. Lou tinha certeza de que não ia cometer *esse* tipo de erro novamente. Chega de atores. E daí que este ator estava preocupado com o conforto dela? E daí que ele havia salvado sua vida? De que importava se ele ficava mais lindo do que qualquer outro homem no mundo vestindo um mero jeans? "Preciso de uma arma maior": nesta frase havia razões suficientes para que Lou não se entregasse a ele — ainda mais quando seu coração ainda estava tão machucado.

Além do mais, ele não havia tido o mau gosto de dispensar sua melhor amiga para ficar com Greta Woolston?

Jack começou a voltar, aproximando-se do lugar onde Lou estava sentada. Ele deixou que os pedaços de madeira que havia coletado caíssem no chão. Se notou que as bochechas dela estavam muito vermelhas, decidiu não comentar nada. O rosto de Lou começou a pegar fogo assim que ele chegou perto. Talvez Jack tivesse achado que era o efeito do vento — e não o efeito dos pensamentos que preenchiam a mente de Lou.

— Estão quase todas molhadas — disse ele.

Lou estava tão enrubescida que quase não sentia mais o frio que estava fazendo.

— Molhada? Quem está molhada?

Ele a observou com curiosidade.

— A madeira — respondeu. — Você tem certeza de que está bem?

— Claro — respondeu Lou com muita pressa. — Por quê?

— Porque você está com uma cara... — ele fez uma pausa, como se procurasse pela palavra exata — engraçada.

Engraçada. Que ótimo. Talvez porque seu rosto estivesse tão vermelho quanto um morango? É, muito engraçado mesmo.

Para o alívio dela, ele desviou o olhar.

— A gente pode até tentar — disse ele, olhando para o monte de madeira. — Eu prefiro não chegar muito perto dos destroços se não for muito necessário. Quem sabe se ainda vai ter alguma explosão? Você tem fogo?

Ela assumiu uma expressão de desdém, torcendo para que ele não percebesse que ela estava admirando suas nádegas novamente.

— Não, não tenho fogo — respondeu ela, irritada. — Eu moro em Los Angeles, onde é proibido fumar. Por que eu teria fogo?

Ele pareceu ficar muito surpreso com a resposta dela.

— Eu pensei que todos os roteiristas fumassem — disse ele.

— E eu, que todos os atores fumassem — rebateu ela.

Eles se calaram. Lou só conseguia ouvir o som da neve caindo sobre o helicóptero em chamas. E só, não havia nem o som de um passarinho. Certamente, nem o som do avião de resgate procurando por eles. Lou não comentou nada sobre a neve porque não queria alarmar o seu companheiro de acidente, mas ela parecia estar caindo com maior força e rapidez.

— Eu aposto que o nosso amigo Sam é fumante — disse Jack, de repente, levantando-se. — Vou até lá checar.

Dessa vez, foi ela quem interrompeu o movimento dele, segurando a barra das costas da jaqueta de Jack — com muito cuidado para não acabar olhando para partes indevidas, é claro.

— Ah, por favor — pediu Lou —, deixe o cara em paz.

Jack perdeu a paciência.

— Lou, ele não vai se importar se eu revistar os bolsos dele. O cara está desmaiado.

— Mesmo assim — disse Lou —, não é certo. É... bizarro. — Ela não conseguia explicar a repugnância que sentia com a ideia de Jack tocando Sam. Ela tentou mudar de assunto a fim de distraí-lo. Esta tática sempre funcionava com Barry, que tinha um sério *deficit* de atenção. — E, além disso, não tem um alarme que dispara na torre de controle do aeroporto sempre que uma aeronave sofre um acidente? Quer dizer, alguém sabe que estamos aqui, certo? Alguém vai chegar a qualquer momento para nos resgatar. A qualquer instante. E mesmo que não haja uma caixa-preta ou coisa parecida, eles vão notar a nossa ausência lá em Myra, não vão? Quer dizer, Tim deve estar no telefone com as pessoas das montanhas ou sei lá com quem agora mesmo.

— Claro — respondeu Jack Townsend. Ele parecia estar respondendo daquela forma só para acalmá-la ou será que era só impressão? — Claro que está.

— Certo — disse Lou com novo ânimo. — Eles vão estar aqui daqui a pouco. Portanto, sente-se.

Jack tirou gentilmente os dedos de Lou da barra de seu casaco.

— Vou sentar, sim — respondeu. — Mas antes, vou pegar fogo, e depois vou fazer uma fogueira para nos aquecer.

Desesperada por não ter conseguido fazê-lo desistir de ir até Sam para procurar um isqueiro, ela exclamou:

— Mas...

— Olhe, não estou falando que vou devorar o cara — respondeu Jack, antes de adicionar, com um ar sombrio — por enquanto. É que eu não estou querendo morrer congelado. Isso se chama sobrevivência, meu bem. É melhor você se acostumar.

Ela apertou os olhos enquanto observava Jack caminhando pela neve. "Isso se chama sobrevivência, meu bem. É melhor você se acostumar."

Nada mau. Boa frase. Ela gostou do que ele disse. Era necessário dar esse crédito a Jack. Para um ator, ele até que era bom com as palavras. Talvez Lou pudesse usar essas frases em algum filme. Não neste. Era tarde demais. Talvez em um romance. Sim, no romance que ia tirá-la do ramo do cinema de uma vez por todas e que talvez a ajudasse a comprar uma fazenda em algum lugar bem, bem longe da autopista Santa Monica...

De repente, ela se levantou. Devido ao movimento brusco, sentiu-se tonta.

— Meu laptop! — exclamou. — Ai, meu Deus! Cadê meu laptop?

Jack, inclinado sobre o piloto, revistando seus bolsos, olhou para Lou.

— Calma — disse ele, confuso com aquela manifestação repentina. Bem, por que ele não haveria de ficar confuso com aquela mulher? "Ela com certeza é maluca", pensou. Não dava para entendê-la. Jack não sabia o que se passava na mente dela. — Está ali — respondeu.

Ela olhou para a direção que ele lhe apontava. O laptop, ainda dentro da bolsa, estava a alguns metros dali e parecia ileso, exceto pela neve que o cobria.

Lou correu na direção do computador e, ao alcançá-lo, o abraçou. Seu coração parou de bater rápido demais, e sua cabeça parou de rodar.

Ela estava sendo ridícula e sabia disso. Era apenas um computador, afinal de contas. Porém, o primeiro capítulo de seu romance estava ali dentro. Fora a primeira coisa que ela havia conseguido escrever desde que Barry, aquele rato, havia ido embora, levando não apenas o coração dela, mas também sua criatividade.

Mas não, ele não havia conseguido. E aquele capítulo era a prova disso. "Jack Townsend recuperou meu computador", pensou Lou com um certo desgosto. Salvou seu primeiro capítulo e salvou-a também.

Ela olhou para o ator. Aparentemente, a busca por fogo não estava indo bem. Ele parecia estar chateado e um pouco enojado por estar mexendo nos bolsos de Sam.

Meu Deus. A realidade daquela situação finalmente estava começando a ficar mais clara para ela. Aquilo não era uma pegadinha. Era a vida *real*. Ela estava presa. Estava perdida em uma clareira no meio de uma floresta de pinheiros, à beira de uma montanha. No Alasca. No meio do nada. Ao lado da carcaça, transformada em fogo e fumaça, do que havia sido um helicóptero um dia.

E estava nevando. E fazia frio. E sua cabeça doía.

E ali estava Jack Townsend, o último homem no mundo com quem ela gostaria de estar presa na imensidão do Alasca — exceto por Barry Kimmel. Na imensidão do Alasca ou em qualquer outro lugar. Alguém queria assassiná-lo — e queria tanto que não importava se outra pessoa, digamos Lou Calabrese, estivesse junto com ele.

Maravilha. Que ótimo. O que, exatamente, ela fizera para merecer *isso*?

7

— Não me *importo* com seus probleminhas, Marvin — gritou Beverly Tennant ao telefone —, está me ouvindo? Deixe-me repetir, caso você não tenha entendido. *Não... me... importo.*

Alguém estava batendo na porta de Beverly enquanto ela falava. Sem resposta, Chloe abriu alguns centímetros da porta e colocou o olho na fresta, com o rosto pálido e se sentindo enjoada.

— Não, Marvin — disse Beverly, acenando para que Chloe entrasse de uma vez —, não. Você quer que eu fale em outra língua? *Nyet. Nein.* Não vai rolar.

Chloe, de pé na frente de sua chefe, moveu as mãos de maneira nervosa. Beverly suspendeu o dedo indicador, que tinha a unha muito benfeita, mandando a moça esperar.

— Eu disse salmão porque eu quero salmão, Marvin — disse Beverly. — Não é roxo, ou lavanda, ou vermelho, droga. Quero salmão. E se você não consegue o salmão, Marvin, então por mim a gente termina por aqui mesmo.

Colocando uma das mãos no fone, Beverly explicou:

— Marvin, meu mestre de obras. Acho que, na verdade, ele não tem cérebro. Eu nem sei como ele consegue se movimentar e formar frases completas. Provavelmente é um daqueles casos excepcionais que aparecem no jornal toda hora. Mas é evidente que ele está sobrevivendo só com o piloto automático.

— Srta. Tennant — disse Chloe. A garota parecia que ia colocar tudo o que havia comido para fora, e Beverly sabia que era comida chinesa —, era Tim Lord no telefone. Eu tentei passar para cá, mas...

— Eu sei, fofinha — disse Beverly —, desculpe por não ter atendido. Mas você não sabe o quanto é difícil se comunicar com o imbecil do Marvin. Você tem noção das besteiras que ele tem me falado? Pedi azulejos cor de salmão para o lavabo, e sabe o que ele me entregou? Ele... — Beverly parou de falar e, removendo a mão do fone, grunhiu: — Ah, você acha isso mesmo? Bem, então vamos ver o que o meu advogado tem a dizer sobre isso. Ah, não vou? Você pode esperar sentado então, seu...

— Lou Calabrese — disse Chloe com uma voz fraca.

Beverly levantou uma de suas sobrancelhas para a assistente.

— O que você disse, fofinha? Não, você não, Marvin. Acha que eu ia chamar você de fofinha, seu inútil? Eu quero meu dinheiro de volta. Se não tem como conseguir os azulejos salmão, então quero meu dinheiro de volta...

— O helicóptero caiu — disse Chloe, com os lábios pálidos. — O helicóptero que levava Lou e... e Jack Townsend caiu.

Beverly ficou estática com o fone grudado na orelha. A voz do distante Marvin podia ser ouvida ao fundo, pedindo mil desculpas pelo engano com os azulejos.

— Estão achando que eles caíram — disse Chloe, os olhos cheios de lágrimas — no parque McKinley. Só não sabem se há sobreviventes. Por causa da tempestade, não dá para mandar aviões à procura dos... dos... — A última palavra foi sussurrada com muita dor: — Destroços.

Beverly largou o telefone.

— Ai, meu Deus — disse ela. — Ai... meu Deus.

Era possível ouvir Marvin falando sobre um certo navio com azulejos italianos cor de salmão que não teve permissão para atracar. Nenhuma das duas se moveu para desligar o telefone.

— Mais rápido, Richards — disse Eleanor Townsend, inclinando-se.

— Estou indo o mais rápido que a lei permite, madame — respondeu o mordomo. Ele estava tentando se sair bem no lugar do motorista da Sra. Townsend, que estava de folga.

— Às favas com a lei — disse Eleanor. — Dirija na... sei lá como aquilo ali se chama.

— Na faixa de emergência, madame?

— Isso mesmo.

— Não é necessário, madame — disse Richards. — A senhora não vai conseguir ajudar o senhor Jack se acabar em um acidente de carro. Não há nada a fazer se ele estiver perdido na neve ou, Deus o livre, em um hospital.

— Eu não posso perder o voo, Richards. — informou a madame, sentada no banco de trás com Alessandro e uma pequena mala. — É o último voo direto para Anchorage.

— Não perderemos o voo, Sra. Townsend — disse Richards com sua voz calma —, eu garanto. Chegaremos lá na hora certa.

— Claro que sim — disse Eleanor —, se você dirigir na tal faixa.

— A faixa é para veículos de emergência. Talvez a senhora devesse ligar para o Sr. Lord novamente, ele pode ter boas notícias...

— Nem pense nisso, Richards — disse Eleanor, levantando a gola de seu casaco de pele de raposa. — Eu já disse tudo o que tinha a dizer ao Sr. Lord. A próxima vez que ele ouvir o meu nome será através dos meus advogados. Imagine, deixar que meu filho fizesse uma viagem de helicóptero naquele tempo horrível! Você pode ter certeza de que o estúdio terá de pagar por isso.

— Alguma coisa me diz que nosso querido Jack está bem — respondeu o mordomo. Ele aproximou ainda mais o Bentley da carroça que ia na frente deles. — Como a senhora sabe, ele é um homem muito autossuficiente.

— Ele devia ter escutado o pai — disse Eleanor com firmeza. — Se tivesse se tornado um advogado, como Gilbert queria, em vez de um ator de cinema... Jack tinha tantas opções...

— Mas Jack é um ótimo ator — respondeu o mordomo —, e eu gostei bastante do último filme dele. Aquele independente. Sobre uma peça de Shakespeare.

— *Hamlet* — disse Eleanor. — Foi muito bom mesmo. Sendo sincera, Richards, eu amo meu filho. Amo muito. Mas se ele queria ser ator, por que escolheu o cinema? Eu lhe pergunto: qual o problema com os palcos? Atores de teatro são bem mais respeitados, na minha opinião. E nunca precisam pegar helicópteros.

— E também — apontou Richards — não são obrigados a se despir com tanta frequência, como acontece com o senhor Jack nos filmes mais rentáveis.

— Isso é verdade — disse Eleanor. — Sabe, acho que todas as minhas amigas já viram meu filho como veio ao mundo. É bastante constrangedor, Richards.

— Talvez — confortou Richards —, quando a senhora o encontrar, vocês possam conversar sobre isso.

— Certamente — prosseguiu Eleanor. — Não é possível que ele tenha de se despir em todos os filmes que faz. Deve existir algum roteiro que não peça isso, você não acha? Como o roteiro de *Hamlet*.

— Sim — disse Richards —, mas esse filme arrecadou apenas nove milhões nos Estados Unidos, se bem me lembro, madame.

Eleanor suspirou e olhou para a paisagem de Nova York, que passava pela janela do carro como uma cortina.

— Não sei. Acredito que seja bom, toda essa fama. Você sabe que ele fugiu para a Califórnia com apenas 20 dólares no bolso, depois que o pai o rejeitou. Mesmo assim, o dinheiro não é tudo, certo? Não há como dar preço à dignidade. E Gilbert deixou bastante coisa para ele. Acho que ele não precisa de mais de 100 mil dólares ao ano para sustentar aquele rancho dele, não é? — A voz de Eleanor ficou mais grave. —

Ai, Richards. Se alguma coisa aconteceu com ele, o que vamos fazer com aquele bando de cavalos?

— Calma, madame — disse Richards, pegando um lenço de papel na caixa que estava sobre assento do carona e passando-o para trás. — Anime-se, Sra. Townsend. Tenho certeza de que o senhor Jack está bem. Perfeitamente bem.

De repente, a sirene de um carro de polícia tornou-se audível. Eleanor pegou o lenço e disse:

— Ai, Richards. Deve ter acontecido algum acidente ali na frente. Por isso o trânsito está tão ruim.

— É, provável, madame — respondeu o mordomo. — Espero que ninguém tenha se machucado gravemente.

Quando a viatura passou por eles, cantando pneu na faixa de emergência, Richards manobrou o Bentley e seguiu o carro da polícia.

Jogada contra o assento de couro amarelo-manteiga, Eleanor teve de segurar Alessandro para que ele não fosse arremessado para o outro lado.

— Richards! — esbravejou ela. — O que você pensa que está fazendo?

— Levando a senhora ao aeroporto — respondeu o mordomo calmamente — a tempo de pegar o voo, madame.

— Isto aqui não vai mais rápido, não? — reclamou Adam.

— Meu Deus — disse Nick —, já estou indo a noventa. O que mais você quer? É um Chevette, cara!

— Ei. — No banco de trás, Luke estava com a cabeça virada, olhando para a traseira do carro. — Tem um carro nos seguindo. Um Bentley.

— Onde? — Nick tentou olhar.

— Pelo amor de Deus — gritou Frank Calabrese, dando um tapa na nuca do filho —, preste atenção na estrada.

— É, cara — disse Dean, esmagado entre o pai e o segundo filho mais velho. — Quer que a gente morra também?

Um silêncio estranho pairou dentro do carro de polícia, perturbado apenas pelo barulho da sirene.

— Ah, que coisa boa para se dizer, Dean — comentou Adam, no banco da frente.

— Você me entendeu — respondeu Dean.

— Você tem uma sensibilidade incrível — disse Luke.

— Pessoal — Dean tentou se explicar. Ele havia se tornado detetive algumas semanas antes. — Não foi isso que eu quis dizer, vocês me entenderam. Eu *não* acho que ela morreu. Só estou dizendo que...

— Sua irmã não está morta — replicou Frank Calabrese. — Nick, juro por Deus que se você não afundar o pé no acelerador...

— Caramba, pai — disse Adam —, que tipo de filme você tem assistido ultimamente? *Agarra-me se puderes*?

— Será que você — perguntou Luke, cheio de implicância — consegue ser um pouco mais gay?

— Será que você — respondeu Adam — consegue ser um pouco mais macho?

— Será que todos vocês poderiam *calar a boca* e me deixar dirigir? — retrucou Nick rangendo os dentes, agarrado ao volante da viatura que ele havia retirado da delegacia em Manhattan sem dar explicações.

— O Bentley ainda está atrás de nós — informou Luke —, e está quase alcançando você, irmãozinho.

— O que você quer que eu faça? — retrucou Nick. — Quer que eu pare o carro e lhe dê uma multa?

Adam olhou para seu relógio.

— Ainda temos tempo. Se o papai não se incomodar...

— Pessoal — disse Nick, tenso —, estou infringindo umas noventa leis aqui. Vocês podem me dar um tempo, por favor?

— Está tudo bem — disse Frank. — Muito, muito bem. E vocês, garotos, deixem-no em paz. Vocês ficam caçoando só porque o coitado é o único policial da família.

— Ei — disse Nick —, eu *gosto* de ser policial.

— Eu gostava de ser policial — completou Dean. — Apenas prefiro ter uma vida normal.

— Como se a divisão de narcóticos fosse normal — provocou Nick.

— Mais do que a de detetives de homicídio — rebateu Nick.

— Eu simplesmente nunca fiquei bem — refletiu Luke — naquela farda azul.

Nick observou o rosto do pai pelo retrovisor e disse:

— Pai. Calma. Eles estão brincando.

— Eu não sei o que — disse Frank Calabrese — há de engraçado nisso.

— Alívio cômico, pai — disse Adam. — Todos nós sabemos que Lou está bem.

— É — disse Dean. — Você acha que um *acidente de avião* vai matá-la? Duvido.

— Depois de ter assistido *Zero Hour* tantas vezes, eu também duvido — concordou Luke. — Lou provavelmente consegue pilotar um avião sozinha, de tanto que viu as mesmas cenas.

— Foi um helicóptero — disse Frank com a voz áspera —, não um avião. Eles falaram que foi um helicóptero.

Os irmãos trocaram olhares.

— Bem — arriscou Dean —, um helicóptero é como um avião. Eu aposto que... ela o pilotaria com mais facilidade ainda — A voz dele foi diminuindo.

— Pai — disse Luke —, ela está bem, OK? Ela é uma mulher de garra. O suficiente para não morrer em um acidente. Lembra aquela vez que acertaram uma bola de softball na cabeça dela?

— É mesmo — disse Adam. — E ela correu pelas bases. Por todas elas.

— E estava jogando ao ar livre, ainda por cima — acrescentou Dean.

— É preciso muito mais do que um helicóptero— continuou Nick enquanto tomava a saída para o aeroporto com as sirenes ainda ligadas — para matar Lou Calabrese.

— Que Deus ouça você — murmurou Frank. — Amém. Porque, sinceramente, não sei o que seria de mim se ela me deixasse para viver sozinho com vocês, seus palhaços.

A porta da suíte dos Lord se abriu, e Tim Lord, com uma expressão cansada e vazia, entrou.

— Ah! Oi, meu bem — disse Vicky Lord, sentada no sofá do qual não havia se movido o dia inteiro, por conta de sua aversão à neve. — Você chegou cedo. Como foi seu dia?

Tim ficou olhando para a esposa sem acreditar no que via. Nem se moveu para remover a parca e o chapéu. Ele apenas a observou, estirada sobre o sofá branco na penumbra rosada da lâmpada do fim da sala, com uma pilha de revistas no chão à sua frente e os restos do chá da tarde na mesinha ao lado. No aparelho de som da sala, um CD com o barulho de ondas estava tocando. O clamor das gaivotas fazia um contraste estranho com a vista às costas de Vicky, que mostrava uma tempestade de neve terrível.

— Você não ficou sabendo? — perguntou Tim, anestesiado.

— De quê? — Vicky virou uma página da revista. Ela havia terminado a *Vogue* horas atrás e estava com uma cópia da *Teen Beat*, deixada ali por sua enteada mais velha. — Sobre a tempestade? Nossa, soube sim. Eles ficaram falando sobre isso o tempo todo, tive até que desligar a televisão. Se bem que nem foi um sacrifício tão grande: você precisava ver o que fizeram no cabelo do Todd em *General Hospital*. Quer dizer, tudo bem colocar implantes nele, mas, por favor, arrumem um profissional para fazer isso. O cara parece ter espigas de milho crescendo na cabeça.

Tim se arrastou por alguns passos e deixou o corpo cair em uma cadeira.

— Onde estão as crianças?

— Ah — disse Vicky enquanto pegava a xícara de chá. — Lupe os levou até aquele fliperama do outro lado da rua. Elijah não está doente. Não sei o que você quis dizer com aquela mensagem hoje pela manhã. Ele está muito bem. Até mordeu Anastasia no...

— Jack Townsend morreu — disse Tim.

— ... braço. Precisei colocar cada um em um canto, porque eles não paravam de... — Ela se calou de repente e piscou os olhos delineados. — O que... o que você falou?

— O helicóptero caiu — disse Tim. Ele levantou uma das mãos e tirou o boné que cobria seus cabelos grisalhos. Seu rosto estava cheio de tristeza. — Foi perto do McKinley. Eles não podem... Por causa da tempestade, não dá para mandar aviões de busca. Se ele... se Jack sobreviveu à queda, vai ter dificuldades para sobreviver até de manhã. A temperatura deve cair para...

Vicky se levantou rapidamente. Seus pés estavam quentes e aconchegados em um par de meias. Suas duas mãos estavam estendidas como se para espantar alguma coisa terrível dali. Seu rosto estava tão branco quanto o sofá.

— Não — disse ela, andando para longe dele —, não.

Tim começou a tirar as luvas vagarosamente, cansado.

— Vicky — pediu —, tentei ligar durante toda a tarde. Você deve ter desligado o celular, como sempre. Eles se foram, Vicky. Jack e, pelo que disseram, Lou Calabrese também.

Vicky continuou a andar para trás até bater na mesa de vidro de 12 lugares, um móvel necessário para um homem com tantos filhos e tanta gente na equipe.

— Não é verdade — disse Vicky. A maquiagem começou a escorrer por seu rosto pálido. — Jack... Lou... Eu acabei de vê-los no aeroporto, há algumas horas. E eles estavam bem. Quer dizer, estavam brigando, você sabe como eles se odeiam, mas estavam bem.

Tim retirou o casaco.

— Não estão mais. Temos uísque, Vicky? Eu realmente preciso de um pouco de álcool.

— Jack Townsend. — Vicky ficou à mesa, com os braços ao redor do corpo. Ela tremia. Mesmo sentado a distância, Tim podia ver que ela tremia. — Jack Townsend *não* está morto.

Tim teria se levantado e a abraçado se não estivesse tão cansado. Porém, naquela situação, ele simplesmente se jogou mais uma vez na cadeira e disse:

— Está sim, Vicky. Está sim.

Após olhar para ele por mais dez segundos, Vicky se virou e correu para o quarto, batendo a porta atrás de si. Um minuto depois, Tim ouviu o barulho de água corrente na banheira. Ele sabia que Vicky havia ligado a torneira a fim de esconder os soluços. Ele ficou sentado ali vendo a neve cair pesada e rápida contra a janela.

— Droga — falou, enquanto olhava transtornado para os flocos de neve. — Que droga.

8

"**B**em", pensou Jack. "Pelo menos ela não está chorando."

Já era uma coisa boa.

Jack sabia que a maioria das mulheres estaria chorando naquela situação. Chorando e buscando o apoio dele, fazendo-se de coitada.

Mas ela não. E Lou também não estava se jogando em cima dele como forma de agradecimento por ele tê-la tirado dos destroços em chamas. No entanto, o melhor de tudo era que ela não estava chorando. Estava apenas ali, sentada, com aqueles olhos escuros e opacos completamente ilegíveis.

Quer dizer, a não ser pela indignação. Ele conseguia ver sem dificuldade a indignação estampada nos olhos dela.

Era bem injusto, na opinião dele, que alguém sentisse isso por uma pessoa que a havia tirado inconsciente do meio de um helicóptero destruído. E ele ainda havia lembrado de salvar o laptop. Mesmo assim, ela se indignava contra Jack.

Contudo, ele a compreendia. Havia toda a questão com o "Preciso de uma arma maior". Aquilo devia doer mesmo. E aquela coisa com Vicky, que ele nunca conseguiu explicar nem para si, muito menos para os outros. E agora aquele acidente que, aparentemente, era culpa dele. Afinal de contas, Sam havia sido contratado para acabar com ele, não com ela.

Falando nisso, que história era aquela? Quem, afinal era essa pessoa que queria tanto vê-lo morto, a ponto de pagar por isso? Pelo que ele lembrava, não havia ofendido ninguém e nem havia se envolvido em brigas de bar. Com certeza não dormira com mulheres casadas. Então, que história era aquela?

— Está prestando atenção, Townsend? — perguntou Lou enfaticamente. — Quer dizer, se você vai fazer alguma coisa, pelo menos faça direito.

Ele tirou o olhar da dança hipnótica das chamas.

— Opa, ei — exclamou Jack ao finalmente entender aquilo que seu cérebro, cada vez mais adormecido pelo frio, demorou a registrar —, você fez uma fogueira.

— Com a ajuda de uma invenção chamada objeto inflamável — explicou Lou, como se falasse com uma criança de 4 anos de idade. — Você não pode simplesmente pegar um monte de madeira e tacar fogo, entendeu, escoteiro? Você tem que achar um objeto inflamável primeiro, e depois assoprar com jeitinho.

Ele gostou de como os lábios dela se mexeram quando disse "jeitinho".

— Você nunca assistiu *Náufrago*? — continuou Lou, arremessando o isqueiro de Sam para Jack com nojo.

— Não vou mentir. — Como é que ele nunca havia notado que Lou Calabrese era um mulherão? Claro que ele sabia que ela era atraente. Lou estava sempre bem nos lançamentos de *Copkiller*, assim como naquela noite da cerimônia do Oscar, que ela ganhara por *Hindenburg*, quando usara um vestido negro longo que Greta havia julgado, esnobemente, ser uma cópia de Armani.

Porém, por algum motivo, ali onde eles estavam, no meio do nada no Alasca, e mesmo que ela tivesse um galo na cabeça e que o vento a estivesse deixando cada vez mais vermelha, Lou Calabrese parecia mais atraente agora do que naquele vestido de gala. Talvez porque essa fosse a primeira vez que ele a via sem Barry Kimmel ao seu lado. Jack realmente não simpatizava com o cara, mesmo antes do episódio relacionado a Greta. Talvez Jack tivesse tal impressão por causa da participação que Barry fizera em *STAT*, bem antes de os dois ficarem famosos. Barry — ou Bruno, como ele devia estar se chamando agora — ficara indo ao camarim de Jack o tempo todo, perguntando onde ele poderia arrumar umas gatinhas. Gatinhas, cara. Jack havia feito de tudo para afastar Barry.

No final das contas, ali estava a gatinha que ficava em casa, esperando por ele. Jack realmente detestava sua profissão às vezes. Ele amava atuar. Mas realmente detestava seus colegas de trabalho.

— Não se esqueça disso no futuro — disse Lou. — *Objeto inflamável*. É isso que importa.

— Tem algum filme — indagou Jack — que você não tenha visto?

— Não — veio a resposta, acompanhada por um sorriso meigo que o desarmou completamente até a chegada das próximas palavras. — Ao contrário de uns e outros. Eu não nasci em berço de ouro, então tive que me entreter como uma mera mortal.

— Por favor — disse Jack —, isso é uma indireta sobre a minha família supostamente cheia de grana?

— Não tem suposição nenhuma — respondeu Lou. — Você é um Townsend. Acho que todos sabem o que isso significa. — Ela olhou para o homem inconsciente ao lado do qual havia sugerido construir uma fogueira. — Exceto, talvez, o Sam. Duvido que ele leia as colunas sociais.

— Ou talvez leia — disse Jack, pensativo. A fogueira de Lou começou a mostrar sinais de vida, mas a luta contra o vento e a neve, que haviam aumentado, parecia não estar muito favorável ao fogo. — Talvez seja por isso que... você sabe.

Ela levantou as sobrancelhas.

— Como assim? Você acha que a Paris Hilton está com ciúmes? — perguntou ela. — Você acha que está roubando o lugar dela ou coisa do tipo? E aí ela teria contratado Sam para matá-lo?

— É uma teoria tão boa quanto qualquer outra, neste momento — disse Jack. — Isso pode até ser um choque para você, mas não existem muitas pessoas por aí que tenham expressado o desejo de me ver morto.

— É mesmo? — disse Lou, claramente desconfiada.

— Estou falando sério. Existem pouquíssimas pessoas com as quais eu não me dou bem. Sou um cara muito simpático.

— Menos com os roteiristas — completou ela.

— Menos com *alguns* roteiristas.

— Ei — disse Lou, entusiasmada —, talvez a associação

de roteiristas tenha se unido, feito uma vaquinha e contratado Sam para acabar com atores como você, que ficam mudando nossas frases. Que bom saber que minhas contribuições foram utilizadas em uma boa causa.

Jack ficou olhando para ela.

— Olhe. "É sempre divertido, até que alguém se machuca" é uma frase que senti que meu personagem...

— *Seu* personagem? — retrucou Lou. — Espere um pouco. Ele é *meu* personagem. Eu o inventei. E acho que sei exatamente o que ele diria ou não. Uma coisa que ele nunca diria é "Preciso de uma..."

Jack levantou a mão, não com o intuito de calar Lou, como ela poderia supor, mas sim porque...

— Escutou alguma coisa? — perguntou ele.

Ela ficou em silêncio. Estava ficando cada vez mais escuro no topo da montanha. O sol, que não havia aparecido de verdade durante o dia todo, parecia estar desistindo de existir. Mesmo assim ainda dava para ver os flocos de neve clarinhos se depositando nos cachos avermelhados de Lou. A ponta do nariz dela estava rosada, e círculos do mesmo tom enfeitavam suas bochechas. Seus lábios, que já haviam perdido qualquer traço de maquiagem há muito tempo, estavam vermelhos como morangos e muito úmidos, como Jack não pôde deixar de notar.

Que pena que a continuação da conversa não estivesse seguindo o mesmo tom atraente da figura dela.

— Isso é bem típico de você, Townsend — reclamou. — Começar uma discussão e depois fingir que escutou alguma coisa para que a outra pessoa cale a boca e você vença automaticamente...

— É sério — disse ele —, achei que tivesse escutado um motor.

Ela olhou para o céu imediatamente.

— Bem, já estava na hora — completou Lou. — O que eles estão esperando, um convite formal?

No entanto, com o passar dos segundos, Lou e Jack, que ficaram atentos, perceberam que o som que Jack havia escutado não era o de um avião de resgate.

— Tem certeza que o R-44 tem um rastreador? — perguntou Lou depois de um tempo.

Ainda olhando para o céu cheio de neve, ele respondeu:

— Como é que eu vou saber?

Ela deu um pequeno soluço em protesto, o que ele achou muito fofo. Quer dizer, teria sido fofo, se não tivesse partido dela.

— *Você não sabe?* — Ela estava praticamente berrando. — Você não disse que pilotou um R-44 em *Spy Time?*

— Isso — assumiu Jack, encabulado — foi um pouco de exagero.

— Ah, deve ter sido mesmo — concordou Lou. — Assim como foi exagero dizer que *Spy Time* arrecadou 65 milhões de dólares nos Estados Unidos. *Fala sério*.

— Talvez — disse Jack — eu estivesse me referindo ao total.

— No mundo dos sonhos de Jeff Berger — respondeu ela. — Ele não consegue um sucesso desde *Baby Trouble*, que foi lançado há dez anos.

Se havia uma coisa que Jack não suportava era exatamente aquilo. Tinha sido por esse motivo que comprara o rancho em Salinas. O lugar era perto de Los Angeles — se fosse de jato —, mas distante o suficiente para que ele não precisasse ter conversas sobre estimativas, dados e saldos com as pessoas (exceto com seu agente). O rancho era mais como um refúgio do que um mero lar. Era uma forma de mantê-lo íntegro dentro daquele mundo de festas, almoços bilionários e programas de fofocas.

No entanto, a situação ali era melhor que todas as outras. Seria muito mais divertido ver Lou usando sua imaginação fértil para especular sobre o que poderia acontecer quando a noite chegasse e os lobos saíssem de suas tocas.

— Quer dizer que você não gosta muito do Jeff? — disse Jack com um ar distraído. Afinal de contas, o vento estava aumentando, a fogueira ia apagar a qualquer momento, um assassino em potencial estava jogado meio morto diante deles, e os dois estavam presos no meio do nada, sabia-se lá por quanto tempo. Além de tudo isso, ele ainda tinha que espantar certos pensamentos que o estavam atormentando: por exemplo, a imagem dos corpos deles, pela manhã, congelados como picolés.

— E por que eu gostaria dele? — indagou Lou.

Não havia motivo algum, evidentemente, para que alguém gostasse de Jeff Berger. Ele era o típico diretor de filme B em Hollywood, sem escrúpulos ou tato, cujo gosto para piadas tangia o insuportável. Jack havia aceitado o papel em *Spy Time* para conseguir pagar o aluguel, assunto que tinha se transformado em uma fonte contínua de preocupação quando ele fugira de casa. Na época, ele ainda não havia conseguido o papel em *STAT*, e ele não pediria — e nem poderia pedir — ajuda ao seu pai, que não aprovava a escolha de carreira de seu único filho.

Todavia, havia mais razões para justificar o ódio em relação a Jeff Berger. Por exemplo, ele tinha um par de mãos bobas. Não conseguia dirigir um filme sem ser indiciado por assédio.

— Ele lhe passou uma cantada? — perguntou Jack. Lou fazia o tipo de Jeff: mulher, jovem e atraente.

— Cruzes! — respondeu ela. — Na verdade, fez coisa muito pior. Ele rejeitou *Hindenburg*. Quer dizer, na verdade sei que ele teria sido péssimo para o filme, mas ter a audácia de negar o roteiro? — Ela balançou a cabeça. — Berger disse que era muito infantil. O homem que dirigiu *Party USA* disse que *Hindenburg* era infantil. Mesmo que eu não considere *Hindenburg* um clássico do cinema, sei que não é infantil.

Eles não estavam sentados tão próximos a ponto de seus ombros se tocarem. Caso estivessem, e ela começasse a chorar — coisa que qualquer outra mulher faria nas mesmas circunstâncias, em vez de ficar castigando-o só por não ter assistido ao *Náufrago* e ao *Clube dos cinco* —, ele teria colocado um braço ao redor de seus ombros na esperança de confortá-la.

Porém, ela não estava chorando, e o braço dele não estava envolvendo seus ombros.

Um segundo depois, ela estava em pé, berrando como se fosse o motor de um fusca. Até que ela seria um fusca bonitinho — mas, de qualquer maneira, seus berros pareciam os roncos de um motor velho.

— Aqui — gritava Lou enquanto corria pela neve, movendo os braços violentamente —, estamos aqui!

Só então ele escutou. Era o mesmo som que havia escutado antes, só que mais perto e mais definido. Um motor. Não de avião, nem de helicóptero, mas outro tipo de motor. O som estava se aproximando.

Ele avistou um ponto claro abrindo caminho por entre as árvores. Era uma moto de neve.

Estavam salvos.

— Ei! — Jack levantou-se de forma tão brusca que espalhou neve em cima da fogueira de Lou, apagando-a. "Mas isso não importa", pensou consigo mesmo. Porque agora eles estavam salvos. Estavam finalmente salvos, e logo ele estaria no quarto de hotel...

Com Melanie e seus gritos, e talvez alguns objetos voando em sua direção. Não tinha como prever. Quem sabe ela até queimaria mais que um sofá?

Não importava. Porque a experiência de quase ser assassinado trouxera uma coisa positiva: a capacidade de definir prioridades muito, muito bem.

Para Jack, a prioridade inegável dali por diante seria apagar todas as coisas que pudessem estar conectadas a Hollywood, mesmo que remotamente.

Era interessante notar que essa ideia havia sido defendida por seu pai há muitos anos — a ideia de que Jack eventualmente se cansaria de interpretar um papel a cada dia. Jack havia deixado a faculdade de Yale para desafiar o pai e mudara-se para Los Angeles com o intuito de contrariá-lo. Agora, ele estava começando a se perguntar se o amor pela atuação teria nascido do desejo de escapar do destino que seu pai havia traçado para ele: passar de assistente do vice-presidente a vice-presidente, depois a presidente, e finalmente a chefe executivo da Seguradora Townsend. Por sorte, o sucesso como ator veio de forma meteórica e avassaladora para Jack.

No entanto, aquilo já não era mais um desafio. Por ele, o estúdio podia demiti-lo no dia seguinte. Jack Townsend estava de saída. Tudo tem um limite. Tudo.

— Ei! — berrou, correndo atrás de Lou pela neve. Ainda bem que estava usando botas à prova d'água... elas eram boas, mesmo que não fossem ideais para aquele tipo de terreno. Como Jack podia adivinhar que ia acabar atolado aos pés de uma montanha de gelo?

A moto de neve, descendo pela encosta íngreme e vindo na direção deles, não parecia ser de nenhum órgão oficial do governo. Uma pessoa vestindo uma parca amarela e vermelha só podia ser nativa do Alasca e estava passeando por ali sem querer. Ou talvez a pessoa tivesse visto a fumaça que saía da carcaça do helicóptero e tivesse resolvido checar o que houvera.

Tanto fazia. A pessoa se aproximava rapidamente. Os dois estavam salvos. Jack estaria de volta ao hotel em breve, onde tomaria a providência de se registrar com um pseudônimo em outro quarto, o mais longe possível de Melanie. A segunda providência seria chamar a polícia. Porque, afinal de contas, alguém havia planejado o seu assassinato.

E depois? Bem, ele não tinha certeza. Mas tinha a sensação estranha e irritante de que Lou Calabrese estaria envolvida de alguma forma.

O que era ridículo, pois ela não era mesmo, de jeito nenhum, o tipo dele. Por um lado, contrariando todas as mulheres que já havia conhecido desde a puberdade, ela parecia ser imune à beleza de Jack, que ele reconhecia com total humildade. Poxa, não tinha como um cara aparecer em primeiro lugar durante dez anos consecutivos na lista das cinquenta celebridades mais bonitas do mundo da revista *People* e ainda assim não saber que as mulheres o acham pelo menos charmoso.

Menos Lou Calabrese, que parecia achá-lo tão atraente quanto um maracujá podre.

E mesmo que o seu trabalho em *STAT*, ou nos filmes que havia feito, não bastasse para classificá-lo como um ator excepcional, ele era realmente um dos atores mais bem pagos de Hollywood. Havia um motivo para isso, que não era apenas, como Lou Calabrese pensava, sua aparência: ele simplesmente era um ator bastante competente.

Porém, embora várias mulheres nos Estados Unidos soubessem disso, e embora várias delas, como a Marie do aeroporto, estivessem sempre prontas para pular em cima dele, a existência de uma mulher que não gostava dele — na verdade, que parecia detestá-lo — o incomodava mais do que gostaria de admitir. E ele se sentia incomodado mesmo quando tantas outras coisas eram mais urgentes — como, por exemplo, terminar um filme com uma coadjuvante que o odiava, ou sair do meio do nada antes de morrer de hipotermia, ou descobrir quem estava tentando assassiná-lo. Tudo isso era mais importante do que a antipatia de Lou Calabrese.

Só que pensar dessa forma não estava adiantando muito, assim como não estava adiantando lembrar que Lou Calabrese era um pouco estranha. Ela tinha uma obsessão por cinema e também tinha aquele laptop idiota que estava sacudindo ao lado de seu corpo enquanto ela corria. Por outro lado, Lou tinha aquele cabelo vermelho lindo e uns olhos negros quase hipnotizantes — mesmo quando cheios de aversão por ele. De alguma forma, Jack preferia a aversão aos cifrões que ficavam estampados nos olhos de várias outras pessoas quando ele aparecia.

Pensar nas características estranhas de Lou, no entanto, não estava adiantando. Especialmente quando Lou repentinamente havia desistido de correr, mantendo-se parada como uma estátua, da mesma forma que os coelhos ficavam quando Jack os surpreendia lá no rancho.

Jack acabou trombando com ela. Ela caiu para a frente, com as mãos na neve. Ele se curvou para ajudá-la a levantar... e ficou muito contente ao ver uma parte das costas dela, reveladas pela parca que subiu quando os dois colidiram. Ele também ficou contente ao confirmar suas suspeitas em relação às calças largas: elas escondiam um corpo que qualquer mulher em Los Angeles gostaria de ter.

— O que houve? — perguntou Jack enquanto Lou tentava retomar a respiração, inclinada para a frente, com as mãos apoiadas nos joelhos. — Por que você parou?

— Tem... — respondeu ela, ofegante, olhando para a moto de neve que se aproximava cada vez mais — alguma... coisa... errada.

Jack olhou na direção da moto de neve. O piloto estava *mesmo* fazendo uma coisa estranha enquanto dirigia a moto... estava com uma das mãos para trás, como se quisesse pegar alguma coisa que estava presa em sua calça.

— Ele está pegando o rádio, é só isso — disse Jack, também ofegante. Era muito difícil correr rapidamente em cima de tanta neve, mesmo para um homem que mantinha o corpo em forma para cenas de nudez. — Ele está pegando o rádio para...

Um segundo depois, Jack e Lou escutaram um som de explosão no meio da floresta silenciosa — uma explosão que não vinha do helicóptero. Jack percebeu que o piloto não estava pegando um rádio atrás das calças. Com pavor, ele viu que o objeto que o piloto segurava era uma...

— *Corra!* — berrou Lou, agarrando o braço dele.

E bastou apenas um grito. Ele virou o corpo e começou a correr montanha abaixo com Lou escorregando e correndo ao seu lado. Eles ouviram outra explosão, e desta vez pedaços da madeira de uma árvore e neve voaram em cima deles, como se fossem pingos grossos de chuva.

O piloto estava atirando neles. E, a julgar pelo estrago na árvore, com uma arma muito potente.

— Aqui! — Lou puxou Jack, de repente, para trás de uma árvore que parecia ter caído havia algum tempo, pois estava coberta de neve. Jack pensou que aquele não era um esconderijo muito bom. Será que uma bala daquelas não perfuraria aquele tronco?

No entanto, esconder-se não estava nos planos de Lou.

— A arma do Sam — gritou ela. Não tinha como o piloto escutar a voz deles com o barulho do motor da moto... sem mencionar o som dos disparos da arma. Ela agarrou a gola da jaqueta dele. — Você ainda está com a arma?

Sem dizer nada, Jack pegou a arma que Sam havia apontado para ele. Ele havia recuperado o revólver — mas não o sinalizador — da carcaça em chamas do helicóptero, pois tinha certeza de que eles seriam resgatados. A arma de Sam era a prova de que alguém queria matá-lo. Jack não sabia muito sobre armas. Se não fosse pelo passeio que dera com os policiais em Los Angeles como laboratório para o seu personagem em *Copkiller*, ele nunca teria tocado em uma arma carregada de verdade.

No entanto, Lou parecia saber algumas coisinhas sobre armas de fogo, pois um segundo depois já havia tirado as luvas e estava segurando o revólver, fazendo uma base estável com as palmas das mãos e mirando o alvo com apenas o olho esquerdo aberto. O olho direito estava bem fechado. De alguma forma, porém, aquela cena passava uma certa insegurança.

— Mais perto — disse ela. Ele percebeu, para seu desespero, que tanto a voz quanto os braços dela tremiam descontroladamente —, mais perto...

Pá! A arma foi disparada, salpicando pedacinhos de pólvora sobre eles. Depois disso, Jack ouviu o *pá... pá... pá...* do revólver de Sam em um eco tão perto de seus ouvidos que, mesmo tendo abaixado a cabeça durante o disparo, ficou completamente surdo.

Mas, ainda podia vê-lo. E o que viu foi um par de lâminas negras vindo na direção deles. Ele agarrou Lou pelo capuz da parca e puxou-a para baixo, a tempo de dar passagem para a moto, que voou por cima do tronco. Jack também viu marcas de uso na parte debaixo da moto, e o corpo sem vida do piloto, cujas feições se escondiam por trás de óculos de neve gigantescos.

Eles ouviram outra explosão, muito mais forte do que as causadas pelos disparos. Jack jogou-se instintivamente sobre Lou para protegê-la dos destroços que caíam por todos os lados. As pequenas partes da moto que iam parar sobre o gelo sumiam imediatamente, deixando apenas o som do calor incandescente sendo esfriado pela neve. Outras peças caíram inofensivamente sobre a jaqueta de Jack.

Foi apenas quando a chuva de fragmentos cessou que Jack ousou levantar a cabeça. E quando o fez, a primeira coisa que viu foi o rosto pálido, mas resoluto, de Lou, embaixo dele.

Se estivesse esperando por alguma demonstração de fragilidade feminina — lágrimas, histeria, soluços —, ele se desapontaria mais uma vez. Porque tudo o que ela disse foi:

— Cara, você é muito pesado. Saia de cima de mim.

Foi aí que Jack conseguiu entender mais ou menos por que Bruno di Blase havia trocado Lou por Greta. Um cara como Bruno — ou Barry, ou sei lá — não tinha a menor chance de surpreender Lou. Por outro lado, Greta já havia ficado maravilhada pelo simples fato de Jack conseguir ler um mapa.

Um pouco de neve entrara pelo suéter de cashemere de Jack. Os fragmentos, porém, não causaram nem sequer um arranhão. Mesmo ileso, ele se ergueu bem devagar. Assim que Jack deu espaço, Lou rolou para o lado, com a arma ainda em punho, e apontou-a na direção da explosão.

— Acho que você conseguiu pegar o cara — observou Jack com uma voz seca.

Ela viu que sim. Moto e motorista estavam destruídos. Só havia uma cratera negra bem na frente do pinheiro contra o qual a moto havia se chocado a toda velocidade. Uma fumaça negra e fedida, como a que saíra do helicóptero, saía agora dos pedaços de borracha fumegantes. Jack não quis se aproximar do acidente para verificar que partes eram aquelas exatamente.

Ajoelhada na neve, Lou deixou a arma de Sam cair em seu colo, como se seu peso tivesse se tornado insuportável. Mas não ficou ali parada por muito tempo, pois ambos escutaram, lá longe, o som que já havia sido uma esperança para eles, mas que agora tinha um significado horrível.

Motos.

Mais motos.

Várias delas.

— Vamos — disse Jack, pegando o braço dela —, vamos sair daqui.

— Espere — pediu Lou, mesmo que ele já tivesse se levantado do chão. — Calma. Você não sabe quem são. Talvez sejam os mocinhos.

— Quer ficar por aí para checar? — retrucou ele.

Com um pequeno gemido de cansaço, Lou começou a segui-lo montanha abaixo. Mesmo assim, ela teve que dar a palavra final. Com uma voz controlada para evitar que o nervosismo transparecesse, ela perguntou:

— Quem é essa pessoa que você irritou tanto, Townsend?

Ele também gostaria de saber.

9

Sete mil e vinte e seis.

Esta era a quilometragem que aparecia no visor da esteira de Lou. Ela havia andado ou corrido 7.026 quilômetros nos últimos seis anos, desde que se mudara para a Costa Oeste, trazendo um diploma de graduação em escrita criativa e um roteiro saindo do forno — o do primeiro *Copkiller*.

E Barry, claro. Ela também trazia Barry.

Quase 800 quilômetros daquele total haviam sido gastos só no período após a separação. Ela precisava descarregar muita energia. Havia forma melhor de fazer isso do que na esteira, assistindo seriados na televisão?

No entanto, aquilo ali era diferente. Correr em sua própria casa, em uma esteira, com seus tênis Nike, era completamente diferente de correr em uma floresta, com cinco centímetros de salto, em um solo de neve fofa e uma temperatura muito baixa, com um laptop e uma bolsa nos ombros. Ela sentia que seus pés e pulmões iam explodir a qualquer momento.

— Espere — suplicou Lou, agarrando-se ao primeiro pinheiro que viu, como se buscasse por ar —, eu... não consigo... mais... correr.

Felizmente, Jack parecia estar tão cansado quanto ela, ainda que também estivesse em forma. Lou tinha certeza de que ele era atlético, pois fazia parte do contrato que ele se mantivesse sempre bem. O detetive Pete Logan podia ser qualquer coisa, menos um cara fora de forma.

— Nós... temos... que... continuar — respondeu Jack, apoiando as mãos nos joelhos. — Vamos, Lou. Eles estão vindo.

— *Estavam* vindo — corrigiu ela. Agora que sua respiração estava mais regular, Lou escutou com atenção, e o único som que ouvia era o da respiração deles. — Acho... acho que conseguimos despistá-los.

Não era tão difícil despistar alguém ali. Sem a luz do sol e com uma cortina de neve mais grossa do que antes, era difícil enxergar ao longe. Enquanto corriam, eles só conseguiam ver neve e árvores. Nada mais. Somente neve e árvores.

Lou começou a perceber que, da mesma forma que era difícil ver os troncos caídos que eles tiveram que pular, também seria difícil vê-los no meio daquela neve toda. Isso os deixava mais ou menos seguros.

Como se segurança fosse uma coisa possível naquele lugar.

— Escute — disse Lou, colocando uma das mãos no ombro de Jack. — Você está ouvindo as motos?

Os dois ficaram em silêncio por um momento. Não havia barulho algum, a não ser o som da neve pousando sobre seus cabelos e ombros. Havia somente o rumor da neve e do vento movendo-se por entre os pinheiros. Ainda não era uma ventania pesada, mas o vento já estava forte e gelado. Um vento que indicava, pelo menos para Lou, que as coisas ainda iam piorar antes que pudessem melhorar.

Ela não conseguia nem ver direito as feições de Jack. Ainda não era completamente noite, mas a pouca luz do sol que já estava desaparecendo deixara um céu cinza em seu lugar, que ficava mais escuro a cada segundo. Tanto fazia, porque ela já havia visto o rosto dele muitas vezes — nos jornais, na telona e em sua própria televisão, nos tempos de *STAT* — e podia afirmar que ele também estava se concentrando para tentar ouvir o ronco dos motores.

— Não estou ouvindo nada — afirmou ele.

— Nem eu — disse Lou. — Será que os despistamos?

— Talvez sim. — Jack se agachou na neve, que já estava quase cobrindo as pegadas deles... quase, mas não completamente. — As árvores são muito grossas. É muito difícil perseguir alguém aqui, a não ser andando. O que, neste caso... bem, seria fácil por causa das pegadas que deixamos.

Lou largou o tronco da árvore e o ombro de Jack e começou a procurar por um galho.

— Nós podemos apagar nossas pegadas com um galho — explicou ela —, como em O *plano*.

— Ah, claro — disse ele. — Assim eles podem seguir as marcas do galho em vez de seguir nossas pegadas.

Lou sentiu uma onda de calor se acumular dentro dela. Para seu desespero, eram lágrimas nascendo, devido à raiva e ao medo.

— Olhe — sibilou ela —, dispenso o sarcasmo, OK? Nós não estaríamos aqui se não fosse por você, então tente não ser um imbecil, está bem?

— Imbecil? — Jack esticou o corpo e olhou para ela. — O que foi que eu *fiz*?

— Não sei — retrucou Lou, agradecida pelo vento gelado que poderia justificar seus olhos cheios de lágrimas, caso ele notasse —, mas alguma coisa você fez para que alguém quisesse matá-lo. Não apenas matá-lo, Townsend, mas caçá-lo como um cachorro. Agora, ache um galho. E, de preferência, um bem liso.

Ainda bem que Jack não falou nada e começou logo a procurar pelo galho que ela havia pedido. Lou ficou aliviada ao perceber que ele não tinha reparado nos seus olhos cheios de lágrimas. O que ela havia feito para merecer aquilo? Presa no meio do nada com um artista de cinema que aparentemente nunca havia assistido a nem sequer um filme sobre sobrevivência. Ela teria muita sorte se saísse dali com vida... ou se perdesse apenas um ou dois dedinhos congelados. Pelo andar da carruagem, eles não sobreviveriam até a manhã seguinte.

Pelo menos, não até construírem um iglu. Em *Atirando para matar*, Sydney Poitier e Tom Berenger sobreviveram a uma noite de nevasca graças a um buraco que cavaram, onde ficaram abraçados para se aquecerem. Na ficção, a cena havia sido cômica. Na vida real, a possibilidade de ficar abraçada com Jack por uma noite inteira lhe fervia o sangue, mesmo com o frio que congelava sua pele. Para milhões de mulheres nos Estados Unidos, passar uma noite com Jack Townsend em um iglu não seria um sacrifício. No entanto, este não era o caso de Lou.

"Deus do céu", rezou ela. "Não permita que eu chegue a este ponto."

Um segundo depois, suas preces foram atendidas.

— Ei — disse Jack, parado a alguns metros, procurando por galhos —, venha aqui. Dê uma olhada nisso.

Achando que ele poderia ter avistado mais motos ao longe, Lou quase caiu na neve e anunciou "eu me rendo". Mas Jack não estava olhando para a direção de onde as motos haviam vindo. Ele estava olhando para o outro lado, com os olhos apertados contra a neve e o vento.

— O que foi? — perguntou Lou, indo para o lado dele e olhando na mesma direção. Porém, tudo o que ela conseguia ver eram árvores. Árvores e neve, caindo cada vez mais pesada. — Não estou vendo nada.

— Ali — disse ele, apontando para a frente. — Está vendo aquilo?

Lou balançou a cabeça.

— Só vejo neve.

— Ali não — disse Jack Townsend abruptamente. Ele foi para trás dela, colocou as duas mãos sobre suas orelhas e virou a cabeça de Lou na direção certa — *Lá*.

Lou não havia percebido o quanto suas orelhas estavam geladas até Jack fazer aquilo. Elas estavam muito geladas. Estavam até anestesiadas de tanto frio, considerando que ela não tinha nenhum gorro. Apenas seus cabelos vermelhos as protegiam. O calor de Jack parecia queimá-la através das luvas de couro. Ela podia sentir o mesmo calor emanando do corpo dele atrás de si, mesmo que só as mãos de Jack a tocassem. De repente, a possibilidade de ficar enterrada na neve abraçada com ele a noite toda não pareceu tão ruim. Não seria nada mal ter todo aquele calor para ela. Só para ela.

Meu Deus! O que estava acontecendo na cabeça de Lou? Ele era Jack Townsend. *Jack Townsend*, astro do cinema, herdeiro da Seguradora Townsend, *ator*. Ator, Lou. *Ator*. O que significava que ele era fútil, incapaz de lealdade e, como Vicky já havia descrito, incapaz de se comprometer.

Com o som de sirenes soando em sua cabeça, Lou ignorou o calor emanando daquelas mãos e olhou na direção para a qual Jack havia apontado.

Ela viu alguma coisa, sim. Uma forma retangular, uma silhueta negra contra o céu cinza, presa no topo das árvores. Ela não conseguia dizer o que era. Não era uma casa, com certeza, porque estava no alto e não no chão. Porém, era retangular. Não havia dúvida quanto a isso. E somente homens podiam fazer coisas retangulares.

— O que é aquilo? — perguntou Lou. Todos os pensamentos relacionados ao abraço de Jack em um buraco de neve haviam sumido, felizmente. — O que pode ser?

— Não sei — disse Jack. — Achei que eu estivesse tendo alucinações, mas se você está vendo também... — Jack tirou as mãos das orelhas dela abruptamente e colocou seus dedos quentes e fortes em um dos braços dela. — Vamos ver.

Aquela mão no seu braço não passou despercebida. Embora ela não gostasse dele, tinha de reconhecer que Jack possuía um magnetismo naquele olhar que hipnotizava os espectadores. Era impossível desviar a atenção da tela quando Jack estava em cena. E era ainda mais difícil para qualquer pessoa — é, você tem de admitir, Lou — se livrar do toque daquelas mãos.

Naquele momento, ela estava até agradecida pelo toque de Jack. Porque a vontade de investigar o retângulo misterioso no céu o fez quase carregar Lou pelo braço, e ela acabou descobrindo que era muito mais fácil se deslocar na neve com aquele salto, a bolsa e o laptop se alguém a estivesse puxando. "Um cabo", pensou. "É disso que precisamos, de um cabo..."

Eles chegaram ao seu destino. Lá estavam os dois, em pé debaixo da coisa retangular, ambos com a cabeça virada para o alto e os olhos apertados contra a neve que caía com força.

— É uma espécie de abrigo — disse Jack.

Realmente. Construída sobre longos suportes de madeira, a choupana pairava como uma casinha de crianças sobre eles, e uma escada de madeira envelhecida levava a um alçapão. A construção parecia obscura e inabitada há muito tempo.

Além disso, também parecia ser um esconderijo perfeito para aranhas e outros animaizinhos nojentos.

— Venha — disse Jack, soltando o braço dela e começando a subir.

— Eu não vou subir aí — declarou Lou.

— Tudo bem. — Jack nem olhou para baixo. Já havia até chegado à portinhola do alçapão e a estava abrindo. — Fique aí embaixo e congele. Eu prefiro ficar aqui dentro e me proteger desse frio.

O alçapão foi completamente aberto, emitindo um rangido enferrujado, e Jack entrou. Ela viu suas pernas longas dentro das calças justas, depois somente as botas de caubói — botas de caubói! Perfeito! —, e depois ela não viu mais nada.

Em pé debaixo da casa na árvore, Lou esperou que a estrutura desmoronasse com o peso de Jack. Enquanto isso, a neve começava a soprar lateralmente, devido a uma mudança na direção do vento ártico. Ela podia ouvir o barulho das tábuas no chão enquanto Jack andava pelo pequeno espaço — talvez de dois por dois metros.

Mas nada desmoronou. Nada — como Jack, por exemplo — veio rolando árvore abaixo.

— Ei — disse ele, com um ar genuinamente festivo —, você não vai acreditar nisso. Tem uma cama aqui. E cobertores. Venha. Podemos ficar aqui e esperar a nevasca passar. Com certeza, é isso que nossos amiguinhos das motos estão fazendo também. Aqui estaremos mais seguros.

Nevasca?, Lou perguntou-se. O vento uivou ao seu redor, cortando sua pele através das calças. Ela estava vestindo meias compridas sob as calças, mas elas não estavam ajudando. Seus olhos ardiam. A neve caía como uma cortina branca em cima dela.

Sim, claro. Era lógico que uma nevasca estava chegando.

— Lou. — Jack inclinou-se na portinhola e olhou para ela com firmeza. — Qual é o seu problema? Você não escutou o que eu falei? Podemos sobreviver se ficarmos aqui. E todas as nossas pegadas vão ser cobertas pela neve. Se tivermos sorte, eles vão achar que congelamos debaixo de alguma árvore. Venha.

Estava ficando escuro. Perfeito. A noite havia chegado. Quer dizer, provavelmente nem estava perto de ser noite, ainda devia ser final de tarde. Porém, durante o inverno, no Alasca estava escuro na maior parte do tempo, assim como durante o verão ficava claro o tempo todo.

Ela ia ter de passar a noite em uma casinha com Jack Townsend, um dos ídolos mais gostosos de Hollywood.

Bom. Muito bom.

— Lou? — A voz de Jack já demonstrava irritação. — Está tudo bem?

Ela suspirou profundamente.

— Tem aranhas aí? — perguntou, com uma vozinha fina, que logo foi levada pelo vento.

— Tem o *quê*? — O rosto de Jack, que ela não conseguia ver muito bem no meio da neve e da noite que avançava, parecia demonstrar incredulidade. — *Aranhas?*

Lou concordou, sem nem acreditar no que havia dito. Ela não queria que Jack escutasse o medo em sua voz. Embora a fonte de seu medo fosse indeterminável: ou era o pavor de aranhas ou o pavor de passar a noite com Jack Townsend em uma casinha minúscula.

— Lou — disse Jack com sua voz irônica de sempre —, não tem aranhas aqui, OK? Aranhas não sobrevivem no frio ártico.

Lou sabia disso, é claro. Mas precisava de uma confirmação. Ela deu um passo para a frente e colocou o pé no primeiro degrau, segurando-se no outro acima de sua cabeça. Ela gostava menos de aranhas do que de altura, mas a verdade é que não tinha coragem suficiente para enfrentar nenhum dos dois.

Jack estava rindo quando a pegou pelos dois braços assim que conseguiu alcançá-la e puxou-a para dentro.

— Aranhas — brincou ele, fechando a porta assim que Lou entrou. — Tudo bem atirar em pessoas, mas enfrentar aranhas, nem pensar.

— Eu atirei para me defender — disse Lou, em pé no quase breu. Pouca luz entrava pelas janelinhas cravadas nas quatro paredes em distâncias regulares. Felizmente, elas eram vedadas; pena que os vidros estivessem tão sujos. — Ele ia nos matar.

— Eu não disse que discordo — apontou Jack —, só que ter medo de aranhas não combina com suas habilidades de autodefesa.

Jack pegou o isqueiro de Sam e o acendeu.

O brilho alaranjado que a chama espalhou foi suficiente para que Lou desse uma boa olhada no local onde estava. O cômodo era incrivelmente pequeno, mas, como em um milagre, era o suficiente para proteger Lou e Jack do vento lá fora, que havia aumentado consideravelmente. Não havia muitos móveis, somente uma cama de solteiro, uma prateleira com edições da *National Geographic* e um arquivo.

Pelo menos, o lugar era seco, impedia que o vento entrasse, era limpo o suficiente e não tinha aranhas mesmo. Naquele momento, a casa era um lar. Esse foi o pensamento mais positivo que Lou conseguiu ter a fim de não cair desmaiada ali mesmo onde estava.

Ela conseguiu dar os poucos passos que a levavam da portinhola à cama. Chegando lá, deixou seu corpo relaxar sobre o colchão. Felizmente, a cama resistiu ao peso, mesmo emitindo alguns sons estranhos.

— Quero que você saiba de uma coisa — disse Lou, tremendo de frio.

— Ah, é? — disse ele, distraidamente, abrindo as gavetas do arquivo uma por uma e averiguando o interior com a luz do isqueiro de Sam. — O quê?

— Se sobrevivermos — disse Lou, sentindo suas bochechas e orelhas latejarem, o que indicava que elas já iriam começar a congelar —, vou matar você com as minhas próprias mãos.

Jack apenas sorriu. Não como se achasse alguma coisa engraçada, mas como se estivesse se sentindo culpado. Vindo de Jack, é claro, o sorriso era extremamente atraente.

— Por que será que não estou surpreso? — perguntou ele.

— Olhe, Lou. Se você acha que eu fiz alguma coisa para

merecer essa gente me perseguindo, digo logo que não fiz. Realmente não sei como consegui irritar alguém a ponto de sofrer um atentado.

— Cara — disse Lou, tirando as bolsas dos ombros e colocando-as ao seu lado com cuidado —, é claro que você sabe.

— Estou falando — disse Jack, com menos paciência —, não sei.

— Ah, por favor, Townsend — respondeu Lou, também sem paciência —, ninguém manda assassinos contratados atrás de um homem inocente. *Alguma* coisa você deve ter aprontado. E o que foi? Fale, por favor, para que eu tenha uma ideia da confusão em que me meti. É por causa de drogas?

Jack lançou para Lou o mesmo olhar que lançava para Meredith, a cirurgiã-chefe do hospital de *STAT* que requisitava o Dr. Paul Rourke o tempo inteiro.

— Eu não uso drogas, Lou — respondeu, laconicamente.

Lou mordeu o lábio inferior. Ela sabia disso, claro. Além de Jack nunca ter se metido em nenhuma confusão por causa disso, o estúdio já havia atestado sua saúde nos diversos exames que faziam parte do contrato.

Mas nunca se sabe. Sendo uma menina de cidade pequena e filha de policial, Lou nunca havia usado drogas. Ela ficou muito chocada com a quantidade de pessoas que faziam isso em Hollywood. Lou ainda não havia se acostumado com todas as pessoas que continuavam na farra mesmo que seus amigos tivessem sido presos ou ido para clínicas de reabilitação — prova de que é possível tirar uma menina da cidade pequena, mas nunca a cidade pequena da menina.

Porém, ela nunca havia escutado rumores sobre Jack Townsend envolvido com drogas, nem de vez em quando. Se não era por causa de drogas, então o que estava colocando o cara na mira de assassinos?

Lou olhou para ele.

— Jogatina?

Ele resmungou.

— Lou. Por favor.

— *Tem* que ter um motivo — esbravejou Lou. — Não pode ser mulheres. Greta abandonou você. Se fosse o contrário, eu entenderia. Quer dizer, é muito provável mesmo que Greta Woolston contrate um time de extermínio para matar alguém, mas...

A voz dela desapareceu um pouco antes da chama se apagar. Ela viu o rosto de Jack por um segundo.

— Meu... Deus... — disse Lou, devagar. — Tem outra pessoa? — Ela não sabia como havia percebido, mas estava ali, estampado no rosto dele. — Mas já?

Jack balançou a cabeça como se estivesse espantando um pensamento ruim.

— Não — respondeu. — Quer dizer, sim, tem uma pessoa. Quer dizer, mais ou menos. Mas ela não podia ter...

— Ah, não — disse Lou, revirando os olhos com nojo. — Qual é o problema de vocês, homens? Não conseguem ficar sozinhos nem por uma semana? Quem é, Townsend? E eu juro que se você falar que é a Angelina Jolie, mato você de verdade.

Jack olhou para ela.

— Não é a Angelina Jolie, está bem? Não é nada disso... é que... eu cometi um erro. Não devia ter deixado rolar, mas acabou rolando, e ontem à noite tentei falar com ela, mas ela enlouqueceu, e...

— Ontem à noite? — Lou o encarou. — Ontem à noite? No hotel? Mas quem... — Ela arregalou os olhos. — Melanie? Você e *Melanie Dupre*? Ai, Jack, por favor, não dá para acreditar.

— Escute. — Mesmo no breu, dava para ver que Jack estava sério. Ela não o via sério daquele jeito desde que haviam apontado uma arma para ele, poucas horas atrás. — Foi minha culpa. Eu admito. Começou há umas duas semanas e saiu do meu controle. Ontem à noite, quando ouvimos a notícia sobre Greta e... Barry, ela ficou... ela começou a... Bem, a falar que de repente eu e ela deveríamos fazer a mesma coisa, sabe... nos casar... e eu falei sobre o que achava sobre casamentos, e ela... Bem, ela...

Lou levantou uma das mãos.

— Pode parar. Já sei. Ela tacou fogo na poltrona.

— Bem — disse Jack, aliviado por não ter que explicar —, era um sofá, na verdade, mas...

— E você acha que Melanie Dupre — interrompeu Lou —, estrela de *Escola Manhattan Junior*, foi quem contratou um time de assassinos? — Lou sacudiu a cabeça. — Acho que não.

Jack, que agora estava sem luvas, esfregou as mãos no rosto, onde uma camada mais grossa de barba já havia crescido.

— Não — disse ele —, acho que não. Melanie não é esse tipo de garota. Ela faz mais o estilo fofoqueira profissional.

Lou balançou a cabeça novamente.

— Melanie Dupre — disse para si mesma. — *Melanie Dupre*.

— Ei — disse Jack, olhando para ela —, você nem a conhece. Ela é uma pessoa muito doce e tem um coração enorme...

— Ah, pare com isso — disse Lou. — Como se você estivesse muito interessado no coração dela. Virou cardiologista agora? Por favor. A garota tem o QI de uma mosca, e você sabe disso.

Jack recolocou as luvas. Eles estavam protegidos do vento, é verdade, mas não estava nenhuma sauna ali.

— Acho que isso já é o suficiente para a descartarmos — disse Jack.

— Acho que sim. — Lou teve que conter uma risada. Não que houvesse alguma coisa engraçada ali. Ela estava presa a quilômetros de um lugar seguro, no meio de uma nevasca, com um ator. Não qualquer ator, mas Jack Townsend, ex da atual amada do seu próprio ex.

Mesmo assim. Melanie Dupre. Melanie Dupre, a garota que havia ficado impressionada quando seu nutricionista disse que havia poucas fibras em barras de cereal. Até Greta Woolston era mais esperta que Melanie.

Como se estivesse lendo a mente dela, Jack disse, repentinamente:

— Será que podemos mudar de assunto?

— Opa — Lou colocou uma das mãos sobre o peito e piscou os olhos rapidamente —, mil desculpas. Eu ofendi você ao sugerir a discussão do motivo pelo qual alguém quer vê-lo morto? Nossa, mil perdões, por favor, por estar interessada no motivo *da minha vida estar por um fio!*

Jack ficou olhando para ela. No lusco-fusco, ela parecia mais bonita do que já era.

— Você até que se vira muito bem para quem não está acostumada a receber tiros. Onde aprendeu a segurar a arma daquele jeito, hein?

Lou olhou para o chão.

— Ah, a arma. Meu pai me ensinou aquilo.

— É mesmo? — Jack parecia estar surpreso. — Ele caçava?

— Não — respondeu Lou —, ele foi da polícia de Nova York por quarenta anos.

Jack se interessou. Não como se estivesse sendo apenas educado, mas como se realmente estivesse gostando. No entanto, como ele era um ator, era bem capaz que o interesse fosse de mentira.

— É mesmo?

Lou fez que sim com a cabeça. Tudo bem que ele estivesse encenando o interesse. Para Lou, era sempre um prazer falar sobre sua família, porque, mesmo que os Calabrese às vezes a irritassem, ela morria de orgulho de cada um deles.

— Quando éramos pequenos e a mamãe ficava de saco cheio de aguentar nossas bagunças pela casa — explicou Lou —, ela nos mandava sair com o papai para comprar sorvete. Só que, em vez de comprar sorvete, nós íamos para o centro de treinamento de tiros, e cada um de nós ia revezando com uma pistola.

As sobrancelhas de Jack levantaram bem alto.

— Que pai responsável — foi tudo o que disse.

Lou encolheu os ombros.

— Era como ele sabia dizer que nos amava, eu acho.

— *Nos* amava? — Jack levantou as sobrancelhas novamente. — Você tem irmãos?

— Quatro irmãos mais velhos — disse Lou. Ela esperou pela reação dele antes de prosseguir. — E todos foram criados para ser policiais.

Ele não parecia estar assustado, mas sim impressionado.

— E você cresceu e acabou escrevendo sobre eles. Sobre policiais. Isso quando você não escreve sobre naves que explodem. Seus pais devem ter muito orgulho — disse ele.

— Bem. — Lou agradeceu por ter conseguido falar sem alterações em sua voz. — Minha mãe morreu há dez anos. Mas, sim, ela tinha muito orgulho de nós. Papai também. Mesmo que, como dá para imaginar, tenha sido difícil nos criar.

— Dá para imaginar — disse Jack. — Então agora eu sei de onde veio a inspiração para Pete Logan.

Ela olhou para ele com seriedade.

— Sim. Ele é um amálgama dos meus quatro irmãos...

— O que justifica que você não goste quando eu mudo as falas dele, certo? — Jack estava visivelmente intrigado agora.

— Bem — disse Lou com uma voz um tanto vacilante —, é um pouco por causa disso, sim.

— Certo. O resto é só puro capricho artístico — disse Jack.

— Não é, não — protestou Lou em sua defesa. — Eu só não acho que você tenha o mesmo domínio sobre o personagem que...

— ... que você tem. Eu sei, eu sei. — Jack deu um sorrisinho, o mesmo sorrisinho sarcástico que dava toda vez que abria a boca, o mesmo que estava estampado em todos os pôsteres de *Copkiller*. Por que ele nunca ficava sério ao lado dela? Ela sabia que ele era capaz de ficar sério, pois havia visto a versão artística de *Hamlet* que Jack havia estrelado... embora, é claro, nada no mundo pudesse fazê-la admitir que um dia pagara para ver uma obra dirigida e estrelada por Jack Townsend. Ele fez um Hamlet bastante comovente, e este era um personagem que Lou considerava bem difícil.

E ele não deu aquele sorrisinho durante o filme todo.

— Bem — disse ele, ainda sorrindo —, agora que eu sei que você é boa com armas, pode ter certeza de que não vou mais ficar inventando falas nos filmes...

Ela sentiu um calafrio percorrer seu corpo. Ela não estava mais sentindo frio — na casinha era bem mais quente que lá embaixo, com o vento perfurando sua pele. Não, o calafrio não foi por causa do frio, mesmo que ainda o sentisse. Ela sentiu aquilo porque ele a fez lembrar de uma coisa que ela não queria recordar. Uma coisa que ela não queria recordar, que estava tentando afastar de seus pensamentos, e que definitivamente não queria discutir.

Que era o fato de ela ter matado uma pessoa.

Ela até tivera motivo, porque ele os estava perseguindo. Mesmo assim, não era fácil encarar o fato de que ela era a primeira pessoa da família a tirar uma vida. E ela era a única que não pertencia a uma agência oficial a serviço da lei.

— Não tem graça — disse ela, com a voz engasgada. De onde veio aquele nó, ela não sabia dizer. Mas ela gostou, porque pelo menos o sorriso sarcástico de Jack havia sumido.

— Ei — disse ele, alarmado —, poxa. Eu não quis...

— Ah, não quis? — A voz dela travou. Meu Deus, o que estava acontecendo? Por motivos óbvios, Lou tentava nunca se abalar na frente dos colegas de trabalho. Já era bastante difícil ser uma escritora em Hollywood, sem mencionar que ela era uma *mulher*. O clube do bolinha ainda funcionava com vigor em vários estúdios nos quais Lou já havia trabalhado, e ela já havia conhecido várias mulheres em cargos altos que haviam descido do salto em algum momento. Uma das coisas que Lou menos queria era ser considerada muito meiga ou muito fraca para ser boa.

E agora ela estava ali, quase chorando, na frente de uma das pessoas que mais queria que a respeitasse...

Ela tinha uma pequena esperança de que Jack não tivesse

percebido o tom fragilizado de sua voz, nem as lágrimas que haviam brotado em seus olhos, mas essa esperança morreu assim que ele disse:

— Lou, eu entendo que você fique chateada, mas...

— Não entende, não.

A voz dela perdeu a força. Por que ela não engolia tudo aquilo e se comportava como um homem? Por que tinha que começar a chorar agora? Na frente *dele*?

— Você com certeza não entende por que estou chateada — disse Lou. Ela sentiu sua voz ficar mais alerta, mas não se importava mais. — Eu matei um homem, está bem? E eu queria saber por quê. Por que ele estava tentando me matar? Por que queria matar você? Nós? *Estou pedindo demais?*

No meio do nada, ela estava se derretendo em lágrimas pesadas que escorriam pelo seu rosto, borrando a imagem do homem na sua frente.

Ótimo. Maravilha. Agora ela estava chorando — *chorando* — na frente de Jack Townsend. Tanto esforço para não mostrar fraqueza diante dele. Tanto esforço para manter uma postura digna e profissional. Ela estava se acabando na frente dele, e ele estava ali em pé diante dela, estupefato como se ela tivesse acabado de revelar que gostava de ver *Battlestar Galactica* nas horas vagas.

O que ela podia esperar que ele fizesse? Jack era um homem que havia escolhido Melanie Dupre por vontade própria, e ela era uma das pessoas mais burras do mundo. Era impossível que ele soubesse como uma mulher normal se comporta, porque, provavelmente, ele nunca havia estado com uma mulher normal por mais de cinco minutos... a não ser para dar autógrafos.

Dane-se ele. Ela não ia parar de chorar só para evitar constrangimentos ou para mostrar profissionalismo. Agora que ela havia liberado um pouco da tensão, sentia-se muito melhor. Naquele momento, a neve caindo ferozmente lá fora não era mais uma cena tão horrorosa para ela. Não quando suas lágrimas caíam na mesma velocidade. A escuridão que estava abraçando tudo lá fora, como ela podia ver pelas janelinhas imundas, não a incomodava mais porque ela estava jogando tudo para fora. Ela conseguia até escutar o som da voz de seu pai, como se fosse um presente carregado pelo vento violento. "Ei, o cara era um idiota", dizia Frank Calabrese. "Ele mereceu levar um pé na bunda. Não se sinta mal, filha. No final das contas, ia ser você ou ele, e vai me dizer que era melhor que fosse você?"

Lou já estava achando que havia acabado de chorar tudo o que podia, quando uma coisa muito inesperada aconteceu. Uma coisa que quase fez com que ela engolisse todas as suas lágrimas de volta.

Jack Townsend havia colocado um braço em volta dos ombros dela.

10

Ele já estava esperando por isso, não estava? Lágrimas. As lágrimas de Lou. Ele até estranhara por elas terem demorado tanto a cair.

Jack deveria ter previsto que um mero acidente no Alasca não seria o suficiente para despertar o choro de Lou Calabrese. Não, fora preciso tirar a vida de um ser humano para dar início à enxurrada.

E Jack respeitava isso.

Pelo menos agora ele sabia o que tinha de fazer. Ele havia se sentido meio confuso antes disso: não estava acostumado com mulheres que agiam — e pensavam — como homens. Quase todas as mulheres que ele havia conhecido eram fáceis de conquistar. Lou Calabrese era praticamente a única mulher em sua vida — com exceção de sua mãe — que parecia ser completamente imune ao seu, digamos, charme. No entanto, Lou sabia que todas as outras mulheres do mundo o achavam atraente, claro. Do contrário, por que ela continuaria a escrever aquelas cenas nas quais Pete Logan tinha de se despir?

Porém, ela nunca havia dado nenhuma dica de que o achava atraente. Na verdade, na maioria das vezes que haviam se encontrado, durante todo o tempo que se conheciam, Lou havia sido bastante hostil em relação a ele.

Era por isso que ele não sabia muito bem como agir quando ela estava por perto. Jack não estava acostumado com a hostilidade. Claro que havia pessoas em Hollywood com as quais ele não se dava muito bem. Jeff Berger, por exemplo, com quem ele havia se desentendido durante a gravação de uma cena. E ele também não ia muito com o cara de Russell Crowe.

Mas Lou era a única pessoa em Hollywood com quem ele parecia ter uma espécie de rivalidade.

Tudo isso fazia com que a cena ali na casinha — ele sentado na cama com um braço em volta de Lou — fosse ainda mais bizarra.

— Shhh — falou, batendo devagar no ombro dela enquanto ela chorava, pois Jack sabia que isso tinha um efeito calmante sobre mulheres —, está tudo bem. Vai ficar tudo bem.

— Não vai, não — disse Lou com uma voz sufocada. — Pergunte ao S-Sam.

— Ele deve estar bem — disse Jack, mesmo que duvidasse disso.

— N-Não, não está mesmo. — Lou fungou o nariz. — Ou ele está deitado lá, com muita neve em cima dele, ou...

— ... ou alguém o encontrou e o resgatou.

— Não encontrou — soluçou Lou — e não resgatou. Com certeza ele ainda está lá.

Jack não estava conseguindo demonstrar simpatia por Sam Kowalski. Ele não queria admitir, mas só havia tirado o corpo do piloto do meio do helicóptero para poder investigar seus bolsos.

Em vez de revelar isso, falou:

— Aposto que você está errada. Aposto que ele está bem. Aposto que está mais aquecido que nós, agora. Aposto que ele está em algum leito de hospital, e que deram vários anestésicos maravilhosos para ele.

Lou fez um som estranho. Jack percebeu que ela estava rindo. Um pouco, mas, mesmo assim, era um bom sinal.

Ele também notou outra coisa. Não tinha como não notar que o ombro que estava acariciando, mesmo coberto pela parca, era bem definido. Tentou se convencer de que era o choque do acidente que o fazia achar aqueles cabelos vermelhos tão cheirosos. E que era um efeito das lágrimas os olhos negros de Lou estarem tão grandes e vivos, e seus lábios tão atraentes e hipnotizantes...

Ele ficou pensando nisso até que Lou, após ter parado de chorar, olhou para cima com aqueles olhos de feiticeira e perguntou:

— O que você pensa que está fazendo?

Jack não estava acostumado a receber perguntas quando estava cortejando uma mulher. Ele tentou achar uma reposta lúcida — mas era difícil manter a lucidez com aquele perfume de laranjas saindo dos cachos dela.

— Eu? Estou consolando você.

— É? — Ela se soltou do abraço dele e ficou de pé. — Então me faça um favor — disse ela, a voz embargada pelas lágrimas, mesmo que já tivesse parado de chorar. — Console-me a distância.

— Lou — começou Jack com calma, ou pelo menos tentando passar calma. Ele não estava se sentindo muito calmo. Alguma coisa no corpo dela, quando estavam próximos, o havia agitado por dentro. Ele se sentiu mais nervoso por tê-la abraçado do que por estar preso no meio do nada com assassinos na sua cola. — Olhe. Tudo bem você ter medo. Poxa, até *eu*...

— Eu estou bem — disse Lou, agora com sua voz de sempre —, OK? Está tudo certo. Fique aí no seu canto. Entendido?

Ele ergueu uma sobrancelha, mas não respondeu nada. Estava claro que a antipatia de Lou era muito maior do que o medo pela situação em que se encontravam. Esse pensamento era irritante e enfurecedor.

— Estou morrendo de fome — anunciou Lou.

Ele olhou para ela. Não havia percebido que também estava com fome até Lou mencionar. Com fome? Ele estava faminto. Não havia comido nada desde o jantar da noite anterior, que se restringira a um bife e algumas batatas fritas. A notícia de Bruno e Greta aparecera na televisão bem no meio do jantar, e Melanie começara sua cena logo em seguida...

— Talvez alguém tenha deixado alguma coisa por aqui — falou Jack, levantando-se e procurando ao redor. — Sei lá. Biscoitos. Vai saber o que essas pessoas comem.

Lou havia pegado sua bolsa e estava vasculhando-a, seus longos cachos vermelhos escondendo sua face.

— Não tinha nada nas gavetas do arquivo? — perguntou, com o rosto virado para a bolsa.

— Eu não olhei tudo. — Jack voltou para o arquivo, abriu a primeira gaveta novamente, e ficou olhando, sem enxergar direito, todos os papéis e pastas que ali estavam. Qual era o problema de Lou Calabrese, afinal de contas? Tudo bem que eles nunca haviam sido os melhores amigos no trabalho, devido à sensibilidade dela em relação aos roteiros e à insistência de Jack em manter sua autenticidade. E também era verdade que ele e Vicky não haviam terminado o relacionamento de uma maneira boa. Mas isso fora anos atrás. Então, qual era o problema de Lou Calabrese?

As mulheres geralmente gostavam de Jack. Ele podia dizer isso sem parecer metido, porque era um fato. Não sabia explicar o porquê disso — se era por causa do bom relacionamento com sua mãe ou se era porque ele realmente gostava de mulheres. Ele até conseguia manter uma relação cordial com suas ex-namoradas — bem, com exceção de Melanie. Mas Vicky, por exemplo. Ela entendeu que Jack não queria dar o que ela precisava — um anel de casamento — e não o odiava por isso. Muito pelo contrário, pelo que ele sabia. Lou parecia ter mais raiva da separação do que a própria Vicky.

Qual era o problema de Lou Calabrese? Quando ela o olhara enquanto estavam abraçados, ele poderia jurar que vira medo nos olhos delicados dela. Medo? Medo de quê? Dele? Por quê? Jack nunca havia feito nada de mau para Lou Calabrese.

Sim, tudo bem, havia o episódio do "Preciso de uma arma maior". Mas não era possível que ela se sentisse ameaçada por causa de uma mudança sutil em um de seus preciosos roteiros... mesmo que tenha sido seu primeiro roteiro, aquele que trouxera da faculdade, o roteiro que a tornara conhecida em Hollywood. Os roteiristas eram pessoas curiosas, e ele sabia disso. Tratavam seus roteiros como as pessoas tratavam seus filhos e não aturavam ser criticados...

Mas ela não havia recebido um Oscar com *Hindenburg*? Isso não era prova suficiente de que sabia escrever? O que importava se ele havia mudado uma frase em um de seus roteiros? OK, talvez fosse uma fala importante. E talvez a frase dele tivesse virado estampa de camisa e adesivos de skates para vários meninos de 13 anos em todo o país.

Só que isso o impedia de colocar um braço em volta dela quando ela estivesse chorando? Toda vez que ele tentasse fazer isso ela ia querer arrancar a cabeça dele fora?

— Ahá! — exclamou Lou.

Ele virou a cabeça e a viu tirar algo da bolsa. Algo enrolado em papel-alumínio.

— Eu sabia que tinha alguma coisa por aqui — disse Lou, levantando o objeto. Ela havia desabotoado a parca e, embora ainda tivesse um suéter por baixo do casaco, ele conseguiu imaginar direitinho o que tanto pano escondia: dois seios bem definidos... e sem a ajuda de silicone.

— O que é isso? — perguntou Jack, apesar de não se importar com a resposta. O apetite dele havia sido substituído por uma fome... um tipo de fome que sabia não poder acalmar tão cedo.

— Pé de moleque — disse Lou antes de virar-se para a bolsa novamente —, e tenho certeza de que coloquei uma barrinha de cereal aqui também. E você?

Jack se esforçou para desviar o olhar da frente do suéter dela e voltou a atenção para o arquivo. Qual era o objetivo dele, afinal de contas? Ele nem sabia ao certo se *gostava* de Lou Calabrese. Por que gostaria? Ela certamente não gostava dele.

E o que foi aquele show todo por causa de Melanie Dupre? Claro que Melanie não era um prodígio, mas também não era uma menininha boba, não. Sabia muito bem o que tinha que saber.

— Townsend? — A voz de Lou ainda estava rouca por causa do choro. — Alguma coisa?

— Não — respondeu, fechando a primeira gaveta e abrindo a próxima —, a não ser que você considere um calhamaço de papéis sobre os fluxos migratórios das andorinhas árticas como comida. Com certeza tem alguém fazendo um mestrado sobre... opa. Só um minuto.

Ele achou o prêmio na terceira gaveta. Uma caixa de biscoitos, vários potinhos de geleia e...

— Eureca — disse ele, puxando uma garrafa quase cheia de uísque Cutty Sark, que estava bem escondida no fundo da última gaveta, embaixo de um guia de pássaros da América do Norte. — Nossa, como eu amo ornitologistas.

Indiferente ao uísque, Lou lançou um olhar esperançoso aos potinhos de geleia.

— Tem geleia de laranja?

— Com licença. — Jack mostrou a garrafa com um ar pomposo, como se a apresentasse em um programa culinário na televisão. — Talvez a senhorita não tenha notado o que tenho em minhas mãos. É um *blended*, pelo que vejo. Porém, ainda assim é um uísque de qualidade. Sei disso porque costumava desfrutar as delícias do Cutty antes de poder pagar por um *single malt*.

Recostando-se na parede, Lou começou a abrir o papel-alumínio do pé de moleque.

— Não sei do que você está falando — falou, mordendo o doce —, eu não bebo. Jogue os biscoitos e as geleias. Tem alguma faca aí?

— É claro que bebe — disse Jack, fechando a última gaveta com os pés, visto que suas mãos estavam ocupadas com o uísque e os biscoitos. — Eu vi você bebendo champanhe no lançamento de *Copkiller III*.

— Não bebo destilados fortes — respondeu Lou, mastigando. Ela mostrou o pé de moleque para ele. — Quer?

— Não — disse Jack, sentando-se ao lado dela e ignorando o olhar assustado de Lou como resposta. — Como consegue comer isso? Não fica preso nos dentes?

Lou refletiu um pouco.

— Fica — disse ela, após certo tempo —, mas depois sai. E aí você tem um lanchinho extra.

— Isso — comentou Jack ao colocar os biscoitos e as geleias entre eles, mas mantendo o poder sobre a garrafa — foi nojento.

— Ah, e o que você está fazendo não é nojento? — perguntou ela, ao vê-lo colocar a boca no gargalo da garrafa. — Você nem sabe quem bebeu aí.

Sentindo a bebida descer pela garganta, Jack disse:

— Não sei mesmo. E não ligo. Além disso, o álcool deve ter matado todos os germes que o outro cara pode ter deixado aqui, caso não tenham morrido de frio. — Ele ofereceu a garrafa a Lou. — Vamos lá. Beba um pouco.

— Acho que não — disse Lou. Ela havia aberto o pacote de biscoitos e estava mergulhando-os em geleia. — Já falei que não bebo destilados. Na última vez que fiz isso, acordei no dia seguinte achando que minha cabeça ia explodir.

— É mesmo? O que você bebeu?

Era difícil ter certeza no escuro, mas as bochechas dela pareciam ter ficado mais vermelhas. Ela sussurrou uma palavra inaudível.

— O quê? — perguntou Jack.

— *Bailey's Irish Cream* — repetiu ela, com mais clareza.

— Ah, que menina inocente — disse Jack. — É claro que você ficou com ressaca. Aquilo não é bebida de verdade. Uma bebida de verdade é uma grande amiga.

— A bebida — assegurou Lou — nunca foi minha amiga.

— Sim — disse Jack, pegando um biscoito —, em condições normais. Mas isso aqui é bem diferente do que eu chamo de condições normais. Por favor. Você está presa com um homem que você odeia no meio do ártico, em plena nevasca.

— Eu não odeio você — disse Lou, raspando um biscoito nos restos de geleia em um potinho.

— Claro — disse Jack. Foi impossível esconder um sentimento de vitória por Lou ter admitido que não o odiava. Sim, era ridículo, ele sabia disso. Ficar feliz só porque ela não o odiava. Quantos anos de idade ele tinha? — Mas você não gosta de mim.

— Sim, isso é verdade — concordou ela.

Ótimo. Ele pediu por isso, não foi? Por que ele nunca sabia quando parar?

Tudo bem. Ele sabia jogar aquele jogo.

— E você sobreviveu a um acidente de helicóptero — pontuou ele —, e a duas, não apenas uma, mas duas tentativas de homicídio.

— Nem me lembre disso — respondeu Lou, mordendo o doce novamente.

— E você atirou em um cara. — Ele não se conteve.

Ela olhou para Jack.

— Você já sabe qual é o seu último pedido antes de morrer? — perguntou.

— E neste exato momento — ele olhou para os ponteiros florescentes de seu relógio de pulso —, sim, eu diria que agora mesmo o seu ex e a minha ex provavelmente estão entrando em uma Jacuzzi, tomando um drinque, saboreando umas ostras deliciosas... e outras coisinhas, claro.

— Passe isso para cá. — Lou se inclinou, pegou a garrafa de Cutty e bebeu. Após um gole engasgado, devolveu a garrafa para Jack e acrescentou: — Depois, lembre-se de que foi você quem começou isso.

— Eu sei — disse Jack —, sou o terrível homem mau, aproveitando-se de jovens roteiristas...

Ela quase riu.

— É mesmo? Se é assim que você conquista as mulheres, não sei mesmo como você consegue ir para a cama com tanta gente.

Dessa vez, foi ele quem se engasgou.

— C-Como é que é?

— Ah, por favor — disse ela, revirando os olhos —, você entendeu muito bem. Existe alguma mulher no mercado que você não tenha levado para a cama? — Ela pegou a garrafa e deu outro gole. — Com exceção de mim, claro. — complementou depois que ele parou de tossir.

— Para falar a verdade — disse ele, com a dignidade ferida —, tem sim.

— Tem? Quem?

— Eu não dormi com Meryl Streep — respondeu Jack —, ainda. Mas sempre há esperança.

Ela gargalhou. Quando Lou Calabrese gargalhou, foi impossível lembrar que havia uma tempestade congelante lá fora e que um vento ártico tenebroso estava batendo nas quatro frágeis paredes em volta deles. A gargalhada de Lou Calabrese era como um abençoado raio de sol após um mês de chuva. Como uma cerveja gelada após uma longa caminhada. Como um banho morno depois de um dia de frio. Ele ficou se perguntando por que não havia percebido isso antes.

— Então... você acha que foi ela quem pagou Sam para liquidar você? — indagou Lou.

Jack piscou para ela. Mesmo na luz fraca, a pele de Lou era incrivelmente clara, e suas bochechas eram lisas como um creme.

— Quem?

Lou olhou para ele como se ele fosse um demente.

— Meryl Streep. Entendeu? Ela deve estar zangada por ficar de fora.

Ela sorriu e mordeu outro pedaço do doce. Jack nunca havia conhecido uma mulher que carregasse uma barra de doce na bolsa. Talvez um pacotinho de dropes. Vicky levava sempre um pouco de equinácea. Mas as atrizes, que estavam sempre de dieta, nunca carregavam uma barra de doce altamente calórico na bolsa. Havia alguma coisa escrita no papel-alumínio. Algo do tipo: "Obrigado por ajudar a banda da Escola Central de Sherman Oaks."

Sherman Oaks. Devia ser onde ela morava. Era o tipo de lugar no qual você nunca procuraria uma roteirista vencedora do Oscar. Procurar nas montanhas era mais comum. Ou no cânion. Mas não em Sherman Oaks, que não era na parte ruim de Los Angeles, mas também não era muito... bem, não era nada glamouroso.

— E você? — perguntou ele repentinamente — Agora que Barry... você sabe. Está saindo com alguém?

Lou franziu os olhos.

— Sim — respondeu —, com Robert Redford. Cara, talvez nós possamos fazer um *double date*. Você e Meryl, eu e Bob.

Ele bebeu mais uísque.

— Só estava perguntando — falou — porque, afinal, você é uma mulher forte e atraente. Deve ter alguém que...

Ela pegou o uísque das mãos de Jack.

— Nem comece — avisou Lou, tomando um longo gole.

— O quê? — Ele encolheu os ombros. — Estava apenas perguntando.

— Sim, eu sei. — Lou secou os lábios com as costas de suas mãos branquinhas; aqueles lábios cujo tom avermelhado era natural, Jack tinha certeza, considerando que ela não havia aplicado maquiagem o dia inteiro. — Não.

Ele deu um assobio longo e forte. O tom de voz reprovador havia dito muito mais do que suas próprias palavras.

— Desculpe — disse Jack —, eu não sabia. Quer dizer, você e Barry já estavam saindo na época do *STAT*, não estavam? E isso tem...

— ... seis anos. — Ela terminou a frase, devolvendo a garrafa. — Qual parte do *não* você não compreendeu?

Talvez tenha sido o Cutty. Ou talvez tenha sido a experiência limítrofe deles. Talvez o fato de que estavam presos em uma casinha, rodeados por uma nevasca terrível, e tendo apenas seus corpos como fonte de calor para evitar o congelamento. Ou talvez fossem aqueles olhos castanhos tão cheios de inteligência, sabedoria... e dor.

De qualquer forma, ele ignorou o aviso e prosseguiu.

— Seis anos é muito tempo — falou. — E vocês estavam morando juntos, não estavam? Em Sherman Oaks? O que aconteceu?

Ela o alfinetou com um olhar de incredulidade.

— O *que aconteceu?* — ecoou ela com uma voz frágil. — O que você *acha* que aconteceu? A sua Greta, foi isso que aconteceu. Infelizmente, você não a segurou como deveria.

Jack ergueu uma sobrancelha.

— Ei, eu poderia dizer o mesmo. Seu namorado não é totalmente inocente.

Lou pegou a garrafa novamente, deu um gole cheio e, desta vez, não engasgou nem tossiu. E seus olhos não lacrimejaram.

Sua fala, no entanto, não foi tão clara.

— Para sua informação — disse Lou, apontando o dedo indicador para o peito de Jack —, Barry teria se casado comigo caso a idiota da Greta não tivesse aparecido. Ele estava prontinho para assumir um compromisso.

Ele pegou a garrafa de volta. Era evidente que ela já havia bebido o máximo que podia.

— Querida — disse Jack —, desculpe ter que lhe informar isso, mas se depois de seis anos o cara ainda não se comprometeu, ele não vai se comprometer mais.

— Dez — acrescentou ela.

— Como?

— Dez anos — disse Lou. — Ficamos juntos por dez anos. Até essa loira idiota da Greta Woolston aparecer na história. Nós íamos nos casar. E comprar a casa dos sonhos em Santa Bárbara. E ter filhos. Você e Greta iam ter filhos? — Ela deu um soco no ombro de Jack com mais força do que se esperaria de uma mulher. — Hein? Iam?

— Não íamos, não — disse ele, movendo a garrafa com cuidado para longe. — Você não estava brincando mesmo quando disse que não tem resistência a destilados.

Lou pareceu não tê-lo escutado; colocou ambas as mãos na altura dos ombros, acima do volume arredondado de seus seios, e disse, enfaticamente:

— Eu ia *casar* com ele. E você só estava com Greta pelo sexo. Portanto, a *minha* perda é maior que a sua.

Jack lembrou-se de quando conhecera Barry no set de *STAT* e respondeu:

— Lou, acredite em mim... você não perdeu nada.

Ela deixou as mãos caírem sobre o colo.

— Perdi, sim — disse, fungando em um ato trágico. — Perdi minha juventude. Perdi os melhores anos de minha vida. Desperdicei tudo por causa de um cara chamado *Barry*. — Ela disse o nome novamente, como se não acreditasse no som emitido. — *Barry*.

Jack a olhou solenemente.

— Os melhores anos de sua vida? Quantos anos você tem agora, uns 28?

— Quase 29 — declarou Lou, seus olhos aterrorizados com a informação.

— Sua velha — disse Jack. — Você tem razão. Melhor se conformar. Você nunca mais vai amar alguém.

Os olhos castanhos dela ficaram pequenos.

— Pelo menos eu amei *algum dia* — disse ela —, e "É melhor amar e perder do que..."

— Essa fala eu conheço — disse Jack rapidamente. — Eu vi o filme e até li o livro. Escute, é melhor você comer um pouco mais. Você está bêbada.

Lou não escutou o que ele disse.

— *Você* nunca amou ninguém — acusou ela. — Não como eu amei Barry.

Jack piscou.

— Como você sabe?

— Ah, por favor — disse ela, instigando-os a continuar.

— Melanie Dupre. Faça-me rir! Vocês conversam sobre o que exatamente? Sobre as cutículas dela?

Isso parecia ser incrivelmente engraçado para ela, pois abraçou a barriga e gargalhou. Jack ficou olhando para Lou sem nem sorrir. Não importava que ela tivesse razão — conversar com Melanie realmente não era tão interessante. Contudo, incomodava o fato de Lou se achar tão moralmente superior só porque, durante dez anos, vivera um relacionamento monogâmico, enquanto ele havia tido... muitas mulheres.

Mas, pensando bem, quem estava no prejuízo, hein? Ele, cujo coração estava intacto e inteiro, ou ela, cujo coração estava em pedaços?

Lou parou de rir abruptamente.

— Ai, meu Deus — disse ela sem mais nenhum traço de humor no rosto —, eu matei um homem. — Ela olhou para ele em total pânico com aqueles olhos enormes. — Jack! Eu *matei* uma pessoa hoje!

E então ela se jogou para a frente e pousou o rosto sobre as coxas dele.

Olhando para baixo totalmente surpreso, Jack viu aquela bagunça de cachos dispersos sobre seu colo e segurou-a pelos ombros.

— Lou?

Ao não obter resposta, ele a sacudiu com mais força.

— Oi? Lou? Tudo bem?

Um gemido abafado veio da mesma área. Ela falou algo parecido com "Barry Kimmel pode ir para o inferno". Ele fez com que Lou ficasse sentada para checar se ela estava respirando, e então Lou repetiu a frase. Sim. Barry Kimmel já não era mais uma pessoa que Lou Calabrese quisesse bem. Assim como... assim como Jack Townsend.

Sem saber o que fazer, Jack a esticou na cama, que tinha um cheiro ruim de mofo. No entanto, no estado em que ela estava, Lou nem perceberia. Ele a cobriu com o cobertor comido por traças e pensou que, enquanto tivessem seus corpos para se aquecerem, poderiam sobreviver até a manhã seguinte.

A não ser que as motos aparecessem novamente.

11

— Senhora — disse a comissária de bordo —, com licença. Infelizmente, seu cachorro terá de viajar no bagageiro de animais.

Eleanor Townsend se surpreendeu.

— Ah, meu Deus — respondeu, acariciando as orelhas sedosas de Alessandro —, mas é um voo tão longo. E, sinceramente, ele é um anjo. Não vai incomodar ninguém, eu prometo.

A comissária franziu o rosto com graça.

— Desculpe, senhora. Mas simplesmente não podemos ter animais circulando pelo avião durante o voo. É uma questão de segurança, a senhora entende?

— Claro, mas ele não está circulando pelo avião — disse Eleanor —, ele vai ficar aqui no meu colo, bem quietinho. Não vai ser incômodo algum. Tenho certeza de que este simpático senhor não se importa, não é, senhor?

O homem alto de cabelos brancos, visivelmente desconfortável, balançou a cabeça rapidamente.

— Ah, não — disse ele à aeromoça —, não me importo nem um pouco. Adoro cachorros. Bem, cachorros maiores que este, na verdade. Mas este aí parece ser calmo. Não está atrapalhando em nada. É bem-comportado.

Eleanor podia ter dado um beijo no homem naquele momento. Podia, caso ele não parecesse estar tão desesperado. Ele estava segurando o apoio de braço do assento como se fosse ser ejetado do avião a qualquer instante.

— Viu? — falou Eleanor, lançando seu sorriso mais poderoso, aquele que Jack chamava de o sorriso do "eu vou matar você". — Meu cãozinho não está incomodando este senhor, e ele seria o primeiro passageiro a sofrer, considerando que está ao meu lado. Não há outro passageiro para ser vítima do cachorro. — Ela olhou ao redor para a primeira classe, que estaria completamente vazia se não fosse por ela, o homem e Alessandro. — Ele não pode ficar aqui, para olhar um pouco pela janela?

A comissária, mais encantada com a dona do yorkshire do que com o cão em si, respondeu:

— Bem... não poderia. Mas... acho que hoje tudo bem. Só hoje.

— Ah, muito obrigada — disse Eleanor —, você não sabe como isso me alegra.

A comissária foi para a cabine da frente checar o jantar dos passageiros. Eleanor virou-se para agradecer ao homem ao seu lado:

— Não tenho palavras para expressar meus agradecimentos, senhor, pela sua compreensão.

O homem de cabelos brancos lançou-lhe um sorriso nervoso. Era visível que sua mente estava em outro lugar.

— Não há de que, senhora — respondeu —, fico feliz em ajudar. — Ele virou o rosto para a frente novamente como se fosse ele que estivesse no comando, não o piloto.

— O senhor gostaria de segurar Alessandro um pouquinho? — perguntou Eleanor.

Ao notar a surpresa do homem, ela prosseguiu:

— Eu acredito que animais de estimação são muito reconfortantes. E foi cientificamente provado que o carinho deles diminui a pressão arterial. E, se o senhor não se incomodar com o comentário, o senhor parece estar bem nervoso. — Ele fez que ia responder, mas ela continuou. — É apenas um cachorrinho e nunca mordeu ninguém.

Mesmo que sua expressão denunciasse a vontade de recusar a oferta, o homem estendeu as mãos. Eleanor colocou Alessandro sobre elas, e, para sua felicidade, o cão começou a lamber delicadamente o rosto bem desenhado do homem.

— Olhe só — disse Eleanor, feliz —, ele gostou do senhor! Sabia que isso ia acontecer. Alessandro é um cachorrinho muito especial. Tratar o senhor bem é uma questão de honra para ele.

O homem de cabelos brancos sorriu acanhadamente.

— Que bom — respondeu, recebendo as lambidas de Alessandro. — Eu não sabia que deixavam cachorros voarem na primeira classe. Na econômica não deixam mesmo.

Contente com a perspectiva de manter uma conversa e relaxar um pouco, Eleanor indagou, com interesse:

— Ah, o senhor geralmente voa na classe econômica?

— Sim — respondeu o senhor. Feliz em ter lambido a cara do homem quase inteira, Alessandro recostou-se em seu peito e respirou rapidamente. — Só que os únicos assentos disponíveis neste voo eram os de primeira classe. E eu preciso chegar a Anchorage o mais rápido possível.

— Eu também — disse Eleanor vagamente. — Meu filho se acidentou em uma viagem de helicóptero.

O senhor de cabelos brancos olhou para Eleanor. Sentindo a brusca tensão no peito do homem, Alessandro soltou um pequeno gemido.

— Minha filha também — respondeu ele.

Eleanor estendeu a mão e segurou o pulso do homem.

— Meu Deus! Sua filha é roteirista?

— Sim — disse o senhor. Como se houvesse lembrado de alguma coisa repentinamente, ele estendeu a mão direita para a mulher, assustando Alessandro. — Frank Calabrese. Minha filha Lou está desaparecida.

— Eleanor Townsend — respondeu ela, colocando sua mão na dele. — Meu filho Jack também está desaparecido. Eles dizem que... que ele pode estar morto. E que tem uma nevasca acontecendo agora no local do desastre, e que eles não podem mandar uma equipe de busca antes do amanhecer.

— Disseram-me o mesmo — complementou Frank. — Eles acham que os sobreviventes, caso haja algum, podem morrer congelados durante a noite.

— Sim — disse Eleanor —, foi o que me disseram também.

Ambos ficaram em silêncio por alguns segundos. Não havia nada a dizer, na verdade. Eles recusaram o champanhe oferecido pela comissária de bordo minutos depois. E quando o filme começou, nenhum dos dois aceitou os fones de ouvido que a moça ofereceu. Em vez disso, ficaram ali paralisados, um ao lado do outro, de mãos dadas, olhando para a escuridão do céu noturno através da janela.

— Não — disse Tim Lord em seu celular. Era mais fácil utilizá-lo do que desvendar os mistérios do telefone oferecido pelo hotel. — Estou falando, André, temos imagens suficientes de Jack, podemos complementar o pouco que faltava digitalmente. Mas, na verdade, nem vamos precisar disso, tenho tudo o que precisava.

— Papai — disse uma voz fininha ao lado do diretor.

— André, escute — disse Tim ao telefone —, eu já falei, tenho tudo o que preciso. Só faltou aquela última cena, a da mina que explode. E assim que nos livrarmos daqueles ambientalistas, nós podemos...

— Papai. — Um menino de cabelos negros puxou a barra do casaco de Tim. — Papai, o que a Vicky tem?

Tim afastou o telefone do rosto.

— Vicky está descansando, Elijah — respondeu —, não a perturbe. Vá falar com a babá se você quiser que alguém leia para você. Enfim, André — disse, voltando ao telefone —, eu não acho que vamos estourar nem um dia do planejamento. Assim que filmarmos na mina, acabamos tudo. Podemos fazer as malas e...

— Não quero que a babá leia para mim — gritou Elijah, puxando o casaco do pai novamente. — Eu quero a Vicky! Eu bati mil vezes na porta do quarto, e ela não respondeu.

— Só um segundo, André — disse Tim, abaixando o celular e olhando para o filho. — Escute, Elijah. Eu já lhe expliquei. Vicky não está se sentindo bem. Ela está na cama e está mal.

— O que ela tem? — indagou Elijah. — Está resfriada?

— Bem, ela não está doente — respondeu Tim. — Está apenas... ela está triste.

— Por que ela está triste?

— Porque... — Tim suspirou. Tinha que ser com ele? Sinceramente. Tinha que ser hoje? Tim colocou o telefone de volta na orelha. — Olhe, André. Vou ter que telefonar mais tarde. — Ele fez uma cara feia. — Olhe, eu sei que o pessoal do estúdio está nervoso. Diga que não há motivos para preocupação, temos tudo o que precisamos. Preciso ir. — Ele apertou o botão e murmurou: — Não podem nem esperar o funeral.

Tim olhou para o filho novamente.

— Elijah. — Ele segurou o menino pelos ombros e ajoelhou-se em cima do tapete fofo do quarto de hotel. — Você se lembra do tio Jack, não se lembra?

— "Preciso de uma arma maior"? — recitou Elijah.

— Isso. O tio que precisa de uma arma maior. Então. Houve um acidente de helicóptero, e todo mundo está preocupado porque talvez Jack tenha... bem, talvez ele tenha morrido nesse acidente. E a amiga da Vicky também. A tia Lou, lembra-se dela?

— Claro — disse Elijah —, a de *Hindenburg*. Um triunfo do espírito humano.

— Isso — respondeu Tim. — A tia Lou também está sumida.

Elijah piscou os olhinhos.

— É por isso que a Vicky não quer sair do quarto?

— Sim — disse Tim —, porque ela gostava muito do tio Jack e da tia Lou. Por isso, Vicky está muito preocupada e triste. E eu preciso que você seja bonzinho e a deixe um pouco em paz. E fale com as outras crianças também.

Elijah piscou mais uma vez.

— Tá bom.

O celular do pai tocou novamente. Com uma expressão de cansaço, Tim atendeu a chamada:

— Lord. — Ele escutou um pouco e continuou a falar com raiva. — Não! Não pode deixá-la falar nada, Paul! Sem declarações. Não estamos fazendo declarações agora. Pessoal, pelo amor de Deus, a nevasca nem acabou ainda. Melanie não pode fazer declaração alguma, e não quero reuniões com jornalistas até amanhã de manhã, quando teremos mais notícias...

Elijah saiu de perto do pai vagarosamente e voltou para a mesa onde estavam seus lápis e papéis. Subindo em uma das cadeiras altas de seda, ele escolheu um papel em branco e selecionou os lápis. Vermelho para o cabelo da tia Lou. Marrom para os olhos. Preto para os cabelos do tio Jack... mas havia um pouco de cinza em seus cabelos também, então Elijah salpicou um pouco de branco. Só faltava pegar o azul para os olhos do tio Jack.

Satisfeito com sua arte, Elijah saiu da cadeira e atravessou o quarto de hotel, carregando o desenho, com os pezinhos descalços, enquanto a neve caía pesada lá fora. No centro do quarto, seu pai urrava ao telefone:

— Não! De jeito nenhum, Paul! Um "Em memória de" depois dos créditos está ótimo, assim como fizeram para Vic Morrow em *No limite da realidade*... Mas por que não? Eu acho de bom gosto. Por que não seria de bom gosto?

Elijah foi em direção ao quarto que seu pai dividia com a madrasta. Ele tentou abrir a porta, mas ainda estava trancada.

No entanto, isso não o desencorajou. Elijah deslizou o desenho por debaixo da porta.

— Pronto, Vicky — disse ele através da fresta do chão —, agora o tio Jack e a tia Lou vão estar sempre com você.

Feliz por ter feito um bom trabalho, Elijah juntou-se aos seus irmãos e irmãs no quarto ao lado, onde todos estavam assistindo a um vídeo da Disney e fazendo brincadeiras com vários potes de xampu.

Suspeita.

Foi assim que o xerife Walt O'Malley classificou a cena do acidente. Ele já havia visto outros acidentes, pequenos em sua maioria, com aviões particulares — afinal, aeronaves maiores não circulavam por ali. No entanto, ele nunca tinha visto uma cena tão suspeita quanto aquela.

Ele não conseguia desvendar o que exatamente estava estimulando aquele sentimento nele. Os destroços eram um bando de carcaça contorcida na neve, sim. Não havia mais fumaça. A nevasca da noite anterior havia apagado todo o fogo, que escurecera a lataria e desintegrara tudo o que não fosse de metal.

Talvez essa tenha sido a fonte de toda a sua suspeita. Afinal, apesar dos danos causados pelo fogo, o R-44 não estava assim tão destruído.

Aquilo não ia voar novamente, com certeza. Mas ele ainda estava inteiro. A parte da frente havia sido contorcida. Sem dúvida, o piloto havia se machucado bastante.

Contudo, o mesmo não poderia ser dito sobre os passageiros. Não havia indícios de que eles não houvessem sobrevivido ao acidente.

Sendo assim, onde eles estavam?

A equipe havia encontrado o corpo de apenas uma pessoa, que estava queimado demais para ser reconhecido. Só o IML de Anchorage conseguiria determinar se o corpo era masculino ou feminino. No entanto, Walt suspeitava que aquele era o piloto. A jaqueta quadriculada que a pessoa estava usando era à prova de fogo, como a jaqueta que os pilotos dessa parte mais remota do Alasca usavam. Walt não conseguia acreditar que uma estrela como Jack Townsend usasse uma jaqueta daquelas. Ele provavelmente usava aquela grife — qual o nome mesmo? — que sua filha Tina adorava. Prada. Isso. As estrelas de cinema usavam Prada.

A situação do piloto era estranha. Sam Kowalski fora o nome que a companhia aérea fornecera. O corpo de Sam não havia sido encontrado no assento do piloto, como deveria ter acontecido, caso ele tivesse morrido no acidente. Não, o corpo dele fora encontrado no banco de trás.

E que diabos o piloto do helicóptero estaria fazendo no banco de trás?

— Walt.

Lippincott veio em sua direção, com o rosto vermelho. Mas se bem que seu rosto estava sempre vermelho. Era seu primeiro inverno na região ártica, e ele ainda não havia entendido que era normal — e até bem másculo — passar hidratante no rosto. Walt tinha uma coleção completa de potinhos no banheiro de casa. As meninas se divertiam no shopping coletando amostras grátis para oferecer ao pai. Ele preferia Olay, que não entupia os poros, como Lynn já havia explicado.

— Tem alguma coisa suspeita aqui, chefe — disse Lippincott.

— Eu estava pensando a mesma coisa — disse Walt, devagar. A manhã já havia chegado, mas ainda havia um último rastro da noite lá no oeste, indicando que a neve havia parado de cair por completo. A nevasca havia adicionado uns 30 centímetros de neve ao solo em apenas dezesseis horas. Não era uma tempestade das piores para os padrões do Alasca. Mas, mesmo assim, Walt não ia querer passar por uma nevasca assim sem proteção, como aparentemente as outras duas vitimas do acidente haviam passado.

— Só um corpo — disse Lippincott —, sem sinais dos outros dois. Você acha que eles saíram andando, desnorteados? Eles podem ter ficado zonzos por causa do acidente.

— Os dois, ao mesmo tempo? — disse Walt, olhando para o céu coberto de nuvens grossas. — É mais provável que eles tenham ido procurar por abrigo quando a neve piorou.

Lippincott desviou olhar para a montanha coberta de gelo.

— Nossa — disse ele, com um suspiro —, você acha que eles estão em algum lugar por aí? Mas não teriam... será que não teriam morrido congelados?

— Provavelmente — disse o pensativo Walt.

Lippincott olhou para os destroços do acidente.

— Eles devem estar por perto, então — falou —, porque o helicóptero deve ter servido como abrigo por algum tempo. Se ficaram aqui por bastante tempo, então vamos encontrá-los não muito longe. Por que não ficaram lá dentro a noite toda?

— Isso — disse Walt, olhando para os troncos das árvores no horizonte — é exatamente o que eu gostaria de saber.

12

Lou abriu os olhos e imediatamente os fechou de novo. A dor intensa que sentiu indicava que precisava de mais horas de sono.

Só que ela não conseguia mais dormir. E não conseguia porque alguma coisa estava errada. Lou não tinha ao certo como identificar o que estava errado — não sem abrir os olhos novamente. No entanto, devido à dor que sentira antes, ela não queria acordar.

Ainda assim. Alguma coisa estava estranha. Muito, muito estranha. Ela sabia que não estava em casa, em sua cama em Sherman Oaks. O quarto dela era pintado em tons de azul e creme, e não haviam sido essas cores que vira quando abrira os olhos. Em vez disso, Lou havia tido a desconfortável visão de painéis de madeira ao seu redor. Painéis de madeira! Onde será que ela estava? No porão da casa de seus pais?

E tinha outra coisa. Lou estava quase certa de que não estava só. E ela sabia que não dormia mais ninguém em Sherman Oaks desde que Barry havia ido embora.

Então, que braço era aquele embaixo da cabeça dela?

Sim, sim. Com certeza absoluta havia um braço embaixo de sua cabeça.

O que não fazia sentido algum, considerando que Lou não era uma mulher promíscua. Desde a separação, suas noites de sábado eram dedicadas ao trabalho ou à amiga Vicky, com quem jantava e ia ao cinema sempre que os enteados deixavam. Lou nunca havia tido um romance casual na vida, assim como nunca se oferecera a homens em um bar. Ela simplesmente não era esse tipo de pessoa. Para ela, era viver um amor ou nada.

Então que diabos ela estava fazendo na cama com um homem que certamente não era Barry? Barry não gostava de ficar assim, grudado. Ele até reclamava quando Lou avançava para o lado "dele" na cama... a não ser que fosse para fazer amor, claro.

E então ela percebeu que não tinha apenas um braço embaixo da sua cabeça. Havia um braço em volta dela também. E não apenas à sua volta, mas enrolado nela, como se fosse um cobertor de segurança. E a mão presa àquele braço estava pousada sobre seu seio. Sem sombra de dúvidas, aqueles dedos estavam realmente presos ali, como que assegurando sua salvação.

Então, sua memória voltou com força total, e Lou lembrou onde estava, o que estava fazendo ali e de quem era aquela mão.

Ela soltou um berro e se sentou.

Jack, que estava enroscado em Lou, naquela cama minúscula, também se ergueu e olhou em volta, com um ar de desespero.

— O que foi? — perguntou, assustado. — O que aconteceu?

Lou saiu da cama, carregando o cobertor e cobrindo seu busto com ele.

— Você! — gritou ela, apontando para Jack com um dedo trêmulo e segurando o cobertor com a outra mão. — Eu não acredito nisso!

Ainda sob efeito do sono, Jack correu os dedos pelos cabelos grossos.

— O que eu fiz? — perguntou. — Não fiz nada.

— Fez, sim — disse Lou com bochechas que estavam começando a ficar vermelhas —, você... você...

Antes de conseguir achar as palavras certas, ela se deu conta de que estava totalmente vestida. Não tinha nada fora do lugar, na verdade. Nem mesmo suas botas.

Então ela resolveu mudar de direção e disse, bem mais calma, porém ainda com indignação:

— Você me embebedou!

Jack olhou para Lou com uma expressão um pouco confusa. Infelizmente, já estava acordado o suficiente para perceber uma coisinha, com certa surpresa.

— Ei. Você está vermelha.

— Não estou, não — disse Lou mesmo sabendo que o calor que subiu por sua face comprovava o contrário. — Eu só... está calor aqui.

— Não está, não — respondeu Jack. — A temperatura está em torno de dez graus. Você está *vermelha*.

Lou deixou que o cobertor caísse e tentou fechar o casaco com pressa. Seus cabelos cobriram seu rosto, felizmente.

— Não estou — repetiu ela, brigando com o zíper.

— Ah, está sim — disse Jack na cama, onde permanecia com um sorriso malicioso. — Sabia que você é a única mulher que conheço em Hollywood que ainda fica vermelha de vergonha? E também que não aguenta beber.

— Pois sabe de uma coisa? — Lou levantou a cabeça para vê-lo melhor e logo se arrependeu por isso, pois sentiu a cabeça latejar. Ela não segurou o gemido.

Jack ainda estava com um sorriso nos lábios, o corpo totalmente relaxado em cima da cama. De alguma forma, mesmo que ambos estivessem vestidos, a sensação era que ele estava pelado. Lou não conseguia explicar como, mas a sensação era nítida.

Ele parecia não se importar sobre o que ela achava dele, vestido ou não.

— Sabe que pensei que meninas como você não existiam mais? — disse Jack.

Furiosa consigo mesma, Lou abaixou a cabeça e começou a revirar sua bolsa.

— Pensou? — disse ela, se dirigindo às profundezas da bolsa. — Deixe-me lhe contar uma coisa, então: nós ainda existimos e ficamos muito irritadas com caras como você. — Seus dedos tocaram o objeto pelo qual ela procurava, e Lou soltou um suspiro aliviado.

Deitado na cama, Jack pareceu ficar muito interessado e nem um pouco ofendido.

— Caras como eu? É mesmo? E o que nós fizemos?

Lou abriu a tampa da caixinha de aspirina rapidamente e pegou três comprimidos.

— Como se você não soubesse a resposta — respondeu, séria. Ela procurou alguma coisa no quarto que pudesse ajudá-la a engolir os comprimidos. Tudo o que viu foi a garrafa, com apenas um terço de uísque. Os ossos do crânio de Lou chegaram a doer com a imagem da garrafa.

— Não é bom tomar isso com a barriga vazia — avisou Jack. Ele havia cruzado as mãos atrás da cabeça e a olhava fascinado, como se Lou fosse uma atração de zoológico. Ela era a única fêmea do mundo que havia acordado nos braços de Jack e não estava contente. — Coma um pouco dos biscoitos ou alguma outra coisa.

— Obrigada, mãe — disse ela, colocando os comprimidos na boca e engolindo-os com uma expressão de nojo por causa do gosto ruim.

— Estou apenas lhe dando uma sugestão, pois já estive na mesma situação que você algumas vezes. — Jack parecia estar tão relaxado quanto como se estivesse tomando sol à beira de uma piscina. Ele claramente não estava com uma dor de cabeça dos infernos. — Ou você pode curar a ressaca com mais uísque.

Lou ficou arrepiada.

— Deus me livre.

— Você é quem sabe. — Jack rolou da cama e se levantou como se estivesse saindo de uma limusine ou de uma mesa em um restaurante caro. Ele era tão alto que sua cabeça quase tocava o teto. Lou não havia percebido isso na noite anterior. E ela também nunca havia notado que Jack parecia preencher todo o espaço do quarto. Era muito estranho. Era como se ele consumisse o espaço, como se possuísse tudo ao seu redor. — De qualquer maneira, parou de nevar — comentou Jack, olhando por uma das janelinhas sujas. — Que tal voltarmos ao helicóptero? Eles já devem ter mandado alguém para nos procurar.

Lou, que não gostou nem um pouco da possibilidade de ter uma indisposição estomacal acompanhando a dor de cabeça, estava beliscando discretamente um dos biscoitos que haviam sobrado, seguindo a sugestão de Jack. Era incrível como um pouco de alimento salgado podia ter um gosto tão bom, e como ela já se sentia melhor. Mais incrível ainda era o fato de terem sobrevivido uma noite inteira no Alasca. Ninguém acreditaria nisso, mas era verdade. Eles tinham chances de saírem vivos daquela situação.

— OK — disse Lou. Ela colocou a mochila do computador e sua bolsa pessoal nos ombros. Ela não sabia se era o sal do biscoito ou as aspirinas que a faziam se sentir melhor a cada segundo. Não havia por que mencionar a Jack que ele havia dormido com uma das mãos encaixada sobre seu seio. Não havia por que alguém no mundo saber disso, além dela. Tudo ia ficar bem. Tudo ia dar certo.

Ou pelo menos era isso que Lou achava, até ambos ouvirem o som de motos do lado de fora.

Jack, que já estava prestes a levantar a portinhola que dava acesso à escada, olhou para cima e a encarou.

— Ouviu isso? — perguntou ele com calma.

Lou fez que sim com a cabeça. Com o fim da nevasca lá fora, tudo estava bem mais quieto ao redor da casa. O som do motor foi alto como um trovão.

— Talvez sejam pessoas procurando por nós — sugeriu Lou.

— Disso eu tenho certeza — respondeu Jack —, mas são os mocinhos ou mais amiguinhos do Sam?

Lou engoliu em seco, não só por causa da colocação de Jack, mas também porque o som da moto, que estava ficando cada vez mais alto, de repente silenciou.

E então Lou ouviu o barulho mais aterrorizante de sua vida: o som de botas subindo pelos degraus da escada.

Jack passou os dedos pela alça da portinhola e sussurrou para ela.

— A arma.

Lou assentiu e, com o coração na boca, retirou a .38 de seu bolso. Ela olhou para a arma e se espantou:

— Só tem uma bala!

Com uma expressão séria, Jack fez um sinal para que Lou ficasse atrás dele.

— Eu o pego — sussurrou Jack. — Se for um deles.

Lou não gostou nada disso. Ela ficou ali parada na frente da porta.

— Ele deve ter uma arma — murmurou ela.

— Não me importa que ele tenha várias — respondeu Jack. — Saia do caminho...

Mas a pessoa que estava subindo pelas escadas já estava abrindo a porta lentamente, como se não quisesse incomodar quem estivesse lá dentro. Lou sabia que esse cuidado não tinha nada a ver com medo de aranhas. Ela segurou a arma como seu pai havia ensinado, com as duas mãos, a esquerda por cima da direita, e apontou para o centro do alçapão, ignorando Jack, que estava enfurecido.

Devia ser um montanhês, no final das contas. Ou quem quer que fosse que trabalhasse com salvamentos naquele fim de mundo. Mas se não fosse... se não fosse...

Quando a porta se abriu o suficiente para que Lou visse quem estava ali, ela concluiu que realmente não era um montanhês. Era um homem com uma máscara preta de esqui e uma parca camuflada, fechada até a gola, que era coberta por uma espécie de pele de coiote. Ele até poderia ter sido confundido com um policial da guarda nacional se não estivesse segurando um revólver Magnum .44 na mão direita.

Os olhos raivosos que Lou conseguiu ver através dos buracos na máscara eram azuis. Tais olhos analisaram o interior do abrigo até encontrarem as botas de Lou e se arregalarem ao ver a .38.

Em vez de gritar "Polícia, largue a arma" ou "Estou aqui para ajudar", o homem tentou segurar a portinhola e atirar ao mesmo tempo...

Mas não conseguiu. Jack, vendo na expressão de Lou que o visitante matinal era um inimigo e não um aliado, deu um empurrão na porta, acertando o Homem Máscara bem na cabeça e enviando-o diretamente para o chão lá embaixo.

Impressionada, Lou abaixou a arma.

— Boa.

— Acho que essa foi a primeira coisa gentil que você falou para mim — respondeu ele. Jack abriu a portinhola novamente, olhou para baixo e começou a descer.

Lou desceu depois dele, um pouco impressionada com a mudança na paisagem, devido à nevasca da noite anterior. Também havia neve antes, só que agora a cobertura branca devia ter uns 90 centímetros de profundidade, ao passo que antes devia ter apenas 60. Quando seus pés tocaram o chão, a neve cobriu suas pernas até mais ou menos o meio da coxa.

O Máscara estava deitado perto dali. Uma de suas pernas se movia vagarosamente.

— Que droga — disse Jack, olhando-o.

Lou conseguiu ver o ar saindo das narinas do homem.

— O que foi? — perguntou. — Você não o matou. Ele está apenas desmaiado.

— Desmaiou demais — disse Jack com tristeza —, esse é o problema. Eu queria perguntar umas coisinhas para ele.

— Duvido que ele fosse falar — disse Lou —, a não ser que você o... pressionasse. E, me desculpe, mas você não parece ser do tipo que pressiona alguém.

— Você se surpreenderia — respondeu Jack, enigmaticamente. Ele se abaixou e pegou a .44 do homem inconsciente.

— Pegue isso — disse ele, passando a arma para Lou —, para o seu arsenal.

Lou pegou a pistola, verificou a trava de segurança e colocou-a em seu bolso, sem falar nada, junto com a .38. Ela observou Jack tirar a máscara do assassino em potencial.

— Você o reconhece? — perguntou ele. O ar que exalavam ao falarem instantaneamente ficava congelado no ar frio.

Lou olhou para o coroa de pele branca e ar inocente. Seu rosto estava avermelhado por causa do frio.

— Não — respondeu ela. — Deveria?

— Sei lá — disse Jack e encolheu os ombros —, eu também não o reconheço. — Ajoelhado ao lado do homem, ele olhou para Lou e perguntou: — Por que um bando de pessoas que eu nem conheço quer me matar?

Lou ficou atenta.

— Eu não sei, mas é melhor não ficarmos aqui perdendo tempo e tentando adivinhar. Está ouvindo alguma coisa?

Jack moveu a cabeça. Ele estava sem gorro, assim como ela. O vento, mais calmo que na noite anterior, mas ainda bem gelado, movia seus cabelos.

— Motos — disse ele — vindo para cá.

— Eles podem ser nosso resgate — disse Lou, mas sem muito otimismo.

— Eu não confio em ninguém até ver um distintivo. — Jack pegou o braço de Lou com uma das mãos. — Vamos. Pelo menos agora temos um meio de transporte.

Ela foi levada até a moto que o Máscara havia deixado.

— Você já pilotou um treco desses? — perguntou Lou, desconfiada.

— Claro — disse Jack, passando uma perna por cima da moto. — Nós passávamos o inverno em Aspen quando eu era criança.

— Ah — disse Lou, surpresa —, você passava o inverno em Aspen. Claro. E o verão, passava onde, no seu vinhedo particular?

Ele ligou a ignição e olhou para ela por cima do ombro.

— Na costa — respondeu. — Você vem ou vai ficar aí, fazendo comentários sobre a minha infância privilegiada?

Ela olhou para o assento traseiro. Havia espaço para dois, mas seria bem apertado. Felizmente, havia alças para o passageiro de trás se segurar, e ela não seria obrigada a abraçar Jack. Jack Townsend, que meia hora atrás estava com os braços em volta dela, segurando-a com mais firmeza do que qualquer um antes.

O som das motos estava ficando mais alto. Eles estavam mais perto, quem quer que fossem.

— Lou — disse Jack impacientemente —, vamos.

Que opção havia? Era subir em uma moto de neve com Jack Townsend ou levar um tiro no meio da testa.

Provavelmente, ela era a única mulher no mundo que hesitaria entre uma coisa e outra.

Mas Lou não ficou pensando por muito tempo, porque uma bala passou por cima de seu ombro e foi parar na neve, bem perto deles.

Como se tivesse sido arremessada para a frente, Lou subiu na moto atrás de Jack, esquecendo-se até das alças de apoio. Em vez de usá-las, ela se agarrou no que parecia estar mais disponível — Jack — e gritou com todas as forças:

— Vamos! Vamos!

Jack não precisava de mais incentivo. Um segundo depois, eles estavam descendo colina abaixo, o vento lhes cortando o rosto e sacudindo seus cabelos, enquanto várias balas voavam acima deles.

13

Graças ao desprezo que Lou Calabrese sentia por Jack, ele já havia estado em todos os tipos de situações para interpretar o desafortunado detetive Pete Logan. Em uma ocasião em *Copkiller II*, ele havia sido forçado a lutar contra uma cobra píton gigante, em um lamaçal em Belize. E a cobra era de verdade. Ela era até boazinha; os treinadores a chamavam de Skippy.

Mesmo assim, boazinha ou não, depois de várias tomadas com Skippy, Jack tomara uma profunda aversão por cobras. Ele não conseguia mais vê-las nem na televisão: pegava logo o controle remoto para mudar de canal.

Houvera uma ocasião em *Copkiller III* na qual ele precisara mergulhar na água congelante do oceano enquanto arpões para caçar baleias eram atirados em sua direção. Não eram arpões de verdade, claro. E nem foram os arpões sua maior fonte de aborrecimento. Foi a temperatura da água, combinada com a pouca roupa que tinha de usar — uma vez que Pete Logan havia perdido as calças, como de costume.

Lou havia argumentado que a cena era extremamente necessária para levar ao momento epifânico do personagem, no terceiro ato. O diretor acreditara nela, é lógico. Jack se jogara na água inúmeras vezes, e o filme acabara faturando 100 milhões só na primeira semana.

E então viera *Copkiller IV*. O filme no qual Pete tinha de se jogar — completamente nu, é claro — em um monte de neve. "Do contrário", insistiu Lou, "o cenário ártico não faria o menor sentido."

E Tim Lord acreditou nela.

Mas nem Lou Calabrese, uma roteirista vencedora do Oscar, poderia ter pensado em uma situação como a que eles estavam vivendo agora, atravessando uma colina em uma moto de neve, sem o mínimo senso de direção, com balas passando sobre suas cabeças.

No entanto, por uma coisa Jack podia ser grato: pelo menos agora ele estava completamente vestido.

Evidentemente, seus instintos haviam indicado que eles deviam ir para a montanha. Era lá em cima que a carcaça do helicóptero estava. Eles haviam descido enquanto fugiam daquela primeira leva de perseguidores.

Lou o havia acordado um pouco depois das 8h, segundo seu relógio. Não era possível identificar o horário pelo sol, pois o céu estava coberto por uma manto cinza. Com certeza a equipe de resgate já devia ter chegado ao local do acidente e retiraria os destroços dali em comboios, enquanto procuravam por alguma pista do possível paradeiro de Jack e Lou.

Porém, é claro que os colegas do Máscara já haviam pensado nisso e, utilizando uma arma bem convincente, encorajaram Jack a descer em direção a sabe-se-lá-onde, em vez de subir em direção à segurança e a um possível resgate.

Jack só conseguia pensar em uma coisa: se saísse dessa vivo — após passar raspando por todas aquelas árvores, sentindo seus olhos lacrimejarem de frio e as orelhas tão anestesiadas que pareciam que iam cair a qualquer momento —, ele nunca mais faria nenhum outro filme. Ponto final. Era o fim. Ele estava se aposentando. A carreira cinematográfica de Jack Townsend havia terminado.

E havia sido uma boa carreira. Havia sido bom fazer o doutor Rourke em *STAT*. E os filmes da série *Copkiller* lhe haviam possibilitado conforto financeiro, bem como a oportunidade de exercitar suas habilidades como ator. Lou podia até ter escrito aquela cena na qual ele ficara pendurado, exposto a bordoadas com galhos de bambu, como uma vingança por causa do "Preciso de uma arma maior", mas a cena também permitira que ele vivenciasse uma ampla gama de emoções, o que o permitira fazer filmes de menos sucesso, mas de melhor recepção crítica.

Hamlet fora totalmente financiado com os lucros de *Copkiller*. Jack tinha o suficiente para sair de vez do ramo. Ele poderia ser como um Kenneth Branagh americano, fazendo filmes das peças menos conhecidas de Shakespeare. Ou talvez algumas peças de Ibsen ou Shaw. Ele só conseguiria estrear em pequenos centros culturais nas grandes cidades, mas tudo bem. Isso lhe daria mais tempo para ficar no rancho...

Sim, havia sido uma boa carreira. Certamente, ele havia faturado mais do que seu pai, sempre preocupado com a estabilidade do filho único, poderia imaginar.

Apesar disso, ele duvidava muito que seu pai fosse ficar impressionado com a cena daquele momento: seu filho fugindo de assassinos em cima de uma moto de neve... uma cena que não havia sido criada por Lou Calabrese; desta vez, era real.

Ziguezagueando pelas árvores em uma velocidade não muito aconselhável naquele tipo de terreno, Jack pensou na possibilidade de morrer ao bater em algum obstáculo, em vez de ser atingido por um tiro. De qualquer forma, por alguma razão, ele preferia morrer assim — em uma batida — do que vítima de uma bala. Ele não sabia quem aqueles idiotas eram, nem por que estavam atirando nele, mas não iria dar o gostinho de deixá-los atingir seu objetivo. Não se pudesse evitar.

E tomara que Lou estivesse sentindo o mesmo. Ela estava apertando a barriga dele com tanta força que Jack mal conseguia respirar.

No entanto, ela não estava se escondendo atrás dele, como qualquer outra mulher faria. Em vez disso, Lou estava berrando instruções de direção no ouvido dele — ou pelo menos era isso que parecia.

Felizmente, o barulho da máquina era tão alto que era quase impossível escutá-la.

Jack conseguia vê-la apontando em diversas direções. De vez em quando Lou o soltava e apontava algum caminho que achava que ele devia escolher. Jack não estava entendendo como é que ela podia se sentir tão familiarizada com aquele lugar, que era totalmente estranho para ambos. Mas era claro que Lou Calabrese era o tipo de mulher que não gostava de perder o controle. A expressão no rosto dela quando viu que Jack estava ao seu lado na pequena cama havia sido impagável. O que ela estava querendo, que ele dormisse no chão?

E, além disso, havia bastante espaço para os dois. Sabe-se lá por que ela havia ficado tão nervosa...

— Cuidado!

Dessa vez, ele a escutou nitidamente. Mesmo que o Máscara não tivesse cuidado direito de sua moto, como todo aquele barulho indicava, Jack a escutou com clareza.

Difícil foi ver para onde ela estava apontando. Pelo menos até que eles batessem contra uma pequena elevação rochosa escondida pelo gelo e voassem baixo pelo ar.

— Ai, meu Deus — ele ouviu Lou dizer, claramente, devido à proximidade entre seu rosto e o dela —, se você nos matar, Townsend, você vai se arrepender...

A moto pousou no gelo com tanta força que Jack sentiu o impacto da pancada em sua espinha. Ele estava fazendo tudo o que podia para tentar manter o veículo sob controle no meio de tanta neve voando pelos ares.

Mas, mesmo assim, conseguiu ouvir Lou terminando a frase:

— ... muito!

Ele mal conseguia ver, pois seus olhos lacrimejavam de tanto frio. Jack sabia que devia ter aproveitado para pegar os óculos de proteção que estavam no pescoço do Máscara — mas nem queria tocar no homem, muito menos pegar suas coisas.

Contudo, ainda era possível ver os vultos das árvores quando se aproximavam deles. E tinha Lou também, que, protegida pelo corpo de Jack, berrava instruções com toda força: "Esquerda!", e depois "direita!", e depois "Townsend, o que você está fazendo? Esquerda, esquerda!"

Ele não conseguia mais dizer se ainda estavam atirando, mas tinha a impressão de que não. Devia ser difícil controlar uma moto de neve naquela velocidade e usar uma arma ao mesmo tempo.

Mas ainda estavam sendo seguidos. Jack podia ver os inimigos pela visão periférica como formas borradas em amarelo e vermelho. Aqueles vultos acabaram fazendo o sangue de Jack ferver. O que ele tinha feito para merecer aquilo, afinal de contas? Não havia mentido para Lou quando dissera que não usava drogas e não apostava. Falando sério, a vida dele longe das telas era bem chatinha. Jack ajudava algumas organizações de caridade. O hospital das crianças da igreja de São Judas havia até nomeado uma das alas da igreja de Jack em agradecimento pelo dinheiro que havia doado. Ele resgatava cavalos maltratados ou abandonados e os deixava aproveitar o luxo de seu rancho.

Então, quem queria que ele morresse, poxa?

Graças à sua visão periférica, ele viu que duas das quatro motos estavam ganhando a corrida. Logo, eles estariam perto o suficiente para atirar.

À frente, havia uma área plana, sem árvores. Ele não entendeu por quê. Ou pelo menos não instantaneamente. Tudo o que ele tinha em mente era que, se forçasse a moto ao máximo, ele podia dar uma volta e entrar novamente na floresta, pela esquerda, despistando seus perseguidores.

No entanto, provavelmente perderia Lou, que agora estava berrando alguma coisa na orelha dele, embora ele não escutasse nada. Será que Lou tinha consciência de que, caso atirassem, ela seria a primeira a morrer? Na verdade, o corpo dela serviria como um escudo contra a rajada de tiros.

Jack tinha a impressão de que ela não havia pensado nisso; estava preocupada demais com a direção. Lou estava reprovando os movimentos de Jack, assim como faziam todos os copilotos do mundo.

Ele não podia deixá-la morrer. Durante anos, Lou Calabrese estivera muito longe de ser uma de suas pessoas favoritas. Todavia, a vida sem ela certamente perderia o sabor. Não havia muitas mulheres que o detestavam categoricamente, e nenhuma outra mulher o odiava tanto quanto Lou, por quem ele estava se sentindo atraído. Como podia ter essa fascinação por ela, quando Lou já havia provado que sentia o contrário? Talvez exatamente *porque* ela parecia detestá-lo tanto?

De qualquer modo, ele não podia deixá-la morrer, fosse por causa de uma manobra perigosa da moto, fosse por causa dos tiros que seriam disparados na direção deles. Jack sabia que aquela era uma situação sem meios-termos: ou ambos morreriam ou ambos sobreviveriam.

Foi então que ele avistou o desfiladeiro. Era por isso que não havia árvores no horizonte: eles estavam correndo em direção a uma falha de dois metros de profundidade na terra; lá embaixo provavelmente havia um rio, pitoresco durante o verão, totalmente congelado nesta época do ano. Não havia ponte naquele fim de mundo. Com certeza, aquele era o fim da linha.

Ele podia virar agora e ficar na mira exata dos perseguidores. Ou podia continuar em frente. De qualquer maneira, a morte era certa.

Ele acelerou, indo direto para o desfiladeiro.

— Townsend! — berrou Lou. Ela também vira o desfiladeiro para o qual eles se dirigiam e não estava gostando nada daquilo. — O que você está fazendo? Está maluco? Vire! Vire!

Jack manteve os punhos fechados no acelerador e a concentração no desfiladeiro.

— Você já viu *Prenda-me se for capaz*? — perguntou ele por cima do ombro.

— Eu achei — berrou ela de volta — que você não gostasse de *filmes*...

A palavra *filmes* culminou em um grito tão alto que Jack teve a impressão de que toda a cidade de Anchorage pôde escutá-lo. O berro ecoou dentro de sua cabeça enquanto os dois flutuavam pelo ar, desafiando a gravidade, acima dos montes de gelo que se formavam às margens do rio, atravessando a fenda. Ele deu uma olhada rápida para baixo e avistou alguns pontos nos quais o rio não havia congelado. A correnteza devia ser bem forte para conseguir manter a água correndo naquele frio. Jack ainda teve tempo de pensar que, caso caíssem, se chocariam contra as rochas, ou acabariam na correnteza violenta...

A frente da moto tocou o solo do lado oposto da fissura, enquanto a parte de trás, com o motor ainda rodando, começou a afundar...

— Pule! — berrou Jack, segurando o braço de Lou, que ainda estava em volta dele. Ele jogou toda a força do corpo para a esquerda.

Os dois caíram juntos, se estatelando no chão coberto de neve, enquanto a moto cambaleava atrás deles e finalmente despencava para encontrar o rio.

Do outro lado, os perseguidores não tiveram tanta sorte. Em vez de acelerarem, como Jack, pisaram fundo no freio — um deles demorou demais para fazê-lo e foi rolando fenda abaixo.

Jack não esperou para ver o que ia acontecer com os outros. Levanta-se, puxou Lou com ele, e gritou:

— Corra!

Ainda segurando o braço dela, foi correndo em direção às árvores.

Jack estava esperando sentir as balas em suas costas a qualquer momento. Ambos corriam com muito esforço, sentindo o ar gélido lhe perfurando os pulmões. Ao seu lado, Lou o acompanhava com o rosto muito vermelho e a respiração saindo em forma de nuvens esbranquiçadas. Ele tentou se mover em ziguezague — um alvo se movendo em linha reta era mais fácil de atingir, um policial lhe ensinara isso anos atrás, quando ele estava ensaiando para interpretar Pete Logan. Jack puxava Lou junto consigo. Ela seguia, sem protestar, com a bolsa do laptop batendo com força contra o quadril.

Ele não sabia o quanto teriam de correr até ter certeza de que ninguém estava atirando. Começou a diminuir o passo assim que a floresta ficou densa demais para que alguma moto conseguisse segui-los... mesmo que os perseguidores tivessem conseguido encontrar uma maneira de cruzar o rio.

No entanto, Lou, com os olhos quase completamente tomados pelas pupilas dilatadas, continuou forçando a corrida.

— Vamos — disse ela —, vamos, Jack. Eles continuam atrás de nós. Vamos, Jack.

— Não. — Jack parou e, apoiando-se em uma árvore e arfando, olhou para trás. — Não estão, não, Lou. Olhe. Eles ainda estão na outra margem. Nós os despistamos. Por enquanto.

Com o rosto tão branco quanto a neve do chão, exceto pelos círculos vermelhos em suas bochechas lisas, Lou observou o horizonte. A respiração dela, como a dele, estava saindo em sopros violentos.

— Ai, meu Deus — foi tudo o que ela conseguiu dizer —, ai, meu Deus, Jack.

Ele percebeu que os olhos dela estavam tão arregalados que pareciam tomar todo o seu rosto. Também notou que Lou não estava exatamente respirando forte: estava soluçando. Sem chorar, mas soluçando. Ele nunca havia visto uma pessoa tão aterrorizada.

— Está tudo bem — disse Jack, passando um dos braços em volta do pescoço dela e abraçando-a. — Ei, está tudo bem.

Por um minuto, era como se ela fosse outra pessoa. A Lou Calabrese metida e convencida com a qual ele estava tão acostumado havia sumido, e em seu lugar apareceu aquela estranha com olhos lacrimejantes e lábios trêmulos. Lou agarrou-se na jaqueta dele, mergulhando o rosto em seu peito, repentinamente tão doce e vulnerável quanto uma gatinha. Jack sentiu o hálito quente contra seu pescoço, sentiu seus seios, firmes, redondos e essenciais, contra seu peito. Para seu espanto, um desejo sufocante percorreu todo o seu corpo.

Era incrível. Ele podia estar preso no Ártico, a quilômetros de casa, sem ter certeza se iria ou não sobreviver por mais uma hora, quanto mais por um dia, mas seu corpo ainda respondia ao toque de uma mulher bonita... Mesmo que fosse Lou Calabrese, aquela que havia tentado infernizar sua vida durante tantos anos. *Especialmente* Lou Calabrese, que podia ser hostil como um cacto quando queria, mas que também podia ser delicada como uma flor, pelo que ele estava vendo agora...

Assim que Jack pensou na possibilidade de tirar vantagem da situação — ele não estaria se aproveitando desonestamente se erguesse o rosto dela e beijasse aqueles lábios que finalmente haviam parado de tremer, tão úmidos e rosados —, Lou se recompôs, saiu do abraço dele, dando um passo para trás e batendo com força no braço de Jack.

— Ai! — berrou ele, não por ter sentido dor, mesmo o tapa tendo sido bem dado, mas pela surpresa. — Está maluca?

— Se eu estou maluca? — gritou Lou, com raiva. Ele percebeu que as pupilas dela haviam voltado ao tamanho normal. Ela não estava mais com medo. Pelo contrário. Estava furiosa. — Se *eu* estou maluca? E *você*, está maluco? Você estava tentando imitar quem, um dublê como Evel Knievel?

Jack passou a mão onde o tapa havia sido dado, sentindo-se indignado e um pouquinho envergonhado por ter se sentido atraído por Lou.

— Eu nos tirei de lá, não tirei? — retrucou. — Isso pode até ser surpresa para você, mas as balas que eles estavam atirando em nós eram de verdade, OK? Não eram falsas, não.

— Atirando em nós? — repetiu ela. — Atirando em *você*. Não fui eu quem...

— Quem o quê? — interrompeu Jack, impaciente.

— Quem fez seja-lá-o-que você deve ter feito para irritar alguém a esse ponto — completou Lou.

Jack fechou os olhos e rezou para que tivesse paciência.

— Pela última vez — disse ele, com a maior calma que pôde reunir —, eu não fiz nada para irritar alguém a ponto de merecer morrer.

14

Flores cobriam todo o chão da suíte de hotel. Frank não via aquela quantidade de flores desde o funeral de Helen, há dez anos. O *concierge* — foi assim que se identificou o rapaz que os trouxe do saguão do hotel até o quarto de Tim Lord — disse que tantas flores estavam chegando que eles tiveram que usar a sala de conferências do hotel. O mundo todo estava chorando por Jack Townsend, segundo ele.

— E pela Srta. Calabrese também — acrescentou o rapaz, olhando para Frank. Mas ele não ficou chateado com aquilo. Lou havia explicado algum tempo antes que, na cadeia alimentar de Hollywood, estrelas como Jack Townsend — e, graças a *Hindenburg,* como Barry Kimmel também — eram o filé mignon, enquanto roteiristas como ela eram batatas. E nem eram batatinhas-fritas, eram batatas cozidas. Ou então eram aquelas batatas congeladas.

As flores que estavam no quarto pareciam pertencer a um enterro. Ou talvez a calmaria do quarto desse essa impressão. Tim Lord tinha filhos — meia dúzia de filhos, um de cada casamento —, mas nenhum deles estava ali. O quarto estava tão quieto quanto um necrotério, e as flores não amenizavam o ambiente. Inclusive, um dos arranjos era em forma de arco. No meio do arco havia uma faixa que dizia: "Com todo o nosso pesar".

Em vez de sentar-se no sofá branco, como o rapaz havia instruído, Eleanor Townsend verificou todos os cartões que acompanhavam as flores. Esbelta e elegante em seu terno negro — agora coberto com os pelos dourados de Alessandro, que estava atento em seus braços —, ela se inclinou para examinar o cartão que acompanhava o arranjo em forma de arco.

— Do estúdio de filmagem — disse ela com um pouco de irritação. — Eles poderiam pelo menos esperar até que soubessem ao certo se eles realmente se foram antes de manifestar seu pesar.

Frank olhou para o copo de café quente que estava na mesinha ao seu lado. Ele não havia tocado no copo ainda, mas o café parecia estar muito bom.

— Difícil — comentou. — O que mais eles podiam escrever? "Boa sorte"?

Eleanor balançou a cabeça.

— Não deviam ter mandado nada, se não são capazes de pensar em uma mensagem animadora.

Lá estava Frank concordando com Eleanor mais uma vez, como já havia acontecido inúmeras vezes nas últimas 12 horas. Incrível como isso se repetia; o que era ridículo, pois eles não tinham nada em comum.

Era só olhar para aquele cachorrinho dela, por exemplo. Frank nunca conseguira suportar aqueles cachorrinhos ba-

— Ah, é? Então quem era aquele pessoal? — perguntou Lou. — O time de artilharia do Alasca? Isso tudo é uma pegadinha?

Jack respirou fundo.

— Já falei que não sei quem está atrás de mim. A única sugestão que posso dar é que saiamos logo daqui, antes que eles arrumem uma maneira de cruzar o rio. Será que você concorda com essa ideia?

Ela olhou para ele.

— E o senhor sugere irmos para onde? — perguntou Lou, acidamente. — Caso o senhor não tenha notado, nós estamos perdidos.

Jack olhou em volta. Estavam no meio de uma área arborizada e quieta, exceto pelo som do vento movendo-se pelos galhos secos. No horizonte, só havia neve, árvores e pedras.

Era até fácil escolher uma direção. Ele apontou para a área descendente e disse:

— Vamos por ali.

Lou não demonstrou espanto.

— Essa é a direção por onde eles também irão. Estavam praticamente nos forçando a descer.

— Por isso mesmo devemos ir para lá — argumentou Jack. — Eles vão achar que vamos tentar subir novamente, de volta para o helicóptero e para Myra. Se tivermos sorte, é para lá que eles vão seguir, para tentar nos encontrar. Mas nós podemos despistá-los. Vamos descer na direção de Anchorage.

Lou não gostou da ideia.

— Não sei, Townsend — fala com desconfiança.

Ele lançou seu sorriso mais charmoso para Lou, aquele que, quando utilizado pela primeira vez em *STAT*, atraiu mais correspondências de fãs do que qualquer outro episódio.

— Confie em mim — disse.

Lou olhou para Jack como se ele estivesse completamente louco.

Porém, quando ele começou a caminhar, tentando ignorar a neve que ficava entrando pelas bocas da calça, tocando suas pernas e seus pés, ela o seguiu.

O que já era um bom começo.

rulhentos. A família Calabrese sempre tivera cachorros de grande porte, como pastores-alemães ou labradores. Ele nunca tivera paciência para as raças mais exóticas, como os yorkshire ou os shih tzu.

Todavia, até mesmo ele tinha de admitir que Alessandro tinha algo de interessante. Havia inteligência em seus olhos negros, e uma certa esperteza em sua cara peluda, como em uma raposa.

E Alessandro não era a única coisa que Frank gostava em Eleanor Townsend. Não, aquela senhora tinha muitos mais atrativos do que simplesmente seu cachorrinho.

A porta da suíte se abriu, e Tim Lord apareceu, seguido por um homem muito mais alto que vestia terno e gravata e carregava uma pasta. Frank o reconheceu por causa do Oscar, a premiação à qual Lou havia ido com seu paizão. Ele conhecera até o Paul Newman. Helen teria gostado daquilo.

— Frank! — exclamou Tim Lord ao vê-lo, seus olhos com um brilho incomum. Lágrimas? Ou cocaína? Era impossível saber o que se passava pela cabeça desses empresários da indústria do cinema. — E Sra. Townsend, que prazer conhecê-la, finalmente. Que pena que a ocasião não seja melhor...

Tim Lord apertou a mão de Eleanor entre as suas. Frank notou que Tim era apenas alguns centímetros mais alto que ela, e Eleanor Townsend não era uma mulher muito alta.

— Peço mil desculpas por não ter encontrado com vocês no saguão — disse Lord —, mas a imprensa... vocês com certeza os viram. Eles são como urubus, são mesmo. Criaturas nojentas. Tenho tentado evitá-los o máximo possível desde... desde a tragédia.

Frank Calabrese não sabia muito sobre Hollywood, certamente — apenas o que sua filha já havia contado —, e com certeza Lou havia amenizado a descrição do local a fim de deixar o pai menos preocupado.

Mas Frank havia aprendido umas coisinhas em seus quarenta anos na polícia. Uma delas foi como detectar papo-furado.

Quando Tim Lord se aproximou deles, o alarme interno de Frank contra papo-furado disparou.

— Não exatamente uma tragédia, Sr. Lord — disse Eleanor com aquela voz que lembrava as antigas atrizes de Hollywood, aquelas que Helen adorava, como Katherine Hepburn e a outra que se casou com um príncipe —, afinal de contas, nenhum corpo foi encontrado ainda, não é?

Tim Lord ficou calado com um ar de confusão. O homem mais alto, no entanto, colocou a pasta sobre a mesa e disse:

— Não, não encontraram. Eu e o Sr. Lord estamos rezando, assim como o resto do mundo, para que o Sr. Townsend e a Srta. Calabrese sejam encontrados a salvo. Até lá, no entanto, há algumas coisas que precisamos discutir...

A pasta foi aberta. Frank, observando tudo sem acreditar no que via, fez um movimento involuntário com os lábios. Um advogado. Tim Lord havia trazido um advogado com ele. Era inacreditável. As crianças estavam lá, no meio do nada, e o estúdio só conseguia pensar em se dar bem...

A porta do cômodo se abriu novamente. Desta vez, havia um murmurinho do lado de fora, como se alguém estivesse montando guarda à porta do quarto — alguém que não queria deixar uma pessoa passar.

Porém, visto que a pessoa que vinha na direção deles era um xerife fardado dos pés à cabeça, Frank sabia que quem estava guardando a porta não havia tido como insistir muito.

— Pois... não? — disse o advogado, surpreso. — Em que posso ajudá-lo?

O xerife era um homem alto, com alguns cabelos brancos saindo por debaixo do chapéu. Atrás dele vinha um policial bem mais jovem, que parecia ter o rosto severamente queimado pelo vento frio. O olhar acinzentado do xerife passou por Tim Lord, pelo advogado, por Frank e por Eleanor Townsend, parando nela. Ele estendeu uma das mãos e retirou o chapéu.

— Sra. Townsend? — perguntou o xerife educadamente. Atrás dele, o policial também retirou o chapéu.

Nervosa, Eleanor apertou Alessandro um pouco forte demais — ou pelo menos foi essa impressão que o gemido do cachorro passou.

— Sim — disse ela —, Eleanor Townsend.

— E Sr. Calabrese? — O xerife olhou para Frank, que, já sabendo o que ia escutar, correspondeu o olhar com toda a atenção. Ele mesmo ia dar a notícia, em vez de jogar o abacaxi para o capelão do departamento. Frank admirou a postura do xerife.

— Franklin Calabrese — falou, surpreso com aquela voz que não parecia a sua. Era a voz de um homem velho, não a voz de Frank Calabrese. Ele com certeza já havia passado dos anos dourados, mas 65 anos de idade não era assim tão acabado...

— Xerife Walter O'Malley — respondeu o homem. — Acabei de retornar do local do acidente do R-44 que levava sua filha e seu filho, senhora, ontem pela manhã. Achei melhor informá-los que, aparentemente, o Sr. Townsend e a Srta. Calabrese sobreviveram ao acidente.

— *Sobreviveram?* — perguntou uma voz de mulher. Contudo, não era a voz de Eleanor: a outra voz viera do lado oposto da sala. Frank virou-se e viu uma mulher pequena, vestindo pijamas de seda acinzentados, os cabelos loiros desarrumados, em pé à porta de um quarto. Em seu rosto incrivelmente belo havia indícios de uma alegria plena.

— Você está falando sério? — perguntou a mulher, atravessando a sala com os pés descalços e muito bem cuidados, até chegar ao lado do xerife, segurando seu braço com as duas mãos. — Eles estão vivos?

Walter O'Malley pareceu se sentir um pouco incomodado. Ele evidentemente não estava acostumado a ter jovens tão bonitas encostando seus seios no braço dele.

— Bem — respondeu o xerife —, madame, havia apenas um corpo no local do acidente, e era o do piloto. Estamos vasculhando a área, claro, em busca do Sr. Townsend e da Srta. Calabrese. Parece que eles saíram andando para longe da carcaça do acidente, talvez em busca de abrigo...

— Você precisa encontrá-los — disse Tim com firmeza, vindo para o lado da mulher e colocando seu braço em volta dela. — Não se preocupe com os custos. O estúdio está totalmente preparado para pagar o que for preciso para que os dois sejam resgatados em segurança.

Walter O'Malley baixou os olhos para o rosto de Tim, cheio de desconfiança. "Então o xerife também tem um detector de papo-furado", pensou Jack.

— Não são os custos que estão interferindo — disse o xerife, livrando seu braço da mulher. — Na verdade, é o clima. Temos aviões sobrevoando a área e o órgão de administração aérea está mandando mais aeronaves, mas tem outra nevasca a caminho. Vamos ter mais uma noite de tempo ruim...

— Ai, não. — Eleanor Townsend, que havia se distanciado da mesinha com os arranjos de flores, afundou-se no sofá ao lado de Frank como se suas pernas não pudessem mais suportar o peso do corpo. Sem olhar para cima, ela alcançou a mão de Frank, que lhe apertou os dedos; e Alessandro lambeu o queixo de Eleanor ansiosamente.

— Se eles conseguiram sobreviver à tempestade de ontem — disse o xerife —, têm boas chances de sobreviver à de hoje. Parece que esta vai ser apenas um pouco mais severa...

— Ai, meu Deus! — A loira levou as mãos ao rosto, como se não suportasse mais ouvir aquilo.

O xerife lançou-lhe um olhar rápido e depois voltou sua atenção para Frank.

— O que eu e o policial Lippincott viemos investigar — disse o xerife O'Malley — é se vocês têm alguma ideia sobre a habilidade do Sr. Towsend e da Srta. Calabrese para sobreviver em locais desertos.

Eleanor olhou para ele com uma expressão vazia.

— Como assim? Não estou entendendo.

— Bem, vocês acham que eles saberiam o que fazer nesta situação? — perguntou o xerife educadamente. — Por exemplo, o Sr. Townsend. Ele sabe caçar? Está acostumado à vida selvagem?

— Ele tem uma fazenda — disse Eleanor — onde cria cavalos. Mas fica em Salinas. Lá não neva.

O xerife O'Malley concordou com a cabeça. Frank percebeu que ele havia ficado desapontado.

— E sua filha, Sr. Calabrese? — perguntou o xerife. — Ela já teve alguma experiência no Ártico que possa ajudá-la nesta situação? Estou perguntando isto porque essas informações podem nos ajudar a procurar nos lugares certos, o senhor entende? Tem muito espaço para nossos aviões vasculharem, e se o senhor puder prever se sua filha sabe coisas como se localizar sem uma bússola...

Frank ponderou cuidadosamente sobre a pergunta do xerife. Até onde sabia, Lou nunca havia acampado. Ela nunca havia sido uma menina que gostava de sair de casa e, na infância, passara a maior parte do tempo com os livros ou na frente da televisão. Na verdade, afastá-la da tela era sempre difícil. Ela amava aquilo.

Helen também não ajudara muito a mudar isso. De fato, apesar de Frank nunca tê-la acusado, a esposa tivera um pouco de culpa pela menina ter ganhado tanto peso. Em vez de encorajá-la a sair de casa e a andar de bicicleta, ela deixava Lou ficar na frente da televisão quanto tempo quisesse, porque, como costumava dizer: "Ela gosta tanto. Não está fazendo mal a ninguém. As notas dela são boas."

As notas dela sempre eram boas, mesmo antes de eles comprarem um videocassete — na época em que Helen costumava ligar para a escola para avisar que a filha estava doente, quando, na verdade, Helen não queria que a filha perdesse os filmes que passavam na televisão à tarde, caso um dos atores favoritos de Lou estivesse no elenco. Geralmente, eram os filmes com Jimmy Stewart e aquela atriz de pescoço fino, a Audrey sei-lá-o-quê.

Ainda bem que Frank havia conseguido comprar um videocassete quando Lou fez 12 anos, ou a menina não teria conseguido se formar na escola.

Foi enquanto pensava nisso que Frank se deu conta de que sua filha era caseira demais. Ela não gostava de acampar e só se aventurava pelo shopping.

Contudo, Lou já havia visto todos os filmes do mundo. Disso Frank tinha certeza.

— Filmes — respondeu, olhando para o xerife com esperança.

O xerife, ao contrário de todos na sala, pareceu entendê-lo.

— Ela já assistiu a muitos filmes sobre sobrevivência? — perguntou O'Malley.

— Cacete, ela deve ter visto todos... — disse Frank. E, olhando para Eleanor, completou: — Perdão.

Mas Eleanor parecia não ter reparado no pequeno deslize de Frank.

— Filmes — comentou, pensativa. — Será que...

Frank não tinha a mesma dúvida em relação a Lou. Se havia algum filme sobre sobrevivência no Ártico, Lou já o havia assistido. A única pergunta, claro, era se isso seria o suficiente.

15

— Caramba, Lou — chamou Jack por cima dos ombros largos que pareciam alvos perfeitos para receber dardos —, *vamos*.

Lou retirou um longo cacho vermelho que caíra na frente de seus olhos e se esforçou para tirar o pé do montinho de neve no qual havia atolado. Embora já tivesse parado para colocar a calça dentro das botas, que iam até os joelhos, Lou ainda sentia a neve descer até seus dedos congelados.

— *Vamos, Lou* — sussurrou ela para si mesma —, *depressa, Lou*. Muito fácil falar. Tente andar em um chão fofo de neve com saltos para você ver se dá para correr.

Lou deu um passo para a frente com cuidado. Alguns locais tinham uma camada de gelo em sua superfície, o que impedia que seus pés afundassem, facilitando a caminhada.

Porém, esse não era o caso daquela área. Seus pés foram afundando mais e mais e mais, até que ela não conseguia ver seu corpo abaixo dos joelhos. Droga de neve. Ela havia se mudado para a Califórnia não só por causa da insistência de Barry, que achava que lá engrenaria a carreira artística. Não. Ela ficara feliz em ir para lá porque nunca mais teria de abrir caminho em um chão coberto de...

— Neve. — Ela olhou para cima e piscou os olhos ao ver o céu cinza. Não. Não era possível. Não podia ser verdade.

Mas era. Estava nevando novamente. O céu estava repleto de flocos, caindo rapidamente, sem nenhum indício de que fossem parar. Droga. Droga! Como se não bastasse todo o resto...

— Lou — chamou Jack, que estava parado uns seis metros atrás —, acelere o passo. Acho que temos que passar por aquela subida antes do anoitecer.

— Por quê? — perguntou Lou com mau humor. — Que diabos você acha que vamos encontrar depois daquela subida? Um hotel cinco estrelas?

— É apenas um objetivo — explicou Jack.

Pela voz, parecia que ele já estava chegando ao limite. E se estivesse mesmo, a culpa era dele, que havia se colocado naquilo. Lou não tinha nada a ver com o fato de eles estarem perdidos no Yukon, perseguidos por assassinos.

— Você nunca correu? É preciso escolher um ponto e dizer: "Vou continuar correndo até chegar àquele ponto." E quando chega lá, tem que escolher outro, que vai ser seu novo objetivo.

— Não corro em lugares abertos — Lou disse —, corro até o final do programa da Oprah, e só.

Jack não se impressionou com a informação.

— É impossível estimular a histamina correndo em uma esteira.

— Eu tenho bastante histamina — disse Lou —, e não tem como você me enganar dizendo que pode ter alguma coisa extraordinária depois daquela subida. Deve ser igual a este lugar. Neve. Árvores. Mais neve. E depois, sabe o que mais? Neve e árvores.

— O que você quer que eu faça, Lou? — indagou Jack.
— Engane você? Quer que eu diga que tem um restaurante ali na próxima colina?

— Seria ótimo — disse Lou. — Isso talvez estimule as suas habilidades como líder. Até agora, você não me impressionou.

Mesmo com tanta neve caindo, ela viu a expressão de surpresa no rosto dele.

— Como assim? — perguntou Jack. — Eu consegui nos livrar dos tiros, não consegui?

— Conseguiu — respondeu Lou, com um ar de raiva —, mas como vou saber se não estou saindo do forno para cair na frigideira? Você nem sabe em que *direção* estamos indo. Você sabia que no filme *No limite* Anthony Hopkins fez uma bússola com um clipe e uma folha de árvore? Eu não vi você fazendo nenhuma inovação como essa.

— Bem, não tenho nenhum clipe aqui — disse Jack, já com uma expressão menos surpresa — e, se você encontrar alguma folha caída de alguma árvore, me avise. Eu só estou vendo pinheiros. E neve. Desculpe-me, mas nunca interpretei o MacGyver, lembra? Eu fiz aquele outro cara. Se você precisar ser entubada, é só falar.

— Ah — disse Lou —, como se eu fosse deixar *você* colocar alguma coisa na minha boca.

Percebendo, um pouco tarde demais, como sua frase soou mal, Lou acrescentou rapidamente:

— Acho que essa neve está piorando. Temos que pensar em algum lugar para ficar até passar. Eu vi um episódio de *Os pioneiros* no qual eles construíam um iglu. Talvez nós devêssemos...
Jack não deixaria ela se desvencilhar tão facilmente.
— Você está vermelha de novo.
— Não estou — retrucou Lou, evitando o olhar dele —, estou com frio, só isso.
— Por que, eu me pergunto, a ideia de eu colocando alguma coisa na sua boca...
— É o frio! — gritou ela. Devido à neve que estava caindo, sua voz não foi muito longe. Mas Jack escutou muito bem.
— Claro que é o frio, Lou — respondeu.
Eles estavam perto o suficiente para ela ver a expressão de Jack através da cortina branca de neve. Para sua infelicidade, ele estava sorrindo.
— Não foi o que eu quis dizer — disse ela, exasperada —, OK? Quando falei sobre você colocando alguma coisa na minha boca, estava me referindo a um tubo endotraqueal...
Aparentemente, Jack não a escutou. Em vez de responder, comentou:
— Que nome é esse, hein? *Lou*? Não é um nome masculino?
— É um apelido — disse ela, fazendo uma pausa para tirar a neve de cima da bota —, não é meu nome de verdade.
— É mesmo? — Jack Townsend parecia estar bem interessado. O porquê de tanto interesse, quando nunca havia demonstrado nenhum interesse antes, ela não conseguia nem imaginar. Talvez fosse porque ela era a única fêmea no local. Sem contar os alces. Ou as "alças", ou sabe-se lá qual o feminino de alce.
— Qual é o seu nome de verdade?

Lou murmurou algo ao recomeçar a andar, mas a neve que caía engoliu o som da sua resposta.

— O quê?

Puxando os pés com força, ela respondeu, sem mexer muito os lábios:

— *Louise.*

— *Louise?* — exclamou ele, sarcasticamente. — *Louise Calabrese?*

— Ah, como você é maduro, Townsend — retrucou ela. — Faça piadinhas com o meu nome. Pode fazer.

Ele ficou sério.

— Desculpe-me. — Um sorriso ainda estava estampado em sua face; ela conseguia ver mesmo com tanta neve. — Posso pensar em algumas piadas para "Calabresa", imagino como era no colégio.

— Não se pronuncia Cala*brizi* nem Calabresa em italiano, é Calabréze, então... — respondeu ela.

— Ei! — disse Jack, estendendo ambas as mãos. — Calminha, companheira. Você está agindo como se tivesse sido a única pessoa a receber um apelido na escola.

Lou respondeu, um pouco ressentida:

— Ah, sim. Até porque Jack Townsend é um nome muito fácil de avacalhar.

— Pode ser, sim — explicou Jack. — Eu estudei em uma escola só para meninos, lembra? E meninos são um pouco criativos demais. Pode pensar nos trocadilhos mais pornográficos.

Felizmente, Jack não percebeu e quando ela começou a ficar corada. Para completar, acabou afundando o pé em outro monte de neve, até a altura do meio da coxa, e quase caiu.

Ela teria ido de cara no chão se Jack não tivesse segurado seu ombro.

— Chega — avisou ele, assim que conseguiu colocá-la de pé —, chega. Vamos ter que largar este laptop.

Lou olhou para Jack como se ele fosse um demente — e não era fácil olhar para a frente com neve presa nos cílios.

— O... quê? — reclamou. — Como assim?

— Você já se arrastou com isso por muitos quilômetros — disse Jack, tentando pegar a bolsa —, é por isso que está andando tão devagar. Isso pesa muito. — Ele segurou a bolsa pela alça. — Diga adeus ao seu laptop.

Lou abraçou a bolsa e deu um passo para trás.

— Você enlouqueceu? Isto aqui é um computador de dois mil dólares. Não vou deixá-lo no meio da floresta.

— Você pode comprar outro quando voltarmos à civilização — argumentou Jack, ainda segurando a bolsa e dando um passo à frente —, e não venha me dizer que não tem grana, porque li na *Variety* que você faturou muito com *Copkiller IV*. Então, passe isso para cá. Está pesando muito e deixando você mais lenta. Não dá mais.

— De jeito nenhum — disse Lou, continuando a andar para trás. — Você não está entendendo. Tem muita coisa aqui. Coisas que eu não quero perder, tá?

Jack parou de se mover; apenas olhou para ela como se fosse louca.

— Você não tem back-up das suas *coisas*?

— Claro que tenho — disse Lou, dando mais um passo para trás. Ele não a acompanhou, então ficaram os dois de pé, com a alça da bolsa entre eles. — Tem uma coisinha que eu salvei outro dia que só tenho aqui, está bem? Não vou perder isso. É muito importante para...

— Lou. — Mesmo com dois dias de barba por fazer (ou especialmente por causa disso), ele estava impossivelmente lindo. — Estamos falando de sobrevivência. Você está entendendo? Este laptop está simplesmente dificultando a sua caminhada pela neve. Deixe-o aqui. Nós voltamos para pegá-lo...

— Ah, claro — interrompeu Lou com uma gargalhada sarcástica —, e como vamos encontrá-lo? Com cães farejadores de computador?

— Estou falando sério, Lou... — disse Jack, dando um puxão na bolsa. — Deixe isso. Não vale a pena. Nós podemos morrer aqui. Um roteiro qualquer não é nada perto de uma morte por congelamento...

— Não é um roteiro qualquer — disse Lou, segurando com força a alça da bolsa —, está entendido? E não está tão pesado assim. O problema são as minhas botas, OK? Não o computador. Agora, largue *isso*...

Ao falar a palavra "isso", Lou puxou com toda a sua força — sem perceber que Jack tinha segurado o zíper. Em um movimento rápido, ele escancarou a bolsa, e aí foi só tirar o computador lá de dentro e, como em um passe de mágica, Jack estava com o laptop, enquanto ela só tinha a bolsa.

Chocada, Lou gaguejou:

— Nem... nem *pense* em...

Mas já era tarde. Ele já havia jogado o laptop, com toda a força, na direção da subida sobre a qual ele havia falado.

Depois, ele espanou as mãos como se estivesse dizendo "Agora sim."

— Pronto — falou. — Agora jogue a bolsa fora e vamos. Vamos andar bem mais rápido. Vai ser bem mais fácil para você passar por esses montes...

A voz de Jack sumiu, possivelmente porque prestou atenção no rosto de Lou. Ela estava sentindo que seu rosto estava tão branco quanto a neve em volta deles. Não se lembrava de ter sentido tanta raiva na vida — a não ser, talvez, no dia em que Barry anunciou que não estava preparado para se comprometer depois de dez anos de namoro.

Lou reagiu agora da mesma forma que havia reagido naquele dia: com uma fúria fumegante e incontrolável.

— *Você!* — berrou, partindo para cima de Jack Townsend.

Ele se assustou e andou para trás o mais depressa que pôde naquela neve a fim de se afastar.

— Ei, Lou — falou —, me escute. Pense bem. Aquilo era muito pesado! Não serve de nada para nós aqui e estava atrapalhando você. Nós temos que...

Mas Jack não conseguiu falar mais nada, pois ela o imobilizou com o ombro contra o peito dele, até que ele caiu no chão, da mesma maneira que os irmãos de Lou caíam — eles sempre acharam que ensinar técnicas de ataque para a irmã era importante. Quando Jack bateu no chão, ela passou uma perna por cima do tronco dele e sentou-se ali, prendendo os ombros dele com ambas as mãos, como Nick havia ensinado.

— Você ficou maluco? — berrou ela, seu nariz a centímetros do dele. — Aquele computador era a única coisa que estava me mantendo sã, você está entendendo? Estou com medo... com fome... com frio... e não estou sentindo os dedos do pé... e estou presa no *Alasca*, no meio de uma *nevasca*, com *você*! E *é tudo culpa sua*! É melhor você achar aquele computador, e eu acho bom que ele esteja inteiro, pois se não estiver, *eu mesma vou matar você*!

Jack, olhando para ela, ali deitado na neve, totalmente intrigado, disse:

— Sabe de uma coisa? Você fica bonitinha quando está zangada.

Durante alguns poucos segundos, Lou olhou para ele, sem ter certeza de que havia escutado aquilo direito. Foi aí que ela cometeu seu primeiro erro. Ela largou os ombros dele, embora fosse para que pudesse apertar aquele pescoço idiota, egocêntrico e metido...

No entanto, era meio difícil sufocar alguém que estava rindo tanto quando Jack Townsend. Até porque, assim que as mãos de Lou chegaram perto do pescoço de Jack, ele agarrou os punhos dela e a fez cair de costas na neve ao seu lado.

Quando ela menos esperava, ele estava em cima dela, exatamente como Lou havia estado alguns segundos antes. Só que, em vez de segurar os ombros dela, ele segurou seus punhos, para que não tivesse como perfurar os olhos de Jack, como ela bem gostaria de fazer. Sua única reação foi olhar para aquele rosto grande, imbecil, lindo e sorridente.

E não havia nada mais que pudesse fazer.

— *Deixe-me levantar* — rosnou Lou. Estava *muito* desconfortável ficar deitada daquele jeito. Tinha neve entrando pela gola do casaco, embaixo do suéter, pelo pescoço. Ela desejava que muita neve também tivesse entrado pela roupa dele. — Escutou? Deixe-me *sair*.

— Só uma pessoa muito idiota faria isso, não é? — disse Jack com uma risada. Seus dentes eram certinhos e brancos, e nenhum deles era falso. Lou sabia disso por causa de sua dentista em Los Angeles, que era a mesma que havia obturado a última cárie dele. — Afinal de contas, você falou que ia me matar.

— Jack — respondeu Lou, percebendo que seus olhos, tão azuis que pareciam cinza, eram rodeados por um círculo tão escuro que era quase preto —, olhe. Saia de cima de mim e vamos procurar o meu computador. E ficamos quites. Por enquanto.

A pele bronzeada ao redor daqueles lindos olhos azuis se enrugou enquanto ele pensava sobre a oferta dela.

— Não — disse ele, após alguns segundos —, sua oferta foi muito ruim. Você me pareceu ter impulsos bem homicidas há alguns segundos. Ainda não estou convencido de que, quando eu virar de costas, você não vai tentar enfiar um pedaço de gelo no meu cérebro...

— Jack — disse Lou. O calor do corpo dele estava fazendo-a sentir um pouco mais aquecida, pela primeira vez no dia. Era uma sensação boa. Boa demais. Mais do que podia ser. Ela não sentia o corpo de um homem assim tão perto havia semanas — meses... Sem contar o que havia acontecido naquela manhã. Mas ela tinha certeza de que Jack não tinha feito aquilo conscientemente.

Mas agora era consciente. Ah, se era!

— Tem neve derretendo nas minhas costas — disse Lou —, OK? Deixe-me levantar.

— Não sei — disse Jack, mordendo os lábios. Infelizmente, tal atitude acabou atraindo o olhar de Lou para a boca de Jack. Aquela boca risonha, insolente e sarcástica, que ela queria bem longe da sua própria, por favor. — As coisas ficaram tão interessantes de repente. Eu me pergunto o que o detetive Pete Logan faria no meu lugar.

Lou estava começando a se sentir um pouco sem ar — não porque o peso do corpo dele estivesse lhe dificultando a respiração, considerando que Jack estava sentado em cima dos quadris dela. Com uma voz de alerta, ela disse:

— Townsend. Estou falando sério. Deixe-me levantar.

— Se isso fosse um roteiro de *Copkiller* — continuou Jack, como se ela nem tivesse falado —, escrito pela grande vencedora do Oscar, Lou Calabrese, Pete Logan estaria aqui, no meio da neve congelante, só de cueca, com certeza. Por quê? Você pode me explicar isso, Lou?

— Eu dou às pessoas o que elas querem — disse Lou, mantendo seu olhar direcionado para o céu cinza e não para os hipnotizantes olhos azuis dele.

— É mesmo? — perguntou Jack. — Ou você fica tentando, em cada roteiro, me punir por causa do "Preciso de uma arma maior"?

— Claro que não — disse Lou —, eu sou uma profissional. Não deixo meus sentimentos pessoais atrapalharem o meu trabalho. Desculpe-me por decepcioná-lo, Townsend, mas a razão pela qual Pete Logan sempre termina sem roupa é que o público americano adora ver o seu corpo.

— O público americano — disse Jack, erguendo uma de suas sobrancelhas escuras — ou Lou Calabrese?

— Pare de se gabar. — Mesmo tendo respondido prontamente, ela sentiu o rosto ficar vermelho. De repente, a neve ao redor de seu pescoço não parecia estar tão gelada. Na verdade, estava até refrescante. — Meu Deus, Townsend. Isso pode ser um choque para você, mas ao contrário do que aparentemente você acha, existem mulheres que só se importam com o que um homem tem na cabeça, não no meio das pernas.

— Ah, é? — O rosto de Jack havia chegado mais perto do dela. — Então por que você está vermelha de novo?

— Eu não estou vermelha — disse Lou, ficando ainda mais enrubescida. — Se o meu rosto está corado, deve ser porque você está interrompendo minha circulação com o peso do seu corpo.

— Ah, sim — disse Jack. — Falei que acho que você fica bonitinha quando está com raiva, não falei?

— Você falou alguma coisa assim — disse Lou —, mas...

— Que bom — disse Jack. — Então isso não vai ser um choque tão grande.

E então aquela boca — risonha, irritante, perfeita — veio ao encontro dos lábios dela.

Lou morreu e foi para o céu.

16

Ela devia ter imaginado que beijar Jack Townsend seria assim. Quer dizer, ser beijada por ele, porque não era Lou quem estava comandando aquele beijo. Não mesmo.

Se bem que era meio difícil não retribuir um beijo, ainda mais sendo tão profundo e completo quanto o de Jack Townsend.

O que não significava que ela gostava de ser beijada por Jack Townsend. Pelo menos não em teoria.

Por outro lado... na prática, era outra história.

Jack Townsend beijava como se realmente quisesse muito fazê-lo. Não era um beijinho fofo nem um beijo de mentira de Hollywood. O beijo dele era cheio, uma verdadeira exploração oral — uma luta de línguas, como diziam os irmãos dela quando a pegavam trocando beijos com Barry.

Mas beijar Barry nunca havia sido assim. Barry nunca havia se empenhado em uma busca pelo território dentro e fora de sua boca como Jack estava fazendo agora. Barry nunca a havia feito acreditar, como Jack, que beijá-la era a única atividade programada para aquele dia e que havia todo o tempo do mundo para realizar a tarefa. Barry nunca a havia feito sentir, com um simples beijo, que seu coração ia explodir dentro do peito simplesmente por causa do prazer físico vindo de seus lábios.

Mas foi assim mesmo que o beijo de Jack Townsend a fez sentir. Ela pôde sentir seu calor, seu peso, sua intensidade desde a boca até a ponta dos dedos dos pés — que afinal, como ela conseguiu perceber mesmo com todo aquele turbilhão, não estavam tão congelados, pois se curvavam dentro de suas botas em resposta ao toque elétrico dos lábios dele.

Era evidentemente ridículo que seus pés respondessem a um beijo daquela maneira. Ela não era uma adolescente cheia de hormônios ou uma velhinha carente. Era uma profissional sofisticada, uma mulher cuja carreira meteórica — sem mencionar sua vida amorosa, pelo menos até recentemente — era um exemplo para as gordinhas ruivas de todo o país...

E um beijo do queridinho dos Estados Unidos, Jack Townsend, a fizera derreter como uma poça de gelatina.

No gelo.

Em algum lugar do cérebro de Lou, um lugar que ainda não havia sido transformado em uma massa gelatinosa de nêutrons por causa daquele beijo, ela ainda conseguiu pensar que aquilo tudo era impossível. Ela *odiava* aquele homem.

Então, como ele conseguia, com um simples toque de seus lábios, fazê-la se sentir daquela forma... como se, pela primeira vez em meses, ela estivesse realmente viva? Por que o peso e o tamanho do corpo de Jack a deixavam com vontade de abrir as pernas — ai, Deus! — e envolvê-lo com elas? Por que aquela barba malfeita, arranhando sua bochecha — que agora deveria estar roxa —, a deixava com vontade de percorrer o corpo dele com a língua?

Aquilo não fazia sentido. Uma hora ela queria dar um soco no olho dele. Logo depois, estava gemendo como uma gatinha.

Não era mágica de Hollywood. Não mesmo. Não tinha efeito visual naquela cena. Aquilo ali era química, no estilo mais antiquado da palavra.

Química! Entre ela e Jack Townsend? Impossível!

Ou nem tão impossível assim. Ela sabia disso por causa do que estava acontecendo — era preciso admitir — no meio de suas pernas.

E muita coisa estava acontecendo. Lou se deu conta de suas reações e de quem as estava causando: Jack Townsend, aquele que havia partido o coração de sua amiga; *Jack Townsend*, o *ator*. Ela havia jurado que nunca mais abriria espaço para atores. Lou tensionou o corpo, tirou os punhos debaixo das mãos dele, segurou-o pelos cotovelos e levantou um joelho até encostar naquele traseiro tão famoso.

Depois, puxando os cotovelos dele e empurrando-o com o joelho — um golpe de autodefesa ensinado pelo pai assim que ela saíra da escola, para o caso de precisar se defender na faculdade — ela o lançou por cima de sua cabeça, até que ele fosse parar na neve atrás dela.

O palavrão que ele soltou ao aterrissar seria digno de qualquer censor de Hollywood.

Lou ficou de pé, espanou as mãos, como Jack havia feito quando se livrara do laptop, e disse, em uma voz surpreendentemente calma, considerando que seus joelhos ainda tremiam por causa do beijo (sem mencionar o que ainda estava acontecendo lá embaixo):

— Se não encontrarmos aquele computador, você vai se arrepender de ter escapado dos tiros daqueles assassinos.

Em seguida, Lou saiu andando pela neve — com dificuldade, ela tinha que admitir, graças à umidade entre suas pernas, coisa que nunca seria revelada — em direção à elevação onde Jack havia jogado o computador.

Deitado na neve com a sensação de que sua coluna estava quebrada, Jack olhou para o céu escurecido e tentou entender o que havia acontecido. Ele tinha mesmo beijado Lou Calabrese? O que estava se passando pela cabeça dele? Que diabos ele estava tentando conseguir com isso?

Bem, pelo menos agora Jack tinha conseguido uma coisa: responder à pergunta que o atormentava havia algum tempo, ou pelo menos desde a noite anterior...

E tal pergunta — que havia surgido enquanto ela estava sentada na cama, com aqueles cabelos ruivos cobrindo seus ombros e os lábios molhados que pareciam chamar seu nome — era: "Qual seria a sensação de beijar Lou Calabrese?"

Agora ele tinha a resposta: dor. Era essa a sensação de beijar Lou Calabrese.

Porém, antes da dor... ah, sim. Antes da dor viera o prazer. Muito prazer.

Ele não conseguia detectar o que o fizera obedecer seu desejo. De todas as mulheres do mundo pelas quais podia sentir atração, Jack teve que escolher a única — quer dizer, certamente não a única, mas pelo menos a única que ele conhecia — que não tinha o mínimo de interesse nele. Ou, pelo menos, era isso que parecia. Lou Calabrese era tão imune ao charme dele — e Jack sabia que era charmoso — quanto os roteiros dela eram imunes a clichês.

Ela o odiava.

Talvez não tanto. Porque houve um momento ali, durante o beijo, no qual ele achou que ela estava correspondendo. Ele sentiu o toque sutil, quase tímido, da língua dela contra a sua. Sentiu seus seios, mesmo embaixo de tantas camadas de roupa, se derretendo contra seu peito, quase o desafiando a tocá-los.

Ela havia gostado do beijo. Talvez por um segundo ou dois, mas ela havia gostado.

Se pelo menos ela admitisse isso...

Não que ele não tivesse nada mais importante com o que se preocupar naquele momento. Ele estava com frio, com fome e perdido no meio do maior estado americano. Estava nevando e ficando cada vez mais escuro — e se ele ficasse deitado ali, os homens armados ou a hipotermia iriam acabar com sua vida.

Mas, naquele instante, o problema mais urgente de Jack estava ali pressionando seu zíper insistentemente.

No final das contas, não era sempre assim? Um cara podia estar faminto no meio de uma nevasca, com assassinos perseguindo-o e uma chance de sobrevivência perto de vinte por cento, mas sua preocupação era se uma garota gostava dele ou não.

Ele já havia imaginado qual seria a sensação de beijá-la. Já havia previsto aquilo. Era como se ele pegasse um fio conectado à eletricidade e colocasse a outra ponta dentro da boca. Lou Calabrese foi exatamente assim: completamente viva e cheia de paixão. Se era daquela maneira que ela beijava um cara de quem ela nem gostava, imagine como seria se Lou sentisse uma pontinha de afeição por ele.

Barry Kimmel era um idiota.

"E eu também sou", pensou Jack. Ela esteve bem ali, em baixo do nariz dele, havia seis anos — *seis anos* —, e o que fo que ficara fazendo durante esse tempo todo? Discutindo com ela sobre frases de filmes em vez de tentar conquistá-la para si. Vicky nunca o havia beijado daquela forma, mesmo tendo confessado seu amor de corpo e alma! E Greta?

Comparada à experiência de abraçar Lou, ficar com Greta era como ficar com um tapete.

"Incrível", pensou ele, sentando-se lentamente. Para sua surpresa, nenhuma costela estava quebrada. No entanto, pela primeira vez em muito tempo ele se sentiu... vivo. Com fome, claro. E com frio, certamente. Porém, vivo. Graças a Lou Calabrese, e não porque ela simplesmente tinha habilidades com armas.

Ele se levantou com dificuldade. Onde ela havia aprendido aquele golpe? Ultimamente, todas as mulheres preferiam fazer Pilates do que fazer aulas de autodefesa. Mas Lou não era o tipo que fazia Pilates.

Ele a seguiu encosta acima. A neve caía mais pesada do que nunca. Se não saíssem daquele vento logo e se não fizessem uma fogueira, em breve seriam isca para urso polar.

Jack viu que Lou estava ajoelhada perto de alguma coisa no topo do monte no qual ele havia tacado o computador. Ela olhou para trás quando ouviu o som de passos na neve.

— Você tem sorte — informou Lou com seriedade enquanto tirava a neve de cima do laptop. — Ele ainda está inteiro.

— Lou — disse ele, parando perto dela. Ele teve que levantar a voz para ser ouvido através do vento que soprava forte ali no topo. — Precisamos conversar.

Habitualmente, Jack não era uma pessoa de muita conversa. Ele até achava que esse era um dos motivos pelos quais passava tanto tempo no rancho: ninguém nunca pedia que se falasse nada lá, a não ser, claro, quando Jack cometia o erro de levar uma companhia feminina. As mulheres tinham essa mania incessante de discutir as coisas, de falar sobre seus sentimentos em vez de simplesmente deixá-los vir à tona. Jack não conseguia entender isso.

Todavia, aquela era uma das poucas vezes nas quais Jack sentiu que uma conversa sobre sentimentos valia a pena. Não que estivesse conseguindo entender os seus próprios sentimentos. Ele apenas sentia que alguma coisa muito poderosa havia acontecido e não ia ignorar isso. Não *conseguia*.

No entanto, Lou aparentemente conseguia, já que, evitando encontrar o olhar dele, respondeu:

— Não há nada para conversar.

Jack, sentindo o vento morder suas costas, e sem conseguir conter o sarcasmo em sua voz, disse:

— Bem, acho que não concordo com você, Lou. O que aconteceu ali foi...

— O que aconteceu ali foi um erro enorme, gigantesco e idiota — disse Lou, decidida, erguendo o olhar para ele e protegendo-se do vento —, OK? Acabou. Pronto, você não precisa dizer nada, eu já disse. Agora, se por acaso voltarmos para a civilização e eu plugar isto aqui, mas não conseguir acessar meus documentos, fique logo sabendo que vou culpá-lo por toda e qualquer perda que possa vir a ocorrer. Entendeu, Townsend?

Mas Jack nem estava escutando. Enquanto Lou estava ali falando — ele não conhecia nenhuma outra mulher que *não* gostasse de falar sobre seus sentimentos —, ele avistou alguma coisa no meio das árvores, lá longe. Não tinha certeza do que era por causa da neve e da noite, que caía rapidamente. Mas parecia ser... talvez fosse...

— Townsend, você está me escutando? — Lou fechou o zíper da bolsa do computador. — Nós temos que fugir desse vento. Talvez pudéssemos pegar galhos caídos para fazermos um abrigo ou alguma coisa parecida. Não é isso que sempre fazem nos filmes? É o que Tom Hanks fez em *Náufrago*, sabe, antes de achar a caverna. Pelo menos, um abrigo nos protegeria contra o vento...

Lou olhou para a direção para a qual Jack estava apontando. Mesmo com olheiras e neve em seus cabelos, ela estava linda demais. Ele já não conseguia entender como havia achado que ela era uma megera calculista e fria por tanto tempo.

Ela exclamou:

— Ai, meu Deus, aquilo é uma *casa*?

Jack abaixou o braço. Um tipo de letargia o tomou. Será que ainda era muito cedo para achar que, enfim, estavam a salvo?

— Então você também está vendo — disse ele. — Eu não sabia ao certo se era imaginação ou não...

— Não, você não está imaginando. Vamos!

Lou o pegou pelo braço e começou a arrastá-lo com entusiasmo pela neve em direção à estrutura de madeira que parecia ter surgido do nada, das sombras, como um espectro. Jack começou a perceber, ao se aproximarem mais, que a construção era um chalé com enormes janelas de vidro em ambos os lados da porta, o que provavelmente significava uma vista magnífica das montanhas para quem estivesse lá dentro.

Considerando que agora a neve estava soprando quase perpendicularmente ao solo, Jack imaginou que os donos da casa não conseguiam enxergar nada durante a maior parte do ano. Ele não conseguia ver se havia alguma estrada que levasse à entrada do chalé, ou se havia carros estacionados por perto, mesmo estando quase em frente à casa. O máximo que podia fazer era manter os olhos abertos, mesmo sendo bombardeados por flocos de neve incrivelmente pesados.

No entanto, Jack conseguia discernir um ar desértico na casa. Não havia luz lá dentro, e a neve acumulada na frente da porta não tinha marcas de pegadas.

Mas isso mudou logo. Lou, soltando o braço dele, pois não estava indo rápido o suficiente, foi correndo em direção à casa, com a bolsa do computador batendo contra seu quadril. Ela encostou o rosto na primeira janela que encontrou.

— Jack! — exclamou, com as duas mãos nas laterais do rosto, olhando para dentro da casa. — Não tem ninguém em casa! O que vamos fazer? Meu Deus, tem uma cozinha, Jack. Com uma geladeira. E ali tem... ai, meu Deus. Tem um banheiro. Estou vendo uma cortina de box! Um banheiro, Jack! Um *banheiro*!

Jack posicionou-se atrás dela e começou a perceber que, agora que havia se passado tempo suficiente desde o fatídico episódio, seus dedos dos pés e das mãos, assim como suas orelhas, estavam quase congelados. Mesmo assim, ele colocou uma das mãos na maçaneta da porta e tentou abri-la...

— O que você está fazendo? — Lou distanciou-se da janela e olhou para ele. — Jack, o que você está... não podemos entrar se não tiver ninguém em casa. Isso é crime!

A maçaneta não se mexeu. Trancada. Sem dúvida aquilo era a casa de veraneio de alguém. O lugar ficaria assim, abandonado, até a vinda da primavera, quando não havia tanta neve, e as estradas voltavam a ficar acessíveis.

Ele tirou a mão da maçaneta.

— Se você acha — disse — que vou ficar aqui fora, neste frio, quando poderia estar lá dentro tomando um banho quente, pode pensar de novo. Fique aqui.

Ele começou a caminhar com dificuldade para trás da casa. Nervosa, Lou chamou por ele:

— Aonde você vai? O que você está fazendo?

Mas Jack apenas respondeu:

— Fique aqui. Eu volto em um minuto. — Então desapareceu ao virar na quina da casa.

Foi a última coisa que ela ouviu por quase cinco minutos.

Foram os cinco minutos mais longos de sua vida. O vento estava tão forte agora que parecia perfurá-la. Suas orelhas provavelmente estavam congeladas, e Lou temia que pudesse quebrá-las caso as tocasse. Por que não havia pensado em trazer um chapéu? Sim, teria que sofrer com o cabelo que ficaria no molde do chapéu, mas pelo menos agora não estaria perdendo oitenta por cento de seu calor corporal pela cabeça.

E o que estava acontecendo com seu estômago? Os biscoitos que ela havia saboreado no café da manhã pareciam um sonho distante. Finalmente, ela conseguiria ter aquela barriguinha reta que as mulheres na praia tinham.

E seus olhos? Eles estavam lacrimejando tanto agora, devido ao vento, que ela mal conseguia enxergar.

Contudo, ainda conseguia pensar. O que estava em sua mente não era a probabilidade de, caso ficasse ali parada por muito mais tempo, ser encontrada no futuro como uma estátua congelada.

Não. O que ela tinha em mente era Jack Townsend. Jack Townsend... e como ele a havia beijado. Ela se sentira como não se sentia há muito tempo, como uma mulher desejada, algo além de um dicionário ambulante. Ela havia visto um episódio de *Jornada nas estrelas* no qual o capitão Kirk e sua equipe encontravam uma raça de alienígenas que eram tão evoluídos que não precisavam mais de corpos: eram cérebros que flutuavam em uma redoma de vidro.

Era assim que Lou se sentia desde que Barry a havia deixado. Como se fosse um cérebro sem corpo.

E ela nem ligava muito para isso, na verdade. Era mais fácil ser só um cérebro do que se incomodar com desejos e vontades.

Por mais incrível que pudesse parecer, foi Jack Townsend quem a fez sentir-se inteira novamente, quem a fizera lembrar-se de que há um objetivo real para nossos corpos além de abrigar um cérebro, tão requisitado desde *Hindenburg*. Sem querer exagerar, ele havia feito seu corpo cantar.

Não era de espantar que ela tivesse surtado daquela forma. Foi *Jack Townsend* quem a fizera sentir tudo isso. Jack Townsend, que todas as mulheres em Hollywood — todas nos *Estados Unidos*, praticamente — queriam ter. Lou já estava de saco cheio de namorar uma celebridade. Ela não queria fazer disso um hábito.

Mas, nossa! Como aquele beijo mexera com ela!

Mas ele quisera falar sobre aquilo. Como se analisar o acontecido fosse apagá-lo de sua mente. Não mesmo. Ela iria se lembrar daquele beijo até quando estivesse morta e enterrada, com certeza.

Porém, era bem típico de Jack querer discutir aquilo. Ele sempre queria discutir as motivações dos personagens. Dava para imaginar que ia querer falar sobre seu personagem real também, claro.

Bem, Lou não ia deixá-lo ter essa vitória. Além do mais, aquele beijo era dela agora. Jack não ia conseguir pegá-lo de volta usando explicações racionais. Acontecera, e ela estava feliz, pois aquele beijo havia provado que ela não estava morta por dentro, como estava começando a temer.

Feliz porque assim eles já eliminavam um problema. Aquilo não ia acontecer de novo. Eles tentaram, não deu certo — Lou fez questão de deixar isso bem claro com aquele golpe final —, e agora podiam voltar ao que eram antes: duas pessoas que se odiavam. Já estava resolvido. Pronto, *acabou*.

E então, para sua surpresa, uma luz se acendeu dentro da casa. Ela nem precisou colocar as mãos ao lado do rosto para ver Jack através do vidro da janela, andando pelo meio dos móveis. Ela ficou olhando e ainda estava pasma quando ele abriu a porta para ela.

— Olá! — disse ele com o mesmo sorriso que usava nas sessões de fotos. — Você chegou bem na hora. Pode entrar.

Lou ficou olhando.

— Mas... mas como? — gaguejou. — O quê...?

— A porta do porão estava aberta — explicou Jack, desfazendo o sorriso. — As pessoas não costumam trancar a porta do porão da casa de veraneio. Nós nunca trancamos.

Ele a puxou para dentro.

Antes que ele fechasse a porta, Lou ainda teve tempo de pensar: "Ai, meu Deus, eu menti. Ainda não acabou."

17

Era a casa de um caçador, não uma casa de veraneio.

Lou fez a distinção assim que viu a quantidade de armas na casa — várias espingardas e inúmeras cabeças de animais —, e o tanto de carne de veado congelada na geladeira. E também não tinha muita roupa de verão no armário: ela encontrou blusas de flanela, calças térmicas, jeans e uma pilha de meias de lã.

Além disso, o lugar parecia não ter telefone, televisão nem rádio — pelo menos foi o que concluíram em uma primeira busca —, o que fez com que Lou deduzisse que ela era a primeira visitante do sexo feminino. O dono da casa — cujo nome era Donald R. William, como haviam descoberto em uma conta de banco amassada em uma gaveta — era solteiro, ou tinha uma mulher que não se importava em acompanhar o marido em suas caçadas, visto que não havia nem uma única lixa de unha na casa.

Pela aparência do que havia na geladeira — tudo vencido há pelo menos um mês —, Donald não vinha ao chalé havia algumas semanas. Lou torceu para que ele não se incomodasse com a estadia deles... bem, na verdade ela estava pouco se lixando para o que Donald ia achar. Estava aquecida, e era isso que importava; aquecida e limpa depois de um belo banho. Jack averiguou o porão e viu que havia bastante água quente. Lou não aproveitou o banho longo que gostaria, sabendo que deveria deixar um *pouco* daquela deliciosa água quente para Jack.

Mesmo assim, os preciosos momentos nos quais ela lavou o cabelo com xampu dois-em-um — mais uma prova de que o homem era só: o xampu já vinha com o condicionador junto — foram uns dos mais gloriosos de sua vida...

Assim como os momentos durante aquele beijo, claro.

Ela estava resolvida a não pensar mais naquilo. Ao sair do banho, gloriosamente limpa da cabeça aos pés, Lou colocou uma blusa de flanela que havia pegado no armário — nada a faria usar as roupas que já estavam em seu corpo por 48 horas — junto com calças térmicas masculinas, que não eram bonitas, mas que pelo menos eram bem quentinhas.

Considerando que ela havia determinado que o ocorrido havia sido um acaso — e que, se tivesse sido algo mais, precisaria ser desencorajado imediatamente —, ela saiu do banho sem maquiagem, com as roupas emprestadas e a toalha enrolada em volta da cabeça.

— Ei — falou para Jack, que havia acabado de acender uma lareira na sala com a pilha de madeiras que havia ali —, sua vez.

— Obrigado — disse ele, virando o rosto para ela...

... e deixando cair um fósforo aceso no chão.

— Nossa — disse Lou enquanto ele apagava a fumaça —, já é ruim o suficiente invadirmos a casa do cara. Você quer queimar tudo também?

Jack ficou sério.

— Engraçadinha — respondeu. — Escute, coloquei dois bifes para descongelar no micro-ondas. Se eles ficarem prontos antes de eu sair do banho, e se já estiverem menos congelados, achei um óleo vegetal para passar neles, e depois os coloque naquela panela que deixei ali em cima, e depois acenda o fogo embaixo dela. Entendeu?

Lou piscou para ele, incrédula. Ela não conseguiu evitar. Jack havia tirado o casaco, e suas formas estavam bem definidas e evidentes embaixo do suéter de cashmere e do jeans justo.

Mesmo sem ter tomado banho e com uma barba de dois dias por fazer, o cara era bonito. Que mais ela podia dizer?

— Você sabe cozinhar? — foi tudo o que conseguiu falar, e mesmo assim com um tom meio ridículo.

— Claro que sei — disse Jack, fazendo o caminho por trás do sofá em direção ao banheiro. — Você não?

— Eu... — murmurou Lou, pensando que aquela toalha na cabeça era um pouco demais — sei. Claro que sei.

— Que bom — disse Jack. — Então frite os bifes quando estiverem prontos.

Ele entrou no banheiro. Mesmo distante do fogo, Lou sentiu como se seu corpo fosse derreter de tanto calor. Ela tirou a toalha da cabeça, pois talvez o cabelo úmido aliviasse suas bochechas quentes.

— Ah — disse Jack, com a cabeça para o lado de fora da porta do banheiro —, eu achei uma garrafa de vinho no porão. Está em cima da pia. Coloque um pouco para nós em duas taças, por favor? A não ser que — adicionou ele, com um tom que ela achou sarcástico — o vinho tenha o mesmo efeito sobre você que o uísque da noite passada.

Ele fechou a porta e ignorou o olhar irritado de Lou, que preferia não ser lembrada do vexame que passara.

Sozinha na sala, Lou colocou a toalha que estava em sua cabeça nas costas de uma das cadeiras ao redor da grande mesa de jantar ao lado da cozinha. O chalé tinha uma única sala, que muita gente chama de *loft*, mas que ela duvidava ser chamado assim pelo dono. Os móveis eram confortáveis e resistentes, mas nem um pouco bonitos. Pelo menos a cozinha tinha todos os utensílios mais modernos... menos um telefone.

No entanto, Lou estava decidida a fazer daquela situação o melhor que podia. Pelo menos estava aquecida e, por enquanto, a salvo. Lá fora, outra nevasca estava começando. Ela podia ouvir o vento — quer dizer, estava rezando para que fosse o vento mesmo — soando lá fora, e podia ver a neve, refletida na lâmpada da sala, caindo com força e rapidez, vinda do céu escuro.

Ela estava aquecida, e estava limpa, e seria alimentada em breve — se Jack realmente soubesse cozinhar. Que mais uma mulher podia querer?

Bem. Um pouco de dignidade, talvez.

Lou estava certa de que, depois daquele show lá na neve, ela não tinha mais nenhuma dignidade. Ela havia beijado o homem com a mesma vontade de uma... uma fã. Mesmo. Não foi à toa que ele quis "conversar". Ele provavelmente queria lembrá-la de que eles estavam saindo de relacionamentos falidos e que não seria "sensato" entrar em outro agora. Como se ela realmente quisesse ficar com Jack Townsend, o Sr. Não Estou Pronto Para Assumir Compromisso. De jeito nenhum. Chega de atores, obrigada. Se entrasse em outro relacionamento de novo, seria com alguém que tivesse uma carreira normal. Como um policial. Ou um contador.

O micro-ondas apitou. Lou abriu a porta e tirou os bifes que estavam lá dentro. Eles já haviam descongelado. Ela colocou o óleo neles, como Jack havia instruído, e os colocou na panela, e acendeu o fogo. Quando o óleo começou a borbulhar, Lou começou a salivar. Foi aí que viu a garrafa de vinho.

Barry havia tentado aprender sobre vinhos. Ele tentara impressioná-la contando-lhe sobre a diferença entre um Merlot e um Montepulciano. Lou nunca tinha prestado atenção. Ela sempre tivera coisas mais importantes com as quais se preocupar — por exemplo, como acertar os personagens na parte final, de modo que os diálogos não soassem tão forçados. Ela se perguntou se Greta gostava de vinho e se isso era uma coisa que ela e Barry tinham em comum.

Depois de inspecionar a geladeira — quase vazia — e os armários — idem —, Lou viu que não tinha nada para beliscar enquanto os bifes ficavam prontos, então se serviu de uma taça de vinho. Na verdade, ela lidava bem melhor com cerveja e vinho. Os destilados é que eram problemáticos.

Ela pegou a taça e sentou-se em um banco ao lado da pia. Vendo os bifes fritando, Lou pensou que se alguém — Vicky, por exemplo — lhe contasse que ela estaria, em uma noite qualquer, fazendo bife de veado, vestindo roupas emprestadas, com o cabelo molhado e sem maquiagem, com Jack Townsend no cômodo ao lado, tomando banho, Lou nunca acreditaria. Esse tipo de coisa nunca acontecia. Não com Lou. Esse tipo de coisa acontecia com outras pessoas, e Lou escrevia sobre elas. Fora isso que havia feito durante toda a sua vida: gravara suas observações sobre a vida dos outros — algumas vezes inventadas. Ela não tinha uma vida que valesse a pena ser documentada.

Pelo menos não até recentemente.

De repente, no entanto, as coisas haviam se complicado muito na vida de Lou Calabrese. O vinho era forte e encorpado. Ela sabia o suficiente sobre vinhos para distinguir essas características. O gosto era delicioso dentro de sua boca, delicado em sua língua. Ela estava aquecida devido ao banho e à maneira como Jack Townsend a olhara — o que estava se passando pela cabeça dele? — quando ela saíra do banheiro.

Mas agora ela estava mais aquecida do que nunca com aqueles goles de vinho em seu estômago vazio.

O barulho do chuveiro parou, e segundos depois Jack saiu do banheiro vestindo apenas uma toalha enrolada na cintura.

Lou deu graças a Deus por já ter engolido o vinho. Mesmo já tendo visto Jack com menos roupa — inúmeras vezes em todos os roteiros que ela já tinha escrito para ele —, podia ter babado vinho no chão, pois vê-lo daquela forma fez seu coração estremecer dentro do peito.

— Como estão os bifes? — perguntou Jack.

— Tudo certo — respondeu Lou, evitando o olhar dele.

— Que bom — falou —, eu já vou aí terminar de fritá-los.

Lou concordou com a cabeça, e ele saiu... felizmente. Ela torceu para que Jack tivesse ido colocar uma roupa. Provavelmente, ela era a única mulher no país que, ao encontrar Jack Townsend quase pelado, preferia vê-lo com roupa.

Isso porque ela devia ser a única mulher no país que não gostava da ideia de ter seu coração partido por Jack Townsend.

Lou não sabia se Jack havia escutado seu pedido silencioso, mas quando saiu do quarto, ele estava totalmente vestido. Também parecia ter adquirido uma certa aversão às roupas de antes e havia escolhido, assim como ela, uma das blusas de flanela do caçador. Só que, em vez de escolher uma calça térmica, ele preferira colocar o jeans. Lou notou que tanto a blusa quanto a calça estavam um pouco apertadas.

— Vamos lá — disse Jack, indo até o fogão e virando os bifes, cujo aroma a fez se sentir um pouco leve demais... a não ser, claro, que isso tivesse sido o efeito do vinho. Ou do homem que o servia. — Que mais temos aqui? Um homem não vive só de bife.

Ele abriu o refrigerador, fornecendo uma visão clara quanto o jeans se ajustou à parte traseira.

— *Voilá* — disse ele, puxando uma caixa congelada do fundo do refrigerador —, creme de espinafre. Perfeito. Nosso caçador tem muito bom gosto.

Lou, cujo conhecimento culinário se limitava às torradas e ao sanduíche de ovo que às vezes fazia, disse, com uma voz que soava muito estranha de tão fraca e educada:

— Eu não sabia que você cozinhava.

— Claro que cozinho — disse Jack, virando os bifes com uma faca que havia achado em uma gaveta —, tive que aprender a me virar na cozinha quando era jovem. Eu era chato para comer quando criança, e se você não comia o que o cozinheiro fazia... — ele encolheu os ombros — bem, as regras da casa eram: se você não gostasse do que o cozinheiro servia, deveria cozinhar sua própria comida. Então, aprendi a cozinhar.

"Cozinheiro", pensou Lou. Ele disse de uma forma tão casual, como se todos tivessem um cozinheiro em casa na infância.

Enfim, Jack estava muito mais confortável na cozinha do que Lou e Barry jamais haviam estado, e nenhum dos dois haviam crescido com um cozinheiro em casa. Na verdade, se não comessem na rua, ela e Barry teriam morrido de fome antes de um deles pensar em pegar uma panela e ferver água para fazer macarrão.

Ela se deu conta de que, além do fato de que Jack era rico e herdeiro da Seguradora Townsend, ela não sabia nada sobre ele.

— Você... você tem irmãos? — perguntou ela com aquela voz estranha de novo, que não parecia ser sua.

— Não — disse Jack. Ele colocou mais vinho na taça ao seu lado. — Somos só eu, mamãe e papai.

— Ah — disse Lou. Sem saber o que mais poderia dizer, resolveu prosseguir; ela não conseguia parar de pensar em como a bunda dele estava tão linda naquela calça. — Você deve ter se sentido meio solitário — acrescentou.

— Isso é o que vocês que vêm de uma família grande acham — disse Jack com um sorriso —, mas como eu poderia sentir falta de uma coisa que nunca tive? E sempre me dei bem com meus pais. — O sorriso desapareceu. — Pelo menos até quando decidi ser ator.

Aliviada pelo desaparecimento do sorriso, que havia causado uma alteração desagradável em seu pulso, Lou achou que esse tema pudesse ser o assunto da noite até a hora de dormir. Pelo menos ele não ficaria sorrindo ao falar sobre aquilo, o que atrapalharia a decisão de Lou de não ter mais nada com ele... nada físico, quer dizer.

— É? Seus pais não aprovaram sua opção?

— Bem, minha mãe não se importou — disse Jack —, mas meu pai queria que eu cuidasse dos negócios da família. Ou, pelo menos, que fosse para a faculdade de direito. — Ele tomou um gole do vinho. — Quando discordei, ele simplesmente me ignorou. Acho que ver seu único filho interpretando um porteiro em um seriado qualquer não fazia parte de seus planos.

— Mas você fez muita coisa desde então. Isso foi só o começo, não foi? Você fez muito sucesso desde então. Ele deve ter ficado orgulhoso com o seu trabalho em *STAT*.

— Talvez ficasse — disse Jack, encolhendo os ombros —, mas ele nunca teve a chance de me dizer isso. Ele morreu na segunda temporada. Nem viu o primeiro *Copkiller*.

— Ah — disse Lou. Era incrível, mas ela realmente sentiu pena dele. De Jack Townsend! — Isso deve ter sido bem difícil.

— Acho que não deve ter sido mais difícil do que ser a única menina no meio de uma casa cheia de meninos. — O sorriso estava de volta. — Foram eles que lhe ensinaram aquele golpe que você executou lá fora?

Ela sentiu sua bochecha esquentar com a referência, mesmo que discreta, ao beijo. Felizmente, o micro-ondas apitou de novo, e Jack teve que ir checar o creme de espinafre.

— Não — disse Lou, com cuidado —, quem me ensinou aquilo foi meu pai. Ele ficou preocupado comigo, sabe, quando fui para a faculdade. Ele quis ter certeza de que eu conseguiria me defender sozinha.

— Entendi — disse Jack, mexendo o creme. — Bem, você pode dizer que fui a prova que você aprendeu o golpe muito bem. Isso deve ter intimidado muito seus namorados na faculdade, hein? Namorar uma menina com quatro irmãos e um pai craque em golpes de autodefesa...

Talvez fosse o vinho, ou talvez o tom relaxado da conversa — sem rancor, pela primeira vez, e sem o estresse das últimas 48 horas, agora que ela estava começando a relaxar. Fato é que Lou começou a rir por causa da pergunta de Jack e respondeu:

— Eu não sei. Só tive um.

— Um o quê? Golpe?

— Não — disse ela, com uma risadinha fina. Uma risadinha! Lou, que nunca dava risadinhas, que ficava ensaiando uma gargalhada rouca, como a de Linda Fiorentino, quando estava em um engarrafamento! — Um namorado.

Jack aparentemente queimou a mão mexendo no creme. Ele a balançou no ar enquanto perguntava, espantado:

— O quê? *Barry*? Barry Kimmel foi seu único namorado? *Durante a vida toda?*

Lou percebeu o que tinha confessado, mas era tarde demais. Para um homem que havia tido a quantidade de mulheres que Jack tivera — contando apenas desde quando havia ficado famoso —, o total de amantes de Lou devia ser uma coisa assustadora mesmo.

E daí se Jack estava impressionado? Ela não queria ter um relacionamento com ele mesmo. Vicky já tinha eliminado qualquer desejo que pudesse nascer em Lou nesse sentido. Além do mais, Lou havia prometido que não sairia mais com atores, não havia? Não tinha sido por isso que ela não passara maquiagem e saíra do banho com a toalha na cabeça?

Ela pegou a taça, tomou um gole e disse:

— Sim, meu único namorado.

Jack olhou para ela sem acreditar. A última vez que Lou vira aquela expressão no rosto dele foi em uma leitura de *Copkiller IV*, quando chegaram à parte em que a mão do detetive Pete Logan era quebrada por um criminoso.

— Meu Deus, só um cara, a vida toda? Você é praticamente... — ele interrompeu a fala.

Ela apertou os olhos.

— Praticamente o quê? — perguntou.

— Nada — disse ele, virando-se para o fogão. — Opa, que beleza, já está quase pronto. Vou pegar uns pratos e...

— Praticamente o que, Townsend? — perguntou Lou, com mais firmeza na voz.

— Bem — disse ele, encolhendo os ombros com um ar de constrangimento —, praticamente virgem.

18

— Oh! — exclamou a mulher de Tim Lord, batendo palmas. — *Mentira*! Isso é *muito* engraçado. É bem típico dele mesmo, é bem o tipo de coisa que Jack faria, não é, Mel?

Melanie Dupre apenas sorriu. "Esse nome", pensou Eleanor. Ele devia ser mais um daqueles nomes falsos que os amigos de Jack gostavam de inventar, pois aquela menina não poderia ser francesa *mesmo*. Nenhuma mulher francesa que Eleanor conhecia daria o nome de *Melanie* para uma filha. Ao contrário de Vicky, Melanie parecia não estar tão interessada nas histórias de infância de Jack. Não que Eleanor a culpasse por isso. Jack havia sido uma criança muito boa, é claro. Mas não devia ser muito divertido para uma jovem linda como a Srta. Drupre ficar sentada em uma suíte de hotel, sábado à noite, ouvindo as histórias apaixonadas de uma mãe sobre seu filho, um homem que ela mal conhecia.

Ou talvez Melanie conhecesse Jack melhor do que aparentava, pois, tentando esconder educadamente um bocejo com a mão — as unhas da menina eram um pouco grandes demais para o gosto de Eleanor —, ela disse em algum momento:

— Ah, Jack já me contou essa história um milhão de vezes.

A Sra. Lord lançou um olhar malicioso, na opinião de Eleanor, para a menina.

— Contou? — perguntou Vicky com um tom ácido. — Ele nunca me contou isso.

A angelical Vicky — que depois de saber que Jack ainda podia estar vivo mostrara-se muito animada e havia até tirado o pijama e penteado o cabelo — voltou-se novamente para Eleanor e pediu, com os olhos azuis grandes como os de uma criança:

— Conte-me o que Jack fez depois, Sra. Townsend.

— Ah — exclamou Eleanor. Ela olhou para o Sr. Calabrese, ou Frank, como ele havia pedido para ser chamado. Eleanor não gostava de apelidos, em geral, mas Franklin parecia um nome muito formal para um homem tão simpático. Coitadinho. Ele parecia estar tão cansado quanto ela e estava quase se deitando no sofá. Que homem doce. Que pessoa amável ele havia sido desde o primeiro instante em que se conheceram, quando deixou Alessandro ficar no seu colo.

E como havia sido eficaz ao falar com a polícia! Sendo um policial aposentado, ele entendia todo o jargão dos oficiais. Frank explicou tudo para ela, sobre como a polícia faz uma busca e uma operação de resgate como a que eles estavam realizando para tentar achar sua pequena Lou. Eleanor já sentia uma ponta de compaixão pela desafortunada Srta.

Calabrese, que tinha a falta de sorte de se chamar Louise. Se alguém ali precisava de um nome falso, esse alguém era a menina de Frank Calabrese. Louise Calabrese era péssimo!

Mesmo assim, ela era uma menina bonita — Frank havia lhe mostrado uma fotografia —, e muito bem-sucedida em sua carreira também. Eleanor supôs que o nome estranho não havia atrapalhado tanto assim. Que confusão com o tal Di Blase, que Frank chamava de Barry — aquele que a horrorosa da Greta Woolston havia preferido em vez de Jack. Eleanor não gostava de emitir julgamentos sobre pessoas que nunca havia conhecido, mas ela tinha de concordar com Frank quando ele dizia que o rapaz era "escorregadio".

Que palavras maravilhosas Frank havia lhe ensinado! Ele era uma descoberta incrível. Eleanor deixou que sua visão periférica o captasse. Era bonito também... e um cavalheiro. Eleanor não se lembrava da última vez que alguém tinha aberto uma porta para ela — sem contar com Richards, é claro.

Ele era muito mais cavalheiro do que aquele chato do Tim Lord. Imaginem aquele homem dirigindo um dos filmes mais lucrativos de todos os tempos — aquele sobre o zepelim que a filha de Frank havia escrito. Não era à toa que aquele homenzinho era tão cheio de si. Era realmente muito descaso da parte dele e de sua mulher mantê-los ali. Eles deviam saber que ela e Frank já haviam passado o dia todo em entrevistas com a polícia, com a Associação Federal de Aviação, com a imprensa... isso tudo já era o suficiente para cansar uma pessoa jovem, e lá estava Eleanor, indo para os seus 65 anos (nem sob tortura ela confessaria isso).

De qualquer forma, os anfitriões deles deveriam saber que ambos estavam sofrendo com jet lag. Já era meia-noite para eles! Até Alessandro estava meio desfalecido.

— Sra. Townsend! — Vicky Lord estava olhando para ela ansiosamente. Ai, meu Deus. Ela devia ter perguntado alguma coisa. Eleanor estava tão cansada. Como poderia lembrar...?

— Bem, Jack, sendo um menino ainda pequeno, não se interessava por artes — respondeu —, e ele estava simplesmente dirigindo um carrinho... de brinquedo, é claro... pela parede... do Louvre! Eu não percebi até que um guarda veio até ele e disse: *"Petit monsieur"*... tão educados aqueles guardas do Louvre, já percebeu? *"S'il te plaît, ne conduis pas sur le mur."* Por favor, não dirija na parede. Isso não é incrível?

A mulher de Tim Lord sorriu, mas Melanie Dupre, não. "É uma criatura bonita, mas sombria", pensou Eleanor. Parecia-se com Greta Woolston nesse sentido.

Este pensamento fez com que Eleanor olhasse para a coadjuvante de Jack mais uma vez. Senhor do céu, será que ela e seu filho...

Não, era impossível. Com certeza, Jack já havia aprendido sua lição. Ele não podia estar envolvido com essa menina. Com *outra* atriz, não. Não mesmo...

Mas aí, olhando para a Sra. Lord através de seus cílios, a garota disse:

— Sim, Jack me contou isso na última vez que fui ao rancho. Você já esteve lá, não esteve, Vicky?

A Sra. Lord estava tomando seu champanhe. Ao ouvir a pergunta da garota, ela se engasgou. Tim Lord, sentado do outro lado da sala, pareceu estar preocupado.

— Você está bem, meu amor? — perguntou ele, com um ar tão cordial que, se não soubesse o quanto ele era terrível, Eleanor poderia ter tido uma boa impressão dele.

— Tudo bem — disse Vicky, tapando a tosse com uma das mãos —, estou bem. Desculpem-me. Acho que engoli errado. Perdão.

Ao seu lado, Frank Calabrese se mexeu, acordado pela tosse. Ele olhou em volta com os olhos azuis arregalados, como se não soubesse ao certo onde estava. Eleanor entendeu o sentimento.

— Que horas são? — perguntou ele.

Tim Lord olhou para o relógio.

— Ainda são 9h30 — respondeu. — Vou pegar um uísque para o senhor. Tenho um 12 anos que vai animá-lo...

— Não, obrigado — respondeu Frank, levantando-se. — É tarde para mim. Mais de meia-noite. E temos outro dia longo amanhã. Eleanor, você está bem? Ou quer que eu a acompanhe até seu quarto?

Eleanor sentiu uma onda de gratidão por aquele homem.

— Ah, eu *estou* cansada. Vocês foram muito gentis, mas se não se incomodarem...

— Claro que não — disse Vicky Lord, levantando-se com alegria, como se estivesse feliz por vê-los saindo. O que era estranho, pois havia sido ela quem insistira para que os dois subissem à suíte para tomar alguma coisa depois do jantar no restaurante do hotel — jantar este que havia sido terrível, diga-se de passagem; é sempre lamentável quando o *chef* não opta por fazer os pratos mais tradicionais, que dão mais certo. — Tenho certeza de que vocês estão exaustos. Deixe-me acompanhá-los até a porta.

"Ela também está cansada", pensou Eleanor enquanto Frank pegava Alessandro e sua cesta. Mas ainda assim havia algo agradável na Sra. Lord. Pena que o mesmo não poderia ser dito sobre Melanie Dupre. Ela era uma garota tão sem graça. Há muito tempo Eleanor não conhecia alguém assim. Se Jack estava saindo com ela, com certeza era por causa de sua aparência. Ela era muito bonita. Porém, como Eleanor já havia lhe falado havia algum tempo, as aparências não são o mais importante. Por que ele não conseguia encontrar uma menina *boa*, com quem pudesse se acertar e ir viver em seu rancho em paz, criando outras vidas que não apenas os cavalos? Criando netinhos, por exemplo?

Bem, isso não ia acontecer tão cedo. Não enquanto ele continuasse saindo com aquelas mulheres sem graça, como a aguada Melanie Dupre.

— Vamos esperar por boas notícias pela manhã — disse Vicky Lord, apertando a mão de Eleanor.

— Sim — concordou Eleanor —, vamos sim.

— Boa-noite — disse Vicky.

— Boa-noite — replicou Frank.

Vicky fechou a porta da suíte, e Frank, com a cesta de Alessandro em um braço e o cachorro no outro, disse:

— Qual é o problema dessas pessoas?

Eleanor teve que se conter para não gargalhar. Eles podiam ouvir do outro lado da porta. Mas ela nunca havia escutado seus pensamentos na voz de outra pessoa de forma tão exata.

— Não sei — disse ela, apertando o botão do elevador. Tim Lord estava hospedado na única suíte de luxo do hotel.

— Foi um pouco estranho, não foi?

— Estranho? — Frank Calabrese balançou a cabeça. — Foi completamente ridículo, isso sim. Digo, nossas crianças estão desaparecidas, e eles querem beber champanhe. Eles até podem ser assim, mas, lá em Long Island, uma coisa é certa: se o filho de alguém desaparece, ninguém fica bebendo champanhe.

O elevador chegou, e Frank deu passagem para Eleanor educadamente.

— Eu acho — disse ela — que é isso que eles bebem o tempo todo, assim como bebemos café.

— Um pouco de café teria sido bom mesmo — disse Frank, apertando o botão do terceiro andar, onde seus quartos, um de frente para o outro, os esperavam —, assim eu teria aguentado Tim Lord falando sobre *Hamlet*. Parece que Jack fez sucesso com esse filme, não foi?

— Acho que foi muito aclamado pela crítica — disse Eleanor. — Ai, Nossa Senhora. Eu não me sinto muito confiante, Frank. Nossos filhos estão sendo procurados por pessoas como essas aí?

— Não estão, não — disse Frank. A porta do elevador se abriu no terceiro andar. Frank segurou-a para que Eleanor pudesse sair, pisando no longo corredor acarpetado. — O pessoal que está procurando por nossos filhos não são tipões de Hollywood. Eles são reais. Especialmente aquele xerife. A impressão que tenho é que achar um urso polar no meio de uma nevasca é fácil para ele. Portanto, não se preocupe, Eleanor. Eles vão ficar bem.

Eleanor queria acreditar nele. Porém, como duas pessoas podiam sobreviver a um acidente de helicóptero e simplesmente saírem pela neve sem deixarem nenhum rastro? Não fazia sentido. Sim, é claro que o tempo ruim estava atrasando as buscas com toda aquela neve terrível — ela estava tão feliz por ter vendido a casa de Aspen, não aguentava mais ver neve —, mas por quanto tempo eles dois poderiam sobreviver naquele clima?

Não por muito tempo. Ninguém havia falado isso, mas Eleanor havia reparado no olhar de Frank e daquele xerife que viera de Myra, aquele que estivera no local do acidente e que fora até eles para falar que Jack e Lou não haviam sido encontrados. Eles mudaram a expressão facial quando começaram a falar sobre isso. Eles a estavam protegendo da verdade, com certeza.

E a verdade era que ninguém — independentemente da quantidade de filmes sobre sobrevivência que tivesse assistido — podia sobreviver ao clima ártico sem proteção por 48 horas.

Não era a primeira vez, claro, que Eleanor passava por uma situação de perda. Ela havia perdido ambos os pais há muito tempo e, recentemente, seu marido. Ela havia passado por essas três perdas com humor e elegância, ou pelo menos era isso que ela achava e queria.

Mas como alguém podia passar pela perda de seu filho único? Não era possível. Se Jack morresse... se Jack morresse...

Ela talvez morresse também.

Frank estava colocando Alessandro e sua cesta no chão. Mas em vez de pegar as chaves e abrir a porta para que ela entrasse, desejando-lhe boa-noite, ele pegou seu braço e disse:

— O que é isso agora? — E olhou para ela.

Eleanor, que sabia que seu rosto devia estar muito triste, mais triste ainda do que quando ela viu a coitada da Melanie Dupre, tentou sorrir bravamente.

— Nada — respondeu ela —, nada. É só um cisco no meu olho.

— Eleanor — disse Frank com uma voz profunda e doce —, nós já conversamos sobre isso. Nós temos filhos bem fortes. Você realmente acha que aqueles dois, bravos como são, vão deixar que um pouco de frio e neve os derrube?

Eleanor fungou. Ela não conseguia se conter Seu lenço estava na bolsa, mas ela não quis ter o trabalho de pegá-lo. Estava tão cansada. Tão cansada.

— Escute — disse Frank. — Minha filha é a pessoa mais teimosa que eu conheço, depois da mãe dela. Se você acha que ela vai deixar uma coisinha como uma nevasca acabar com ela, então você não a conhece. E, pelo pouco que sei sobre o seu Jack, acho que uma hipotermia também não vai atingi-lo. Eles vão ficar bem, Eleanor. Muito bem. Devem estar em uma caverna agora, rindo do urso que expulsaram de lá.

Eleanor não conteve uma risada ao imaginar a cena.

— Sim — disse ela —, isso é realmente a cara do Jack.

— Estou certo, não estou? — perguntou Frank. — Agora você vai para a cama descansar. Pela manhã, pode apostar que teremos encontrado aqueles dois, e eles vão tomar café da manhã conosco.

— Espero que não seja naquele lugar horrível lá embaixo — disse Eleanor, limpando uma lágrima do canto do olho.

— O quê? — brincou Frank. — Eu tive que tomar um remédio depois de comer aquela carne. Eu não sei como se faz para estragar um bife, mas aquela gente conseguiu. Nós vamos achar algum lugar que sirva pratos feitos lá no centro e tomar um café de verdade. Que tal?

— Por mim está ótimo — disse Eleanor. E então, quase instintivamente, ela ficou na ponta dos pés e deu um beijo na bochecha de Frank. — Obrigada — murmurou.

Para sua surpresa, Frank ficou com o rosto avermelhado. Demorou um segundo ou dois para que Eleanor percebesse que ele não estava tendo um infarto, mas apenas encabulado. Havia tanto tempo que não via alguém assim que Eleanor não conteve um comentário.

— Ah, Frank! Você está corado! — foi o que disse, mesmo achando que comentários daquele tipo fossem o máximo da indelicadeza.

Assim que terminou de falar, cobriu a boca com uma das mãos e olhou para Frank com uma expressão de culpa. Para sua infelicidade, ele ficou ainda mais vermelho.

— Eu sei — disse ele —, é uma praga de família. Todos nós ficamos assim.

Eleanor destapou a boca e disse, segurando o braço dele e apertando-o delicadamente:

— Pois eu acho que é uma *graça*.

Frank pareceu gostar do comentário, mas ficou um pouco surpreso.

— Acha?

— Certamente — disse Eleanor com firmeza. — É até um alívio. Às vezes, parece que ninguém mais fica encabulado... especialmente os que têm mais motivos para se encabularem.

— Eu acho a mesma coisa — disse Frank com um sorriso largo. — Não é engraçado?

Eleanor sentiu uma força vindo dele que parecia puxá-la — algo parecido com Alessandro quando ela o puxava pela coleira. Só que, dessa vez, ela sabia que o puxão não era no braço, mas sim no coração.

Isso era impressionante, porque Eleanor não sentia aquilo havia muito tempo, desde que conhecera Gilbert durante uma dança na festa de Maude Gross-Dunleavy, muitos anos atrás...

Nossa Senhora. Era *aquilo* mesmo que estava acontecendo de novo?

— Bem — disse Frank, agora que seu rosto já havia voltado ao normal —, boa-noite, Eleanor.

— Boa-noite, Frank — disse Eleanor, entrando rapidamente no quarto com Alessandro e fechando logo a porta para que ele não percebesse que dessa vez era seu rosto que estava em chamas.

19

Lou perfurou um pedaço da carne com o seu garfo. O bife estava delicioso, assim como o creme de espinafre, mas ela não ia dar a Jack a satisfação de saber disso.

Apesar de seu prato quase vazio e da vontade com a qual ela havia comido poderem ter dado pistas disso.

— Vamos ver se entendi direito — disse ela, mesmo que a sensação quente em seu estômago estivesse dificultando qualquer manifestação de raiva contra Jack Townsend. — Você acha que só porque estive... e uso o verbo *estar* no sentido bíblico, é claro... com uma única pessoa sou virgem?

Ele pareceu se sentir um pouco desconfortável. Era isso que a expressão facial dele mostrava desde que havia pronunciado a palavra "virgem" pela primeira vez.

— Lou — disse ele —, dá para mudar de assunto?

— Não — respondeu Lou —, não dá. Eu quero saber o que você quis dizer com isso. Porque não tenho nada de virgem, Townsend. Vivi com um cara por seis anos. *Seis anos*.

— "E ele não teve coragem de me pedir em casamento", completou ela para si mesma.

— Olhe — disse Jack, apoiando o garfo no prato —, eu não estou fazendo nenhum tipo de julgamento. É que... você tem que admitir que isso é um pouco raro hoje em dia.

— O que é raro? — Ela ficou olhando para ele do outro lado da mesa. Ela havia arrumado a mesa com um pano quadriculado que tinha achado na gaveta da cozinha de Donald. Era o mínimo que podia fazer, considerando que Jack havia cozinhado.

No entanto, ela agora já estava achando que não devia ter arrumado nada. A opinião de Jack sobre ela já estava predeterminada de qualquer forma.

— Você está falando sobre *monogamia*? — perguntou ela, um pouco incrédula.

— Bem — respondeu ele, tomando um gole de vinho —, sim. Eu achei que isso já tivesse acabado há muito tempo.

Ela continuou olhando para ele, incrédula.

— Você lembra que sou eu quem tem as armas aqui, não lembra? — perguntou ela. — Eu poderia muito bem atirar em você e deixar o seu corpo apodrecendo aqui para Donald encontrar.

— Já falei que não estou julgando. — Ele pegou a garrafa de vinho e encheu a taça novamente. — Não sei por que você está tão na defensiva.

— Você me chamou de *virgem* — explicou Lou.

— Praticamente — relembrou Jack —, eu falei que você é *praticamente* virgem. Como está a carne?

— Não tente mudar de assunto — disse Lou, embora ela mesma estivesse tendo dificuldades para continuar com o mesmo tópico. Como poderia, se ele estava sentado tão perto e mais bonito do que... do que ela achava que ele tinha o direito de ser? Ele tinha usado uma das lâminas de barbear de Donald, com certeza, pois aquela barba malfeita que estivera cobrindo seu rosto bem desenhado havia desaparecido. O cabelo grosso e preto ainda estava molhado do banho e formava pequenos cachos em seu pescoço. Mais cachos negros... os pelos de seu peito... apareciam pelo topo da blusa de flanela que ele havia colocado. Mesmo que Lou já tivesse visto seu corpo nu várias vezes antes, e na tela de cinema, ainda por cima, de alguma forma o fato de agora ela poder esticar o braço e abrir os botões da camisa dele e ter toda aquela masculinidade só para si a fazia sentir um pouco...

Um pouco quente.

Talvez fossem as calças. Ou o fogo na lareira ao lado deles. Ou talvez fosse a comida forte e quente que preenchia o estômago dela.

Ou talvez fosse o fato de que Jack Townsend estava se mostrando bem diferente do que os atores geralmente eram. Ele não havia mencionado sua atuação nem seu agente em momento algum. Que tipo de ator uma pessoa simples como ele poderia ser? Só o fato de não ter mencionado Stanislavsky nem uma vez só já levantava suspeitas por parte de Lou.

— Não estou tentando mudar de assunto — disse Jack —, estou realmente interessado na sua experiência gastronômica aqui na Taverna do Donald.

Ela apertou os olhos.

— A comida está deliciosa — disse Lou —, como você deve ter reparado.

Ele encolheu os ombros e pegou a taça.

— Bem, não tenho como ter certeza. Eu sempre acho que a minha comida é boa. Mas já conheci pessoas que não acharam isso. Você vai querer sobremesa?

Lou esqueceu que há segundos estava aborrecida.

— Sobremesa? — perguntou ela, com olhos arregalados.

— Que tipo de sobremesa?

— O Donald tem um pote de sorvete no freezer e um tubo de calda de chocolate na geladeira.

Lou se debruçou na mesa e pegou o prato dele.

— Eu lavo a louça — disse ela —, você serve a sobremesa.

Ele nem se moveu. Preferiu ficar sentado ali, observando-o dar a volta na mesa e começar a empilhar os pratos e os talheres.

— O que foi? — perguntou ela ao perceber o olhar estático dele. — Tem espinafre no meu dente? — Ela passou o indicador pelos dentes. — Onde? Saiu?

— Não tem espinafre no seu dente — respondeu Jack com aquele sorrisinho que valia 15 milhões de dólares —, apenas não estou acostumado a jantar com mulheres que ficam tão animadas com a sobremesa.

Lou soltou um riso e foi para a cozinha com a pilha de louça suja.

— Que coisa — comentou, derramando água sobre a louça. — E eu que tinha tanta certeza que Greta Woolston sempre levava uma barrinha de chocolate na bolsa, como eu. Enfim. Digamos, Townsend, que seu gosto recente para mulheres tem deixado muito a desejar.

— Ah — respondeu Jack, encostando-se na cadeira e colocando os braços atrás da cabeça, o que fez com que seus bíceps aparecessem por baixo da flanela —, e Barry Kimmel foi uma escolha muito boa para um parceiro de vida inteira.

— Pelo menos — disse ela, colocando detergente sobre a pilha —, Barry não é um cadáver ambulante.

— Talvez não seja mesmo — respondeu Jack —, mas você não pode dizer que ele é um dos melhores. E você passou dez anos com o cara, pelo menos eu só perdi dois meses com Greta.

— Nossa. — Lou colocou uma das mãos molhadas sobre o peito com os dedos afastados. Donald não tinha luvas para lavar louça, lógico. — Meu Deus. Você tem razão. Você é *tão* melhor do que eu. — Ela deixou que a mão caísse e olhou para ele. — Para sua informação, Townsend, eu amava Barry. Não tenho orgulho de admitir isso, mas pelo menos eu estava tentando ter uma relação madura e adulta, em vez de ficar colecionando vagabundas.

Alguma coisa fez com que Jack se desconcentrasse. Ainda recostado na cadeira, ele se apoiou muito para trás e quase caiu. Ele se salvou no último segundo porque saiu da cadeira. Quando olhou para Lou novamente, Jack tinha uma expressão de cachorrinho abandonado.

— Vagabundas? — repetiu.

Lou voltou a lavar a louça.

— Ah, perdão. Você quer que eu acredite que você gosta de Melanie Dupre por causa do intelecto dela? Vocês dois ficam no trailer conversando sobre Kant, por acaso? Por algum motivo, não consigo imaginar essa cena.

— Sabe de uma coisa — disse Jack em um tom de surpresa —, não sei se é por causa de todos os seus irmãos ou porque seu pai fazia você treinar tiro em vez de levá-la para tomar sorvete quando você era pequena, mas você é muito durona.

— É mesmo? — disse Lou, virando-se de costas para a louça para encará-lo. — Pois eu prefiro ser durona do que ser um brinquedinho de corda que fica andando na frente da câmera repetindo coisas que outras pessoas escreveram e que passa todo o tempo que está fora das câmeras sendo guiado pelo pênis.

— Ah — disse Jack, vindo para a frente dela, deixando seu peito e os pelos que apareciam no topo da camisa na altura do nariz de Lou —, então é isso que os roteiristas pensam. Que sem vocês não haveria filmes.

— E não é verdade? — perguntou Lou.

— Você acha que eu não conseguiria escrever as minhas falas? — retrucou Jack. — Até que me dei muito bem nisso, não acha? Quer dizer, não vejo ninguém saindo por aí dizendo "É sempre divertido, até que alguém se machuca", e você?

Lou inspirou com força. Ela já estava sentindo que o rosto começava a ficar vermelho, mas não deu importância. Ela passou as costas de uma das mãos pelo nariz.

— Não. Graças a você — respondeu Lou, como se cuspisse as palavras —, as pessoas ficam falando "Preciso de uma arma maior", o que é horrível. Sabe de uma coisa? Não é o tamanho da arma que importa, mas sim o poder de fogo... *o que você está fazendo?*

Jack, de repente, estava limpando o nariz dela com a barra da blusa.

— Fique quieta um minuto — falou, pois Lou estava tentando se afastar —, tem sabão no seu nariz.

Alarmada por estar presa entre a pia e Jack Townsend, Lou não ficou nada contente quando ele segurou seu rosto com as duas mãos.

Pior ainda foi a visão que Lou teve da barriga firme e definida de Jack ao soltar a blusa para pegar seu rosto. E, para completar, a faixa de pelos que descia pela barriga de Jack desde o peito desaparecia dentro da calça jeans como uma seta apontando para o tesouro. Era o caminho abençoado, como dizia Vicky.

O caminho abençoado de Jack era algo que Lou já havia visto, é claro.

Só que nunca tão de perto. Era sempre na tela e com algumas fileiras de distância.

Lou não foi a única a perceber que o clima ali havia mudado de repente. Jack, segurando seu rosto com as mãos grandes e bronzeadas, olhou para o corpo dela com a mesma expressão interrogativa de quando ela o jogara na neve, pouco antes de beijá-la.

Lou, sentindo alguma coisa que não era nem medo nem alegria, percebeu que seu coração estava quase estourando dentro do peito e que sua respiração estava mais acelerada. Em uma fração de segundo, enquanto ainda estavam ali em pé, ela com as costas contra a pia e ele segurando o rosto dela, Lou lembrou que era exatamente aquilo que não queria que acontecesse.

— Jack — disse ela, com a voz muito instável —, nem pense nisso. Nunca vai dar certo. Eu *não* quero me envolver com outro ator egoísta.

— E você acha que eu quero me envolver com uma durona metida como você? — perguntou ele de volta, com firmeza.

E, assim que tudo ficou bem claro, ele a beijou com força.

Como da primeira vez, Lou sentiu aquele beijo descer pela sua coluna como uma montanha-russa. Agora, ela estava toda colada ao corpo dele e podia sentir todos os botões da blusa de Jack, bem como seus músculos sob o pano. O calor de Jack a atravessava como o vapor de uma máquina de café, desde os dedos dos pés, lá embaixo nas meias emprestadas, passando pelas pernas e parando em todos os pontos mais eróticos. Ela estava prestes a passar as pernas em volta do corpo dele e berrando "Me possua", como Marlene Dietrich berrava em...

Um minuto. Era Marlene Dietrich mesmo? Ai, meu Deus, tanto *faz*!

As mãos de Jack desceram do rosto de Lou para os ombros e, de repente, ele a empurrou, interrompendo o beijo.

— Você usou a escova do Donald? — perguntou Jack. Ou pelo menos foi isso que ela achou ter sido a pergunta. Ela estava muito zonza para conseguir entendê-lo bem.

— Claro — disse ela. — Você não?

E então Jack a puxou novamente, envolvendo-a com os braços e empurrando-a contra a pia até escutar o som da água se agitando nos pratos sujos. Não que ela se importasse com isso. Por que se importaria? Era difícil pensar em qualquer outra coisa quando alguém a beijava de forma tão profunda e intrusiva como Jack a estava beijando. Na verdade, era impossível acreditar que ele a detestava tanto quando a beijava daquela maneira.

E era difícil lembrar que ele era uma das pessoas que ela menos gostava no mundo quando o beijo dele a fazia se sentir daquela forma... como se ela fosse a criatura mais exótica e bonita na face da Terra. Jack a queria. Isso estava bem claro. Jack a queria, Lou Calabrese, mesmo sem um pingo de maquiagem em seu rosto e vestindo roupas de outro homem. E, sim, ela era a única mulher naquele deserto, mas ele a queria, ela podia sentir o desejo dele pressionando insistentemente a parte da frente da sua calça.

Não havia dúvida: Jack estava cheio de desejo por ela.

E ela estava feliz em dizer que sentia o mesmo. Quem se importava se o cara tinha fobia por compromissos com mulheres? Vejam como ele estava fazendo Lou se *sentir*. Vejam o que a língua dele estava fazendo, conduzindo o que, para Lou, parecia ser uma investigação minuciosa de seus lábios. E, ao mesmo tempo, as mãos de Jack pareciam ter iniciado uma outra investigação, subindo por baixo da blusa. Uma das mãos, inclusive, havia achado um seio desnudo e o acariciava, enfraquecendo a espinha dorsal de Lou, que ainda nem tinha se recuperado do primeiro impacto daquele beijo. De repente, parecia que seus joelhos não conseguiam mais suportá-la.

Mas não havia problema, porque Jack tinha percebido isso. Impaciente por causa da diferença de altura entre os dois, ele já estava apoiando seu quadril com as mãos e levantando-a para que Lou se sentasse na pia, as pernas abertas, e aquela parte na qual ela estava mais interessada pressionando seu púbis. Ele havia erguido a camisa de Lou — Jack Townsend não era o tipo de homem que perdia tempo com botões — e agora parecia que estavam no nível certo, pois seus mamilos ficaram na altura exata para que fossem acariciados pelos lábios persistentes dele.

O primeiro toque quente daquela boca em um dos mamilos rosados e sensíveis de Lou quase a fez cair para trás, bem em cima da pia cheia de água quente. Ainda bem que a outra mão dele, a que não estava levantando sua camisa, a segurava com firmeza. Ainda bem, porque o mundo parecia ter virado de cabeça para baixo de repente. Tinha que ter virado: só isso justificava Lou estar fazendo o que estava fazendo: abrindo o zíper da calça de Jack. *Zzzzip*.

Aquela parte do corpo dele que parecia ser tão firme e quente estava agora em suas mãos, a única parte do corpo de Jack Townsend que Lou nunca havia visto, mas da qual achava que podia obter o maior proveito, pois era exatamente aquilo que daria a ela muito, muito mais prazer.

O caminho abençoado de Jack, felizmente, não terminava em decepção.

No minuto em que ela tocou aquela parte, Jack respirou fundo e enterrou o rosto no pescoço de Lou, como se não estivesse acostumado a ter tanta atenção concentrada naquela área — o que era improvável, considerando seu "currículo". Seu hálito quente se espalhou pelo pescoço dela. E a mão que havia mergulhado sob a blusa de Lou para acariciar seus seios moveram-se para baixo, em direção ao elástico das calças que ela vestia...

E então os dedos de Jack escorregaram para o meio das pernas dela e encontraram um lugar úmido e quente. Lou não conseguiu nem soltar um gemido, pois os lábios dele vieram ao encontro dos seus. A língua de Jack era tão firme quanto seus dedos. Ela percebeu que tudo o que podia fazer era colocar o que ela estava segurando no lugar onde os dedos dele estavam, e então não seria mais *praticamente* virgem. Essa possibilidade era imensamente tentadora. Na verdade, ela estava tendo muita dificuldade em se manter longe daquele órgão quente e pulsante em suas mãos...

Mas Jack parecia ter outras intenções. De repente, colocou as duas mãos embaixo dela e a ergueu da pia, direcionando-se ao quarto com Lou no colo. Evidentemente, Jack tinha alguma coisa contra fazer amor com mulheres em cima da pia — essa era a única razão que Lou conseguiu atribuir à sua mudança repentina de comportamento.

Contudo, ela ficou mais que agradecida pela decisão dele quando, um segundo depois, ele a colocou na cama de Donald... e deitou-se em cima dela logo em seguida. Ela conseguiu sentir o caminho abençoado dele contra a barriga... o caminho... e muito mais.

Ele começou a tirar a roupa dela. Lá se foi a blusa de flanela. Adeus às meias. A última peça a sair foi a calça, tirada por Jack com todo o cuidado, observando cada centímetro de pele nua que ia se desvendando sob a luz do fogo no cômodo ao lado.

— Então você é *realmente* ruiva — observou ele com a voz rouca, tocando o triângulo entre as pernas dela.

— Você achou que não? — perguntou Lou, ofegante.

— Linda — disse Jack —, nunca mais vou duvidar de nada vindo de você.

E então começou a beijá-la novamente, mais um daqueles beijos matadores e ofegantes que a faziam sentir como se a única missão dele na Terra fosse aquela, e mais nenhuma... apenas beijá-la. Enquanto a beijava, ele correu as mãos para cima e para baixo de seu corpo nu, fazendo coisas, beijando partes que Barry nunca havia beijado. Fazer amor com Barry era bom, mas havia algo acanhado no ato. Eles faziam amor regularmente, três vezes na semana, e era satisfatório.

Mas Barry nunca havia pressionado o corpo de Lou contra uma pia como se sua vida dependesse disso. Barry nunca havia feito o som que Jack fez quando ela o abraçou e nem nunca afogara o rosto em seu pescoço. Barry nunca a havia feito sentir o que Jack estava fazendo, como se só houvesse eles dois no mundo todo, e como se tudo o que importasse no mundo naquele momento fossem os dois.

E Barry nunca havia tirado suas próprias roupas como Jack o fez, como se não aguentasse mais ficar com elas nem por um segundo.

Lá estava, em toda a sua glória, o famoso traseiro Townsend.

E, pelo menos por alguns instantes, ele estava ao seu inteiro dispor.

O que Lou queria fazer com aquele traseiro agora era correr suas mãos pela pele lisa que o circulava...

E puxá-lo com força contra seu corpo.

Jack entendeu a mensagem e não precisou de mais comandos. Um segundo depois, estava dentro dela.

Lar, doce lar. Foi só nisso que Lou conseguiu pensar. Que depois de meses — anos até — de jornadas, ela finalmente estava em casa. O que era ridículo, claro, porque não havia nada em Jack que lembrasse sua casa. Jack não era confortável. Estar com Jack não era nada relaxante. Exceto pelos dotes culinários, Jack não parecia ser muito doméstico.

Mas eles se encaixavam. Deus do céu, como se encaixavam bem, como se o corpo dele tivesse sido criado com o único objetivo de se encaixar ao dela. Lou nunca havia sentido nada como aquilo que passou pelo seu corpo quando ele a penetrou com vigor, tão profundamente que poderia jurar que seus ossos estavam rindo — os ossos que ele já havia conseguido debilitar com o beijo. Lou nunca havia se sentido tão completa, tão longe de ser um cérebro, tão perto de ser uma mulher. Na verdade, tinha certeza de que havia morrido e ido para o paraíso.

Até que ele se moveu.

Foi apenas um milésimo de centímetro. Mas mesmo assim sensações que nunca havia sentido antes percorreram todo o seu corpo. Ela estava agora em outra montanha-russa, mas esta era uma montanha-russa de desejo. Ela precisava que Jack se movesse daquela forma novamente, e ela precisava se mover com ele...

Para sua felicidade eterna, ele o fez. E ela, movendo-se junto com ele, percebeu que era assim que o sexo deveria ser, e não aquela coisa seca e mecânica que vinha fazendo com Barry desde aquela noite na festa de formatura, no banco de trás do carro da mãe dela. Não, era para ser assim, molhado, quente, uma montanha-russa de amor, era sobre isso que todo mundo falava o tempo todo, era sobre isso que ela vinha escrevendo durante anos, mas que nunca havia realmente vivido, entendido...

Até agora. Agora ela entendia. Agora Lou sabia, ali deitada embaixo de Jack Townsend, seu corpo moldado ao dele, seus lábios e línguas entrelaçados, por que as pessoas falavam tanto sobre aquilo.

A pergunta agora era: como ela havia conseguido ficar tanto tempo sem fazer aquilo?

E então alguma coisa começou a acontecer. Alguma coisa estava acontecendo dentro dela, uma pressão que lembrava já ter sentido com Barry, só que mil vezes mais forte. Era claro que ainda não poderia chegar ao orgasmo. Ela geralmente levava uns vinte minutos para chegar ao clímax, e isso depois de muitas preliminares.

Porém, tinha alguma coisa acontecendo, definitivamente, nascendo dentro de algum lugar profundo nela e crescendo como uma chama de fósforo.

Só que em vez de parar de queimar, como acontece com a chama em um fósforo, essa coisa continuou crescendo, até que ficou maior do que a chama de uma vela, maior até que uma fogueira, que uma casa em chamas, fora de controle. Não, aquilo ali era uma floresta pegando fogo, consumindo-a e fazendo-a agir como nunca havia agido antes. Ela estava, por exemplo, cravando as unhas no famoso traseiro de 15 milhões de dólares de Townsend e chamando seu nome repetidamente com uma voz cheia de propriedade, enquanto uma parede de água fresca e azul caía sobre ela, apagando o fogo de antes e deixando-a à deriva em ondas abençoadas pelo sol...

Quando Lou abriu os olhos, percebeu que, pela primeira vez na vida, não havia tido um orgasmo pensando em outra pessoa — como o ator gato da série de televisão *Horatio Hornblower*. Não, ela havia conseguido aquilo sozinha mesmo — bem, com uma ajudinha de Jack —, e em tempo recorde.

E Jack também havia atingido o clímax em algum momento do seu frenesi, considerando que seu corpo estava caído por cima do dela. O único sinal de que ele ainda estava vivo era seu batimento cardíaco, que martelava forte contra o peito de Lou.

— Meu Deus, Jack — disse ela quando finalmente conseguiu reunir energia suficiente para falar —, o que foi *isso*?

20

— **O**lhe — disse Jack, mergulhando a colher no sorvete —, acontece. Isso acontece entre pessoas que brigam tanto quanto nós...

— ... é muita tensão — completou Lou, cavando o sorvete com outra colher. — Sim, entendo isso. Só que, por favor... posso até ser praticamente uma virgem...

— E já falei que retiro o comentário. — Jack franziu o rosto para ela, sentado do outro lado da cama. — E pare de ficar gastando a calda toda.

— Não estou gastando nada — respondeu ela, passando o tubo para Jack.

— Enfim — disse ele —, nem era isso que eu ia falar. Sim, nós brigamos muito. Mas por *que* brigamos? É essa pergunta que deveríamos fazer.

— Eu sei por que brigamos — disse Lou. — Porque você é um idiota.

— Não — disse Jack, apertando o tubo de calda de chocolate dentro da boca e comendo uma colher de sorvete —, não é por isso que brigamos. Nós brigamos porque você não consegue controlar o desejo que sente por mim e fica mal-humorada.

— Você fala de boca cheia com todas as suas namoradas — perguntou Lou — ou só comigo mesmo?

Ele engoliu o sorvete e rolou na cama até apoiar a cabeça na coxa nua de Lou. Descobrira, desde quando colocara a mão por dentro da blusa dela na cozinha, que a pele de Lou era firme, consistente e macia. Ele não sentia uma pele assim desde... nem conseguia lembrar. Talvez nunca tivesse sentido aquela textura.

No entanto, uma coisa sabia ao certo: ele ainda queria mais. Muito mais.

— Por que não ficamos aqui? — perguntou Jack com um dos cachos dela entre os dedos. — Para sempre. Ou pelo menos até a neve derreter.

Ela havia pegado o pote de sorvete e estava raspando o fundo com a colher.

— Não podemos — respondeu —, nós não temos creme de amendoim. E, além disso, não tem televisão aqui.

— Não precisamos de televisão — disse Jack —, temos um ao outro.

— Sim — disse Lou com uma gargalhada. — Nós nos mataríamos em um dia, dois, no máximo.

— Nada disso — disse Jack. — Alguém já lhe falou que seus cabelos têm a cor do pôr do sol em Key West?

— Não — disse Lou. — Alguém já lhe falou que quando você transa faz um barulho de macaco?

— Está vendo? — disse Jack. — É por isso que funcionamos tão bem juntos. Você é a única mulher que conheço que é completamente imune a cantadas. Nas últimas 48 horas, percebi que todos os meus relacionamentos passados foram uma série de encontros sexuais vazios e sem sentido...

— E falando nisso — disse Lou —, se você me passou alguma doença, vou contar tudo à imprensa.

— Será que você poderia — replicou Jack, cansado — deixar que eu terminasse a frase? Estou tentando transmitir uma ideia que tem um significado importante para mim.

Ela levantou as mãos.

— Contanto que você não me transmita uma clamídia, sou toda ouvidos. Mas, na próxima, nós vamos usar camisinha.

Jack respirou fundo. Ele não sabia por que aquilo era tão difícil. Talvez porque ela estivesse sempre fazendo piadinhas. Talvez porque ele estivesse mental e fisicamente exausto — por um bom motivo. Talvez porque ele estivesse acostumado a ser sempre a caça, não o caçador.

Ou talvez fosse porque, pela primeira vez na vida, ele estivesse realmente se importando — mais do que queria — com a opinião de uma mulher.

De qualquer forma, estava achando aquilo mais difícil do que havia imaginado que poderia ser.

— Olhe — disse Jack —, eu sei que tivemos nossas diferenças no passado. Só que, nas últimas 48 horas, passei a respeitá-la muito, Lou. Você é sensata, corajosa e muito boa em crises. Sem mencionar que você também é muito boa na cama. Estou vendo agora que, ao sair com mulheres do tipo com que tenho saído, tenho me limitado enquanto ser humano. Há muito mais coisas interessantes no intelecto do que na beleza.

— Se você está achando que vou fazer sexo oral em você agora — disse Lou, lambendo a colher —, você está doido.

— Você me entendeu — disse Jack. — Lou, você é a única mulher que conheço que não só comeu a minha comida, como também se ofereceu para lavar a louça... e que não teve vergonha de comer a sobremesa depois.

— Claro — disse Lou —, você não levou suas outras mulheres para uma turnê de 48 horas de horror, como fez comigo. Fugir de assassinos armados dá fome.

— Lou — disse Jack —, estou falando sério. Acho que quando nós voltarmos para a civilização, talvez... acho que deveríamos pensar em... acho que nós deveríamos morar juntos.

Era um risco, e ele sabia disso. Nunca havia pedido a uma mulher que morasse com ele antes: elas simplesmente acabavam indo. Jack saía para o trabalho e quando voltava as coisas delas já estavam no armário.

Ele não queria que Lou entendesse errado. Não estava pensando em casamento. Só um idiota se casaria com uma mulher com quem dormira apenas uma vez. Bem, duas, considerando as brincadeiras no banho depois.

No entanto, morar junto era uma coisa diferente.

Ele tinha a sensação de que Lou não era o tipo de mulher que ia aparecer no meio do nada com sua caixa de CDs e uma mala feita. Não, definitivamente ela era o tipo de pessoa que esperaria por um convite.

Então, ele estava pedindo, antes que alguém fizesse isso primeiro.

Ela se inclinou e bateu no ombro dele com carinho.

— Obrigada, cara — falou —, mas por que não esperamos para ver se passamos as próximas 24 horas sem que ninguém atire em nós antes de tomarmos grandes decisões sobre futuros projetos domésticos?

Jack olhou para ela, nervoso. Não estava certo se ela havia entendido o que ele queria dizer.

— Lou — disse ele —, não estou falando sobre o rancho em Salinas. Tenho uma casa nas montanhas. Sete quartos, piscina, uma vista linda...

Lou entregou o pote de sorvete vazio, as duas colheres e a calda de chocolate para Jack.

— Que ótimo, Jack — disse ela —, mas por que não dormimos agora e pensamos sobre isso depois? Acho que estamos muito cansados.

Ela deslizou para fora da cama e saiu do quarto, completamente nua, em direção ao banheiro. Um segundo depois, ele ouviu Lou usando a escova de Donald novamente.

Isso era outra coisa. Quantas mulheres que ele conhecia usariam a escova de dentes de um estranho? Nenhuma.

Jack não sabia o que estava acontecendo com ele. Por que estava reagindo ao sexo com Lou assim? Só o fato de ter sido o melhor sexo que ele já havia feito não era motivo para reagir daquela forma. Se não se cuidasse, ia começar a achar que estava apaixonado por ela. E não estava. Definitivamente, não.

Ele só não queria ficar longe dela novamente. Isso não era amor, necessariamente. Era apenas... Interesse. Ele estava interessado nela. Lou era como uma nova marca de carro.

Ele havia feito o *test drive*... e havia gostado muito. Agora ele queria ter acesso livre. Não possuir, apenas *ter acesso*.

Com a opção de compra, talvez.

Lou saiu do banheiro e voltou para o quarto. Ali estava o problema. Como ele poderia se manter racional quando ela ficava andando pela casa completamente nua?

Porque embaixo daquele bando de roupas havia um corpo que era curvo nos lugares certos e esbelto onde era necessário. Além disso, havia um par de seios pontudos, perfeitamente delineados e que terminavam em bicos rosados, e aquele cabelo vermelho que distraía qualquer um — ela tinha o que Tim Lord, que podia ser bem ousado quando sua mulher estava longe, havia chamado de "atributos". Era tudo como um feitiço para enlouquecê-lo. Como poderia resistir a algo com uma embalagem tão bonita?

Talvez, quando Lou se deitasse ao seu lado, começasse a roncar. Jack nunca poderia viver com uma mulher que roncasse. Se ela roncasse, tudo estaria resolvido.

Lou olhou para ele com um daqueles sorrisos élficos que ela às vezes dava, curvando os lábios.

— Boa noite, Townsend — falou antes de apagar a luz ao lado da cama.

— Boa noite, Lou — disse ele.

O quarto ficou mergulhado no escuro. O fogo no cômodo ao lado havia apagado há tempos. Agora, a casa estava totalmente quieta... exceto pelo vento que ainda soprava ao redor, fazendo um som que poderia ser confundido com o ganido de um lobo pelos mais criativos.

Jack ficou ali deitado e sentiu que não eram apenas o pote de sorvete, as colheres e o tubo de calda que estavam entre os dois.

Pelo menos, os utensílios eram fáceis de ser removidos. Assim que Jack limpou a cama, se moveu pelo colchão até que os dois estivessem juntos, as costas de Lou no peito dele, um de seus braços em volta dela, e uma de suas mãos circulando um dos seios possessivamente.

— De novo não — disse Lou, com um tom não muito agradável.

Ele olhou para ela.

— Do que você está falando?

— Nada — disse ela —, é que você é uma criatura insistente.

Ele não tinha a mínima ideia do que ela estava falando. Sabia, no entanto, que fosse o que fosse, não importava. Não mais.

— Você também pode admitir, Calabrese — disse com a boca tocando os cabelos dela, que se estendiam no travesseiro entre os dois —, que está encantada por mim.

A risada dela foi tudo o que Jack pôde escutar além do vento. Ele tinha pensado em ficar acordado, caso o Máscara e seus amigos resolvessem voltar. Mas acabou dormindo com o som daquela risada e o perfume do cabelo dela. Ele nem percebeu que o cheiro era do xampu de Donald. Ele achou que aquele era o cheiro da alma de Lou. Jack caiu no sono pensando que era um milagre terem encontrado aquele chalé... e que era um milagre ainda maior terem *se* encontrado. Jack dormiu fantasiando sobre o tempo que passariam ali na casa, esperando que o resgate chegasse: as refeições que ele prepararia, os jogos de cartas em frente à lareira — Donald parecia ser o tipo de homem que teria cartas em algum lugar —, as histórias que contariam.

E o amor — especialmente o amor — que fariam.

Mas quando ele acordou na manhã seguinte, Lou tinha ido embora.

Não era para ser assim. Quando as mulheres dormiam com Jack, elas costumavam ficar exatamente onde ele queria: na cama. Não saíam e ficavam vagando pela casa sem ele. A não ser que quisessem surpreendê-lo com um café da manhã.

Mas Lou não havia se levantado para cozinhar para ele. Jack percebeu isso quando se levantou, tropeçando no lençol no qual tinha envolvido o corpo nu, e caminhou até a sala. Lou não estava nem lá, nem na cozinha. A porta do banheiro estava aberta, mas o cômodo também estava vazio.

Mas isso não era a única coisa errada. Levou algum tempo para que Jack, cheio de sono, percebesse que algo mais o incomodava. Era a luz. Sim, havia luz vazando pelas janelas, e até por uma claraboia, que ele nem havia percebido que estava ali na noite anterior. Era a luz clara do sol, do tipo que ele havia visto poucas vezes desde que chegara ao Alasca.

O sol estava alto no meio do céu azul — foi o que pôde ver pela claraboia —, o que fazia com que a neve ao redor do chalé brilhasse, cegando-o.

Foi só então que ele percebeu aonde Lou havia ido. Ela estava em pé, envolvida em outro lençol, na varanda da frente, um copo com líquido quente em uma das mãos, e a outra protegendo os olhos enquanto observava a neve branca.

Jack abriu a porta da frente e inspirou o ar gélido que envolveu seu rosto.

— Lou, o que você está fazendo? — indagou. — Está muito frio aí fora. Volte para a cama.

Ela olhou para ele. Seus cabelos estavam bagunçados, pois ela não os havia secado antes de dormir. Embaixo do lençol, Lou vestia outra blusa de flanela de Donald e as mesmas calças da noite anterior. Seus pés estavam dentro de um par grande de botas masculinas, e a ponta de seu nariz estava cor-de-rosa, como a de um coelho.

Jack tinha certeza de que nunca tinha visto uma mulher tão linda.

— Pode dizer que eu estou louca — disse ela, apontando para o horizonte —, mas aquilo ali é uma estrada?

21

— Não acredito que concordei em fazer isto — disse Jack com raiva, sua respiração condensando-se em nuvens como uma locomotiva.

— Olhe. — Lou já estava com uma camada fina de suor, mas até que estava se sentindo confortável com aquele "meio de transporte". — Eu já falei. Se não encontrarmos nenhum sinal de civilização até o entardecer, podemos simplesmente voltar.

— Para que uma alcateia nos ataque no escuro e desmembre nossos corpos? — Ótimo plano. Você tem que ir tão rápido? Eu nunca aprendi a andar de esqui no plano, apenas em montanhas — disse Jack.

Lou virou-se para trás para vê-lo. Como sempre, Jack estava irritantemente lindo. Mesmo o gorro e o cachecol de Donald, que teriam deixado qualquer pessoa ridícula, estavam perfeitos nele. Revirando os olhos em sinal de desgosto — ela sabia exatamente o quanto estava ridícula naquele casaco emprestado —, Lou deu impulso nos bastões de esqui.

— Você nunca usou aquelas máquinas de academia que imitam esquis? — perguntou. Ela gostava do shiii-shiii-shiii que os esquis deles faziam na neve crespa e branca. Se não fosse pelo fato de estar com medo de que os homens armados viessem ao encontro deles a qualquer momento para explodir os seus miolos, Lou estaria se divertindo.

E por que não? Ela não tinha como explicar o que acontecera quando ela e Jack fizeram amor, por que seus corpos pareciam se encaixar tão bem um no outro, e como ele a fizera sentir êxtases de prazer que ela nem sabia que existiam, sem mencionar o que havia acontecido depois — aquele convite inexplicável de Jack para que morassem juntos era com certeza um resultado da endorfina no cérebro do cara. No entanto, ela tinha de admitir, mesmo que não pudesse explicar, que tinha gostado. E muito.

— Não, nunca usei um negócio desses — replicou Jack. — Você acha que eu vivo na academia?

Ela franziu o nariz e olhou para ele.

— Talvez — disse Lou —, mas não acho que os caras nas academias têm nádegas tão bem definidas como as suas.

— Deixe minha bunda — disse Jack — fora disso.

Lou gargalhou e avançou mais um pouco. Não era exatamente fácil esquiar ali, e ela estava preocupada em viajar naquela estrada... era uma via bem larga, que devia ser bastante utilizada quando não estava coberta de neve. Os dois ali, esquiando pela estrada, seriam como alvos em um parque de diversões caso os amiguinhos de Sam resolvessem aparecer novamente em outro helicóptero.

Era por isso que eles estavam seguindo pela beira da estrada, onde os galhos dos pinheiros dificultariam que alguém os visse. O solo era menos nivelado ali do que no meio da pista, mas pelo menos eles não precisavam se preocupar com ataques aéreos.

Jack havia sido contra o uso dos esquis, que foram achados em um dos armários de Donald, junto com dois pares de botas de esqui que, apesar de serem grandes para Lou e pequenas para Jack, dariam para o gasto. Ele nem queria atravessar a estrada para ver se chegavam a uma via principal onde pudessem pedir socorro.

— Por que não podemos ficar aqui? — havia perguntado Jack.

— Porque as pessoas devem estar preocupadas conosco — explicara Lou —, e tenho certeza de que todos acham que estamos mortos. Como vamos saber que história Sam contou para eles quando chegaram?

— O que garante que ele contou alguma coisa? — indagou Jack. — Por que você acha que Sam conseguiu sobreviver à primeira noite?

— Você disse que achava que os amigos dele voltariam para resgatá-lo — disse Lou, com os olhos arregalados de preocupação. — Você não acha que voltaram?

Jack havia respondido que sim, mas não parecia estar se importado muito. O que era compreensível, considerando que Sam *ia* atirar neles. Mesmo assim, o piloto havia dito que era pai. O que ia acontecer com seus pobres filhos caso ele tivesse morrido congelado?

Jack parecia estar preocupado apenas com as coisas que o afetavam diretamente, o que era típico dos grandes astros. Se bem que, quando os dois começaram a pensar em como pagar pela hospitalidade de Donald, ele demonstrara grande generosidade.

— Vamos deixar um cheque de mil dólares — havia dito ele.

Lou pegou o talão, pois nenhum dos dois estava com muito dinheiro em espécie, e parou com a caneta sobre o papel.

— Mil dólares? — repetiu, levantando uma sobrancelha.

— Jack, nós comemos apenas dois bifes e bagunçamos os lençóis dele. Eu estava pensando em deixar trezentos dólares.

— Poupe-me da mesquinharia ocidental.

— Eu sou de Long Island — lembrou Lou.

— Nós usamos a escova de dentes dele — argumentou Jack —, e vamos roubar os esquis dele também.

— Nós vamos mandar os esquis de volta assim que chegarmos à civilização.

— Mil dólares — replicou ele. Quando reparou o olhar de espanto dela, acrescentou: — Eu tenho, não se preocupe.

A atitude dele espantou-a mais ainda. Jack não estava nem aí em relação a um ser humano, mas queria se certificar de que um homem que eles nem haviam conhecido fosse adequadamente recompensado por qualquer inconveniência que Jack pudesse ter causado.

Por outro lado, Donald nunca havia tentado assassiná-los. "Só isso já vale mil dólares", pensou Lou. Com certeza, os conterrâneos dele haviam sido bem menos hospitaleiros.

Jack fez com que Lou parasse de pensar naquilo tudo ao alcançá-la, chegando ao seu lado e perguntando:

— Isso vai entrar no próximo roteiro, não vai?

Ela olhou para ele. O sol, que havia aparecido com tanta força mais cedo, agora desaparecera rapidamente atrás de nuvens. Contudo, pelo menos aquelas nuvens não eram negras, mas sim brancas, e não pareciam ter quilos de neve para jogar em cima deles.

Com ou sem sol, no entanto, Jack Townsend estava lindo. Jack Townsend estava sempre lindo. Ela se pegou preocupada com sua aparência — afinal, não havia colocado maquiagem, apenas um pouco do gloss. Como poderia competir com as ex-namoradas de Jack, que não precisavam nem de maquiagem para aprimorar a beleza natural que já possuíam?

Ela se repreendeu. O que estava passando por sua cabeça? Ela não ia competir com nenhuma das ex-namoradas de Jack porque não havia nada entre eles. Aquela maluquice na noite anterior havia sido uma bobeira, resultado das muitas horas que haviam passado juntos. Só isso. Ela não ia namorar outro ator. Não *mesmo*. Ela ia encontrar um ótimo veterinário, ou um professor ou alguma coisa assim.

E ela certamente não ia deixar uma paixão por Jack Townsend nascer. Lou sabia exatamente como ele funcionava, graças a Vicky. Era lógico que, na noite anterior, ele havia falado sobre morarem juntos só por falar. O que aconteceria depois de um mês ou dois, quando Jack quisesse que ela sumisse? De jeito nenhum. Lou Calabrese não ia deixar que Jack partisse o *seu* coração.

— Se você quer saber — disse Lou segurando os bastões com força —, estou deixando o mercado de roteiros.

Jack olhou para ela.

— O quê?

— É isso mesmo — disse Lou. — Não vou mais escrever roteiros. *Copkiller IV* foi o último.

— Sério? — Para o desprazer de Lou, Jack não pareceu estar convencido. Na verdade, o "Sério?" dele tinha um tom educado demais. — Vai se aposentar antes dos 30 anos?

— Aposentar, não — disse Lou, abaixando a cabeça para se proteger de um galho baixo demais. — Só não vou mais escrever para o cinema.

— Entendi. — Jack também se abaixou. — E o que você vai escrever, então? Jingles para comerciais?

— Ah, que engraçado — respondeu Lou com sarcasmo. — Já que você quer saber, estou escrevendo um romance.

— Um romance — disse Jack.

Sentindo-se encorajada pelo fato de Jack não ter começado a gargalhar, ela continuou:

— Sim, um romance. Na verdade, já comecei a escrever.

— Entendi — repetiu Jack. O olhar dele foi parar na bolsa do computador que estava cruzada sobre o peito de Lou. — Agora entendo por que tanta determinação para ficar com isso.

Lou ficou encabulada, porque, mais cedo, quando Jack se oferecera para carregar a bolsa, ela recusara a oferta com medo de que ele jogasse o computador longe de novo.

— Sim.

— E posso saber — perguntou Jack — sobre o que é esse romance?

Lou sempre se sentia tão bem quando demonstravam interesse em seu trabalho...

— Bem, é sobre uma mulher que é traída pelo seu primeiro amor, mas que encontra uma esperança...

Ela se conteve, assustada. Meu Deus, não dava para contar a história de seu livro para Jack! Ele podia achar que era sobre ele! E realmente não era. Lou já havia pensado no enredo bem antes de dormir com ele.

Além disso, a personagem no livro ia encontrar o amor novamente nos braços de um homem *bom*. Jack não preenchia esse requisito: ele não era bom. Um homem bom nunca a faria sentir o que ela sentira na noite anterior, como se seu cérebro fosse voar pelos ares em uma erupção vulcânica. Jack não tinha nada de bom.

Ou tinha? Fora ele quem fizera aquele jantar. E havia demonstrado também, nas duas noites que passaram juntos, uma propensão ao carinho durante o sono, não é?

Na verdade, ela não sabia nada sobre Jack. Exceto, claro, pelo que ele havia feito com Vicky — e pelo fato de que alguém queria vê-lo morto.

— Encontra uma esperança onde? — quis saber Jack.

— Ah — respondeu Lou, ciente de que estava ficando muito vermelha e rezando para que ele não percebesse —, em seu trabalho de caridade com os pobres.

Jack piscou para ela, incrédulo.

— Você está brincando, não está? — perguntou. — Um trabalho de Lou Calabrese sem nenhuma explosão?

Ela sorriu.

— É difícil de acreditar, não é? — Em uma tentativa de mudar de assunto, ela perguntou: — E você? Quais são seus projetos futuros?

Jack pareceu não gostar da pergunta. Mas mesmo com aquela expressão de desgosto, ele ainda era bonito. Era inacreditável que apenas 12 horas antes aquele rosto perfeito estivesse entre suas...

— Dirigir — respondeu.

Agora foi ela quem se assustou.

— O quê?

— Eu quero dirigir — repetiu ele, depois soltou uma grunhido. — OK, eu sei, todo mundo fala isso. Mas dirigi um filme ano passado... duvido que você tenha visto, ele não teve um lançamento muito grande. Enfim, percebi o enorme poder que os diretores têm. Quer dizer, não estou lhe dando razão naquilo que você falou ontem à noite, que sou um brinquedinho de corda que fica andando na frente da câmera repetindo falas que outras pessoas escreveram...

Lou ficou sem graça.

— Olhe, isso aí que eu falei... desculpe-me. Não quis dizer isso.

— Quis sim — disse ele, sem rancor —, mas tudo bem, porque, de certo modo, você está certa. Atuar é mais do que isso, é claro, mais do que simplesmente recitar o que as pessoas escrevem. Mas, enfim, eu gostei de dirigir. E, considerando que trabalhei nos dois lados da câmera, sabe, acho que seria um bom diretor. Um diretor que entende os atores. Não um idiota megalomaníaco como Tim Lord.

Lou ficou tão feliz em ouvir aquilo que quase quebrou o esqui em uma pedra escondida no meio da neve. Mas Jack a alcançou a tempo e a segurou.

— Você está bem? — perguntou ele.

— Estou — respondeu Lou, rindo. — É que... "idiota megalomaníaco". É isso mesmo que vocês acham dele? Tim Lord? Ele ganhou o Oscar ano passado...

— Eu sei disso — disse Jack —, e ele mereceu, considerando as situações de trabalho dele. Não me refiro ao seu roteiro que, é claro, era perfeito. Refiro-me a ele ter de lidar com Greta e Barry. Deve ter sido como dirigir uma tábua de madeira...

Lou estava rindo tanto que quase tropeçou novamente, mas Jack, que ainda segurava seu braço, apertou mais a mão e a manteve em pé.

— Meu Deus — disse ela, secando as lágrimas com suas luvas —, tábua de madeira. E você se enganou. Eu vi sim.

Jack ainda segurava o braço dela.

— Viu o quê?

— *Hamlet* — disse Lou. — O filme que você dirigiu. Eu achei bom.

O rosto bonito dele se iluminou.

— Sério? Você achou? Eu...

Mas ele nem conseguiu terminar a frase. Porque lá de cima dos topos das árvores veio um som, um *vrum-vrum-vrum* que parecia reverberar não apenas no ar, mas dentro do peito de Lou também.

— Droga — disse Jack e puxou-a para debaixo de uma das árvores. Sem ter onde se segurar, Lou caiu. Felizmente (para ela, pelo menos, mas não tanto para Jack), caiu sobre a barriga dele, o que o fez soltar um gemido; e outro depois assim que as hélices do helicóptero agitaram as árvores, derramando uma chuva de neve em cima deles.

— Talvez não sejam eles — berrou Lou a fim de ser ouvida apesar do barulho do helicóptero.

— Você quer arriscar? — berrou Jack de volta.

Bem, não. Na verdade, não. Lou não havia se jogado embaixo de uma árvore para depois sair e receber uma rajada de tiros. Então ela ficou ali mesmo, nos braços de Jack — o que não era tão ruim assim —, esperando para ver se o helicóptero ia pousar, pois havia bastante espaço para isso na pista.

Depois das cinco batidas mais longas que seu coração já havia dado, o helicóptero continuou se movendo e seguiu para a direção de onde eles haviam vindo. Por entre os galhos acima, ela olhou para a aeronave enquanto ela partia. O helicóptero era grande, todo branco e tinha uma cruz vermelha pintada ao lado.

— Viu isso? — gritou ela, dando um soco no peito de Jack. — Era um helicóptero de resgate! Eles estavam procurando por nós!

— Como eu ia saber? — respondeu Jack, levantando os braços para se proteger de mais um soco. — Eu não ia me arriscar.

Resmungando, Lou se levantou e começou a procurar pelos seus esquis. Um deles havia escorregado para muito longe na estrada.

— Nós podíamos estar voltando — disse ela, ao léu. — Neste exato momento, poderíamos estar voltando para o hotel, para nossas escovas de dente de verdade, para roupas limpas e um café de verdade.

— Ei — disse Jack, seguindo-a. Um de seus esquis também havia saído do pé. — Nós até que nos viramos bem. Acho que você gostou do creme de espinafre, pelo que eu me lembro.

Calçando o esqui de novo, Lou colocou as mãos na cintura.

— É, gostei do *creme de espinafre* — disse ela. — Sabe de uma coisa? Eu poderia comer *creme de espinafre* lá no hotel, em Anchorage, entende?

— Nada disso — disse Jack —, porque lá em Anchorage você não estaria nem um pouco interessada em comer *creme de espinafre* comigo. Você só começou a gostar de *creme de espinafre* porque passou a me conhecer melhor aqui.

— Vamos esclarecer isso, então — disse ela, levantando um dedo. — Eu sempre gostei de *creme de espinafre*. Só nunca havia dado tanta atenção...

— ... até ficar perdida comigo aqui — completou Jack, impaciente. — Foi exatamente isso que eu falei.

— Talvez — disse Lou — seja porque o *creme de espinafre* estava muito ocupado enchendo a barriga de pessoas como Greta, Melanie, Winona...

Aí foi Jack quem ergueu a mão.

— Opa — disse ele —, eu nunca cheguei perto da Winona Ryder. Ela não é o meu tipo.

— Por quê? — indagou Lou. — Porque ela sabe ler?

Uma expressão de irritação tomou o rosto de Jack. Não que isso fizesse com que ele ficasse nem um pouco menos bonito.

— Que isso, Lou — disse Jack. — Você sabe que...

Ela não o interrompeu, mas a voz dele simplesmente se calou. Lou não entendeu. Depois, percebeu que ele estava olhando para alguma coisa às suas costas. Preocupada com a possibilidade de serem mais amigos de Sam, ela virou o rosto rapidamente...

E avistou um prédio malconservado em uma das margens da estrada, com um letreiro bem grande que dizia, em azul e vermelho: "Bar do Bud."

22

Bud não estava no bar quando Jack abriu a porta com cuidado e olhou para dentro. Em seu lugar, havia uma garçonete loira e meio maltrapilha que estava lavando louça com um cigarro preso no canto da boca. Ela deu uma olhada para Jack assim que sentiu o vento gelado entrar no bar pela porta aberta.

— Está fechado — falou. — Volte em meia hora.

Jack não acreditou no que estava vendo. Era um bar de verdade, com uma *jukebox*, mesa de sinuca, uma televisão gigante nos fundos, sinais em neon de marcas de cigarro nas janelas, um pôster envelhecido do ator Spuds MacKenzie pendurado no teto e umas vinte cadeiras ao longo do balcão comprido e brilhante.

Para Jack, aquilo era o paraíso.

— Você tem um telefone que eu possa usar? — perguntou Jack. — Vai ser rápido.

A loira apontou para um telefone ao lado da *jukebox*.

— Rápido — disse ela.

Jack empurrou mais a porta para que Lou, que estava atrás dele, batendo de leve em suas costas com os punhos, pudesse entrar. O sorriso dela ao analisar o local foi como um raio de sol.

— O bar do Bud — disse ela, apreciando a vista —, eu amo o bar do Bud!

— Bud não está — disse a mulher atrás do balcão —, e vocês não podem ficar aqui. Eu já disse. Está fechado.

— Nossa — disse Lou, encostando os esquis na porta e indo em direção à televisão, que estava ligada —, televisão. Olhe, Jack. Televisão.

Jack também encostou os esquis.

— Estou vendo — disse ele, observando-a tirar as luvas e acariciar o lado da televisão com a mesma afeição que um cavaleiro dedicaria a seu cavalo. — Ótimo. — Ele se virou para a bartender e sentou-se em um dos bancos. — Eu sei que o bar está fechado, senhorita. Mas realmente preciso muito de uma cerveja.

Ele lançou-lhe seu melhor sorriso, aquele que o havia ajudado a conquistar o papel do Dr. Paul Rourke em *STAT*, um papel disputado por atores bem mais conhecidos e experientes do que ele.

Aparentemente, o sorriso ainda fazia efeito, pois a loira, olhando para ele como uma coelhinha, sem piscar sequer e sem mover um único centímetro da cinza do cigarro, respondeu:

— Claro. E meu nome é Martha.

— Obrigado, Martha — disse Jack, piscando —, você é muito gentil.

Martha não ficou vermelha. Ele não conhecia mais nenhuma mulher que ruborizasse, com exceção daquela ali no canto, em êxtase por causa da televisão. Martha tirou o cigarro da boca e, com um sorriso tímido, colocou a parte da frente do cabelo atrás das orelhas.

— Satélite — disse Lou, sentando-se ao lado de Jack —, setecentos canais. Nove são da HBO.

— Que bom — disse Jack. Ele pegou o copo que Martha deslizou até ele pelo balcão e levantou-o para ela. — Saúde.

Martha sorriu e olhou para Lou.

— Alguma coisa? — perguntou a atendente, fria.

— Ah — disse Lou, tirando o olhar da televisão —, o mesmo que ele. Obrigada.

Martha concordou com a cabeça e, sem sorrir, encheu mais um copo.

— Como pode isso? — perguntou Lou. — Setecentos canais e nenhum sinal no celular. Não funciona mesmo. Talvez eu devesse ter carregado isso ontem à noite. Nem acho que isso faria diferença, mas ainda devia ter um *pouco* de bateria. Então...

— Shhh — disse Jack, levantando uma das mãos e apontando para a televisão.

Lou virou a cabeça e viu sua própria imagem na tela.

Ou pelo menos parecia ser ela, em um vestido longo rosa.

Lou não conteve a reação.

— Ai, meu Deus! O que é *isso*?

Jack olhou para Martha e pediu educadamente:

— Você se importa em aumentar um pouquinho?

Martha obedeceu, e a voz profunda e segura de um repórter da CNN encheu o bar.

— Há quase 78 horas, o helicóptero que levava o ator Jack Townsend e a roteirista vencedora do Oscar Lou Calabrese caiu nos arredores do monte McKinley. — A foto de Lou desapareceu e foi substituída por uma de Jack, vestindo um terno. Ele reconheceu ser uma foto tirada na premiação do Globo de Ouro do ano anterior.

— Equipes de resgate estão vasculhando a área na esperança de encontrar sobreviventes — continuou o repórter —, e os corpos de Townsend e de Calabrese não foram encontrados no local do acidente. Duas nevascas atrapalharam o andamento das buscas. Um representante do Parque Nacional McKinley diz que quanto mais tempo os dois ficarem desaparecidos, menos chances terão de sobreviver, pois as condições de tempo na área são extremas. — Uma imagem do território foi mostrada, e depois outra, com imagens de helicópteros como o que eles haviam visto.

— O representante de Tim Lord, diretor do filme que Townsend estava filmando no Alasca, diz que os pensamentos de todos em Hollywood estão com os parentes das vítimas e que todos torcem para que Townsend e Calabrese retornem a salvo.

O repórter começou a falar sobre o Oriente Médio.

— Cruzes — exclamou Lou com certa indignação —, viu aquela foto? *Aquela* foto era a melhor que eles tinham?

— Eu achei bonitinha — disse Jack.

— Vou matar a Vicky — disse Lou com convicção. — Aquela foto é do casamento dela com Tim. Eu era uma das madrinhas. Pedi *tanto* para ela mudar aquele vestido.

— Você estava parecendo uma menininha — disse Jack.

Lou fez uma expressão de frustração e dirigiu-se para o telefone.

— A minha foto na carteira de motorista é melhor que *aquilo* — disse ela enquanto caminhava.

Sorrindo, Jack voltou sua atenção para a cerveja. Foi só então que percebeu que Martha estava de pé do outro lado do balcão com os olhos arregalados.

— Era você, não era? — disse ela, sem ar. — Na televisão?

Jack suspirou, mas logo colocou outro sorriso no rosto.

— Sim, Martha — respondeu ele —, era eu sim.

— Você é Jack Townsend — disse Martha —, do seriado dos médicos. E dos filmes *Copkiller*.

— Sou eu mesmo — disse Jack.

Martha entregou-lhe um guardanapo bem devagar.

— Você pode me dar um autógrafo? — perguntou ela. — Senão ninguém vai acreditar em mim.

Jack pegou a caneta e rabiscou seu nome. Embaixo disso, escreveu "É sempre divertido, até que alguém se machuca", e devolveu o guardanapo para a moça.

Martha pegou o autógrafo e o analisou, seus lábios se movendo enquanto lia a frase. Ela olhou para ele.

— O que é isso? — perguntou.

— Isso aí é... — Jack encolheu os ombros. — Dê-me o papel de novo. — Ela obedeceu. Jack riscou a frase de Lou e escreveu "Preciso de uma arma maior" no lugar.

Martha abriu um sorriso quando leu novamente.

— Ah, sim — falou —, eu me lembro disso. — Martha olhou para Lou, que estava conversando ao telefone. — Ela é famosa também?

Jack fez que sim com a cabeça.

— Ela escreveu aquele filme, o *Hindenburg*.

Martha abriu os olhos.

— Sério? *Hindenburg* é meu filme favorito. Nós temos

aquela música do filme, sabe qual é? Aquela "Meu Amor Arde por Você". Nós temos isso na *jukebox*. Quer que eu coloque?

— Não — disse Jack depressa —, não precisa se incomodar. Acho que vamos apenas beber uma cerveja e usar o telefone, se não tiver problema.

— Ah, não, problema algum — disse Martha.

Do outro lado da sala, Lou parecia estar tendo problemas em ser compreendida. Até então, tudo estava correndo bem. Ela ligou para o Anchorage Four Seasons e pediu para ligarem para o quarto de Tim Lord.

Mas quando a empregada de Tim e Vicky atendeu, Lou disse:
— Lupe? Oi, aqui é Lou Calabrese.

Do outro lado da linha, uma saudação escandalosa pôde ser escutada.

— *Nombre de Dios*!

E houve um barulho, como se Lupe tivesse deixado o telefone cair.

— Alô? — Lou olhou para o bar. Nem adiantava chamar por Jack. Ele estava olhando para a televisão.

— Os *Jets* venceram?! — exclamou ele, falando sozinho, indignado.

Lou ouviu um clique, e a voz de Tim Lord disse:
— Quem fala? — perguntou ele. — Se isso é mais uma piada, não tem graça alguma. Fique sabendo que estou gravando esta ligação e...

— Tim — disse Lou —, acalme-se. Sou eu. Lou.

Um silêncio se estabeleceu ao telefone. E depois, um grito de alegria.

— Lou? Meu Deus! Você está viva? Você está viva!

— Claro que estou viva — disse Lou. — Liguei para você, não foi?

— Onde você está? — perguntou Tim. — Está com Jack?

— Eu não sei onde estou — respondeu Lou —, e...

Ela escutou uma discussão do outro lado da linha, interrompida pelo som da voz de Vicky.

— Lou? — gritou ela. — Lou, é você mesmo?

— Oi, Vicky — disse Lou com paciência —, sim, sou eu. Jack e eu estamos bem. Estamos...

— Ai, graças a Deus! — interrompeu Vicky, iniciando um choro que Lou descreveria como histérico.

Não era a primeira vez naquela manhã que Lou sentia uma ponta de culpa. Afinal, ela tinha ido para a cama com o ex-namorado de sua amiga. Por outro lado, Lou sabia que Jack era apenas isso mesmo: o *ex* da Vicky. Vicky estava muito bem casada agora. Por que deveria se sentir culpada? Por nada.

Ela voltou a falar, com uma voz abafada.

— Vicky, o que passou pela sua cabeça quando mandou aquela foto horrível do seu casamento para a CNN? Você sabe que simplesmente odeio aquela foto. E agora o país inteiro me viu com aquele vestido... Vicky? Vicky?

Ela só ouvia o barulho de choro. Lou suspirou e ergueu os olhos.

— Vicky, me perdoe. Tudo bem. Eu amo aquela foto. Amo mesmo. E amo o vestido. Olhe, chame o Tim novamente, por favor, OK? Vicky? Vicky?

E então o som do choro ficou mais baixo e outra voz chegou aos ouvidos de Lou.

— Lou? Lou, minha filha, é você?

Lou olhou para o fone. Foram necessários alguns segundos para que ela registrasse aquela voz. E mesmo quando ela lembrou quem era, não fazia sentido algum.

— *Pai?* — perguntou, incrédula.

— Sim, querida — disse seu pai —, sou eu. Você está bem? Onde você está?

— Nossa — foi tudo o que Lou disse, porque ela não estava acreditando que havia ligado para Tim Lord e agora estava falando com seu pai. Isso significava que ele tinha viajado até o Alasca quando ela desapareceu só para encontrá-la.

Era bem típico de Frank Calabrese fazer aquilo. Ele era esse tipo de homem, o tipo que gostava de estar no controle. Provavelmente quisera supervisionar a busca bem de perto.

De qualquer maneira, o *pai* dela tinha viajado até o Alasca para encontrá-la. Não era a coisa mais fofa — ou seria a mais humilhante?

— Eu estou... neste momento, pai, estou em um bar — disse Lou, fungando.

— Um bar? — O pai dela parecia preocupado. — Escute bem, menina. Você sabia que há várias pessoas procurando por você agora? Nós quase morremos de susto! E você vem me dizer que está em um *bar*?

— Pai — disse Lou —, é uma longa história.

Ela desligou alguns minutos depois, sentindo-se totalmente anestesiada. Devagar, andou de volta para o balcão e se sentou.

Jack tirou o olhar da televisão.

— Os Jets ganharam — disse ele. — Dá para acreditar nisso?

Lou pegou a cerveja que Martha havia colocado no balcão e engoliu metade do conteúdo da caneca enquanto Jack a observava, meio atônito.

— Aconteceu alguma coisa ruim? — perguntou ele.

Lou bateu o copo no balcão.

— Digamos que sim — respondeu ela. — Sabe quem está na suíte de Tim Lord neste exato momento?

Jack pensou por um momento e fez uma expressão de surpresa.

— Ah, já sei! Robert Redford e Meryl Streep.

— Não — respondeu Lou sem sequer sorrir. — Meu *pai*.

Jack ergueu as sobrancelhas.

— É mesmo? O que ele está fazendo lá?

— Jack, todo mundo pensou que nós estivéssemos mortos. Aparentemente, tem uma corrente familiar no Anchorage Four Seasons. Meu pai, sua mãe...

— O quê? — perguntou Jack sem perder tempo. — Minha o *quê*?

— Sua mãe — disse Lou, pegando a cerveja novamente. — Eleanor Townsend. Uma senhora doce e elegante, segundo meu pai.

Jack também pegou sua cerveja.

— Jesus — disse ele ao abaixar o copo novamente.

— Meu pai — disse Lou — e sua mãe se conhecem. E não apenas se conhecem, mas acho que o cachorro dela...

— Alessandro — disse Jack, fechando os olhos com força, como se estivesse afastando uma imagem desagradável da cabeça.

— Sim. Parece que Alessandro gosta do meu pai.

— Ai, meu Deus — disse Jack abaixando a cabeça até que ela tocasse o balcão —, chega, por favor.

— Eu até queria parar, mas é que eles tomaram café da manhã juntos hoje.

Jack levantou a cabeça novamente.

— Eles o *quê*?

— Isso mesmo — disse Lou. Ela chamou Martha. — Oi, moça. Mais duas cervejas aqui, por favor.

— Por favor — implorou Jack —, diga-me que não ouvi o que você acabou de falar.

— Meu pai — continuou Lou — comeu ovos com bacon canadense, embora o cardiologista já tenha falado para ele evitar gordura depois da cirurgia no coração. Parece que sua mãe comeu menos. Ela pediu uma torrada com suco e água quente com...

— ... mel e limão — complementou Jack. — Eu sei. É isso que ela come todos os dias no café da manhã desde que nasci.

— Bem — disse Lou —, isso com certeza impressionou meu pai. Ele adora gente que come bem.

Jack ficou alarmado, mas ainda tentou ser racional.

— Tudo bem. Eles comeram juntos. Isso não quer dizer que... digo, é só um simples café da manhã.

Ao entender o que Jack estava querendo dizer, Lou fez uma cara de nojo.

— *Claro* que foi um simples café da manhã — disse ela. — Você acha que nossos pais...

— Não — respondeu ele prontamente.

— Claro que não — disse Lou. — Nossa. Pare de pensar nisso, Jack.

— Eu sei — concordou Jack —, mas mesmo assim, só o fato de nossos pais se conhecerem...

— *Exatamente* — disse Lou. — Pare de falar nisso. Estou ficando nervosa. Tem um xerife vindo nos buscar. Acho que ele conhece o Bud. Mais uma coisa: não vamos falar nada — ela levantou um dedo — sobre nós. Sobre o que aconteceu. Na casa do Donald. Para ninguém. Especialmente para nossos pais. Entendeu?

— Sim, sim — disse Jack, concordando com a cabeça. — Imagine as manchetes. "Amantes traídos encontram a felicidade juntos."

— Manchetes? — replicou Lou. — Você devia se preocupar com outras coisas, amigo. Meu pai ainda tem a pistola dele. Se ele descobrir que você se aproveitou de mim em um momento de fraqueza, vai acabar com você.

Jack se engasgou com o gole de cerveja que havia acabado de tomar. Lou sorriu para a garçonete quando ela colocou o copo cheio no balcão e perguntou:

— Quanto lhe devo?

Martha balançou a cabeça.

— Nada, nada. A cerveja fica por nossa conta. O Sr. Townsend me falou que você escreveu aquele filme, o *Hindenburg*.

Lou concordou.

— Sim, escrevi.

— Poxa — disse Martha —, eu queria que você soubesse que é um dos meus filmes favoritos de todos os tempos. De verdade.

— Ah, muito obrigada — disse Lou educadamente —, obrigada. E obrigada pelas cervejas também.

— E é verdade mesmo, sabe? — disse Martha, como se estivesse conspirando com Lou.

— O quê? — Lou ficou confusa. — Ah, a história? É, ela foi baseada em fatos reais sim.

— Não — interrompeu Martha —, eu quis dizer que é verdade: o filme é realmente um magnífico triunfo do espírito humano.

23

— Deixe-me ver se entendi direito — disse o xerife Walter O'Malley, olhando pelo espelho retrovisor a fim de observar a expressão deles ao falarem. — Vocês estão me dizendo que homens armados perseguiram vocês com motos de neve?

— Isso mesmo — disse a ruiva, concordando com a cabeça —, e atirando em nós.

— Atirando em vocês — disse Walt. — E você, por sua vez, atirou neles. Com a arma que tirou do piloto, Sam Kowalski, que também tentou matar vocês.

— Ele queria *me* matar — disse o rapaz alto, Jack Townsend. Walt não estava conseguindo acreditar direito que esse cara no carro e aquele que sempre estava na HBO eram a mesma pessoa. O cara nos filmes era tão mais... forte. Tudo bem que Walt achou Jack bem alto e forte na vida real. Mas não da maneira como ele o havia imaginado.

Pela centésima vez, Walt achou tudo aquilo muito suspeito. Ele já havia repetido isso muitas vezes desde o dia em que aquela loira casada com o diretor havia apertado seu braço — não que ele tivesse achado ruim, pois já fazia mais de cinco anos que uma mulher, que não suas filhas e a esposa falecida, segurava seu braço. Ainda hoje, enquanto Walt e Lippincott estavam no carro ouvindo o relato dos sobreviventes resgatados da cidade de Damon, de trezentos habitantes, aquilo continuava sendo muito suspeito

Digamos que Walt estava feliz por Lippincott ser o responsável pelas perguntas investigativas e não ele.

— O senhor diz que Kowalski ia assassiná-lo — disse Lippincott, sentado no banco do carona com um formulário e uma caneta na mão. — Posso saber por que o senhor acha isso?

— Caramba! Porque ele mesmo falou! — Pelo menos Townsend tinha o mesmo pavio curto dos personagens que interpretava, notou Walt. De alguma forma, assim era mais fácil digerir toda a questão da altura dele. — O que você acha? Que estamos inventando isso?

Walt viu a ruiva descansar uma das mãos sobre o braço de Townsend pelo retrovisor. Ele até podia ter representado um detetive nas telas, mas era ela quem entendia a lógica dos policiais.

— O Sr. Kowalski nos informou que seria pago para matar Jack — disse ela, com calma. — Ele não disse quem ia pagar, mas deixou claro que, se não fizesse o serviço, estaria em maus lençóis.

Lippincott escreveu isso, mas não conseguiu evitar um comentário.

— Bem, então é uma sorte ele ter virado torrada no local do acidente mesmo — falou, discretamente.

Mesmo assim, Walt não foi o único que ouviu. A ruiva se inclinou para a frente e perguntou:

— O que foi que disse?

Lippincott ficou encabulado, mas apenas Walt percebeu isso. A pele dele estava tão queimada por causa do frio que ninguém mais viu o tom avermelhado de suas bochechas.

— Nada, senhorita — disse Lippincott.

— Será que podemos ir mais rápido? — O Sr. Townsend aparentemente não estava tão interessado no comentário do policial quanto a Srta. Calabrese. — Há várias pessoas esperando por nós no hotel, e nós estamos um pouco ansiosos para...

— Já vamos chegar — respondeu Walt. O velocímetro indicava 30 quilômetros por hora, o que era bem rápido para uma estrada tão coberta de neve. No entanto, ele entendia a impaciência do rapaz. A acomodação deles, fosse lá qual fosse, no meio de uma nevasca, não devia ter sido tão confortável quanto as suítes às quais uma estrela como Jack Townsend estava acostumado. Uma casa em uma árvore? O chalé de um caçador? Eles realmente achavam que alguém ia acreditar naquilo? Mas por que eles inventariam uma história daquelas? A não ser que estivessem envolvidos em uma transação muito suspeita...

— Então a senhorita pegou a arma de Kowalski — disse Walt à ruiva — e atirou nos motoristas...

— Por que ele falou aquilo? — interrompeu Lou. Ela sempre era chamada de Lou, nunca pelo seu nome real, segundo o pai. O pai da moça era a única pessoa ligada ao acidente, com exceção de Eleanor Townsend, que parecia ser séria. Todo o resto das pessoas parecia ser muito suspeito... provavelmente porque todos eram aquele tipinho de Hollywood.

— Ele falou que alguém virou torrada — continuou Lou. — Não sou idiota, certo? Eu sei o que isso quer dizer. Quem virou torrada?

— Perdoe-nos, senhorita — disse Walt, na tentativa de acudir o parceiro —, o que ele quis dizer foi que, dessa forma, talvez o Sr. Kowalski tenha tido sorte em falecer no acidente, pois assim não precisou se reportar aos seus empregadores.

O carro ficou silencioso por alguns segundos, e depois Townsend disse:

— Kowalski não morreu no acidente.

Lippincott, que havia começado a escrever, parou e olhou para o banco de trás.

— O senhor poderia repetir isso?

— Kowalski não morreu no acidente — repetiu. — Ele estava vivo quando eu o tirei de lá. Inconsciente, mas vivo.

— "Tirou de lá"? — Walt engoliu a saliva. Ele queria ter certeza do que ouvira. — De lá, do helicóptero?

— Isso — disse Jack. — Ele estava bastante ferido, mas com certeza...

— Quando chegamos ao local do acidente — disse Walt com cuidado —, encontramos um corpo dentro da cabine que foi identificado, pela arcada dentária, como sendo de Samuel Kowalski.

A ruiva perdeu o fôlego.

— Ai, meu Deus — disse ela, segurando a manga do casaco de Jack —, eles o mataram. Eles mataram Sam.

Walt viu Jack Townsend erguer um braço e abraçar Lou. Depois falou, com um tom cansado, mas firme:

— O piloto estava vivo quando o deixamos — disse Townsend. — Eu o arrastei para bem longe da carcaça. Ele não estava queimado. Nem um pouco.

Sem saber o que fazer com aquela história toda de homens com máscaras e armas e fuga pelo deserto de gelo, Walt esticou-se no banco.

— E o senhor disse que atirou em um dos homens? — perguntou ele. — Um dos homens de moto? E o atingiu?

— Eu não — disse Townsend. Ele olhou para Walt pelo retrovisor, dando a entender que a responsável havia sido Lou, que agora estava com o rosto encostado no peito de Jack.

— Nós não encontramos nada — disse Walt com cuidado —, nenhum outro corpo além do piloto.

Lou levantou a cabeça, os olhos cheios de lágrimas.

— Isso é impossível — disse ela. Sua voz tinha raiva. — O cara bateu numa árvore, a moto dele ficou destruída, e você está dizendo que não encontrou nenhuma pista *disso*?

Lippincott limpou a garganta, nervoso. Sendo um rapaz solteiro, ele não estava acostumado a lidar com mulheres.

— Talvez — comentou — eles tenham se livrado das pistas.

Walt tossiu. Lippincott entendeu e se calou.

— É mais provável — continuou Walt — que a neve tenha coberto tudo...

Então foi Townsend que interrompeu, com um tom de incredulidade.

— Você não acredita em nós.

— Opa — disse Walt. Ainda bem que ele já estava começando a ver as luzes de Anchorage no horizonte. A viagem já ia acabar.

Este caso, porém, ia durar muito, muito tempo. Que beleza. Como se não bastasse aqueles ambientalistas malucos que estavam infernizando a polícia por causa do filme. Agora ele tinha um time de assassinos para achar, caso os dois ali estivessem falando a verdade.

— Ninguém falou isso — disse Walt com um tom de voz que tentava ser amigável. "Que pena", pensou Walt, "que não possamos chamar o FBI." Como ele ia ficar feliz se pudesse passar o caso para um agente federal e deixar que eles cuidassem de tudo. Walt só queria ir para casa e tomar um banho. Talvez ele colocasse um daqueles sais de banho que as meninas usavam para pele seca. Ele precisava disso. Um banho quente com sais, e talvez um daqueles cigarros caros que Mitch havia dado quando Shirl teve o último bebê...

Walt viu Townsend fazendo carinho na garota.

— Mostre para eles — disse ele.

A ruiva concordou e colocou a mão no bolso da parca...

— Ei! — berrou Walt, quase perdendo o controle do carro de tanto susto. E quem não se assustaria? Não era sempre que um par de revólveres era apontado para ele. Na verdade, ele tinha vinte anos de polícia e nunca tinha precisado nem sacar a arma.

— Jesus Cristo! — gritou Lippincott quando viu as armas. Ele se moveu rapidamente para o lado. — Um instante, vamos conversar. A senhorita não quer atirar em nós...

— Não se preocupe — disse Lou com a voz seca —, elas estão travadas. Estou apenas tentando mostrar que estamos dizendo a verdade. Nós pegamos esta pistola do piloto, o homem que vocês viram torrado na cabine, e esta outra do cara que atirou em nós na casa da árvore. Fiquem com elas.

Talvez, pelo número de registro, vocês consigam identificar os donos.

Walt conseguiu controlar o carro novamente — e seus batimentos cardíacos também.

— Policial Lippincott — falou —, o senhor pode por favor pegar as armas da Srta. Calabrese?

Lippincott pegou as armas das mãos de Lou e colocou-as cuidadosamente no porta-luvas do carro.

— Agora — perguntou Townsend — o senhor acredita em nós?

O que mais Walt podia dizer senão "Sim"?

O que não era totalmente verdadeiro, é claro. Aquelas armas com certeza não comprovavam tudo o que eles estavam dizendo.

— O senhor falou que não sabe — perguntou Walt a Townsend — por que alguém quer assassiná-lo?

— Não faço ideia — respondeu Townsend. Com uma olhada lateral para Lou, ele acrescentou: — Eu não sou um anjinho, mas nunca fiz nada que possa justificar que alguém queira me matar. Bagunçar o meu quarto de hotel, tudo bem, mas não me matar.

— Quem bagunçou seu quarto? — perguntou Walt. — Talvez haja uma conexão...

— Não há — disse Townsend —, acredite.

— Nunca se sabe. — Walt segurou o volante com mais força quando avistou a silhueta do Anchorage Four Seasons, um dos prédios mais altos do quarteirão. — Sr. Townsend, eu sugiro que o senhor fique com uma escolta por 24 horas, até sair do estado...

— De jeito nenhum — interrompeu Townsend.

— Sr. Townsend — disse Walt com um tom calmo, o mesmo que usava com sua filha —, o senhor sofreu vários atentados...

— Sim — concordou Townsend —, lá, não aqui.

— Por enquanto — complementou Lou.

Walt viu pelo retrovisor que Townsend olhou para a moça ruiva, que estava olhando para ele, preocupada.

— Jack — falou a moça —, por favor, escute o xerife. Ele sabe o que diz. A pessoa que está por trás disso pode estar em Anchorage tanto quanto em Myra. E até descobrirmos quem é, você é um alvo ambulante...

— Lou — Townsend abaixou a voz e agora falava num murmúrio enraivecido. Walt o escutou assim mesmo. — Eu não quero um guarda me seguindo o tempo todo.

— Você prefere levar um tiro na cabeça? — perguntou Lou.

Townsend não respondeu. Agora o carro estava fazendo o contorno para entrar no Four Seasons. Pelo retrovisor, Walt viu que Lou se surpreendeu ao ver a massa de pessoas protestando na avenida West Third.

— Meu Deus — resmungou ela. — Eles ainda estão aqui?

— Sim, senhora — disse Walt, animado. — E ainda estão furiosos por causa da mina que Tim Lord está planejando explodir.

Alguns manifestantes mostraram os punhos para o carro, mesmo sem saber se quem estava lá dentro realmente tinha conexão com o filme. Alguns deles levavam cartazes que diziam "Salvem a mina" e "Protejam a raposa do Ártico" ou, ainda, "Levem suas armas para longe de nós". Uma equipe de reportagem estava entrevistando um manifestante com cabelos longos enquanto eles passaram de carro. O manifestante estava realmente enraivecido.

— Pode ser um deles — disse Lou no banco de trás —, qualquer um deles.

Jack emitiu um som, algo quase como uma risada leve.

— Aquele pessoal de moto não era um bando de ambientalistas, Lou — falou. — Com certeza não.

Ela olhou para ele. Naquele olhar, mesmo visto através de um espelho retrovisor, Walt avistou fogo.

— Você vai aceitar a proteção — afirmou Lou com voz forte — e fim de papo.

Para surpresa de Walt, realmente foi o fim do papo. Townsend não falou mais uma palavra.

Walt não culpava o rapaz. Se ele tivesse que optar entre um bando de atiradores e Lou Calabrese, ele também escolheria a ruiva.

24

— Lou! — berrou um repórter do *Extra*. — Como foi ficar presa por três dias na floresta com Jack Townsend, o maior gostosão da América?

— Lou! — gritou o jornalista do *Us Weekly*. — Jack Townsend falou o que realmente sente sobre o casamento de Greta Woolston com Bruno di Blase?

— Lou! — exclamou uma ativista do Greenpeace, levantando um cartaz que dizia: "Hollywood não está nem aí." — O que você acha do assassinato de várias espécies de animais por causa de um filme que glorifica a violência?

— Srta. Calabrese — insistiu uma adolescente, entregando-lhe um papel —, você pode dar meu telefone para Jack Townsend? Por favor! Eu quero ter um filho com ele!

— OK, pai — disse Lou, enquanto seu pai a puxava do mar de repórteres —, é a última vez que saímos para comer, entendeu? De hoje em diante, pedimos serviço de quarto!

Frank Calabrese apertou o botão do andar deles e disse:

— Querida, você não está entendendo. Eu comi essa comida do hotel ontem e tive até que tomar remédio...

— Tanto faz — disse Lou no momento que a porta do elevador se fechou, apagando o som da gritaria no saguão —, nós pedimos pizza. Ou qualquer coisa. Só não quero passar por aquele saguão de novo. Não dá para aguentar, com tudo o que já passei.

— Mas minha filha — argumentou seu pai —, eu já disse. Jack vai ficar bem. O xerife O'Malley já arrumou seguranças para ele, como cortesia da polícia de Anchorage. Se tem alguém tentando matar Jack, aqueles caras de azul não vão...

— Se? — Lou mal acreditava no que tinha ouvido. — Isso é ótimo. Você também não acredita em nós?

— Não falei isso — Frank observou os números dos andares acenderem. — Claro que acredito em você. Todos nós acreditamos. Só estou falando que você não precisa se preocupar tanto com Jack. Ele já é bem crescido e está com os melhores agentes de Anchorage.

Lou não mencionou o quanto desconfiava dos melhores agentes de Anchorage. Ela sabia que estavam fazendo o melhor, e não havia motivos para começar a discutir com o pai. Afinal de contas, eles haviam acabado de dividir uma refeição em paz na Taverna Shandy Shrimp — um dos seguranças do hotel havia dito que era o melhor lugar da cidade para comer. Frank queria comer com ela com tranquilidade, depois de toda a confusão que o retorno deles havia causado. Ao saírem do carro do xerife O'Malley, Lou e Jack foram recepcionados por uma festa que Vicky Lord havia organizado, com balões que diziam "Bem-vindos", um bufê e todas as pessoas associadas ao filme (até as mais remotamente).

Incluindo o pai de Lou e a mãe de Jack.

Tudo o que Lou queria era ir para o quarto, tomar um banho e dormir. Ela até conseguiu tomar banho antes do jantar, mas não dormiu. Ela estava muito preocupada.

Com Jack, em primeiro lugar. Alguém havia tentado matá-lo várias vezes, e ninguém tinha nenhuma pista de quem poderia querer isso, ou se isso aconteceria de novo. O xerife O'Malley tinha as pistolas e ia tentar achar o dono delas. Talvez tivesse sucesso.

Mas e se não tivesse? E se, mesmo com todos os seguranças do hotel, e com a polícia que seguia Jack em todos os lugares, alguma coisa acontecesse, como acontecera com o pobre Sam?

— Lou?

Ela parou de olhar para os sapatos e virou-se para o pai.

— Você está bem, minha filha? — perguntou ele.

Ela se moveu.

— Sim — respondeu com pressa —, estou bem. Desculpe. Eu estava... estava pensando...

No cara mais gato dos Estados Unidos. Pelo amor de Deus! Como ela era patética! Era isso que acontecia quando alguém se apaixonava por atores. Por que ela não havia escutado sua voz interior? Será que era masoquista? E outra coisa que a preocupava: o convite de Jack para morarem juntos...

... e o fato de ela ter ficado tão tentada a aceitar.

As portas do elevador se abriram, e o rosto de Lou ficou em chamas. Porque em pé, bem ali no 8º andar — o andar dela, e não o de Jack, pois ele havia ido para o 12º depois que Melanie destruíra seu quarto —, estava ninguém menos que o cara mais gato dos Estados Unidos... e a mãe dele.

— Frank — disse Eleanor Townsend, com um tom de alegria — e Lou. Que ótimo ver vocês. Acabamos de bater no seu quarto, Lou, porque queríamos perguntar se vocês gostariam de jantar conosco, mas vocês não estavam. Que bom que chegaram! É ótimo encontrar vocês.

— Acabamos de comer — respondeu Lou apressadamente, torcendo para que nem Jack nem sua mãe percebessem o rubor que estava tomando sua cabeça inteira.

Frank foi mais gracioso.

— Que pena — disse ele, com uma voz que Lou havia escutado apenas uma outra vez: na suíte dos Lord, quando ela e Jack chegaram. Seu pai a apresentara à mãe de Jack com aquele mesmo tom carinhoso... um tom que fez Jack e Lou trocarem olhares nervosos, especialmente porque a cena fez com que Eleanor soltasse uma risadinha em um tom que era obviamente desconhecido pelo filho.

— Aquele bufê na suíte dos Lord hoje cedo foi muito bom — adicionou Frank —, mas um homem não fica de pé só com salgadinhos, não é, Jack?

— Não mesmo — disse Jack com um sorriso. — Que pena. Seria muito bom se vocês pudessem comer conosco...

— Seria mesmo — completou Eleanor —, mesmo que se servissem apenas de uma xícara de café...

— Nós vamos sim — disse Frank, soltando a porta que ele estava segurando para dar passagem à mãe de Jack —, não vamos, Lou?

Lou percebeu uma coisa. Que Jack e sua mãe estavam no 8º andar sozinhos — completamente sozinhos. De repente ela esqueceu que estava corada e que não queria ter a atenção de todos concentrada em si.

— Onde está o policial? — perguntou Lou, olhando para Jack de forma acusadora. — O que deveria ficar de olho em você?

Jack olhou de volta para ela com aqueles olhos azuis cheios de alguma coisa que ela nunca conseguiu nomear.

— Eu dei a noite de folga para o policial Juarez.

— Jack. — Lou sentiu que sua cabeça ia explodir. Mesmo. — A ideia de ter proteção policial é que eles fiquem por perto o tempo todo. Você não pode dar uma noite de folga. E se alguém tentar atacá-lo aqui no hotel?

— Nós só vamos ali no restaurante do hotel.

— Ah, e no hotel ninguém vai atirar em você, é isso? Você só é atendido no restaurante se estiver com camisa, sapato e silenciador na arma?

Jack lançou um sorriso para o pai de Lou e para sua mãe. Foi só então que Lou percebeu que ambos estavam olhando para ela. Para ela e para Jack.

— Por que vocês dois não comem juntos? — sugeriu ele.
— Não estou com fome mesmo.

Eleanor ficou surpresa.

— Mas Frank já comeu... — ponderou.

— Sempre dá para comer um pouco mais — disse Frank, alegre —, e eu nem comi a sobremesa.

Lou não podia acreditar. Seu pai estava se oferecendo para comer no restaurante que ele próprio havia acabado de criticar. E ainda ia se arriscar a passar pelo saguão novamente! Que diabos estava acontecendo ali? Era apenas uma gentileza entre pais que haviam passado pela mesma experiência? Ou era — Deus não permitisse — algo mais?

— Até mais para vocês — disse Frank, começando a guiar (a arrastar, melhor dizendo) Eleanor para dentro do elevador.

— Jack, escute o que Lou diz — disse Eleanor. — Ela sabe do que está falando. E não precisa me esperar!

As portas do elevador se fecharam e Eleanor Townsend deu uma risadinha. Uma risadinha! A mulher simplesmente *riu*!

Assim que eles se foram, Lou se virou e deu um tapa bem forte no ombro de Jack.

— Ai! — disse ele, assustado. — Para *que* isso?

— Você incentivando meu pai — respondeu Lou. — Você não está vendo que ele está gostando da sua mãe?

— Ele? — Jack passou a mão sobre o tapa. — A minha mãe fica falando toda hora que o Frank isso, o Frank aquilo. Você sabia que seu pai prepara o próprio molho de espaguete? Pois eu sabia. E até sei o que leva. É a receita de molho de espaguete da família Calabrese. Já decorei. Eu juro que passei as últimas horas rezando para que ainda tivesse uma das armas que você entregou ao policial, porque eu queria me matar.

Furiosa, Lou começou a andar pelo corredor para lá e para cá.

— Que ótimo, Jack. Como se já não tivéssemos problemas suficientes. Tem alguém tentando matar você, e agora nossos pais estão se envolvendo. — Ela fez uma pausa e olhou para Jack com horror. — Meu Deus, Jack. O que vamos fazer se eles começarem a namorar?

— Bem — disse Jack, pensativo —, seria difícil explicar para as crianças. Digo, explicar por que o pai e a mãe dos pais deles namoram. Talvez se nós nos mudássemos para Appalachia eles não sofressem tanto na escola...

— Será que você não consegue falar sério nem um minuto? — perguntou Lou.

— Eu acho — respondeu Jack, sério —, que você está exagerando. E não apenas sobre o negócio com o policial atrás de mim. Lou, ninguém vai vir atrás de mim aqui no hotel, OK? Tem testemunhas demais.

Lou abriu a boca para falar, mas Jack levantou uma das mãos.

— E daí que nossos pais se gostam? — continuou ele. — E daí? Deixe que eles se divirtam. Eu tenho uma ou duas coisas que preferia estar fazendo agora do que ficar me preocupando com os nossos pais. — Ele se aproximou dela e colocou as duas mãos em sua cintura. — E você?

Lou saiu de perto dele — ou pelo menos tentou sair. Ele a estava segurando bem e parecia que não queria soltá-la. Ela tinha de admitir que alguma coisa dentro dela estremeceu com o cheiro de banho tomado de Jack... maldito.

— Jack — disse ela, tentando se manter o mais íntegra possível enquanto ele se curvava e tocava seu pescoço com os lábios —, eu já disse. Não vai dar certo.

— Você nunca me disse nada disso — disse Jack, mantendo a boca ali e fazendo com que o pulso dela ficasse totalmente acelerado. — Você disse ontem que queria dormir e pensar sobre isso depois. Bem, já chegou a hora de pensar. E, se você concordar, eu gostaria de continuar o que paramos ontem, antes de sermos interrompidos por viagens de esqui e garçonetes chamadas Martha...

— Jack — disse Lou, sem forças, mas determinada a resistir —, você sabe muito bem que isso não é uma boa ideia.

— Eu acho que é uma ótima ideia — disse Jack, grudado ao seu pescoço — e tenho outra ainda melhor. Vamos pedir uma garrafa de champanhe, pendurar o aviso de "Não perturbe" na porta e tomar um banho de banheira juntos.

— Jack — disse Lou enquanto os lábios dele deslizavam pelo seu rosto. Seu coração estava quicando como uma pedrinha lançada à superfície de um lago. No entanto, ela ainda se recusava a se entregar às tentações da carne. Fora isso que havia acontecido com Barry, e veja onde ela fora parar. — Esqueça. Não vou me envolver com outro ator.

— Que bom que estou saindo desse ramo, então — disse ele, os lábios na orelha dela. — Tive outra ideia. Vamos adotar um cachorro. Um golden retriever. Vamos batizá-lo de Dakota, e quando o "Entertainment Tonight" for nos entrevistar sobre nossa vida juntos, nós vamos para a praia, jogar frisbee com Dakota, como John Tesh e Connie Selleca...

— Jack — disse Lou, as pálpebras se fechando contra a sua vontade —, nós não vamos adotar um cachorro.

— Só um cachorro — suspirou Jack, tirando a blusa dela de dentro da calça que ela havia vestido antes de ir jantar —, para começar. Para combinar com a nossa casa de praia.

— Nós não vamos ter uma casa de praia juntos — disse Lou, sentindo que os lábios dele estavam vindo ao encontro dos seus. — Eu já disse que não quero namorar outro at...

As palavras dela foram caladas pelo beijo de Jack. Ela se sentiu derretendo em seus braços. Uma parte de si a culpava por ser tão fraca.

Outra parte, contudo, revelava o desejo que sentia de ter o corpo forte de Jack contra o seu... a carícia furiosa das línguas... a sensação tentadora dos seus dedos passeando por baixo de sua blusa, até que um dedo... e depois o outro... deslizaram suavemente pelo bojo de seu sutiã...

Ela soltou um gemido suave contra os lábios dele. Não tinha como segurar. Lou estava sentindo aquele volume, já familiar, na frente da calça de lã que ele havia colocado para jantar, pressionando-a.

— Que tal? — Jack parou de beijá-la e perguntou. Enquanto se beijavam, ele lentamente a havia apoiado contra a parede do corredor. Agora ela estava presa ali, as duas mãos dele dentro do sutiã dela, segurando seus seios fortes, enquanto um desejo, rígido e imperativo, pulsava contra a barriga dela.

— Um pouquinho de Dom Perignon e bolhas para nos acalmarem?

Teria sido fácil dizer que sim. Fácil cair nos braços dele, deixá-lo fazer o que quisesse com ela, tudo aquilo que ele sabia fazer tão bem.

E ela teria dito sim. Para sua vergonha, ela teria dito sim, teria até berrado, ainda que...

Ainda que a porta do elevador estivesse aberta e que Melanie Dupre estivesse de pé ali, com uma garrafa de champanhe e duas taças, vestindo um roupão de dormir transparente, um par de sandálias com plumas, e uma expressão determinada no rosto.

Essa expressão sumiu assim que ela viu Jack e Lou. De repente, Melanie começou a berrar tão alto que poderia acordar os mortos do Canadá inteiro. Até no México deviam ter escutado aquilo.

— Seu mentiroso! — gritou ela, apontando para Jack com sua unha muito benfeita. — Seu crápula mentiroso! Você disse que não havia mais ninguém. Você disse que queria tentar ficar sozinho por um tempo. E o tempo todo, *o tempo todo*, você esteve envolvido com *ela*?

A expressão de horror no rosto de Melanie quando disse a palavra "ela" foi tudo o que Lou precisou para sair do transe que o beijo de Jack havia causado. Voltando a si, ela afastou Jack, o que fez com que vários botões de sua camisa saíssem voando. Mas tudo bem. Ela só pensava em fugir dali, e rápido.

Jack estava com ambas as mãos levantadas, como se estivesse se protegendo de um animal ou de um vendedor de perfumes borrifando uma fragrância nele.

— Mel — disse ele com um tom de voz que Lou percebeu que era forçosamente calmo —, escute. Naquela noite, quando eu disse que queria tentar ficar sozinho, era verdade. Mas, como você sabe, estive perto da morte. E isso faz com que a pessoa repense suas prioridades, sabe? E foi aí que percebi que talvez não tenha dado tanta importância à monogamia quanto deveria...

— Você — gritou Melanie — quer ser monogâmico com *ela*? Com *ela* e não *comigo*?

Foi vidro para todos os lados na parede atrás de Jack quando Melanie atirou uma das taças que tinha na mão.

Felizmente, Lou já havia conseguido achar em sua bolsa o cartão que abria a porta do quarto. Ela não sabia dizer se era justo deixá-lo ali com aquela louca, mas não havia sido ela quem optara por um romance com Melanie Dupre — ou dera uma folga ao policial Juarez.

Uma nova explosão de cacos de vidro a fez tomar uma decisão logo — especialmente porque Melanie parecia estar culpando Lou pela decisão de Jack. Inserindo o cartão na tranca, ela esperou, ofegante, que a luz ficasse verde, enquanto Melanie continuou falando:

— Você sabe o quanto vai ser humilhante para mim quando todos souberem que fui trocada por uma *roteirista*? Meu Deus, ela nem tem um cartão da Associação dos Artistas de Hollywood!

A luz ficou verde. Lou empurrou a porta com toda a força. Ao abri-la, entrou com pressa e bateu a porta, trancando-a logo depois.

Ela já estava indo em direção do telefone para chamar os seguranças quando percebeu que não estava sozinha. Não, havia um homem sentado na cama. Um homem vestindo jaqueta, suéter de cashmere e jeans. Um homem que parecia ser muito familiar. Um homem que era...

— Oi, Lou — disse Barry Kimmel, mais conhecido como Bruno di Blase.

25

Lou olhou para ele completamente surpresa. O que Barry estava fazendo ali, em Anchorage? Barry, que havia se casado com Greta Woolston há algumas noites, que deveria estar em lua de mel?

— Lou — disse Barry —, sua... sua blusa está meio...

Lou olhou para baixo e percebeu que a blusa, cujos botões haviam sido arrancados, estava completamente aberta. Todo mundo podia ver seu sutiã branco.

— Barry — disse ela, pegando o roupão que havia deixado em cima da cadeira depois do banho —, o que você está fazendo aqui?

— Ah — disse Barry, dando uma piscada —, dei uma nota de cinquenta para um cara na recepção, e ele me arrumou um cartão. Para o seu quarto.

— Não — disse Lou, colocando o roupão e amarrando-o com cautela na cintura —, não no meu quarto. Eu quis dizer aqui em Anchorage.

O rosto de Barry, que era sempre tão bonito, ficava ainda melhor quando assumia uma expressão de incredulidade como agora.

— Lou! — disse ele, levantando-se. — Como você pode perguntar uma coisa dessas? Eu achei que você estivesse morta. É *claro* que vim para cá!

Lou demorou um pouquinho para digerir aquilo.

— Barry — disse ela, devagar —, eu nem sei como lhe contar isso, mas nós terminamos. Lembra?

— E por causa disso não posso mais me preocupar com você? — perguntou. — Lou, você estava lá... — Ele apontou para as janelas largas que, quando estava claro, tinham vista para as montanhas do Alasca. — ... perdida na tundra congelada...

— Floresta — corrigiu Lou.

Ele a encarou com seus olhos castanhos sonolentos. Barry viveu a vida toda com aquele olhar perdido, como se estivesse esperando que a mulher certa o despertasse. Obviamente, Lou não era essa mulher. E nem Greta, pelo visto, considerando que ele continuava com aquele olhar caído.

— Tanto faz — disse Barry. — Por favor, Lou, é claro que eu tinha de vir. Sei que tivemos nossas diferenças na separação e tal, mas aconteça o que acontecer, você vai ser sempre a minha menina de ouro.

— Claro. — Lou olhou para a mão esquerda dele e notou que ele estava sem a aliança. — Barry, você não deveria estar em lua de mel agora?

Barry ficou ofendido. Ele sempre fazia isso: demonstrava, de alguma forma, que havia ficado chateado quando ela mencionava alguma de suas transgressões, como se a menção fosse pior do que o feito em si.

— Você realmente acha que eu ia conseguir me divertir — perguntou — sabendo que você estava em perigo moral?

Lou tossiu.

— Você quis dizer mortal? — Se bem que, naquelas circunstâncias, a versão dele também servia.

— É, isso mesmo — disse Barry. — Assim que fiquei sabendo, peguei o primeiro voo disponível.

— É mesmo? — perguntou Lou. — Poxa, que gentil de sua parte.

Isso era estranho. Mais que estranho. Era surreal, isso sim. Barry e ela não haviam se separado amigavelmente. Portanto, o que ele estava fazendo ali, na verdade?

— E Greta? Ela veio também? — Lou olhou para a porta do banheiro. — Ela não está se escondendo no banheiro, está? Eu já falei, Barry: nada de *ménage à trois*.

O lindo rosto de Barry tornou-se sombrio. Mais uma vez, ele parecia ter ficado chateado por ela ter trazido à tona outro assunto delicado.

— Lou — disse Barry —, por favor, vamos manter o nível. É claro que Greta não está no banheiro. Ela não veio comigo.

Ele não estendeu o assunto, mas seu tom de voz era triste o suficiente para que o alarme soasse dentro de Lou: cuidado, perigo à vista.

— Lou — disse Barry com um olhar que ela chamava de olhar derretido, o mesmo que havia trocado com Greta em *Hindenburg* pouco antes de aterrissarem, sãos e salvos... um olhar que a revista *Cosmo* dissera que podia derreter uma geleira. — Eu estou mais do que contente em ver que você está bem.

Mais alarmes soaram na cabeça de Lou, como se a presença de Barry não bastasse para levantar suspeitas, assim como o fato, sem precedentes, de ele ter dado dinheiro para conseguir o cartão, considerando que Barry era a pessoa mais mão-de-vaca do mundo. E ele disse que estava feliz em vê-la. Tudo isso a convenceu de que ou ele estava interpretando um novo personagem — o que sempre fazia na vida real — ou havia sofrido alguma pancada na cabeça.

— Barry — disse Lou, com cuidado —, alguma coisa pesada caiu na sua cabeça?

Barry ergueu as sobrancelhas benfeitas.

— O quê?

— Nada — respondeu Lou.

Por mais estranho que fosse, era bom ver que Barry continuava o mesmo. Ele, assim como o resto de Hollywood, não mudaria nunca. Isso era um pouco revigorante.

— Barry, foi muito gentil de sua parte ter vindo até aqui durante a sua lua de mel, mas tive um dia muito longo, e, se você me der licença, eu preciso dormir.

Barry fez uma expressão de tristeza.

— Lou — falou —, eu queria mesmo... quer dizer, preciso falar com você. Sei que você está cansada de tudo, mas... mas... nós nunca mais conversamos.

Lou desabou, sentando-se na cama.

— Porque você me deixou por outra mulher. Lembra?

— Viu? É isso. — Barry olhou para trás, achou uma cadeira, e a puxou para sentar-se ao lado de Lou. — Não é porque estou com outra pessoa agora que parei de gostar de você, Lou.

— Entendo — disse ela, sem mover um músculo sequer. Por dentro, é claro, sua mente estava em alta velocidade. "O que esta acontecendo aqui?", se perguntava. As pessoas costumavam dizer que as situações bizarras sempre vinham em trio. Mas aquilo já era demais. Primeiro, Barry a abandonara para ficar com Greta Woolston; depois, Lou fora perseguida na neve por estranhos no meio do Alasca; e, agora, Barry decidira que a queria de volta? Muito estranho. A não ser que...

A não ser que tudo estivesse conectado. Não era possível... será que tinha como Barry estar por trás dos ataques a Jack? Talvez para pegar o papel de Pete Logan? Fato era que, desde *Hindenburg*, Barry estava tendo dificuldades para encontrar um personagem que caísse bem com sua nova imagem de estrela. Mas assassinar alguém só para ter o papel da sua vida? Ele não era o tipo de pessoa que faria isso. Precisaria de muito esforço... e dinheiro.

Não. Sua imaginação de escritora estava indo muito longe de novo. Ela precisava se acalmar. Precisava tomar as rédeas. Precisava...

... tirar a mão de Barry Kimmel de seu joelho, porque era lá mesmo que de repente ela estava.

— É claro que ainda me preocupo, Lou — disse Barry. — Nós ficamos juntos por quantos anos? Dez? Você acha que consigo ligar e desligar os meus sentimentos como se fosse uma torneira? Não é assim que funciona. Não. Sempre vou me preocupar com você, Lou. *Sempre.*

Ele agora estava usando sua expressão de sinceridade. Era a mesma cara que ele havia usado em *Hindenburg*, na cena em que Greta perguntava sobre suas intenções. Barry também fazia aquilo, Lou já havia percebido, com guardas que o paravam na estrada por excesso de velocidade.

— Barry — disse Lou com uma voz firme, sem se deixar levar mais uma vez por aquele olhar, como já havia acontecido antes —, o que você quer?

A expressão de sinceridade sumiu e foi substituída pela máscara que Lou gostava de chamar de "Quem? Eu?"

— O que eu quero? — repetiu Barry. — Lou, já lhe disse isso. Eu queria ter certeza de que você estava bem. Só isso. — Ele balançou a cabeça e pareceu surpreso. — Eu não entendo de onde está vindo tanta hostilidade.

— Caramba, Barry — disse Lou —, também não sei. Talvez seja porque durante dez anos você me falou que não estava pronto para se casar, que precisava se conhecer antes de se comprometer por inteiro, e então eu descobri, pela droga da televisão, que você e Greta Woolston haviam se casado em uma cerimônia relâmpago em uma capela, com Elvis rezando a missa...

— Não foi — disse Barry, ofendido — em uma capela com Elvis. Foi no quarto Hindenburg do Cassino Trump, e...

— Tanto faz, Barry — disse Lou. — Eu não quero brigar. Só...

— Eu também não quero — interrompeu ele, aflito —, porque, apesar das nossas diferenças passadas, Lou, você ainda é uma das melhores pessoas que conheço. Você não sabe o quanto senti sua falta no casamento. Só faltava você mesmo.

— Porque você me dispensou para se casar com outra pessoa, Barry. Lembra? — disse Lou, já sem paciência de repetir o óbvio, mas na esperança de que ele finalmente entendesse.

Barry fez outra expressão. Mas, mesmo com as linhas do rosto tensas em sinal de reprovação, Barry Kimmel — Bruno di Blase, para o resto do mundo — ainda era um dos homens mais lindos da face da Terra.

Um deles. Porque o outro, como Lou podia ouvir muito bem, ainda estava apanhando de uma atriz/modelo naquela bunda de 15 milhões de dólares, lá fora, no corredor.

— Nós não nos damos bem romanticamente — disse Barry como quem dizia "Eu quero uma pizza de pepperoni" —, mas você ainda é como uma irmã para mim. E esse é outro motivo para que eu viesse até o Alasca ver você, Lou.

Barry tossiu para limpar a garganta, e Lou percebeu, com pesar, que ele estava se preparando para fazer um discurso. Seu último discurso — sobre como ela havia virado uma pessoa difícil e cínica, tão diferente da menina com quem ele havia morado — ainda estava na mente dela, mesmo que tivesse acontecido há semanas. Ela tentou entender onde foi que havia errado para merecer mais aquilo.

— Eu tive uma ideia — disse Barry, como se anunciasse uma coisa incrível. O que, no caso de Barry, era realmente incrível, considerando que ele nunca tinha muitas ideias.

— Uma ideia — repetiu Lou.

— Sim — disse Barry —, durante o voo para as ilhas Cayman. Foi lá que Greta e eu passamos a lua de mel. Você sabe do que as ilhas Cayman são feitas, não sabe, Lou?

Lou ergueu a sobrancelha.

— De contas bancárias clandestinas?

— Não — respondeu Barry com uma risada que deixou todos os seus belos dentes brancos e regulares à mostra —, de vulcões, Lou! O anel de fogo. E foi aí que tive a ideia de um projeto que vai fazer com que *Hindenburg* pareça um mero *Aeroporto 77*. Assim que pensei nisso, eu tinha que vir falar com você, Lou. Porque você é a única pessoa que conheço que poderia escrever isso.

Lou lançou-lhe um sorriso fraco, já antevendo o que vinha pela frente.

— Ah, é mesmo?

— Sim — disse Barry. Ele esticou suas mãos bronzeadas e bem cuidadas, aquelas mãos que, durante dez anos, haviam percorrido todos os cantos do corpo dela, mas que nunca a fizeram sentir o que Jack havia feito em uma noite. — Está pronta?

Lou queria muito se esticar nos lençóis sobre os quais estava sentada e dormir.

— Pronta — disse ela.

Barry fez o formato de uma tela com as mãos.

— Pompeia — disse ele, dramaticamente.

— Pompeia — repetiu Lou, sem alterar o tom da voz.

— Certo! — Barry levantou-se da cadeira e abriu os braços. — Nunca fizeram um filme sobre a destruição de Pompeia. Imagine, Lou. Um povo culto, civilizado, artistas mesmo, vivendo na boca de um vulcão, sem saber. Eles estão fazendo suas tarefas do dia a dia e de repente... Bum!... A montanha explode, lava incandescente desce por todos os lados da cidade, destruindo tudo em seu caminho. Será que nossos dois amantes... tem que ter dois amantes, e com pais que não aprovam a relação... vão conseguir escapar do magma e das cinzas vulcânicas a tempo? Isso sim é um triunfo do espírito humano. — Barry relaxou os braços e ficou de pé, sorrindo para ela. — E aí? — disse ele. — O que você acha? Eu me vejo no papel do jovem amante. Um jovem general romano ou algo assim. E a menina pode ser, sabe, de uma linhagem de tocadores de flauta, e seus pais não querem que ela case com um soldado, porque preferem que ela continue o negócio de flautas, ou alguma bosta qualquer. E o general, entende, pode ser a única pessoa que sabe que o vulcão vai estourar, porque o mesmo havia acontecido em sua ilha de origem. Ele pode ser um tipo de estudioso de vulcões. E ele fica tentando avisar à população, mas ninguém escuta, porque estão muito distraídos com as flautas...

— Nossa, Barry — interrompeu Lou. Ela não queria interromper, mas ele não chegava ao final, e ela queria acabar a conversa antes da meia-noite, se possível. — Que ideia ótima.

Barry sorriu.

— Viu? Eu sabia que você ia gostar. Foi por isso que, assim que pensei nisso, achei que, tipo, eu tinha que falar com você. Só que você estava desaparecida, entende, na tundra.

— Floresta — disse Lou, levantando-se —, e eu acho que é uma ótima ideia para um filme, Barry. E sabe o que é melhor? A forma como você conta. É muito empolgante. Na verdade, você conta tão bem que acho que você deveria escrever o roteiro, não eu.

Ela havia segurado o braço dele e o estava encaminhado à porta. Ele acabou se livrando do toque dela.

— Mas Lou — disse ele —, não sou um escritor. Foi por isso que vim falar com você. Pode ficar com ela, Lou. Pode ficar com a história toda, todos os créditos, eu não ligo. Desde que eu atue no filme. Sabe, Lou, os roteiros que tenho recebido desde *Hindenburg*... são muito ruins. Ruins no estilo Jim Carrey, Robin Williams. Eu preciso que você escreva alguma coisa boa para mim. Outro empurrãozinho...

Lou sorriu para ele. Ela não queria rir. Era inútil.

Mas a verdade é que ele merecia.

— Mas Barry — começou com os olhos arregalados —, lembra quando você me disse que eu tinha ficado muito fria e cínica, e que você nem me reconhecia mais como aquela menina com quem você se mudara para a Califórnia?

Ele olhou para ela, afoito.

— Sim...

— Então, eu percebi, Barry, que você estava certo. Eu *realmente* fiquei mais fria e mais cínica. Então resolvi desistir da carreira de roteirista.

— Desistir da carreira de roteirista? — repetiu ele.

— Sim — disse Lou, pegando-o pelo braço novamente e conduzindo-o à porta. — Viu que influência enorme você teve sobre mim, Barry? Eu nem sei como agradecer.

— M-Mas você não pode — gaguejou Barry —, você não pode simplesmente desistir. Quer dizer, o que você vai fazer agora?

— Bem — disse Lou —, estou escrevendo um romance.

Barry pareceu sentir uma ponta de esperança.

— Sério? Você acha que poderia ser adaptado para o cinema? Porque, sabe, eu aposto que o estúdio adaptaria isso, caso meu nome fosse mencionado para o papel principal...

Lou gargalhou. Não tinha como não gargalhar.

— Não sei quanto ao papel principal, mas tem outro papel para você, Barry — continuou ela.

Ele ficou todo feliz.

— Tem?

— Tem — disse Lou. — O papel do ex-namorado que usa a personagem principal e a descarta quando aparece uma mulher mais bonitinha.

A felicidade foi embora.

— Ei. Um minuto. Isso era desnecessário.

— Era mesmo, Barry? — perguntou Lou. Eles haviam chegado à porta. Ela a destrancou, pronta para tirá-lo dali.

Porém, ainda restava uma coisa a dizer:

— *Hasta la vista*, Barry.

E então, assim como havia planejado, ela abriu a porta e se preparou para empurrá-lo para fora dali.

Só que ela não conseguiu, porque ali estava Jack Townsend, cansado, segurando uma garrafa de Dom Perignon em uma das mãos e um tubo de sais de banho na outra.

26

— Não acredito que você fez aquilo — disse Jack, um pouco mais tarde. — Você me deixou sozinho no meio do ataque daquela vagabunda histérica.

— Ei — disse Lou de dentro do banheiro, onde estava escovando os dentes —, quem teve um caso com ela foi você, não eu.

— Ah, está certo — disse Jack —, como se eu não tivesse resgatado você das garras do seu brinquedinho de sexo.

— Não sei se você sabe disso — disse Lou —, mas Barry não era meu brinquedinho de sexo. Nós tivemos um amor profundo e edificante um pelo outro.

Jack, esticado na cama dela com a garrafa de Dom em cima de seu abdômen, disse:

— Fale a minha língua, por favor.

Lou cuspiu a pasta de dente, bochechou e, secando o rosto com uma toalha pequena, saiu do banheiro e respondeu:

— Eu fui apaixonada por Barry. Por anos e anos.

Jack piscou.

— Se eu fosse você, não ficaria repetindo isso — comentou. — Isso queima muito o seu filme, sabia?

— Ah, e você ter ido para a cama com Melanie Dupre é o quê? — perguntou Lou. — Muito bom para o seu currículo?

Jack observou-a de onde estava.

— O que tem embaixo desse roupão? — indagou.

Para sua ira, Lou sentiu o rosto arder.

— Nada — disse —, e não é pelo motivo que você está pensando. Eu estava tomando banho quando você reapareceu. Não esperava ver você ainda hoje. Achei que você fosse levar Barry de volta ao quarto dele e ir para o seu, como um bom menino. Se não me engano, você tem que estar no set às 9h.

Jack virou de lado e colocou a cabeça sobre uma das mãos.

— Muito cuidado nunca é demais, em se tratando de uma mulher como você. Eu vou ali resolver um problema com uma ex histérica e, quando volto, você está aqui com o cara que teoricamente você tinha esquecido, e que achei que estivesse bem casado com outra. É claro que voltei; eu nem sabia quem estaria aqui desta vez. Acho que vi Matt Lauer andando pelo saguão para ver se conseguia dar uma entrevista. Pareceu-me bem provável que ele acabasse no oitavo andar por acaso. Pelo visto, foi o que todo mundo resolveu fazer.

— Você — disse Lou — é um homem muito, muito doente.

— Eu sei. — Ele deu um tapinha sugestivo no colchão. — Venha se sentar aqui. Acho que preciso dar uma olhada embaixo desse roupão.

Lou, que estava com um pote de creme hidratante nas mãos, sentou-se no lado oposto da cama e começou a passar o creme nas pernas recém-depiladas. Ela fez isso para que conseguisse desviar o olhar guloso do corpo forte dele, deitado tão convidativamente em sua cama. Lou não ia cair em tentação novamente. Não desta vez.

— Eu acho que me lembro de ter falado — disse ela — que essa coisa que eu e você estamos tendo nunca vai dar certo.

— Se você não tirar esse roupão, não vai mesmo.

— Estou falando sério, Jack — falou Lou.

— Eu também.

— Jack. — Lou suspirou. — Aquilo que aconteceu enquanto estávamos lá, perdidos... foi apenas empolgação. Está bem? Não era eu. Eu não faço coisas do tipo... do tipo daquelas que fizemos no chalé de Donald. OK? Não sou esse tipo de mulher.

— Mas engana bem — disse Jack com uma risada sugestiva.

— Eu sei. — Lou começou a ficar encabulada ao lembrar das coisas que havia feito para provocar aquela risada. "Seja forte", disse para si mesma. "Lembre-se do que aconteceu com Barry. Jack pode ser mil vezes pior." — Olhe, desculpe se enganei você. Mas isso, seja lá o que for, tem que parar. Tem que parar hoje, agora.

As sobrancelhas de Jack se ergueram.

— Espere um minuto. — Ele parecia incrédulo, e sua voz também tinha esse tom. — Você está *terminando* comigo?

Ele tinha que estar chocado mesmo. Provavelmente Lou era a única mulher no país que recusaria uma chance de ser a Sra. Jack Townsend por um mês, que era mais ou menos o quanto os casos dele duravam.

E ela também seria uma das poucas mulheres a sair da vida dele com o coração intacto.

— Não — disse Lou —, porque, para que eu possa terminar com você, nós teríamos que ter começado um relacionamento. E isso não aconteceu.

— Não? — Jack parecia estar ainda mais incrédulo. — Você quase me enganou mesmo.

Lou deu uma risada nervosa. Ela não sabia o que mais podia fazer. Ela nunca achou que ele fosse insistir tanto. Lou achou que ele fosse ficar aliviado. Todos os homens que entram em caso após caso estão sempre à procura de um motivo para terminar, para que assim possam ir em frente, não é? Ele devia se ajoelhar aos pés dela e agradecer.

Em vez disso, ele parecia estar confuso.

— Quem vai contar isso para Dakota? — perguntou.

Ela o encarou.

— O quê?

— Você não pode terminar comigo agora — disse Jack —, nós nem decidimos quem vai ficar com a custódia de Dakota. E você já pensou sobre o impacto terrível que essa separação vai ter na mente dele? Ele vai precisar de terapia por causa disso.

Jack estava brincando. Lou levou algum tempo para perceber, mas é claro que estava brincando. A resistência dele era de mentira. Ele nem ligava. Nem ligava mesmo.

Ela se convenceu de que aquilo era até bom — agora seria mais fácil sair daquela história.

Só que uma parte dela estava meio ferida. Uma parte dela — a mesma parte que acreditava em finais felizes, que achava que o amor sempre triunfava no final — estava machucada por causa da rapidez com que ele começara a fazer piadas sobre uma coisa que, ainda que breve, significara mais do que... mais do que ela queria admitir.

No entanto, era melhor assim. Bem melhor. Agora eles podiam voltar a brigar por causa das falas que ele ficava modificando. As coisas voltariam a ser o que eram antes. Tudo voltaria ao normal.

Por isso, era melhor que ela saísse daquilo antes que o estrago fosse irreparável. Antes que ela fosse arruinada por outro homem.

Ela tentou entrar no jogo dele, para que ele não notasse o quanto ela se importava.

— Eu achei que Dakota — disse ela com uma voz seca — fosse o nosso golden retriever.

— Mudei de ideia — disse Jack. — O nome do cachorro é Ranger. Dakota é nosso primeiro filho.

Lou suspirou. Ele estava apenas provocando, ela sabia disso. Era isso que Jack fazia. Provocava.

Porém, esse tipo de provocação doía. Ele não sabia, é claro, que, na escola, quando Lou estava planejando a vida em comum com Barry, tinha certeza de que eles se casariam e teriam o primeiro filho quando ela fizesse 30 anos. Agora havia um pouco mais de um ano para chegar ao prazo.

Esse não era um assunto sobre o qual ela gostava de brincar.

— Você não devia ter voltado aqui, Jack — disse Lou, séria.

— Eu tinha que voltar — respondeu —, esqueci meus sais de banho aqui.

— Estou falando sério, Jack.

— Ei. — Ele realmente parecia estar irritado. — Eu achei que tínhamos combinado um encontro. Lembra? No corredor? Antes de sermos rudemente interrompidos? Percebi que você concordava com a minha ideia. Eu volto aqui e, de repente, você termina comigo. Não entendo. O que mudou?

Foi o policial Juarez? Juro que amanhã eu vou me algemar a ele. Tim não vai gostar disso na cena que ele planejou filmar, mas ele vai ter que cortar o cara depois digitalmente...

— Não é isso — disse Lou —, se bem que eu até gostaria que você levasse o seu atentado um pouco mais a sério.

— O que é, então? — perguntou Jack. — É a Melanie? Eu já não me desculpei por aquilo? Honestamente, Lou, eu nunca prometi nada a ela, e quando descobri o quanto ela estava empolgada, tentei terminar tudo. Foi por isso que meu quarto foi destruído. Eu não sabia que ela era tão louca...

Lou, que sabia perfeitamente que Melanie Dupre era, na verdade, meio louca desde muito antes de sair com Jack, sentiu um pouco de pena da garota. Jack realmente era o tipo de homem por quem uma mulher queimaria um sofá. Era só vê-lo deitado ali na cama. Ele parecia um chocolate cuja embalagem acabaram de tirar.

Pena que ela não comia mais chocolate.

— Eu não consigo — disse ela, sem nenhum humor em sua voz —, não consigo mesmo.

Jack se sentou na cama.

— Isso está ficando muito estranho — falou. — Você não consegue o quê?

— Fazer isso — disse Lou, levantando uma das mãos e deixando-a cair novamente sobre o colo. — Você. Não consigo ir para a cama assim, casualmente, Jack. Nunca entendi o propósito disso direito. E, ainda por cima, fazer isso com o cara que é o rei do sexo casual. Eu simplesmente não sou assim. Acho que tenho que sair dessa história antes que evolua.

— Ah — disse Jack, e, para a surpresa dela, o tom de brincadeira havia desaparecido. Agora, ele parecia estar... ferido.

O que era impossível. Porque ele era Jack Townsend. Jack Townsend nunca ficava ferido. Apenas feria.

— Foi isso que eu fui para você, então? — perguntou. — Uma coisa casual?

Se ela não estivesse ali, vendo a expressão no rosto dele, Lou acharia que ele estava brincando. Mas não havia nem um pouco de humor naqueles olhos azuis.

— Jack — disse ela, dando uma risada nervosa, em uma tentativa de quebrar o clima tenso do quarto —, por favor. Quero dizer... não venha me dizer que você queria que fosse mais do que isso. Mais do que um caso. Certo? Quero dizer... queria?

Ela quis esconder a ansiedade. As chances de Jack Townsend, um homem das mulheres, realmente ficar com uma parceira definitiva eram nulas. Ele já até havia dito em uma entrevista para a *Playboy* que achava que o casamento era uma instituição antiquada, e que os homens não foram feitos para a monogamia.

Então, quando ele respondeu que agora realmente não teriam como saber e lançou um sorriso breve e frio para ela, Lou não conseguiu evitar encará-lo. Aquele não era o Jack Townsend que ela havia conhecido melhor nos últimos dias. Não tinha mais nada engraçado, nem bobo e nem casual nele naquele momento.

Como isso era possível? Ela não era apenas mais uma entre tantas mulheres com as quais ele havia se envolvido? Dessa vez, Jack havia escolhido uma mulher que ficava atrás das câmeras e não na frente delas. Porém, isso não devia fazer muita diferença. Não é?

Ou ele não falava sobre Dakota com todas as namoradas? Será que havia falado com Vicky sobre Dakota?

Lou deu um suspiro profundo e trêmulo. Ao soltar o ar, disse:

— Jack, eu já tinha falado isso. Não posso entrar em um relacionamento com outro ator.

— Ainda bem que *Copkiller IV* foi meu último filme — respondeu ele.

Ela balançou a cabeça.

— Estou falando sério.

— Eu também.

Era o que parecia mesmo. Ela nunca o havia visto daquele jeito.

— Não. — A voz dela ficou fraca. Lou tentou se controlar. Agora não era um bom momento para vacilar. — Estou falando sério, Jack. Não posso me deixar levar novamente, não agora. Não vai... não vai sobrar nada em mim.

Silêncio. Um batimento cardíaco. Dois.

Jack se levantou.

Lou presumiu que ele fosse embora. Ela segurou a cabeça, sentindo o peso das lágrimas sob as pálpebras.

"Mas assim é melhor", pensou. Ela havia dito a verdade para ele. Ela não tinha como se deixar machucar de novo... especialmente por alguém como Jack, que era, ao contrário de Barry, tão rápido, tão devastador, e capaz de causar dores terríveis. A tristeza que sentiu com Barry tivera uma ponta de alívio — afinal de contas, ela havia conseguido sair do relacionamento com o orgulho ferido, mas com o coração mais ou menos intacto.

Seria diferente com Jack, Lou tinha certeza. Seu amor por Barry era como uma rotina desde a escola. O que ela sentia — o que estava começando a sentir — por Jack era algo mais profundo... e muito mais perigoso. Se não se livrasse dele agora, sabia que ia se apaixonar totalmente. Com Jack, não seria apenas seu orgulho que acabaria ferido. Não mesmo.

Para sua surpresa, no entanto, Jack não saiu. Ele deu a volta na cama e parou na frente dela. Lou olhou para cima, perguntando-se o que ele poderia estar querendo. Ela tinha sido bastante clara.

Ela devia ter adivinhado o que Jack poderia estar querendo. Devia ter adivinhado que ele tiraria o creme das mãos dela. Devia ter adivinhado o que ia acontecer quando, ao colocar o creme na mesinha, ele afundou os joelhos no carpete fofo do quarto. Devia ter previsto que ele colocaria as mãos nos joelhos rosados dela — efeito do banho quente — e que, em um gesto firme e gentil, ele ia afastá-los...

...e deixar que seu rosto se perdesse nos cachos úmidos entre suas pernas.

— Jack! — exclamou ela, colocando seus dedos sobre a cabeça dele e pegando mechas grossas entre os dedos. — O que você... Jack, pare com isso. Você não pode...

Podia sim. E fez. Sua boca estava presa a ela tão firmemente quanto suas mãos. Sua língua quente a inundando. Suas mãos, movendo-se por baixo do roupão, envolviam seus quadris, trazendo-a para mais perto dele, enquanto os dedos acariciavam suas nádegas, que não valiam 15 milhões de dólares.

Não havia nada que ela pudesse fazer, a não ser puxar seu cabelo com mais força e gemer. Suas costas e seu pescoço se arqueavam cada vez que ele a acariciava com a língua.

Causaria espanto dizer que ela acabou se deitando na cama, esquecendo todos os argumentos que tinha contra aquilo? Ela retirou suas mãos do cabelo dele e segurou seus ombros bem definidos. Depois, alcançou as mãos dele em seus quadris, mãos estas que a deixavam firme na cama sobre a qual ela se contorcia a cada nova carícia. Depois, Lou segurou as mãos dele com força, levando-as para cima até que seu roupão fosse aberto e seu peito em chamas ficasse descoberto.

Aquilo não era certo. Lou sabia disso. Ele usava armas contra as quais ela não tinha defesa. Jack era ruim com ela. Ele era uma ameaça para todas as mulheres, na verdade. Ele a machucaria no final das contas, como já havia machucado várias outras, e então seria ela a vagabunda vestindo roupão de dormir no corredor de um hotel, jogando taças contra ele.

Ela sabia disso. Sabia muito bem.

Então, por que o que ele estava fazendo parecia ser a coisa certa?

Os lábios dele se afastaram do meio das pernas dela, traçando um caminho por sua barriga e suas costelas, passando por ambos os seios, brincando com seus mamilos rosados, enquanto uma das mãos ia para o meio de suas pernas, onde sua boca havia estado, os dedos tão firmes e gentis quanto seus lábios.

Quando ele finalmente chegou a ela, trocaram olhares, com seus olhos azuis escurecidos de tanto desejo e um sorriso em sua boca.

— Sabe qual é o seu problema, Calabrese? — disse Jack. — Você pensa demais. Às vezes, você tem que parar de pensar e deixar que as coisas *aconteçam*.

Ao dizer a última palavra, seus dedos foram substituídos por outra coisa. Ela nem teve tempo de pensar em como ele havia conseguido tirar a calça sem que ela percebesse. Aquela parte dele que ela havia sentido contra a sua barriga lá no corredor havia finalmente achado seu lugar. O peso dele — sem mencionar seu membro — a prendiam à cama, e ela gostava daquilo. Era só ver como Lou se mexia, e estava claro o quanto ela gostava. Lou com os quadris contra ele, indo e vindo, enquanto os lábios dele procuravam seu pescoço, e as mãos dele — ai, aquelas mãos — seguravam-na pelos ombros para que, cada vez que ele a penetrasse, conseguisse ir mais fundo.

Era loucura. Era o paraíso. Aquilo tinha que parar. Sério, não havia possibilidade de ela continuar sendo uma escrava do desejo dessa maneira...

Mas como era bom. Isso era algo que calava sua voz interior, aquela que insistia em dizer que essa história não ia acabar bem. Finalmente, ali estava uma coisa que calava todas as vozes, todos os conselhos ao longo dos anos, todos os avisos sobre homens que só queriam uma coisa... ele podia ter *tudo*, se dependesse de Lou, contanto que continuasse fazendo-a sentir aquilo.

E lá estava ela, tremendo à beira de um abismo tão profundo que era impossível ver onde acabava. Ela ia cair a qualquer minuto. Só precisava de um empurrão...

Ele a empurrou.

Ela caiu, caiu, caiu. Agora, via o fundo do abismo aproximando-se tão rápido que nem deu tempo de ver que o chão era feito de água. Gotas prateadas cobriram sua pele toda... uma vez e mais outra, sem que ela tivesse a chance de se recuperar.

"Sim, sim", refletiu Lou, deitada ali minutos depois, sentindo o coração de Jack batendo forte contra o seu, "os meninos malvados *são* mais divertidos."

— Então — disse Jack, à toa, erguendo a cabeça que estava sobre um dos seios dela. — O que foi mesmo que você falou sobre nós não podermos ficar juntos?

27

Oito andares abaixo da cama sobre a qual Lou e Jack estavam deitados, emocional e fisicamente exaustos, Frank Calabrese pegou o microfone e começou a cantar.

— "Meu amor arde por você" — cantou ele, com uma voz surpreendentemente boa —, "nada nunca foi tão bom."

Eleanor Townsend, uma das únicas clientes além de Frank do bar do Hotel Anchorage Four Seasons, aplaudiu alegremente. Ela nunca havia estado em um caraoquê antes e ficou surpresa ao ver que um hotel do nível do Four Seasons tinha aquilo. O Alasca era *mesmo* diferente.

Além disso, ela descobriu que gostava de caraoquês, eram bem divertidos. Na verdade, era uma pena que Jack tivesse ido dormir. Ele teria gostado de tudo, especialmente do hambúrguer de alce — delicioso, e tão magro! — que ela havia comido, acompanhado por uma cerveja; sugestão de Frank. Os dois combinavam muito bem. Assim como Frank e o caraoquê.

— "E quando meu coração está em chamas" — cantou Frank—, "é porque ele te quer."

Infelizmente, Eleanor havia tomado um gole da cerveja no mesmo instante em que Frank cantou tal verso. Ela acabou rindo por causa da letra — como pode uma letra daquelas ter recebido uma premiação como o Oscar? Era ridículo —, e agora estava sentindo que um pouco de cerveja acabara indo para o seu nariz! Isso não acontecia desde que ela era uma menina e fora acampar em Adirondacks.

Mortificada, Eleanor pressionou o guardanapo contra as narinas. Ainda bem que nem Frank nem o garçom perceberam.

— "Quando o mundo se acabar" — continuou ele cantando, preparando-se para o final —, "e nada for mais o mesmo, eu vou dizer seu nome..."

Frank terminou o refrão com um agudo. Depois, fez uma mesura para receber o aplauso dela, posicionou o microfone no apoio e voltou à mesa.

— Agora você canta uma — falou Frank.

Eleanor afastou o guardanapo e respondeu:

— Ah, Frank, não, eu não sei cantar.

— E daí? — perguntou Frank. — Aqui, olhe no livro de músicas. Você deve conhecer alguma. Aqui. Que tal esta? "You Light Up my Life." Esta você conhece. Todo mundo conhece.

— Ai, Frank — disse Eleanor, rindo novamente, desta vez tendo cuidado para não tomar outro gole —, você não faz ideia do que está pedindo. Eu não canto nada.

— Esta aqui. — Eleanor não se lembrava de quando havia se divertido tanto assim. Certamente, nunca desde a morte de Gilbert. Mesmo sendo tão quieto, Gilbert era bem divertido quando queria ser. A vida havia ficado sem graça desde sua morte, ainda que Eleanor tivesse se mantido ocupada com seu trabalho voluntário.

Mas o trabalho voluntário não era tão interessante. Aquilo ali, no entanto — comer hambúrguer de alce e cantar no caraoquê com um policial aposentado de Nova York —, era muito melhor. Quem diria que, ao viajar para o Alasca em busca de seu filho desaparecido, ela encontraria um homem que a faria se sentir como uma adolescente de novo? Eleanor nunca pensaria nisso.

— Você tem que cantar alguma coisa — insistiu Frank. — Eu cantei, então você também canta.

— Ai, está bem — disse Eleanor com um suspiro jocoso. — Agradeço pelas sugestões, mas eu escolho a minha música.

Ela pegou o livro e começou a olhar a lista, nome por nome. Tantas músicas, e quase todas sobre o mesmo tema — amor. Bem, que outro tema era melhor para produzir um sentimento de leveza nas pessoas, o mesmo que...

O mesmo que Eleanor estava sentindo naquele momento.

Ela se sentia efervescente, como borbulhas em uma taça de champanhe. O que era extremamente ridículo, porque já era quase meia-noite no horário do Alasca, e, portanto, quase 3h da manhã em Nova York. Quando havia sido a última vez que ela ficara acordada até às 3h da manhã? Nem lembrava. Era impossível que ela estivesse apaixonada por um policial aposentado, pai de cinco filhos, que havia conhecido havia apenas três dias.

E Alessandro gostara dele logo de cara — e Alessandro sempre acertava com as pessoas.

Pegando o livro, sentindo-se tão viva quanto se sentia aos 15 anos de idade, Eleanor se levantou.

— Eu vou lá — anunciou — e vou cantar.

Frank aplaudiu com entusiasmo, enquanto o garçom pegou o número da música e o registrou no computador.

Segurando o microfone com força, Eleanor se virou, encarou a plateia formada por uma única pessoa — o garçom estava muito entretido com seu jogo de paciência para prestar alguma atenção — e começou a cantar uma música que nunca tinha escutado antes. Ela nem sabia a letra daquilo.

No entanto, aquela fora a primeira música que ela vira depois de perceber que estava apaixonada por Frank Calabrese. Por essa razão, no coração de Eleanor, sempre haveria um lugar especial para a canção "Kung Fu Fighting".

Doze andares acima do bar do Anchorage Four Seasons, Vicky Lord não conseguia dormir.

Ela devia estar se deleitando por finalmente ter sua primeira noite de descanso desde o desaparecimento de Jack e Lou. Afinal, agora eles estavam bem. Quando Vicky ficou sabendo sobre o que acontecera — que o helicóptero deles havia caído e que eles poderiam estar mortos —, foi como se parte de seu cérebro tivesse morrido também. Foi assim mesmo que ela se sentiu. Ela não conseguira sair da cama por quase 36 horas...

No entanto, de repente ela ficara sabendo que havia chances de que eles estivessem vivos. Chances reais. Ela ficara muito feliz. Chegara até a aumentar o salário de Lupe em 100 dólares por semana.

Agora, eles tinham voltado. Estavam de volta, a salvo, e ela nem conseguia expressar o quanto estava feliz. Ela havia organizado a festa na suíte e até comprara todas as garrafas de Dom Perignon disponíveis no hotel. A festa correra bem. Tanto Lou quanto Jack pareciam ter gostado.

Era o que havia acontecido durante a festa — e mais tarde, no noticiário das 11h da noite — que a mantinha acordada, mesmo depois de ter tomado os calmantes que o médico havia receitado na época de seu casamento, quando ela havia ficado muito tensa. Ela ainda estava acordada e não ia sossegar enquanto ficasse repetindo em sua mente aquilo que Jack havia falado para ela.

Haviam atirado nele.

Não apenas atirado, mas perseguido — *perseguido* — pela floresta. Eram homens armados. O piloto, que morrera no acidente, não morrera no momento da queda. Isso foi confirmado mais tarde no noticiário da televisão, em um canal regional.

— Em uma trama intrigante envolvendo o acidente fatal no helicóptero que levava o ator Jack Townsend e outro passageiro ao set de *Copkiller IV*, que estava sendo filmado na província de Myra, no Alasca — anunciara o repórter do canal 11 —, o médico-legista da polícia de Anchorage afirmou que o piloto da aeronave, Samuel Kowalski, não morreu no acidente, como havia sido presumido. Kowalski foi vítima de uma bala que perfurou seu crânio algum tempo depois de ser retirado dos destroços do R-44 que ele pilotava a mando do estúdio. O xerife de Myra não quis dar declarações sobre este caso. Townsend ficou perdido por quase 72 horas na região desértica do Alasca junto com a roteirista de *Hindenburg*. Os agentes do estúdio do Sr. Townsend disseram que o astro do antigo seriado médico *STAT*, atual protagonista de *Copkiller*, está descansando e que deve continuar seus trabalhos normalmente, seguindo a agenda do estúdio. Enquanto isso...

Mas Vicky não queria saber o que acontecia "enquanto isso". Toda a sua atenção estava concentrada em uma palavra — e somente uma. A palavra "bala". Bala. Uma bala perfurara o crânio de Samuel Kowalski. Ele não havia morrido no acidente, como dissera a reportagem anterior. A história que Jack e Lou contaram durante a festa, sobre terem sido perseguidos por homens armados por muitos quilômetros, era verdadeira. Era completamente verdadeira e indicava apenas uma coisa.

E era essa coisa que mantinha Vicky acordada, sentada no sofá da suíte com o controle remoto na mão, mudando os canais sem prestar atenção a nenhum deles.

Alguém estava tentando matar Jack. Lou, não. Lou estava segura. Sua vida só ficara em perigo porque ela estava com Jack. Ele era o alvo, ele estava em perigo.

Ela precisava avisá-lo. Ela sabia que precisava fazê-lo.

Contudo, Vicky nem teve como. Ele ficou na festa por pouco tempo, antes de sua mãe tirá-lo de lá querendo — o que era compreensível — um pouco de tempo sozinha com o filho que achava ter perdido.

Depois da festa, quando Vicky ligou para o quarto dele, ninguém atendeu. Ela tentou ligar em uma hora, depois de hora em hora, mas Jack nunca atendia...

Ela precisava falar com ele. Precisava. Antes que fosse tarde demais...

— Vicky?

A voz, que veio do canto escuro da sala, foi tão repentina que ela quase caiu do sofá. Era apenas o seu marido, sonolento, chamando-a.

— Vicky.

Tim Lord, vestindo seu pijama cinza e um roupão de dormir preto, veio andando vagarosamente até o sofá. Tim não ligava muito para as roupas quando estava trabalhando — na verdade, ele sempre preferia usar jeans e botas de caubói. Mas ele se vestia muito bem para dormir. Como havia confessado a Vicky um dia, ele se arrumava assim porque a mãe, que o criara sem a ajuda do pai, tinha dinheiro apenas para comprar comida e uniformes para seu filho único, nada mais.

— O que você está fazendo acordada tão tarde? — perguntou Tim. — Você está se sentindo bem?

Vicky desligou a televisão com o controle remoto. Não queria mais ver seu rosto pálido no reflexo azulado da tela.

— Sim — respondeu —, estou bem.

— Então venha para a cama, por favor — disse Tim. — Você sabe que não durmo sem você. E tenho um dia cheio amanhã, vamos gravar a cena da mina. É nossa última cena, sabe? A última cena que falta para terminarmos e irmos para casa.

Vicky, muito obediente, levantou-se e deixou que seu marido a guiasse até o quarto dos dois.

Era um verdadeiro teste de atuação fazer com que seu marido não desconfiasse do que ela havia acabado de descobrir. Ele não sabia de nada mesmo. Nem reparou que ela ficou acordada a noite toda ao lado dele na cama até...

... até que todos no hotel — os que ainda não haviam acordado — foram acordados pelo barulho da explosão que acabou com o quarto de Jack Townsend, dois andares abaixo dos Lord.

28

Jack Townsend não estava em seu novo quarto, no 10º andar, quando o apartamento voou pelos ares em uma nuvem de fogo e fumaça. Ele ainda estava no quarto de Lou Calabrese, no 8º andar. Na verdade, ele estava *na* Lou Calabrese.

Entretanto, Jack não estava se divertindo — pelo menos não naquele instante — o quanto queria, porque Lou, contrariando seu pedido, atendera ao telefone que começara a tocar naquele horário impróprio, às 6h45 da manhã.

Tudo bem que minutos antes do telefone tocar, Jack, que havia acordado no aconchego prazeroso da cama de Lou, com seu peito contra as costas dela, percebera que estava tendo uma ereção que, segundo seus cálculos, era do tamanho de um míssil.

Apesar desta não ser uma situação anormal, era a primeira vez que algo assim acontecia com Lou.

E, felizmente, ela também parecia estar se mexendo um pouco demais para uma pessoa que não gostava de acordar cedo — como Jack já havia percebido na casa da árvore. Ele deixou que ela acordasse aos poucos, acariciando seu ombro gentilmente.

Lou abriu os olhos e disse, com a voz rouca de sono:

— Quer saber? Você estava muito errado. Você *não* precisa de uma arma maior.

— Ah — disse Jack, beijando o ombro dela —, que romântica.

— Você — disse ela — é insaciável.

— A maioria das mulheres não reclamaria — comentou ele.

Lou rolou na cama com um suspiro e, deitando-se de costas, disse:

— OK. Pode vir.

E Jack foi. Contente por ainda estarem nus desde a noite anterior, de modo que ele nem precisava se preocupar com roupas. Jack jogou as cobertas para o lado e começou os trabalhos, selando um beijo em um dos mamilos dela, que, até então, estava adormecido. Ao toque dos seus lábios, o mamilo ganhou vida, ficando mais rosado e endurecido.

Ele foi escorregando sua mão pela barriga lisa até encontrar os cachos que havia examinado com tanto cuidado na noite anterior. Em vez de usar a língua, ele a tocou com um dedo e descobriu que Lou estava tão pronta para o amor quanto ele.

Um segundo depois, ele a puxou para cima e se deitou embaixo dela, sugerindo que, desta vez, ela deveria fazer algum esforço, para variar...

E Lou obedeceu com uma aptidão de tirar o fôlego. Ela tinha acabado de deixá-lo entrar — tão firme, tão quente, tão perfeitamente ideal — quando o telefone tocou.

Jack não achou que ela fosse atender. Não quando ele estava lá e quase explodindo — se bem que ela não sabia disso. Lou não era o tipo de pessoa egoísta nesse momento. Ela sempre havia atingido o clímax de forma abundante, várias vezes, e junto com ele. Portanto, ela devia estar no mesmo ponto que Jack.

Mesmo assim, ele viu uma das mãos dela indo em direção ao telefone...

— Está tão cedo — explicou ela. — Deve ser importante. Pode ser a polícia. Ou o meu pai.

Jack não queria discutir sobre o pai de Lou naquele exato momento.

Ela pegou o fone e atendeu.

Não era a polícia nem o pai dela. Era sua agente, Beverly Tennant, ligando de Nova York, onde já eram quase 10 horas da manhã.

Aparentemente, a agente dela era tão importante quanto a polícia e quanto o pai, pois ela começou uma conversa sobre Tim Lord, e sobre como Lou teria que falar com Tim hoje sobre não explodir metade da flora e da fauna do Alasca; que era um erro terrível da parte dele e que resultaria em críticas da mídia, que os ambientalistas do país todo reclamariam sobre as raposas do Ártico; que apenas Lou poderia fazê-lo mudar de ideia, como já havia conseguido no set de *Hindenburg*, quando ele quisera explodir uma estação de trem centenária na Hungria só porque tinha os explosivos à disposição e achava que a fumaça ficaria bonita na tela.

Para Jack, era esse o teor da conversa. Ele só ouvia um lado do diálogo — e ouvia muito bem, pois sentia as vibrações da voz de Lou passando por todo o seu corpo através da conexão que ainda mantinham.

— Desligue logo — disse Jack quando a conversa ficou monopolizada por Beverly Tennant, que estava dissertando sobre alguma coisa relacionada a azulejos italianos.

Lou o repreendeu com o olhar e tapou rapidamente o fone. No entanto, o movimento não adiantou nada, porque a voz no outro lado da linha perguntou:

— Tem alguém aí com você? Meu Deus, Lou, quem é?

E depois ela falou alguma coisa sobre um documentário que havia assistido no Canal Cultura sobre os pescadores de siri no Alasca, e que eles tinham braços lindos, e perguntou se ela tinha conquistado um daqueles.

Jack tentou pegar o telefone para dizer umas coisinhas sobre pescadores de siri no Alasca, mas Lou conseguiu evitar que isso acontecesse.

— Preciso desligar — disse ela com pressa antes de bater o fone.

Jack achou que deveria impedi-la de atender de novo. Ele a virou de costas sem quebrar a conexão que ainda os unia...

— Preciso falar com o Tim — murmurou ela sem muita convicção — antes que ele vá para o set...

— Você tem tempo de sobra — respondeu Jack, beijando o pescoço dela. — Ele não vai sair daqui sem mim, e eu não vou encontrá-lo — ele a penetrou mais profundamente — enquanto não estiver pronto.

O que aconteceu a partir dali foi, na opinião de Jack, exatamente a definição de sexo de qualidade. Era incrível como os dois se conectavam bem, e como seus corpos pareciam ter sido moldados um para o outro. Ele nunca havia tido, em toda a sua vida, uma experiência sexual como a que estava tendo com Lou — não com tanto fervor e tanta paixão.

Talvez isso se devesse ao fato de que, pela primeira vez, estivesse com uma mulher que não só achava atraente, mas de quem gostava e por quem sentia admiração.

E Lou também tinha uma boca linda. Nossa, como ele amava aquela boca.

O problema era que aquela boca estava começando a exigir coisas que ele não sabia se conseguiria dar. Por que Lou não havia ficado feliz com o convite de ir morar com ele? O que mais ela queria? Ela não sabia que muito mais poderia acontecer se pelo menos deixasse que acontecesse?

Não. Ela não sabia. Porque já havia sofrido muito. Ela precisava ouvir uma certa coisa.

Mas isso era o mais complicado para Jack dizer... porque, é claro, nunca havia dito aquilo antes. Como se faz para pedir que uma mulher passe o resto da vida com você? Como se faz para dizer que você quer se casar com ela, ter filhos e cachorros, sem soar como um maluco? Jack não sabia como. Ele poderia dizer a tal coisa se ela estivesse em um roteiro, mas ficaria com inveja do personagem.

Agora, ele entendia aquelas palavras e os sentimentos que estavam por trás delas. Simplesmente não sabia como falar aquilo sem se sentir um bobo, como um de seus personagens.

Por isso, ele tentou demonstrar em vez de falar. Tentou mostrar como se sentia, em vez de confessar. Ele a amava com uma doçura que, nos momentos finais, se transformava em força. Seu desejo cru o tomava, fazendo com que sua vontade fosse um imperativo.

Todavia, um dos motivos pelos quais amava Lou — era estranho usar a palavra "amor" mesmo dentro de sua cabeça — era porque o desejo dela parecia ser tão devastador quanto o dele. Na cama, toda aquela dureza que havia cultivado com tanto cuidado para poder competir em um mundo que ainda era, em grande parte, dos homens, se despedaçava, revelando uma mulher em sua essência, que tomava banho de banheira com sabonetes coloridos e gostava disso. Que carregava pé de moleque na bolsa. Que atingia o clímax de uma maneira tão intensa, mas tão feminina, que Jack às vezes deixava seu prazer para simplesmente vê-la em êxtase.

Ele fez isso naquela manhã. Segurou sua própria explosão para testemunhar a dela. Foi apenas quando ela estremeceu pela última vez que ele se permitiu acompanhá-la... e quando aconteceu, foi completo e rico, exaurindo-o totalmente, como se fosse uma esponja velha.

O que mais ele poderia dizer? Que deveriam ficar juntos para sempre porque ela era a única mulher que o fazia se sentir como uma esponja velha depois do sexo? Por algum motivo, ele achou que tal comentário não seria entendido como um elogio. Por que não conseguia articular as palavras, logo agora que era tão importante? Não era possível que Lou estivesse certa. Ele não era um robô que ficava cuspindo palavras escritas por outras pessoas.

Ele ficaria agradecido se alguém, qualquer pessoa, tivesse escrito um discurso bonito para ele falar naquele momento, alguma coisa que a fizesse ficar exatamente onde estava — bem, não *exatamente* ali — para o resto da vida deles.

Qual era a sua dificuldade? Milhões de homens faziam isso no mundo todo. Tantos outros pediam mulheres em casamento. É claro que ele conseguira também — e sem a ajuda de terceiros. Tudo bem que a sugestão de morarem juntos não havia sido muito bem recebida. Lou já tinha morado com um cara, e vejam a confusão que deu. Talvez o que ela precisasse ouvir — ou quisesse ouvir — fosse algo um pouco mais estável, com um pouco mais de comprometimento da parte dele. Ele conseguiria. Ele *queria* fazer aquilo, pela primeira vez na vida. Tudo o que tinha a fazer era falar as palavras certas.

— Lou — começou Jack. Pronto. Muito bom. Uma palavra a menos.

Ela abriu os olhos escuros e olhou para ele, seus cabelos espalhados pelo travesseiro como uma auréola. Uma auréola de cobre.

— Quê?

Ele respirou fundo. Ia conseguir. Claro que conseguiria. Ele não tinha recebido o prêmio de escolha da audiência de melhor ator na televisão? Não havia sido eleito o solteirão mais desejado de Los Angeles? Ele era sexy. Era bonito. Lou ia aceitar. Ele só precisava falar a frase. Três palavras. Só isso. Três palavras com duas ou três letras em cada.

— Eu... — começou ele a dizer.

E foi aí que o hotel se sacudiu ao som de uma explosão que quase os fez cair da cama.

— Meu Deus! — berrou Lou, deitada na bagunça dos lençóis. — Jack! O que foi *isso*? Um terremoto?

Não muito feliz por ter sido interrompido, Jack disse:

— Terremotos não fazem esse barulho. Deve ter sido alguma explosão. Escute, Lou...

Mas já era tarde. Lou já estava empurrando-o de cima dela. Envolvendo-se em um lençol, ela foi até a janela.

— Jack, venha ver a fumaça! — exclamou Lou. — O que você acha... meu Deus, está vindo aqui de cima. O que aconteceu?

Jack, chocado com a explosão, enrolou-se na colcha que cobria a cama e sentou-se na beira, desapontado, sentindo-se um fracassado.

— Deve ter sido a Melanie — comentou. — Ela deve ter se explodido por causa das mudanças no roteiro.

Lou estava esticando o pescoço para ver o lado de fora da janela.

— Não, Jack — falou —, acho que é um pouco mais sério do que isso. Tem fogo saindo pelas janelas. Acho que deveríamos... não sei. Colocar as nossas roupas. Evacuar. Algo assim.

Jack adorou a ideia. Café da manhã. Era isso. Eles iam tomar o café da manhã e ele poderia pedir a mão dela em casamento enquanto comiam torradas. Não era muito romântico, está certo, mas Jack intuiu que o café o ajudaria a criar coragem. Ele se levantou e, ainda enrolado na colcha, começou a procurar por suas calças.

— Boa ideia — disse ele. — Você quer tomar banho primeiro? Ou vamos juntos logo?

O som de vozes começou a ser escutado do lado de fora do quarto de Lou. E ela, lutando para entrar logo o roupão, franziu as sobrancelhas.

— Essa não é a voz do meu pai? — perguntou.

Segundos depois, Lou estava abrindo a porta e olhando para o caos do corredor.

Estava um caos *mesmo*. Várias pessoas estavam no corredor, todas de alguma forma ligadas ao filme, e inúmeras delas não estavam completamente vestidas. Jack reconheceu Paul Thompkins, um dos assistentes de direção, vestindo cuecas samba-canção e uma camisa dos Knickers, enquanto falava afobadamente ao celular.

— Não sei o que aconteceu — estava dizendo ele —, mas não esqueça de pegar a lista com as cenas. Se aquilo virar cinzas, nós estamos completamente perdidos...

No meio da multidão, o pai de Lou Calabrese pedia calma.

— Tudo bem, pessoal — dizia Frank —, vamos nos acalmar. Não deve ser nada. Deve ter sido um transformador no terraço do prédio, nada de mais. Vamos tentar ajudar os bombeiros e nos dirigirmos logo para as escadas. Não, não pelos elevadores, desçam pelas escadas. Vamos lá, todos em fila, por favor...

Lou, com o roupão bem amarrado na cintura, passou ao lado de Jack.

— Pai — disse ela, correndo na direção de Frank —, tudo bem com o senhor? O que houve?

— Oi, bom dia, filha. — Frank sorriu. Ele estava vestindo um roupão quadriculado de azul e verde por cima de um pijama azul. Seus cabelos brancos estavam levantados de um jeito engraçado. Ele não se mostrou nem um pouco surpreso por vê-la vestindo apenas o roupão do hotel. — Que belo despertador, não é?

— Pai, o que foi isso? — Lou olhou para o corredor. — Foi um barulho de explosão. E a fumaça está muito forte.

— É — disse Frank, acenando para que as pessoas do final do corredor saíssem pela porta na qual havia um sinal de saída —, parecia que...

De repente, um alarme ensurdecedor soou, acompanhado por luzes piscantes no teto que pareciam ter sido feitas para guiarem as pessoas até a saída de emergência, caso o corredor ficasse muito cheio de fumaça.

— Ah — disse Frank, satisfeito —, agora sim. Eu já estava me perguntando se não iam ativar isso.

Era quase impossível ouvir alguma coisa com aquele alarme. Mesmo assim, Jack teve a certeza de ter ouvido a voz da mãe.

— Frank! — gritou ela. Jack nunca a havia visto tão histérica. — Ai, Frank!

Jack presenciou uma cena muito preocupante. Ele viu o pai de Lou abraçar Eleanor Townsend, confortando-a.

— Está tudo bem, minha querida. É apenas um incêndio — falou Frank, quase beijando os cabelos dela.

Querida? *Querida?*

Eleanor pareceu não tê-lo escutado. Se tivesse, é claro, ela teria reagido à maneira como foi chamada. Mas, em vez de reagir, ela agarrou uma das lapelas do pijama dele, Alessandro esmagado entre os dois, e disse:

— Ai, Frank! É uma tragédia! Eu tentei ir ao quarto de Jack agora para ver se ele estava bem, mas foi lá que aconteceu a explosão. Foi lá! O quarto dele explodiu! Só tem muita fumaça preta e fogo...

Lou, que estava vendo tal cena acontecer com uma certa expressão de surpresa, inclinou-se e disse:

— Sra. Townsend. Sra. Townsend, não chore. Jack está aqui, ele está bem. Ele estava comigo.

E Jack, vestindo apenas a colcha que cobria a cama de Lou, teve que acenar para eles, com muita vergonha, da porta do quarto.

— Oi, mãe — disse ele.

29

O café da manhã estava sendo meio estranho.
Provavelmente por causa da parte do 10º andar do hotel que havia desaparecido no meio do nada.
No entanto, ninguém imaginaria que a equipe do restaurante, dez andares abaixo, sofreria tanto com aquilo.
— Isso — disse Tim Lord, olhando em volta da mesa onde estavam sentados — é demais. Onde está o garçom? Eu tenho de ir para o set. Tenho um avião marcado.
Lou, sentada do outro lado da mesa, disse:
— Tim. Escute. O avião vai esperar. Eu sei que essa não é uma boa hora, mas temos que conversar sobre essa coisa de explodir a mina. Você não acha que já houve explosões suficientes hoje? Não tem como deixarmos a mina quieta?
Tim continuou a procurar por alguém no restaurante vazio. A maioria dos hóspedes havia optado por comer em outro lugar, embora os bombeiros de Anchorage tivessem garantido, uma hora depois da primeira evacuação, que o prédio estava seguro.

Mas o diretor não era o tipo de homem que ia deixar de seguir seu planejamento só porque uma bomba havia explodido no quarto de seu ator principal. Ele tinha que filmar, afinal de contas.

— Pelo amor de Deus, Lou — disse ele, avistando um garçom que estava muito ocupado cochichando, provavelmente sobre a explosão —, nós já estamos três dias atrasados por causa daquele incidente que aconteceu no helicóptero com Jack e com você. E agora você me pede para mudar a cena essencial da história que eu estou contando, que, por acaso, foi escrita por você? Você deve ter inalado muita fumaça hoje.

Lou olhou para Vicky, que estava sentada ao lado do marido, angelical como sempre, usando um vestido de cashmere creme. Lou tentou fazer um rosto engraçado para ela, visto que Vicky estava mais tensa que o normal. Mas a Sra. Lord não olhava para a amiga, prestando muita atenção à xícara de chá na mesa.

— Tim. — Lou ia tentar de novo. — Raposas do Ártico. Fofinhas, tipo cachorrinhos. Elas fazem ninhos naquela mina. Se você explodir a mina, vai deixar milhões de animaizinhos fofos sem casa. É esse tipo de mensagem que você quer passar para os Estados Unidos? Que Tim Lord não está nem aí para cachorrinhos?

— Raposinhas — corrigiu Vicky.

Lou e Tim olharam para ela.

— O que foi, meu amor? — perguntou Tim Lord.

— É mais coerente chamá-las de raposinhas — disse Vicky, meio desanimada por ter atraído toda a atenção da mesa para si —, eu acho. Raposas não são cachorros.

— Raposinhas, então — disse Lou, franzindo o rosto para Tim. — É isso que você quer, Tim? Ser um assassino de raposinhas?

O garçom, finalmente notando os gestos de Tim, veio à mesa, meio pálido e muito eufórico. Ele devia ser mais novo do que Lou havia imaginado — 19 ou 20 anos de idade.

— Pois não — disse ele com a voz meio desafinada.

— A conta, por favor — pediu Tim. — E pode ser com rapidez? Preciso pegar um avião.

— Ah — respondeu o garçom, um pouco surpreso —, não estamos cobrando neste momento, senhor. Por causa da... o senhor sabe. — Ele abaixou a voz a um sussurro. — Aquele problema.

Tim sorriu para o rapaz.

— OK — respondeu —, obrigado. — Ele se virou para Lou e Vicky. — Meninas. Foi um prazer, como sempre, mas tem um carro esperando por mim para me levar ao aeroporto, onde tem um avião esperando por mim para me levar ao set, onde uma equipe está esperando por mim, com a qual eu gasto mais ou menos 200 mil dólares por hora. Lou, este foi o café da manhã grátis mais caro que eu já consumi. Se vocês me derem licença...

Tim deslizou no banco para sair da mesa.

— Mas, Tim — disse Lou, sentindo que já estava perdendo uma batalha que, na verdade, ela nunca havia achado que pudesse ganhar —, não precisamos explodir a mina. Falando sério, não vai fazer falta no roteiro. Nem está...

— Lou. — Tim estava de pé, pegando o casaco, que estava apoiado sobre o banco. — Você sabe que eu respeito você como escritora, mas o público americano espera duas coisas em todos os *Copkiller*, como você bem sabe: um close do traseiro de Jack Townsend e uma grande explosão. — Ele colocou o boné de beisebol com o logotipo de *Hindenburg*, — que inclusive era um dos artigos relacionados ao filme que mais tinha procura no eBay. — E eu não pretendo desapontá-lo.

Ele se virou e saiu andando pelo restaurante.

Lou, sem acreditar no que havia acabado de ouvir com seus próprios ouvidos, olhou para Vicky e disse:

— Poxa. Deu supercerto, não deu?

Certamente não foi o comentário de Lou que provocou o choro de sua amiga Vicky, que não estava feliz como sempre parecia estar (tudo bem, podia ser efeito do susto da manhã). Do nada, ela começou a chorar.

Lou ficou espantada com a amiga. Era compreensível que, nas últimas 48 horas, Vicky estivesse meio distraída com os outros — e isso era culpa de Jack. No entanto, se Lou havia falado ou feito alguma coisa para magoar Vicky, não tinha sido por mal.

— Nossa, Vicky — disse Lou, saindo de seu lugar para ocupar o de Tim, ao lado dela —, o que houve? O que você tem? Ai, meu Deus, é essa história de bomba, não é? Que droga. Imagino o quanto você deve ter ficado assustada. Vocês estavam logo acima da explosão...

— É que... — Mesmo chorando, Vicky era linda. Era impossível não reparar nisso. Quando Lou chorava, a ponta de seu nariz ficava vermelha, assim como seus olhos e o resto de seu corpo. Vicky não era assim. Os olhos dela se enchiam de lágrimas, e isso enfatizava o tom azul de sua íris. Nem uma única parte de seu rosto ficava vermelha. — Eu... não é isso — gaguejou ela.

Lou inclinou-se por cima dos pratos vazios. Tim havia comido bacon, ovos e panquecas, enquanto Lou havia comido apenas uma omelete, não muito contente, preocupada com o efeito do sorvete que havia devorado no chalé de Donald. Vicky não havia pedido nada, apenas seu chá de ervas. Lou pegou alguns guardanapos.

— Aqui — disse ela, entregando os guardanapos à amiga. — Nossa, Vicky, não chore. Vai ficar tudo bem. Acho que vou pegar alguns cartazes com fotos das raposinhas e ir para Myra também, para mostrar a eles...

— Ai, Jesus! — Vicky olhou para o céu, e lágrimas rolaram pelas suas bochechas, como gotas de pérolas. — Não tem nada a ver com o filme, OK? O problema não é a droga do filme! É *Jack*!

Lou encarou sua amiga, sentindo que seu coração estava quase parando de bater.

— Jack? Mas... Jack está bem. Ele não estava no quarto quando houve a explosão. E a polícia de Anchorage mandou policiais assim que souberam do que aconteceu. Ele está sob proteção...

— N-não — soluçou Vicky —, não é isso!

Lou sentiu o sangue gelar. Que ótimo, Vicky sabia de tudo. Como se não bastasse que seu pai e a Sra. Townsend — meu Deus, que vergonha se lembrar daquilo — soubessem que ela e Jack haviam passado a noite juntos, agora Vicky também sabia. As notícias corriam rápido mesmo naquele lugar.

— Ai, Vicky, meu Deus — disse Lou. Ela se sentiu péssima. Pior que péssima. Ela estava se sentindo como se fosse a pior amiga do mundo. Imaginem ter dormido com o homem que havia terminado com a melhor amiga dela.

Mas ela tinha uma argumento a seu favor: Vicky já tinha superado Jack e já havia até se casado novamente!

Talvez não fosse nem por isso que ela estivesse chorando. Quem sabe? Talvez ela estivesse chorando por estar preocupada com os sentimentos de Lou, pois sabia que a amiga não era exatamente o tipo de mulher que gostava de sexo casual. Vicky podia estar triste porque sabia que Jack ia acabar com ela também.

Lou havia pensado bastante sobre isso na noite anterior, enquanto Jack dormia ao seu lado, exausto por tanto esforço. Era muito divertido ficar com ele, apesar de ser um ator. Lou havia passado a vida toda sendo cuidadosa, ficando com Barry mesmo depois de ter percebido que ele era um idiota — sem querer ser muito exigente. Ela não cometeria o mesmo erro novamente. Ela ia aceitar o risco e, uma vez na vida, viveria como seus personagens: ia arriscar tudo pela felicidade, ia apostar no amor.

E se, no final das contas, Jack a magoasse... bem, pelo menos ela teria tido a coragem de se tornar vulnerável.

Até que isso acontecesse — até que ela se magoasse por causa de Jack —, seria um caminho fabuloso e cheio de aventuras.

— Escute, Vicky — disse Lou, tocando a mão da amiga. — Eu peço mil desculpas. Mas você falou que já o havia esquecido. Você falou que já estava em outra.

Vicky chorou mais ainda. Lou não sabia o que mais poderia falar. Ela só queria que Vicky entendesse por que ela fizera o que fizera.

— Eu sei que você está preocupada comigo — continuou Lou —, mas, honestamente, acho que vou ficar bem. Quer dizer, sei que Jack tem uma reputação daquelas, e coisa e tal. Eu sei que nunca ficou com uma mulher por mais de dois meses. Mas já sou crescida e tenho muita vida ainda pela frente, e quero viver. Passei grande parte da minha vida adulta na frente de um computador. Isso é muito sério. Eu fico escrevendo sobre essas pessoas que fazem coisas extraordinárias, mas o que eu tenho feito de extraordinário? Nada! Estou cansada de sempre fazer o que é mais seguro. Cansada de proteger o meu coração. Poxa, Vicky. Eu quero viver. Entende? Eu quero viver!

Agora, foi Vicky quem ficou surpresa. Provavelmente, por causa do discurso apaixonado de Lou, mas também porque, durante sua fala, Lou levantou e bateu na mesa com força, fazendo com que um garfo caísse no chão, o que atraiu a atenção de vários membros da equipe do restaurante.

De qualquer forma, Vicky olhou para a amiga e perguntou, com uma voz um tanto melancólica:

— Sobre o *que* você está falando, Lou?

— Ué — respondeu Lou, percebendo que havia exagerado e sentando-se novamente —, sobre Jack Townsend, é claro.

— *Eu* estou falando sobre ele — disse Vicky, enfatizando a tristeza em sua voz. — Sobre Jack e sobre como o meu marido está tentando matá-lo.

Lou, sentindo a garganta repentinamente muito seca, ficou olhando para a amiga. Foi como se estivesse vendo uma pessoa que nunca havia visto antes. Como em um passe de mágica, a Vicky superficial, vaidosa e teimosa que Lou havia aprendido a amar e respeitar, mesmo com todas os defeitos, parecia ser uma estranha... uma estranha bela e fria, que nunca pediria a Lou que tirasse o cabelo do ketchup e nem chamaria os enteados de pirralhos Stepford, os personagens de Ira Levin...

— O *quê?* — foi tudo o que Lou conseguiu dizer.

— Foi Tim — Vicky levou os guardanapos ao rosto e chorou. — Foi ele quem pagou para que o piloto matasse Jack. Não era para você ter ido com ele. Se tivesse checado suas mensagens como eu, você não teria ido.

Lou encarou a amiga.

— Vicky. Como assim?

— Meu Deus, Lou, você não está percebendo? — Vicky piscou os olhos lacrimejantes. — Tim contratou aqueles homens para matar vocês, você e Jack. Eu não tinha certeza, não tinha como ter total certeza... mas a bomba de hoje, que destruiu o quarto de Jack, me fez ter certeza... eu simplesmente sei que foi o Tim!

Lou costumava entender as coisas rapidamente, mas desta vez ela não estava conseguindo. Era como se Vicky estivesse contando que fora abduzida por alienígenas ou falando sobre a cabala. Vicky havia frequentado a cabala por várias semanas, e durante um certo tempo Lou tivera de evitar a amiga porque ela não entendia uma palavra do que Vicky dizia.

Era a mesma coisa acontecendo de novo, só que em vez de falar sobre *verdade* e *luz,* ela estava falando sobre *morte* e *bombas.*

— Vicky — disse Lou, vagarosamente —, por que Tim iria querer matar Jack? Eles são amigos, sempre se deram muito bem...

— Claro — disse Vicky, fungando —, claro, é verdade. Até que eu e Tim... bem, nós andamos tendo alguns problemas, e então eu sugeri... sugeri que fôssemos ao terapeuta, aquele especialista em vidas passadas. Achei que isso fosse nos ajudar a ficar mais unidos, sabe? Em uma das sessões, o Dr. Manke sugeriu que falássemos sobre nossas vidas passadas e sobre nossos relacionamentos antigos também. Eu falei sobre o Jack, e o Tim... bem, ele não sabia...

— Você nunca havia contado? — Lou encarou a amiga sem acreditar naquilo. — Você nunca havia contado que você e Jack já...

— Não — disse Vicky, encolhendo os ombros —, não havia contado, OK? Pode me crucificar.

— Vicky — disse Lou com uma voz preocupada. — Vicky, você não...

— O Dr. Manke nos incentivou a ser honestos um com o outro — disse Vicky, sentindo-se indignada —, então eu falei para Tim que foi Jack quem pediu para terminar.

Lou sentiu como se um jato de água fria estivesse molhando suas costas. Aquilo que ela estava ouvindo era inacreditável. Vicky ainda gostava de Jack? Ainda o amava, mesmo quando se casou com outro? Ainda gostava de Jack ao unir-se a Tim Lord, um dos diretores mais poderosos de Hollywood?

Não. Aquilo não estava acontecendo. Não com ela. Não na manhã em que ela havia decidido mudar de carreira e realmente viver, em vez de apenas observar a vida.

E, como se não bastasse, ela ainda tinha que acreditar que Tim tinha tanta raiva de Jack por causa de sua esposa que queria *matá-lo*? Impossível.

No entanto... por qual outro motivo Tim teria concordado em dirigir *Copkiller IV*? Todos ficaram chocados pela escolha desse filme após o Oscar de melhor diretor por *Hindenburg*. Por que diabos Tim escolheria dar prosseguimento à sua carreira com uma sequência — ainda por cima o quarto filme dessa sequência? Foi o que todos em Hollywood, inclusive Lou, se perguntaram.

Alguns diziam que foi porque ele queria dirigir algo mais fácil, a fim de se inspirar para o próximo grande filme. Outros fofocavam que Tim queria arrecadar dinheiro para construir um projeto com arte indígena, como Jack havia feito.

Contudo, agora... agora Lou estava começando a duvidar de tais especulações. Será que foi porque, dirigindo mais um *Copkiller*, Tim ficaria perto de Jack, tendo acesso à agenda dele? Ele poderia inventar alguma fatalidade que, caso não tivesse acabado da maneira que acabara, teria parecido um mero acidente. Se Sam tivesse conseguido matar Jack e tivesse fugido para o seu esconderijo premeditado, o que será que as pessoas teriam achado? Que Jack e o helicóptero haviam simplesmente caído. Não espantaria tanto que eles não encontrassem os destroços... não com milhares de quilômetros quadrados de floresta para vasculharem.

A sensação gelada nas costas de Lou começou a tomar seu corpo todo.

Agora que seu plano havia falhado — Jack ainda estava vivo —, Tim ainda tinha mais uma cartada. Ah, tinha. Ele podia até ter desistido dos assassinos de aluguel, mas ele ainda tinha um set de filmagem cheio de explosivos.

— Vicky — disse Lou, sentindo o frio agora se espalhar por seus braços —, você não disse isso. Sério. Diga-me que isso tudo é um exercício bizarro de atuação, e que você não falou nada para ele.

— Claro que falei. — Vicky estava bastante indignada agora. Triste, mas indignada. — Tim é meu marido. Se não posso ser honesta com o meu marido, com quem mais vou ser? Um casamento construído com mentiras não é um casamento, é um...

Lou bateu a mão com força na mesa.

— *Você falou para Tim Lord que ainda gosta de Jack Townsend?*

— Sim — disse Vicky, um pouco espantada com a atitude de Lou —, falei. Por que não falaria? Tim já foi casado duas vezes antes de mim. Ele também já amou outras mulheres.

— Mas você é a mulher que ele ama *agora* — exclamou Lou.

— Sim, claro — disse Vicky —, mas o que posso fazer se uma parte de mim vai ser apaixonada por Jack para sempre? É isso que Jack faz com as mulheres. Parece ele que entra na nossa pele. É como se fosse um vício que você não consegue vencer. Eu não queria isso, juro. Mas às vezes simplesmente não consigo parar de pensar nele...

— E você falou tudo isso... — Lou falava com uma voz bem firme. Não tinha como reagir de outra forma. Se Vicky queria que sentissem pena dela, ela escolhera a pessoa errada. — ...para Tim. Você falou para ele que não consegue esquecer Jack?

— É — disse Vicky, desta vez menos indignada e mais temerosa (Lou estava dando medo) —, claro que falei. O Dr. Manke disse que se quero conhecer minha verdadeira identidade como ser humano, tenho de ser honesta emocionalmente comigo mesma e com aqueles que estão perto de mim também...

Lou esticou a mão. Mas, em vez de agarrar o pescoço de Vicky, que era o que ela queria fazer, pegou a bolsa da amiga.

— Que ótimo, Vicky — disse ela, saindo da mesa —, muito bom mesmo. Espero que esteja se sentindo muitíssimo bem consigo mesmo. Porque, se você estiver certa, se Tim estiver por trás disso, neste momento há duas pessoas mortas graças à sua honestidade emocional. E Jack... — Ao dizer o nome dele, a sensação gelada tomou a garganta de Lou — Jack, que agora está no set, se não me engano, para onde seu marido está indo, pode ser a próxima...

— Desculpe-me, Lou — disse Vicky. — Ai, meu Deus, Lou, me perdoe! Eu estou tão... espere. O que você está fazendo?

— Vicky — disse Lou, pegando o pulso da amiga e levantando-a da cadeira —, você vai vir comigo. Nós duas vamos ter uma conversinha com aquele xerife simpático que esteve aqui ontem.

— Ai, meu Deus! — exclamou Vicky. — Ai, Lou! Não! Se Tim descobrir que eu falei... se ele souber que eu sei... ele vai me matar!

Lou sorriu um sorriso sem humor.

— Que bom — disse ela.

30

— Estão chamando o senhor no set, Sr. Townsend — disse a voz do outro lado da porta do trailer de Jack.

Jack ergueu o olhar do bloco de notas onde estava escrevendo. Ele havia decidido que, se não conseguia falar o que sentia para Lou, deveria tentar a escrita.

Mas ele descobriu que escrever o que sentia por uma escritora era ainda mais difícil. Jack já havia feito oito rascunhos — que estavam ao seu lado em um monte de bolas de papel —, e nem eram 10h da manhã ainda. O chamado ao set foi um alívio. Pelo menos agora ele teria algo a fazer, algo com o que se ocupar.

Ao entrar em contato com o ar gélido e a neve acinzentada, que em algum momento havia sido branquinha, ele percebeu que deveria se preocupar com sua vida. Embora a equipe dos bombeiros tivesse dito que a possível causa da explosão de sua suíte tinha sido uma falha no sistema elétrico, ele suspeitava que a tal falha no sistema elétrico tivesse alguma conexão com seja-lá-quem estivesse tentando assassiná-lo.

Qualquer outro homem que tivesse passado pelas experiências que Jack passara nos últimos dias não teria ficado chateado ao ver o policial que, ao perceber que Jack havia sido chamado ao set, saiu da viatura e veio para perto dele. Qualquer outro homem não se incomodaria com aquela cena.

Mas Jack não gostava daquilo.

Não que o policial Mitchell não fosse gente boa. Ele estava todo sorridente ao acompanhar Jack até perto da mina na qual a última cena seria gravada. Mas é que aquela história de ter alguém tentando matá-lo já estava começando a irritar. E se Jack estivesse no quarto quando a bomba explodiu? Pior ainda: e se Lou estivesse com ele? Ele não podia começar uma vida em conjunto com uma pessoa de quem gostava muito se isso fosse colocá-la em perigo. Ele decidiu que teria que fazer algo sobre isso. E rápido.

Mas, até lá, Jack precisava gravar aquela cena. Quando Jack e o policial Mitchell chegaram perto de Tim Lord, que estava sentado em sua cadeira de diretor dando instruções a Paul Thompkins, o assistente de direção, Jack não segurou a satisfação de saber que aquela seria a última vez que teria que se colocar na frente das câmeras. Estava se sentindo até um pouco mais livre.

— Oi, Jack — disse Tim, passando sua prancheta para Paul e inclinando-se na cadeira. — Você está pronto?

— Prontíssimo — disse Jack.

— Ótimo. — Tim deu uma olhada para o policial Mitchell, sorriu e voltou sua atenção ao set em sua frente: a entrada da mina, a uns 20 metros. A equipe de efeitos especiais, sentada a uma mesa perto de Jack, havia preparado a mina para explodir. A neve perto dela havia sido preparada para que não houvesse pegadas ou outros sinais de vida. Vários ensaios da cena haviam sido feitos com testes de explosão para que a pessoa responsável pela pirotecnia pudesse saber exatamente onde colocar os explosivos. A mina estava pronta para ser destruída.

Tudo que Tim precisava, como havia dito a Jack, eram algumas tomadas do detetive Pete Logan correndo para fora da mina e se jogando sobre um monte de neve — sob o qual havia um colchão escondido para aliviar o impacto da queda. Eles colocariam a explosão logo atrás de Jack digitalmente.

A equipe de filmagem começou a se aglomerar perto do diretor. A respiração de cada integrante da equipe saía em nuvens congeladas, e suas expressões indicavam que eles prefeririam estar em qualquer lugar do mundo, menos ali.

— Então, o que preciso que você faça — disse Tim — é entrar na mina e, quando eu berrar ação, você vai sair correndo e se jogar na neve, exatamente como fizemos no ensaio no começo da semana. Lembra?

— Lembro, sim — disse Jack, fixando seu olhar na entrada da caverna. Era escuro lá. Menos frio que ali fora, mas muito escuro. Jack não gostou daquilo.

— Então, é como ensaiamos mesmo — disse Tim. — Só que desta vez, é claro, estaremos filmando. Corra e se jogue.

— Correr e me jogar — repetiu Jack.

— Isso — disse Tim. — E lembre-se: vai ter uma explosão gigantesca acontecendo logo atrás de você. Não de verdade, é claro — adicionou ele, olhando para o policial Mitchell, que estava pasmo observando tudo ao seu redor.

Ele nunca havia estado em um verdadeiro set de um filme de Hollywood, como havia confessado a Jack. — Nós vamos colocar a explosão na cena depois. Portanto, Jack, você tem que estar com medo.

— Certo. Medo — disse Jack. Ele lembrou dos ensaios, de ter saído correndo da boca da mina e pulado em cima do monte de neve. Eles já haviam feito aquilo seis vezes. Poderiam ter gravado a cena se a luz não estivesse tão fraca na ocasião.

— Certo — disse Tim —, mas não muito medo. Porque Pete Logan nunca fica com muito medo.

— Nunca — disse Jack —, nunca mesmo, não é? — Ele olhou para o diretor com cuidado. — Então você vai mesmo fazer isso — disse Jack —, você vai explodir a mina.

Tim ergueu o megafone e chamou um dos cenógrafos.

— Aquela neve ali do lado direito não está igual ao resto. Arrume isso, por favor? — O técnico despejou uma tinta branca especial em cima da neve acinzentada, o que realmente realçou o aspecto do cenário.

Tim virou-se para Jack e respondeu:

— Sim, é claro que vou explodir a mina. Com a quantidade de dinheiro que o governo americano deu ao departamento que cuida da vida selvagem daqui, eu poderia explodir a cidade toda se quisesse. Duvido muito que eles venham a sentir falta de uma mina qualquer.

Jack mordeu o lábio inferior. Ele não estava usando um gorro — o pessoal do guarda-roupa não deixara. O detetive Pete Logan nunca usaria um gorro. Jack já estava sentindo a ponta de suas orelhas congelando.

— E as raposas do Ártico? — perguntou Jack.

— Fodam-se as raposas — respondeu Tim.

Jack sabia que Tim Lord só falava assim quando não havia mulheres por perto. Era sempre foda-se isso, foda-se aquilo. Alguns atores até achavam bom estar com um diretor que era tão informal. E Jack não se importava com palavrões.

Mas ele se importava, sim, com o fato de que Lou havia se encontrado com Tim — Jack sabia disso porque o próprio Tim havia mencionado o café da manhã com ela como desculpa por seu atraso —, e de que o diretor estava obviamente ignorando tudo o que ela havia dito. Jack sabia que Lou era uma oradora persuasiva e apaixonada. Não conseguia imaginar por que o pedido dela contra a explosão havia sido ignorado daquela forma.

E havia sido ignorado mesmo, pois Tim ia levar até o final seu plano de explodir a mina abandonada onde as raposas viviam. Jack já havia estado naquele set várias vezes e nunca tinha visto nenhuma raposa. Talvez a movimentação da equipe tivesse assustado os animais.

Não era certo explodir o habitat deles. Não que Jack gostasse das raposas do Ártico. Na verdade, ele não estava nem aí para elas.

E certamente não era um ambientalista. Ele gostava de carne vermelha tanto quanto qualquer um.

Entretanto, Lou se importava com as raposas. Lou havia viajado até o Alasca para pedir que Tim Lord não fizesse aquilo, e o cara estava ignorando-a como se ela fosse...

Como se ela não fosse ninguém.

Foi por tudo isso que Jack disse "não".

Tim, que estava observando o set através da lente da câmera, nem olhou para Jack.

— Não o quê? — perguntou. — Não se preocupe, o colchão está no lugar. Eu sei que ele estava um pouco fora do lugar no último ensaio, mas já arrumamos isso. Agora vai dar tudo certo.

— Não — disse Jack, cruzando os braços, não para dar uma de machão, mas sim por estar congelando de frio —, eu não vou fazer a cena.

Tim finalmente olhou para ele. Olhou, deu uma risada e disse:

— Muito engraçado, Townsend. Vamos lá. A luz está boa, não quero perdê-la.

— Acho — insistiu Jack — que não fui claro. Eu disse não. Não vou fazer a cena.

Todos os movimentos e barulhos no set pararam. Cinquenta pessoas, desde os caras nas gruas lá em cima até o pessoal do som ali do lado, pararam tudo para observar o espetáculo que era Tim Lord sendo desafiado por um ator. Até Melanie Dupre, que estava de pé, a postos (sua personagem, Rebecca Wells, tinha de gritar o nome do detetive Pete), estava pasma... mesmo que estivesse, até então, fingindo que não o conhecia.

É claro que Tim estava acostumado com caprichos. Ele estava acostumado com atrizes como Melanie que se trancavam no trailer e só saíam se alguém trouxesse uma garrafa de água da marca X.

Mas aquilo ali — aquela oposição pacífica — era algo novo. Tim olhou para Jack como se ele tivesse feito uma grosseria, como questionar a inteligência de Steven Spielberg.

— O que você falou? — perguntou Tim. A neve fez com que a voz de Tim ficasse alta como um berro, mas, na verdade, ele falou bem baixo.

— Eu disse... — Jack já estava de saco cheio daquilo. Com nojo, na verdade. Ele não conseguia imaginar por que Vicky havia se casado com aquele idiota. — ... que não vou gravar a cena. Não quero fazer parte da destruição deste belo...

Enquanto falava isso, ele ficou se perguntando se não estava exagerando A mina não era nada bonita. Aquilo ali devia ser um verdadeiro ninho de doenças que, provavelmente, eram perigosas para a população local. E, com certeza, as crianças de Myra morriam de vontade de explorar aquele lugar horrível.

Mesmo assim, ele prosseguiu.

— ... pedaço da história americana.

Pronto, ele havia dito. E se sentiu melhor depois de ter falado. Chamar aquilo de belo havia sido um pouco demais, talvez, mas o resto estava certo.

Não para Tim. Era só olhar para o rosto dele: o diretor estava enfurecido. A ponto de ser capaz de bater com o seu Porsche na parede de tanta raiva.

— Townsend — disse ele —, não é porque você teve uma experiência como diretor que pode se achar no direito de fazer o meu trabalho. Sim, o *Times* gostou muito do seu príncipe da Dinamarca, mas eu vi o filme e nem foi tão espetacular assim. E hoje nós estamos aqui para filmar o que mesmo? Ah, lembrei. Não é Shakespeare. Portanto, nem pense em vir com papinhos sentimentais. Entre naquela droga de mina e fique lá dentro até me ouvir gritar "ação". Entendeu?

— Se você quer que eu chegue perto daquela mina — responde Jack —, tem que prometer que não vai explodir nada. Você entendeu?

O queixo de Tim caiu. Com seu bigode e o cavanhaque de pelo grisalho que circulava sua boca até o queixo pequeno — e quando ele abria a boca daquele jeito, ficava formidável... como um Robin Hood velho.

— Tudo tem que ser sempre do seu jeito, não é, Townsend? — Tim balançou a cabeça. — Você nunca pensa nos sentimentos dos outros, não é?

— Opa — disse Jack —, estou pensando no sentimentos das raposas agora.

— Claro — falou Tim com uma risada sarcástica.

Finalmente, Tim disse o que Jack nunca achara que fosse ouvir naquele momento.

— OK.

Jack ergueu as sobrancelhas. Mal podia acreditar no que havia escutado.

— O quê? — perguntou Jack.

— Você me ouviu. — Tim podia até ter falado aquilo uma vez, mas não repetiria o que dissera por nada no mundo. — Agora, entre na mina.

Jack, um pouco surpreso por seu plano ter dado certo, disse:

— Estou falando sério, Tim. Se você explodir aquela mina, vou achar que é pessoal. *Mesmo*.

Tim fez uma expressão de cansaço.

— Jack. Vá para a mina, por favor?

Pronto. Estava acabado. Aquela era mesmo a última cena do filme — e a última cena de Jack — que ele precisaria filmar. Depois dela, pronto. Acabou.

Virando-se, ele olhou para a mina e cumprimentou o policial Mitchell, que lhe deu um sorriso encorajador. Depois disso, Jack começou a caminhar pela neve lisa e pintada de branco até o topo da elevação na qual a mina estava encravada, aos pés do monte McKinley.

Dando uma última olhada para Tim Lord e para o pessoal em volta dele, Jack entrou na mina.

Lá fora, ele ouviu Tim berrando no megafone.

— Vamos lá, pessoal, agora é para valer. Todos em seus lugares. Jack? Tudo bem aí?

Jack deu um passo para fora, acenou e voltou para as profundezas escuras da mina.

— Excelente — foi o que Jack escutou Tim dizer no megafone. — Ação!

31

— Isso aqui não vai mais rápido não? — perguntou Lou, quicando no banco da frente da caminhonete, sentada entre o xerife e o policial Lippincott.

— Vai — disse Walt O'Malley virando cuidadosamente em uma curva fechada —, mas não vou me arriscar. Se este carro capotar, não vamos ter como ajudar o seu amigo e ainda vamos criar mais um problema.

— É que — disse Lou, e não era a primeira vez naquele dia que sentia que estava falando com bebês —, se não corrermos, uma pessoa pode *morrer*.

— Eu sei disso — disse o xerife O'Malley. — Eu entendi e na primeira vez que você falou.

— Então, será que dá para irmos *mais*...

Ao dizer isso, o carro passou por uma fissura na estrada, o que fez com que os passageiros do banco de trás — Vicky Lord e, mesmo que Lou não tivesse aprovado a vinda deles, seu pai e a mãe de Jack — ficassem suspensos no ar por alguns instantes. Quando eles voltaram aos assentos, o cachorro da Sra. Townsend, que devia ter levado um belo apertão, soltou um gemido.

— Ai, meu bebê, coitadinho — disse Eleanor Townsend, fazendo carinho no pescoço do cachorro com o rosto. — Vai ficar tudo bem. Vai dar tudo certo.

Lou não sabia ao certo se a mulher estava consolando o cachorro ou se consolando. As intenções do pai de Lou, por outro lado, eram bem claras: ele estava tentando consolar todo mundo.

— Fique calma, minha filha — repetiu. Ele vinha repetindo isso desde que haviam entrado no avião particular que Eleanor fretara para levá-los a Myra o mais rápido possível. — Jack é um homem-feito. Ele sabe se cuidar.

— Com bombas explodindo e homens atirando nele? — Lou lançou um olhar preocupado ao pai. — Acho que não.

— Eu não estou entendendo — disse Eleanor pela milésima vez — o que Tim Lord tem contra Jack.

Lou achou melhor deixar alguns detalhes de fora quando contou a história toda ao seu pai e à mãe de Jack, quando os encontrou na saída do hotel. Era suficiente que soubessem que Tim queria matar Jack, e que Jack havia ido ao set, onde os telefones não funcionavam, e onde Tim Lord estava preparando uma explosão gigantesca. Lou sabia que, mais cedo ou mais tarde, eles saberiam da verdade. O mundo inteiro saberia.

— Vocês não estão entendendo? — Lou havia perguntado ao pai quando ele demonstrou incredulidade em relação à possibilidade de Tim Lord explodir uma mina com Jack Townsend lá dentro. — Todo mundo vai achar que foi um acidente. Várias pessoas morrem durante filmagens, pai. Ninguém nunca suspeitaria que alguém armou isso.

Frank Calabrese não soube o que pensar, mas ficou alarmado com tanta veemência por parte de sua filha. Por isso insistiu em acompanhá-la até Myra e tentar impedir que Tim Lord atentasse contra a vida de Jack novamente. Ele teve que admitir que, assim que chegou ao departamento de polícia, já estava acreditando mais na história de sua filha. Isso porque, tendo escutado as evidências que Lou sugeriu, o xerife não pareceu nem um pouco surpreso. Em vez disso, lançou um olhar para o outro policial envolvido no caso e perguntou:

— Parece plausível que ele seja o nosso homem?

Parece que as armas que Lou havia entregado pertenciam a dois moradores de Myra, ambos desaparecidos. Os conhecidos deles foram interrogados e, após uma certa pressão, confessaram ter recebido 5 mil dólares, mas não se dispuseram a identificar o mandante do assassinato do ator Jack Townsend, que havia escapado de um acidente no parque McKinley, segundo diziam.

— Cinco mil dólares? — Lou ficou com nojo. Era isso que a vida de Jack valia?

— Bem — disse o xerife —, 5 mil para cada um. E suspeitamos que havia sete ou oito pessoas envolvidas, sem mencionar nosso querido Sam Kowalski. Nós não terminamos de interrogá-los, mas até o final da semana teremos falado com todos. Exceto pelo que você matou.

Essa conversa toda apenas os atrasou mais. Embora o xerife acreditasse que alguém realmente havia pagado para que assassinassem Jack Townsend, ninguém parecia acreditar que este alguém podia ser Tim Lord, o diretor vencedor do Oscar. Como o diretor de um filme tão bonito quanto *Hindenburg* poderia matar alguém — ou mandar matar?

Lou obrigou Vicky a contar tudo, o que ela fez com um ar de derrota e um tom não muito convincente. Certamente, Eleanor Townsend, que havia escutado tudo, não estava muito convencida.

— Mas isso é ridículo — exclamou —, por que o Sr. Lord mataria Jack? Só porque a moça ainda ama meu filho? Várias mulheres são casadas com homens que não amam, e eles não saem por aí matando todo mundo!

Sim, mas Hollywood, a terra na qual Tim Lord era rei, era diferente. Não caía bem que o coração da rainha pertencesse a outro homem. Esse era o problema dos diretores. Eles queriam ter o controle, e se não conseguissem, tudo ficava bem confuso.

O xerife O'Malley não havia se mostrado muito contente em transportar os quatro até o set de filmagem. Ele preferia ter trazido o suspeito para a delegacia a fim de interrogá-lo, como manda o figurino. Foi isso que ele explicou para Frank Calabrese, como se, falando com outro policial, logo fosse ser compreendido.

Todavia, Lou não ia ficar ali, sabendo que Jack estava no set correndo o perigo de explodir em mil pedacinhos...

Seus companheiros também estavam dispostos a ir logo: todos entraram na caminhonete com ela e se recusaram a sair.

O xerife até que ficou feliz por Lou estar ali quando chegaram ao set e uma assistente bateu no vidro do carro, dizendo:

— Desculpe, mas está fechado. Vocês vão ter que voltar.

O xerife já estava pegando seu distintivo para apresentá-lo à assistente quando Lou se inclinou por cima dele e gritou para a moça:

— Saia da frente ou vamos passar por cima de você!

A assistente saiu do caminho depressa e Lou pisou no pé do xerife que estava no acelerador...

Ele não gostou muito daquilo, ainda que a atitude dela tenha realmente funcionado no sentido de agilizar o carro.

— Srta. Calabrese — disse Walt O'Malley assim que recuperou o controle do veículo novamente —, sou bem capaz de fazer o meu trabalho. Não preciso mesmo...

Mas Lou já havia saído do carro, passando por cima de Lippincott, que ficou muito encabulado.

Lá estava ela, correndo.

Lou não estava agasalhada o suficiente, pois não imaginara que estaria no monte McKinley uma hora depois de ter tomado café da manhã com Tim Lord.

No entanto, era exatamente ali que ela estava, vestindo saia e sapatos de salto, correndo pela neve suja que cobria o chão entre os trailers. O vento gelado machucava seus pulmões, e todas as partes expostas de seu corpo estavam queimando. Toda a sua atenção estava direcionada para as pessoas à frente, que estavam concentradas na mina velha e abandonada. Uma trilha de pegadas levava à boca da mina. Lou não viu ninguém em pé na mina, mas escutou claramente a voz de Tim dizendo uma palavra. Uma palavra que pareceu congelar o sangue em suas veias:

— Ação!

Lou soltou um berro que teria causado uma avalanche, caso houvesse algum bloco de neve mais solto no lado da montanha. Todos no set, desde os controladores de cabos até os maquiadores, olharam para ela...

... incluindo Tim Lord, cujo rosto pontiagudo estava inundado de raiva.

— Corta — gritou ao ver quem se atrevia a interromper a cena. Ele abaixou o megafone e continuou: — Lou. Já era de imaginar. Você não acha que está exagerando com essa palhaçada ambiental? Não acho que o estúdio vai gostar quando souber que... ei, onde você pensa que vai? Você não pode... segurem-na! Alguém vá atrás dela!

Era tarde demais. Lou já havia passado pela cadeira do diretor e estava subindo a montanha, gritando com toda a força que tinha:

— Jack, saia daí! É uma armadilha! Tim Lord quer matar você!

Lá atrás, ela ouviu seu pai berrando. Não apenas seu pai, mas Tim Lord também e, por algum motivo, Melanie Dupre. O set estava um caos. O xerife estava pedindo ordem, e Alessandro latia muito alto.

Mas tudo o que Lou tinha em mente era chegar até a boca da mina e tirar Jack dali em segurança, antes que Tim Lord apertasse o botão que mandaria aquilo tudo pelos ares — igual à visão que Barry tinha de Pompeia.

No entanto, quando ela chegou à entrada da mina, pensando, mesmo que rapidamente, que não podia ter aranhas ali porque era muito frio, viu que Jack não estava lá. O lugar estava vazio. Havia algumas caixas, mas nada de Jack. Ele não estava ali.

— Jack? — perguntou Lou ao breu da mina. — Jack, você está aí dentro? Sou eu, Lou.

A voz dele em resposta não veio de dentro da mina. Não mesmo. A voz dele parecia vir do lado do fora, chamando seu nome de muito longe.

Ele estava falando a coisa mais estranha do mundo. Lou não tinha certeza, mas, mesmo com o som da confusão no set, ela achou ter escutado Jack pedindo que ela ficasse parada onde estava.

— Jack? — Um sorriso tomou seu rosto. Ele estava vivo. Ainda estava vivo. Ela havia chegado a tempo. — Jack? Onde você está?

Lou deu meia-volta para sair da mina. Ela queria ver de onde a voz dele estava vindo.

Enquanto ela estava saindo de volta para a neve, o pé dela ficou preso em alguma coisa — um fio. Ele estava enroscado no seu tornozelo.

— Droga — disse Lou, tentando tirar o pé daquele nó...

Foi quando ela escutou Jack berrando:

— Não!

Ela logo percebeu o que havia feito.

Lou abraçou a cabeça com os braços e ficou esperando o monte McKinley desabar em cima dela.

32

Só que isso não aconteceu. Não naquele instante. Em vez disso, foi Jack quem desabou em cima dela, seus 90 quilos nocauteando-a. Eles caíram por cima da pedra coberta de neve...

... quando uma bola de fogo explodiu atrás deles, criando uma chuva de pedra e madeira, cobrindo-os com uma grossa fumaça preta.

A explosão foi ensurdecedora. Durante vários minutos, Lou não viu nada, havia apenas escuridão. Ela nem sabia se estava morta ou viva. Não ouvia, via nem sentia nada... apenas um frio, um frio terrível que a tomava pela frente da blusa e da saia, anestesiando sua pele.

Depois, quando a escuridão passou, ela sentiu outra coisa. Um peso em cima dela. Não era por causa da fumaça que ela não conseguia respirar. Era por causa desse peso enorme...

O peso foi retirado de cima dela e ela ouviu vozes. Lou não conseguia distinguir o que estavam dizendo, mas ao tirar a poeira dos olhos, ela finalmente conseguiu ver — o céu azul estava mais lindo do que nunca. Lou viu rostos familiares olhando para ela e dizendo coisas... coisas que não conseguia escutar porque seus ouvidos ainda estavam sensibilizados pelo som da explosão.

E aí, lentamente, as coisas que as pessoas estavam falando começaram a fazer sentido. Ela até começou a reconhecer as pessoas que estavam falando com ela. Seu pai estava ali, em pânico. Lou nunca havia visto o pai daquele jeito, exceto no dia em que sua mãe morrera. Eleanor Townsend também estava ali. Ela estava chorando. O xerife O'Malley fazia parte do grupo, e ele estava berrando com alguém que estava no chão.

Não era com ela. O xerife O'Malley estava olhando para o chão e berrando, mas não era com Lou, porque Lou não estava mais no chão. Seu pai e o assistente de direção, Paul Thompkins, estavam tentando levantá-la. Ela tentou ficar em pé, mas seus pés não aguentavam seu peso. Ela estava sendo carregada.

Foi aí que ela viu Jack.

Ele estava deitado de costas na neve, e um pó preto cobria todo o seu rosto. A jaqueta de camurça dele também estava coberta com esse pó. Ele não estava se mexendo, e seus olhos estavam fechados. O xerife O'Malley estava ajoelhado ao lado dele, berrando. Aos poucos, ela conseguiu ouvir o que ele dizia.

— Jack — disse o xerife —, Jack, acorde. Vamos lá, Jack.

Lou foi engatinhando pela neve até ele, o rosto banhado em lágrimas.

— Jack — sussurrou. Ou talvez tenha berrado, ela não tinha como saber. — Jack? — Lou tocou o rosto dele. Ele estava tão gelado. — Jack?

Ele não se mexeu. Ela olhou para o peito dele, que se movia para cima e para baixo devagar, muito devagar. Jack estava morrendo. Ela tinha certeza disso. Ele estava deixando-a, e ela ia ficar sozinha, logo agora que eles haviam acabado de se encontrar.

Tim Lord chegou — Tim Lord, aquele idiota, aquele canalha mentiroso — e se jogou em cima de Jack, chorando, desesperado.

— Jack! Jack, sou eu, Tim. Jack, por favor, você não pode fazer isso, amigo. Você não pode morrer. Não pode.

Foi quando um dos braços de Jack, que até então estava largado na neve, de repente se ergueu. Lou ficou olhando e mal conseguia respirar ao ver aquele braço se levantar até alcançar a coisa que estava mais próxima — a jaqueta de couro de Tim Lord.

Os olhos de Jack se abriram — piscinas azuis no meio daquele rosto enegrecido —, assim como sua boca.

— Não pretendo morrer tão cedo, seu metido *desgraçado*.

Ao dizer a palavra "desgraçado", Jack levantou o outro braço e deu um soco no rosto de Tim Lord.

Lou — assim como todo mundo que estava em volta de Jack — se afastou, com medo de levar algum golpe por engano. Tim Lord até tentou se proteger enquanto levava golpes aqui e ali, mas nem se fizesse todas as aulas de spinning do mundo ele estaria fisicamente preparado para lidar com um ator de filmes de ação que havia treinado para fazer aquilo.

Todos ficaram paralisados vendo Jack usar um punho depois o outro na cabeça do diretor, na barriga, nas costelas. Aquilo parecia uma luta de vale-tudo na qual um dos lutadores resolvera desistir assim que a luta havia começado. Lou não duvidava que, se não fosse seu pai entrando na briga e separando os dois, segurando o ombro de Jack e afastando-o de Tim, eles tivessem um diretor vencedor do Oscar morto no set.

Tim ficou caído na neve — junto com algumas partes do monte McKinley, que ainda estavam caindo em cima de todos —, com muito sangue no rosto, e exclamou histericamente:

— Por que você não morre? Era para você estar morto! Era para você ter morrido há quatro dias! Qual é o seu problema? *Por que você não morre?*

Jack, depois de se livrar das mãos do pai de Lou, respondeu:

— Porque eu tenho muitos motivos para ficar vivo. — Depois, Jack se virou para Lou. — Você está bem?

— Estou — respondeu, incapaz de tirar o olhar do lindo rosto dele —, mas como você... como foi que você suspeitou? De onde você veio?

Jack encolheu os ombros sob a jaqueta toda suja de preto.

— Achei que ele estava armando alguma coisa — disse, apontando para Tim discretamente. — Ele queria muito que eu entrasse na mina. E quanto mais eu pensava sobre isso, mais percebia que... bem, quem mais teria motivos suficientes para impedir que Vicky entrasse no helicóptero naquele dia? Alguma coisa me disse que... eu me lembrei de alguém dizendo que eu nunca ligava para os sentimentos das pessoas...

Ele parou de olhar para Lou. Seguindo a direção dos olhos dele, Lou percebeu que Jack se referia a Vicky, que estava observando o marido como se nunca o tivesse visto antes.

Por baixo da poeira, o rosto de Jack estava pálido.

— Enfim — continuou —, achei que fosse Tim. Eu vi o fio no qual deveria ter tropeçado, mas consegui evitá-lo porque já estava procurando por ele. Saí por uma outra passagem, a mina é cheia delas. Tentei ver se ele ia mesmo verificar o que havia acontecido, quando eu não aparecesse na hora certa. Se Tim passasse por cima do fio... — Jack encolheu os ombros. — ... eu saberia que ele estava tentando me matar.

Jack levantou uma das mãos, com as juntas todas machucadas, e acariciou o rosto dela.

— A última coisa que eu esperava era ver você ali dentro. O que você veio fazer *aqui*?

Foi só quando Jack abaixou a mão e Lou notou uma parte dela úmida, que ela percebeu que estava chorando. Lou limpou o rosto com as costas da mão, sentindo-se envergonhada.

— Vicky me contou hoje de manhã. Eu vim o mais rápido que pude. Tentei ligar...

— Não tem sinal aqui — disse Jack, com pena.

— Isso. — Os olhos de Lou estavam cheios de amor e lágrimas. — Eu achei que era tarde demais... e quando abri os olhos e vi você ali deitado, achei que... achei que você tinha morrido.

Ele pegou o rosto dela com as duas mãos.

— Não vou morrer agora — disse ele com segurança. — Não quando as coisas estão começando a ficar boas.

Lou sorriu para ele, e ele sorriu de volta. Seus dentes brancos realçaram no meio do rosto sujo. Ela estava tão hipnotizada olhando para ele que nem viu o policial Lippincott algemando Tim Lord e o levando embora. Também não viu seu pai abraçado com Eleanor Townsend, que chorava de alegria apertando Alessandro. E não viu Melanie Dupre saindo de perto deles com muita raiva.

— Já chega. *Eu* me demito! — disse ela.

E Lou também não reparou que Vicky Lord estava chorando horrores no ombro do xerife O'Malley, que a consolava com pequenos tapinhas no topo da cabeça. Não importava. Toda a atenção dela estava focada em Jack, em seu sorriso, e naqueles olhos muito, muito azuis.

— Você quer sair daqui? — perguntou ele.

— Você nem imagina o quanto — respondeu Lou. — Só que... — ela olhou para baixo — ... acho que tem alguma coisa errada com o meu pé.

— Não tem problema — disse Jack, inclinando-se.

Antes que Lou pudesse entender o que estava acontecendo, Jack a levantou em seus braços.

E então, como Richard Gere em *A força do destino*, ele a carregou para longe dali. A única diferença era que Jack Townsend era bem mais alto que Richard Gere...

... e ele não havia dito que a amava.

33

O tornozelo de Lou estava quebrado em dois lugares, conforme foi constatado no raio X. Ela teria de usar gesso por seis semanas, e depois uma bota de borracha por mais quatro. E não poderia pisar no chão por dois meses

Sentada na sala de exames do hospital geral de Anchorage, Lou se perguntou por que diabos as heroínas dos filmes — aquelas que se arriscavam para salvar a vida dos outros — sempre escapavam com um arranhão ou dois, e as heroínas de verdade, como ela, acabavam com uma fratura na tíbia e tinham que usar um gesso horrível. E ainda tinham de andar que nem a personagem não muito simpática de Sigourney Weaver em *Uma secretária do futuro*.

É claro que a falta de semelhança entre Lou e as heroínas do cinema não se limitava somente ao machucado. Lou não tinha o mocinho. As heroínas sempre ficavam com o mocinho no final.

Mas não Lou.

E Jack? Bem, Jack a carregou até a caminhonete do xerife O'Malley. Ele ficou ao lado dela até chegarem à cidade e até segurou sua mão durante todo o voo de volta para Anchorage. Ele entrou na sala de emergência com ela, onde foi imediatamente abordado por pacientes que queriam saber se ele era o Dr. Paul Rourke e se não podia dar uma olhadinha no machucado deles...

Essa foi a última vez que Lou viu Jack Townsend antes de entrar na área restrita aos pacientes.

Agora, ela estava em uma das salas de exame, esperando o retorno do médico que ia fazer o gesso. Se não se movesse, seu tornozelo não doía. Lou ficou deitada na cama de exames, olhando para o estacionamento do hotel lá fora. Havia começado a nevar novamente, mas ela ainda conseguia ver o monte McKinley, alto e majestoso em tons de branco e cinza, atrás do supermercado do outro lado da rua. Parecia que milhões de anos já haviam se passado desde que ela ficara perdida lá com Jack Townsend. Por um lado, ela preferia estar com Jack no chalé de Donald. Pelo menos lá eles estavam livres de cenas como a que havia acontecido no estúdio.

Quem diria que Tim Lord, o diretor megalomaníaco vencedor do Oscar, fosse ficar tão consumido pelo ciúme a ponto de orquestrar um esquema tão elaborado para livrá-lo do ex-namorado da esposa? Lou não diria. Ela sempre achara que o casamento de Vicky e Tim era perfeito.

Isso mostrava que Lou não sabia nada mesmo.

Ela estava lá deitada, admirando sua incapacidade de compreender as coisas, quando alguém bateu na porta do quarto. Na esperança de que Jack tivesse vindo vê-la — e, no entanto, ela sabia que Jack não era o tipo de pessoa que batia na porta —, ela pediu que o visitante entrasse.

Lou ficou mais do que surpresa quando a porta se abriu e Vicky apareceu, pálida, magra e exausta como um lenço usado.

— Lou — disse ela, com fraqueza.

Lou ficou encarando a amiga. Não tinha como evitar. Vicky nunca parecera tão... velha.

— Vicky — disse Lou —, você está bem?

— Eu vim para o hospital exatamente para descobrir isso — disse Vicky. De repente, o rosto dela (que ainda era muito bonito, mesmo com toda a tristeza e o arrependimento ali impressos) se apertou, e Vicky se jogou em cima de Lou, abraçando-a e fazendo com que o pé quebrado mexesse um pouco.

— Ai, Lou, Lou — chorou Vicky —, perdoe-me! Você vai conseguir me perdoar?

— Pelo quê? — perguntou Lou. Era meio difícil articular as palavras com tanta dor subindo e descendo por suas pernas. Mas ela conseguiu. — Vicky, você não fez nada. Não é culpa sua.

— É, sim — disse Vicky, umedecendo os cabelos de Lou com suas lágrimas. — Se eu tivesse ficado calada... se ao menos pensasse antes de falar. Eu nunca devia ter contado ao Tim sobre Jack. Nem sei mais se era verdade, nem sei se ainda amo Jack. Hoje, quando eu o vi batendo no Tim daquele jeito... fiquei mais preocupada com o Tim. Isso significa que gosto mais dele do que do Jack, não é?

— Bem — respondeu Lou com um tom um pouco seco —, espero que sim. Tim é seu marido.

— Não por muito tempo — disse Vicky, soltando Lou e dando um passo atrás com um suspiro. — Eles o prenderam. Eu acho que nem Johnnie Cochran, o advogado de O. J. Simpson, conseguiria tirá-lo de lá. E... bem, não posso ficar casada com um detento. Prefiro ficar em um daqueles trailers no set de filmagem para sempre do que ser esposa de um detento.

Lou piscou os olhos em sinal de pena.

— Ai, Vicky. Que droga.

— Vai ficar tudo bem. — Vicky já devia estar se sentindo melhor, pois começou a pentear os cabelos com os dedos. — E também, eu meio que... Lou, você não acha aquele xerife um pouco sexy?

Dessa vez Lou não teve dificuldade para entender cada palavra.

— Vicky!

— Poxa, eu não pude evitar — disse Vicky, encolhendo os ombros —, ele tem aquela arma... tão grande. Enfim, só queria ver se você estava bem. E queria pedir desculpas também. Agora eu vou indo.

— Vicky... — Lou levantou uma das mãos para impedir que a amiga fosse embora. — Olhe, tem uma coisa... tem uma coisa que eu tenho que contar. Sobre mim... sobre mim e Jack.

Vicky olhou para ela.

— Ah, sobre vocês terem dormido juntos?

Lou ficou surpresa.

— Mas como... como você soube?

Vicky rolou os olhos azuis para cima.

— Lou, o hotel inteiro sabe. Não me surpreenderia se virasse capa da *Us* semana que vem.

Lou mordeu o lábio inferior.

— Então... você não ficou chateada?

— Eu? — Vicky balançou a cabeça. — Lou, você é uma mulher crescida, como eu já havia falado. Você sabe se cuidar. Só... — A voz de Vicky deu uma pequena engasgada — ... só prometa que não vai se machucar, OK?

Sem dizer mais nada, Vicky saiu do quarto de exames — saiu antes que Lou pudesse dizer que já era tarde demais.

No entanto, Lou não foi deixada sozinha com seus pensamentos por muito tempo. A porta se abriu novamente e, achando que fosse o médico — que já estava demorando bastante para colocar o gesso —, Lou se surpreendeu ao ver o pai fazendo sinal de silêncio. Ele e Eleanor entraram no quarto vagarosamente, como se estivessem conspirando.

— Eles falaram que não podiam entrar mais visitantes — disse Frank ao fechar a porta —, mas nós passamos pelos guardas enquanto a tal Melanie Dupre estava dando um escândalo. Parece que um pedaço do monte McKinley entrou no olho dela, ou algo parecido, quando a mina explodiu.

— Caramba — disse Lou, passando o olhar de seu pai para a mãe de Jack alternadamente. Eles pareciam um casal de criancinhas. — Enfim, que bom que vocês vieram.

— Nós compramos uma coisinha — disse Eleanor, pescando uma caixa grande de chocolates no fundo de sua bolsa Gucci. — Seu pai me falou que você gosta de doces.

Lou olhou para a caixa. Era de uma marca boa e cara. Ela percebeu que vários dos bombons eram recheados de amendoim.

— Nossa — respondeu —, obrigada.

— É só um presentinho — disse Eleanor, um pouco envergonhada. — Afinal, você arriscou sua vida para salvar o meu filho. Várias vezes, pelo que ouvi dizer. Eu não sei mesmo o que posso fazer para lhe agradecer. Mas acho que já posso começar convidando-a para a nossa casa de praia. Sabe, eu ficaria muito feliz se você e seus vários irmãos fossem passar uma parte do verão comigo.

— Eu também vou — disse Frank. Foi só então que Lou notou que eles estavam de mãos dadas.

Lou sentiu uma pontada no peito. Não podia ser por ciúme. Por que ela estaria com ciúme do *pai*, que finalmente estava encontrando a felicidade depois de ter vivido sozinho por tantos anos? De jeito nenhum. Ciúme não. Não po isso.

Ela queria saber por que era tão simples para o pai ficar com a mãe de Jack. Eles gostavam um do outro e andavam de mãos dadas, não havia hesitações sobre as intenções do outro, ou preocupações com a possibilidade de ela ser trocada pela Cameron Diaz dali a uma semana.

Lou tinha que se impor. Precisava aprender a viver como uma heroína. Precisava confiar em seus instintos, correr riscos...

Foi ao pensar nisso que ela notou um movimento dentro da bolsa de Eleanor. Um segundo depois, o movimento parou.

— Ahn... Sra. Townsend — disse Lou —, não sei se isso vai soar mal, mas sua bolsa está se mexendo.

Eleanor olhou para a bolsa e riu.

— Ah, é o Alessandro. Eles não permitem a entrada de cachorros no hospital, dá para acreditar nisso? Tenho que admitir que prefiro a atitude dos europeus em relação aos animais à dos americanos. Alessandro é muito mais limpo do que algumas crianças que eu vi correndo nos corredores.

Lou deu um sorriso. Frank se inclinou e, tocando o braço da filha, disse em voz baixa:

— Filha, você fez muito bem lá. Eu nunca me senti tão orgulhoso. Queria que sua mãe ainda estivesse viva para ver aquilo.

Os olhos de Lou se encheram de lágrimas. "Que ótimo", pensou. "Agora eu estou chorando. Isso é bem típico de uma heroína mesmo."

— Obrigada, pai — disse ela com a voz embargada, secando o rosto com a manga da blusa.

— Ah, olhe o que você fez, Frank — disse Eleanor, preocupada. — Querida, você está bem? Eles lhe deram algum medicamento para dor? Olhe, eu conheço o cirurgião-chefe deste hospital. Você quer que eu ligue para ele? Não é correto deixá-la aqui esperando sem nenhum remédio para dor...

— Não — disse Lou, sorrindo para eles com lágrimas nos olhos —, estou bem. Eu... vocês viram Jack por aí?

Eleanor e Frank trocaram um olhar.

— Não, querida — disse Eleanor.

Aquela resposta era uma mentira tão óbvia que Lou nem perdeu tempo questionando-a. Então eles haviam visto Jack, mas não queriam dizer onde, ou o que ele estava fazendo. Isso significava, é claro, que, fosse o que fosse, achavam que Lou não ia gostar.

O que ela estava esperando? Afinal, ele já havia ganhado Lou. O desafio havia acabado. Agora que ele já tinha se satisfeito, ia procurar novos pastos.

Que saco! Por que ela era sempre tão *paranoica*?

— Ai, meu Deus — disse Eleanor olhando para a bolsa, que estava se mexendo novamente —, Alessandro está com calor. É melhor irmos logo, Frank.

— OK. — disse o pai de Lou. Ele se virou para a filha e tocou seu rosto. — Vamos esperar lá fora, querida. Vamos levá-la para casa em segurança.

Claro. Porque Jack não estava mais ali para fazer isso.

Lou conseguiu dar um sorriso e acenou para os dois, que saíram com a certeza de que ela estava bem.

Ela estava bem mesmo. Ou ficaria bem algum dia. Afinal, ela era durona. Ela havia sobrevivido às 72 horas no monte McKinley. Ela havia sobrevivido à explosão da mina. Ela sobrevivera a Bruno di Blase. Ela também conseguiria sobreviver a Jack Townsend. Sem problemas.

Foi um tanto irônico ver, quando ela estava pensando nisso, Bruno di Blase abrindo a porta da sala de exames e entrando, trazendo um arranjo de cravos cor-de-rosa que ele obviamente havia comprado na lojinha do hospital.

— Toc toc — disse ele, sorrindo com seus dentes extrabrancos —, como vai minha detetive particular? Sabia que o que você fez está nos noticiários?

Lou ficou olhando para ele. Não era suficiente que ela já tivesse quebrado o tornozelo em dois lugares, sobrevivido a uma tentativa de assassinato e resistido ao abandono do homem que ela achou que pudesse ser seu príncipe encantado? Agora ainda teria que receber uma visita do seu ex-namorado? Que saco.

— Comprei para você — disse Barry, abrindo o recipiente com água que a enfermeira havia colocado ali para que Lou se hidratasse e colocando as flores lá dentro. — Eu sei que você prefere rosas, mas a lojinha do hospital não tinha nenhuma. E então, qual é a sensação?

Lou olhou para a sua meia-calça rasgada e seu tornozelo inchado.

— Qual você acha que é a sensação? — perguntou ela. — Dor. Muita dor.

— Ah, não é isso — disse Barry, muito nervoso —, estou falando sobre... você sabe. A coisa toda de ter liquidado os assassinos.

— Não foi tão bom quanto você está imaginando — disse ela com um tom seco.

— Mas você deveria estar se sentindo no topo do mundo — disse Barry, indo em direção à cama e sentando-se ao lado de Lou sem nem pedir permissão. — Com certeza, milhões de produtores vão vir falar com você para oferecer contratos. As pessoas já estão dizendo que essa é a história do ano. É claro que você sabia que em algum momento isso tudo ia acontecer. Jack Townsend nunca conseguiu ficar sem mulher. Foi apenas uma questão de tempo até que ele irritasse alguém a ponto de ser ameaçado de morte.

— Barry. — Lou havia sido educada com seus outros visitantes porque... bem, porque gostava deles. Porém, esse não era o caso de Barry. — O que você quer?

Ele ficou surpreso.

— O que eu quero? Quero ter certeza de que você está bem. Afinal, Lou, ainda somos amigos, certo? Poxa, foram dez anos. Ninguém joga dez anos no lixo dessa forma.

— Ah, não? — perguntou Lou. — Você jogou.

— Bem. — Barry olhou para as mãos. Ela já até sabia que ele ia levá-las ao rosto: era a expressão de remorso. "Ai, não", pensou Lou. "Barry vai pedir desculpas."

— Lou — disse ele —, não sei como lhe dizer isso. Mas o fato é que... que acho que me precipitei quando fui embora. Eu estava confuso. Não estava pensando direito. E as coisas com Greta... bem, para ser franco, as coisas com Greta não têm estado muito bem.

— Barry — disse Lou —, vocês estão casados há quatro dias. Como é que as coisas podem não estar indo bem?

— Eu estou aqui com você quando devia estar em lua de

mel — disse Barry com o seu sorriso charmoso, que era a sua marca registrada. — Acho que isso já mostra alguma coisa.

Lou piscou, incrédula. Ela percebeu que havia passado. O sentimento feroz que tinha contra ele havia passado... e fora substituído por tolerância... como a que ela sentia com seus irmãos, só que com menos carinho.

— Você não deu chances suficientes a Greta, Barry — disse ela.

— Dei, sim. — Ele se levantou rapidamente, pisando no pé de Lou. Ela quase não o escutou por causa da dor que sentiu durante o seu discurso. — Eu não sei o que deu em mim quando troquei você por Greta. Ela não tem nada a ver com você, Lou. Ela só pensa em si mesma. É tudo sempre Greta, Greta, Greta. Ela nunca pensa em mim. Mas você, Lou, você pensava em mim. Escreveu *Hindenburg* para mim. Esse deve ter sido o melhor presente que um homem já ganhou de uma mulher no mundo. Eu aceitei o presente, muito sem jeito, mas acabei cometendo o maior erro que um homem pode cometer. Joguei fora quem me deu o presente, Lou. — Barry pegou uma das mãos dela. — Você acha que pode me perdoar algum dia por tamanha estupidez, Lou?

— Claro — disse Lou, vesga de tanta dor —, tanto faz. Você pode ir procurar uma enfermeira ou um médico? Meu pé está...

— Você está falando sério? — exclamou Barry, apertando a mão de Lou contra seu peito. — Lou, se você me aceitasse de volta, seria o melhor presente da minha vida. Você poderia começar a trabalhar no roteiro sobre Pompeia, e tudo seria como antes...

— Opa, espere aí — disse Lou, confusa —, o que você...

— Eu sabia que você me perdoaria — exclamou Barry. E então ele se inclinou, como se fosse beijá-la...

Lou, agindo de acordo com um reflexo que nem sabia que tinha, esticou a mão, pegou o jarro com as flores e jogou a água em cima de Barry.

Neste exato momento, a porta da sala de exames se abriu e Jack Townsend entrou, carregando uma dúzia de rosas nos braços.

— Olá — disse ele, passando os olhos azuis por Lou, deitada na cama com o jarro nas mãos, e por Barry, coberto de água e cravos —, estou atrapalhando?

— Não — disse Lou ao mesmo tempo que Barry disse "sim".

Jack foi até a mesinha no canto da sala onde havia potes para guardar gazes e luvas e arrumou as rosas.

— Desculpe-me por ter demorado tanto — disse ele. — Você tem ideia de como é difícil achar rosas decentes nesta cidade?

Lou, olhando para as flores e para o homem que as havia trazido, sentiu seus olhos começando a lacrimejar. Ah, que beleza. Ela estava chorando novamente.

— São lindas — falou —, muito obrigada.

— De nada — disse Jack, encolhendo os ombros. — São as suas favoritas, não são? — Ele olhou para Barry, que ainda estava tirando pedaços de cravos da roupa.

— Barry — disse Jack —, será que você pode nos deixar conversar em particular?

Foi só então que Barry entendeu a presença de Jack ali, as rosas, e a expressão de alegria no rosto de Lou. Ele mesmo ficou encabulado ao protestar.

— Perfeito. Isso é simplesmente perfeito, Lou. Você está se envolvendo com ele? Você é maluca? Ele já magoou todas as mulheres de Hollywood. É só perguntar para Greta.

Lou nem precisou responder. Jack a poupou disso.

— Você — disse Jack, apontando para Barry com a mão ainda ferida por causa dos socos que ele havia dado em Tim Lord —, saia.

Barry deu um pequeno passo para trás. Depois, olhando rapidamente para Lou, disse:

— OK, OK, estou indo. Lou, você está cometendo um grande erro.

Depois de dar uma última olhada medrosa para Lou, ele saiu da sala.

A porta se fechou. Jack olhou para Lou e disse:

— Ele tem razão.

Ela pegou a mão dele e olhou os cortes com cuidado.

— Você deveria pedir para alguém olhar isso — disse ela.

— Estou falando sério — disse Jack, sentando-se em um banco que estava ali perto. — Eu nunca estive... exatamente em um relacionamento duradouro antes.

Lou olhou para o rosto dele. Alguém havia tentado limpá-lo — talvez o próprio Jack —, mas ainda havia um pouco de poeira preta perto da raiz do cabelo, e a impressão era de que ela nunca mais ia sair dali.

— Não é tão ruim quanto parece, essa coisa de relacionamento longo — tranquilizou-o. — Acredite em mim.

— Mas não acho que vai ser assim conosco — disse ele, de forma simples e sincera. — Tudo é diferente com você, Lou. Eu não... sabe, com Vicky, Greta, Melanie... nunca amei nenhuma delas. Mas com você... com você é diferente.

Ela o encarou. Nem se lembrava mais do seu tornozelo ou da mão machucada dele. Nem se lembrava de respirar. Ela só pensava que o final feliz que um dia ela achara que pudesse se tornar realidade talvez estivesse prestes a acontecer.

— Porque eu amo você — prosseguiu Jack, olhando fixamente para Lou. — Então, sobre aquele assunto de morarmos juntos. Eu sei que você já tentou isso uma vez e não deu certo. Só que eu andei pensando: talvez nós pudéssemos tentar de outra maneira. Acho que devemos nos casar primeiro. Porque nenhum de nós tentou isso antes, então, não sei, de repente pode funcionar melhor...

Lou teve que piscar os olhos para evitar uma onda de choro. Ela sabia que aquela cena era genuína — ela nunca teria escrito aquilo para que ele encenasse.

Só o fato de ele ter pensado em todas aquelas palavras sozinho, com o coração, já era o suficiente para ela.

Com uma voz abafada, Lou respondeu:

— OK. Boa ideia. Só que tem uma coisa.

Uma expressão de ansiedade tomou o lugar da imensa alegria que estava no rosto de Jack dois segundos antes.

— O quê? — perguntou ele com cuidado.

— Chega de filmes — respondeu Lou.

— Com certeza — concordou Jack, curvando-se para beijá-la! Um beijo tão profundo, tão apaixonado, que um minuto depois, quando a enfermeira entrou, nenhum dos dois notou nem a sua chegada, nem a sua saída acanhada.

Jack e Lou nunca souberam disso, mas aquele beijo foi o assunto de todos os que trabalhavam no hospital durante semanas.

34

O diretor vencedor do Oscar, Tim Lord, foi julgado por crime premeditado e tentativa de assassinato. Atualmente, ele está cumprindo pena de 10 a 20 anos em uma prisão federal no Alasca. Seu último filme, *Copkiller IV*, foi lançado um mês depois de seu julgamento e arrecadou uma das maiores bilheterias de todos os tempos, apesar de ambientalistas do mundo todo terem tentado boicotar o lançamento.

Outros sete nativos da cidade de Myra no Alasca foram julgados por homicídio, tentativa de homicídio, posse de armas ilegais e perseguição armada. Os filhos de Samuel Kowalski processaram os sete criminosos e Tim Lord, com sucesso, pelo assassinato de seu pai. Eles receberam uma indenização que quitou a dívida que tinham com a casa onde moravam e que também bancou os cursos superiores de todos.

Vicky Lord se divorciou do marido sem fazer alarde e sumiu do meio cinematográfico. Seu casamento com o xerife Walt

O'Malley foi uma cerimônia privada, da qual participaram somente o oficial Lippincott e as quatro filhas de Walt O'Malley, que ficaram muito gratas por terem finalmente se livrado do pai.

Elijah Lord e seus irmãos e irmãs decidiram não ir morar com as suas respectivas mães após a prisão do pai, preferindo continuar na mansão dos Lord sob a supervisão da única pessoa que exerceu uma influência estável em suas vidas: a empregada, Lupe.

Donald R. Williams, o dono do chalé que Jack Townsend e Lou Calabrese usaram como refúgio contra o frio, ficou muito surpreso ao encontrar o cheque quando retornou à casa, durante a primavera. No entanto, não deixou de depositar o cheque e usou o dinheiro para dar entrada em um veículo próprio para a movimentação em terrenos com neve, que ele já queria há um certo tempo.

Bruno di Blase e Greta Woolston se divorciaram seis meses depois do casamento por causa de diferenças irreconciliáveis. Atualmente, Greta está na Austrália filmando um longa-metragem sobre a vida de Eva Braun. Bruno di Blase ainda está procurando um estúdio que aceite filmar seu primeiro roteiro, intitulado *Pompeia!*

Frank Calabrese voltou para Long Island depois de sua aventura pelo Alasca. Em casa, foi recepcionado pelos filhos com um sanduíche a metro e um cortador de grama novo em folha. Frank adorou o sanduíche, mas teve que explicar que não iria usar o cortador de grama, pois estava se mudando para Manhattan.

Eleanor Townsend não deu a mínima para o que suas amigas tinham a dizer sobre ela ir morar com um policial aposentado. No entanto, a opinião de seu mordomo e de seu filho eram importantes. Richards expressou o desejo sincero de que a Sra. Townsend fosse feliz, e Jack sugeriu que os dois se casassem. Todavia, Eleanor e Frank ainda não estão prontos para assumir um compromisso tão sério.

Jack Townsend, mantendo sua palavra, deixou a carreira cinematográfica e vendeu seu rancho em Salinas, bem como a casa em Hollywood. Ele preferiu ir morar em uma fazenda em Vermont, para onde foi com a esposa logo após a cerimônia discreta, que aconteceu na cidade da noiva. Jack reformou um antigo cinema e o batizou de Casa Teatral Dakota. Mais tarde, o teatro ficou famoso por seu festival anual shakespeariano, cujas produções eram todas dirigidas pelo ex-astro de Hollywood. Para a surpresa dos críticos norte-americanos, o ator mostrou grande talento como diretor de peças de teatro.

Lou Calabrese Townsend vendeu sua casa em Sherman Oaks e foi morar com o marido e seus cavalos na Nova Inglaterra. Ela parou de escrever roteiros. Logo após o nascimento de sua primeira filha, Sara, o primeiro romance de Lou foi publicado. *Ela foi até o fim* descreve a trajetória de uma mulher que percebe que, para encontrar a felicidade, precisa arriscar seu coração em busca de conquistas maiores.

Apesar do grande sucesso do livro, a autora se recusa a ceder os direitos da obra para o cinema.

Este livro foi composto na tipologia
Classical Garamond, em corpo 11/16,
e impresso em papel off-white 80g/m² no Sistema
Cameron da Divisão Gráfica da Distribuidora Record.